ROMEO

ELISE TITLE

ROMEO

Traduit de l'américain
par Dominique Wattwiller

belfond
12, avenue d'Italie
75013 Paris

Titre original :
ROMEO
publié par Bantam Books, a division
of Bantam Doubleday Dell Publishing Group,
Inc., New York, NY. Tous droits réservés.
By arrangement with Linda Michaels
Limited, International Literary Agents.

Si vous souhaitez recevoir notre catalogue
et être tenu au courant de nos publications,
envoyez vos nom et adresse, en citant ce livre,
aux Éditions Belfond,
12, avenue d'Italie, 75013 Paris.
Et, pour le Canada, à
Édipresse Inc., 945, avenue Beaumont
Montréal, Québec, H3N 1W3.

ISBN 2.7144.3445.2

A mon mari, Jeff,
Un homme selon mon cœur !

REMERCIEMENTS

J'aimerais remercier ceux qui m'ont aidée, conseillée, épaulée. Les inspecteurs de la Criminelle du SFPD, les psychologues Deanna Spielberg et Anna Salter, les travailleurs sociaux Marilyn et Bill Dawber, les médecins Ted Spielberg et Joseph Schwartz, les avocats Joan Rosenberg Ryan, Thomas Ryan et Howard Zaharoff, mon amie Marilyn Breselor, ma sœur Jane Atkin et ma belle-sœur Jacqueline Title, chercheuse infatigable.

Je remercie tout particulièrement mon amie et agent Helen Rees, l'agent responsable des droits étrangers Linda Michaels, Jeffrey Rees et l'équipe dynamique de Bantam. Merci à Irwyn Applebaum de m'avoir accueillie si chaleureusement au sein de Bantam. Merci à mes éditrices Nita Taublib et Kate Miciak de leurs suggestions et de leurs conseils judicieux ainsi que de leur souci du détail.

Mon amour et ma gratitude vont à mon père Irving Kaplowitz, à mes enfants David et Rebecca, et surtout à mon mari Jeff Title, qui m'a fait profiter de ses connaissances en psychologie clinique et de son immense expérience professionnelle acquise au fil d'années passées dans les centres de réinsertion et les prisons en qualité de psychologue-conseil, mais qui a aussi passé des heures à peaufiner mon manuscrit, m'encourager et me faire rire quand le besoin s'en faisait sentir.

La reddition passive ne rime à rien. C'est un trou noir, le néant, la mort. Il en existe une autre, plus subtile, plus grisante. Celle qui consiste à s'abandonner volontairement et totalement.

M.R., *Journal*

Prologue

Peau, cerveau. Tout son être n'est qu'attente. Palpable. Omniprésente. Des frissons d'anticipation la parcourent. Orteils. Cuisses. Seins. Langue. Paupières. La chambre elle-même attend, frais cocon mauve et crème.

Le fourmillement cède le pas à un bouillonnement implacable. Le chaos est en marche. Inéluctable. Chercherait-elle à prendre la fuite si c'était possible ? Non. Sans le chaos, elle aurait l'impression d'être amputée. De végéter dans les limbes.

Le seul problème, c'est la culpabilité. Qui insidieusement la grignote et la ronge, laissant dans son sillage des plaies qui suppurent. Soigneusement camouflée, bien sûr, la culpabilité. Car elle excelle au moins autant à dissimuler qu'à percevoir et appréhender. Le désordre, elle le tient en laisse. C'est une force qu'elle entend maîtriser, circonscrire, qui ne doit pas sortir des limites qu'elle lui a assignées.

Lentement, tout en fredonnant un vieil air — une berceuse —, de ses ongles rouge sang elle griffe ses petits seins. La douleur est son aphrodisiaque ; la douleur l'empêche de ressasser. Seule la souffrance physique parvient à mettre un terme aux critiques d'un psychisme traumatisé.

Les ongles rutilants labourent la chair lisse. Atteignent les pointes des seins, zébrant de traînées violacées la peau couleur d'ivoire. Les pointes s'érigent, roides d'anticipation. Elle les tord légèrement entre l'index et le pouce. Une sorte de hoquet lui échappe et, au moment où l'air s'engouffre dans ses poumons, une douleur fulgurante la transperce. Crise cardiaque ? Non. Elle a trente-six ans. Et elle est en pleine forme : gymnastique quotidienne, squash, tennis, alimentation équilibrée. En outre, il y a

13

moins d'un mois, elle a passé un check-up de routine. Tout était normal. Alors, que se passe-t-il ? La réponse, elle la connaît.

C'est sa conscience qui la tourmente. Ça la prend tout d'un coup, avec la soudaineté d'une tempête. Elle a horreur de cela. *Attention, Melanie. Tout ce que tu veux, c'est flirter avec le danger. Pas sombrer. Or tu n'es pas à l'abri d'un accident, tu peux perdre pied, toi aussi.*

Le bout de son sein droit — celui qu'elle a pincé si rudement — palpite, meurtri. Elle se concentre sur la douleur, se laisse envahir, purifier par elle. Répression instantanée. Exorcisme.

La transpiration s'évapore doucement sur sa peau. Par la fenêtre ouverte l'air froid de cette fin d'octobre s'infiltre. Les bruits de la rue se glissent dans la pièce tandis que les brouillards nocturnes enveloppent San Francisco. Un croissant de lune illumine le ciel de sa clarté blafarde.

Un coup à la porte menant au premier. Arrêt sur image. Tout se bloque. Sa respiration aussi. Puis, très vite, elle se ressaisit. S'immobilisant devant l'immense glace de sa chambre, elle passe froidement l'inspection. Ses vêtements, elle les a choisis avec soin. Chemisier de soie rose, coupe masculine. Pantalon fluide en soie noire. A ses pieds nus, des sandales, noires aussi. Sophistication et, séduction supplémentaire, chaleur. Elle passe un peigne dans sa chevelure auburn, épaisse et raide, coupée au carré, au niveau des épaules. Seconde inspection, brève celle-là. C'est bon. Elle est prête.

Un sourire ironique étire ses lèvres tandis qu'un vertige s'empare d'elle, qu'elle s'appuie contre le mur. L'étourdissement passe très vite : il lui suffit d'un effort de volonté pour le faire disparaître. Elle a l'habitude. Pas de quoi s'inquiéter. Elle sourit. Le chaos s'est mué en une chose dotée de forme et de substance. Quelque chose qu'elle peut manipuler.

Elle pénètre dans le séjour, qu'elle examine de l'œil critique d'une femme qui ne cesse de faire le point. Comme le reste de sa maison victorienne de Pacific Heights, la pièce affiche une élégance en demi-teinte. Aucun désordre. Les murs de stuc sont pêche très pâle. Les fenêtres dotées de stores en teck. Le parquet de chêne peint à la chaux recouvert d'un tapis marocain aux tons sourds — ocre, terre de sienne, gris. Deux causeuses habillées de soie caramel se font face. Sur la table basse en pin, un vase de chrysanthèmes et deux flûtes en cristal. La vaste baie vitrée serait idéale pour abriter des plantes mais il n'y en a pas. Elle n'a pas la main verte et n'a aucune envie de voir les végétaux mourir à petit feu par sa faute.

Parce que l'échec engendre le chagrin ? Le désespoir ? Elle ne sait pas trop. Les deux sont difficilement dissociables.

On ne frappe pas à nouveau à la porte mais elle sait qu'il doit être dans le couloir, à attendre. Comprenant qu'elle fait durer le plaisir. Comme lui, d'ailleurs. Ça, c'est sûr. Cette seule pensée suffit à l'exciter.

Elle sourit en ouvrant la porte. Dans sa hâte à rajuster son masque, elle sent qu'il est légèrement de travers.

Il ne bouge pas, la détaillant à son aise, le visage impassible. Table rase.

Ses yeux se portent sur le paquet qu'il a apporté. Du champagne. Intéressant. Provocation. Un sens pervers du jeu. Elle s'en tient là. Refuse d'analyser.

Ils sont assis sur la causeuse, elle le regarde l'observer tandis qu'ils boivent le champagne dans ses verres en cristal. Au coup d'œil qu'il lui jette, elle comprend qu'il est satisfait. Elle a mis du jazz en sourdine. Les lumières sont tamisées, les bougies allumées, l'atmosphère sereine, romantique. Il joue avec des mèches de ses cheveux tout en buvant à petites gorgées.

Elle attend le moment opportun mais n'en laisse rien voir. La peur s'est envolée maintenant qu'il est là. Elle a confiance. Elle voit en lui un chef d'orchestre virtuose dirigeant une symphonie. Elle-même est l'instrument dont il saura tirer des notes inouïes.

Il lui effleure imperceptiblement la joue. La caresse agit avec la violence d'une charge de dynamite.

— Vous avez l'air d'une petite fille, ce soir.

Elle est déconcertée mais secrètement flattée.

15

— Une petite fille ?

— Vous avez beau essayer de donner le change : c'est raté.

Il lui passe un bras autour du cou, ramène doucement sa tête au creux de son épaule. Ils restent assis tendrement en silence à la lueur des bougies, écoutant la plainte du saxo ténor de Marsalis. Prélude.

Près du meuble hi-fi, elle s'apprête à mettre un autre CD. Hésite. Il s'approche par-derrière. Elle esquisse un mouvement mais, les mains sur ses épaules, il l'empêche de se retourner. Lorsqu'il la lâche, elle reste immobile. Les doigts musclés pianotent le long de son dos, sur ses fesses.

Elle imagine son sourire lorsqu'il constate qu'elle ne porte ni soutien-gorge ni culotte sous ses vêtements d'adulte, mais elle n'essaie pas de s'assurer que le sourire est bien là. Obéir est trop excitant.

Il sort les pans de son chemisier de la ceinture de son pantalon, glisse ses mains fraîches sous le tissu, paumes à plat sur sa colonne vertébrale, doigts écartés contre son dos. Elle ne bouge toujours pas, elle attend.

— Choisissez un disque. Quelque chose qui balance, lui murmure-t-il à l'oreille.

Elle a envie de se plaquer contre lui, de se frotter contre son bas-ventre, de voir s'il est en érection, mais elle respecte et approuve le rythme qu'il lui impose. Elle aime son style. Entre eux, le courant passe.

Elle opte pour Bob Marley. Érotique, le reggae s'échappe des haut-parleurs. Elle oscille au gré du tempo. Ferme les yeux. Sûre de ne pas se perdre en chemin. C'est le guide idéal pour le voyage qu'elle va entreprendre.

Contrairement à elle, il ne balance pas les hanches mais ses mains font le simulacre d'enserrer son torse avant de remonter jusqu'à ses seins.

Sa bouche au creux de son cou.

— Défais ton pantalon.

L'ordre est sans réplique.

L'abrupt changement de ton la prend par surprise. Et elle se dit que cela doit être délicieux, pour lui, de sentir son trouble. Ses

16

mains trahissent sa nervosité et son impatience mais elle réussit néanmoins à dégrafer la ceinture, commence à tirer sur la fermeture à glissière. Il sourit maintenant. Elle en a la certitude, bien que lui tournant toujours le dos.

Son pantalon tombe en pluie molle sur ses chevilles. Il reste debout derrière elle, pétrissant ses fesses nues tandis qu'elle remue les hanches au son du reggae.

— Tu as une fossette.

Un instant, l'inquiétude la saisit. S'agit-il d'une imperfection ?

— C'est bien ? fait-elle d'une voix qui tremble.

— Très bien, fait-il avec un rire presque silencieux.

Sensation de plaisir intense. Elle vient de remporter une victoire.

Elle est assise dans son fauteuil, complètement nue maintenant. Il est à genoux entre ses jambes grandes ouvertes. Elle ne voit pas son visage, pressé contre son sein. Elle prend une profonde inspiration, reins cambrés à sa rencontre.

— Pas encore, dit-il doucement, sa langue amorçant la descente. Cette fois, on va s'occuper de toi. Rien que de toi. Mais à condition que tu restes tranquille.

Tant de générosité lui arrache presque des larmes. Qu'un homme puisse penser à elle avant de penser à lui, voilà une éternité que cela ne lui était pas arrivé.

Il l'oblige à se rallonger, lui passe les mains sous les fesses, l'approche — précieuse offrande — de lui.

Ses caresses sont d'un orfèvre en la matière. Elle est au bord du plaisir et de la douleur, elle tremble de tout son corps.

Il relève la tête, la regarde, ses lèvres luisent de ses sécrétions.

— Tu as déjà eu ce genre de fantasmes ? lui demande-t-il avec un sourire juvénile qui lui donne un pincement au cœur. (Elle en est la première étonnée. Son cœur, elle l'a toujours laissé en dehors de tout cela. Organe à part, soigneusement protégé. Jusqu'à maintenant.)

— Alors ? insiste-t-il.

— Oui.

Sourire timide. Sourire de fillette. La femme commence à s'estomper.

Ils sont assis au bord du lit. Ce n'est pas elle qu'il regarde, mais son reflet dans la glace de la commode en face d'eux. Regard intense, et en même temps lointain.

Elle se sent un peu frustrée. Voudrait qu'il se déshabille et participe plus activement.

— Raconte-moi tes fantasmes.

Voix basse, chargée de séduction.

Elle rougit :

— C'est très personnel.

L'absurdité de sa remarque la fait rire.

— Tu ne dois rien me cacher, dit-il. (Voix imprégnée de séduction toujours, envoûtante, irrésistible.) C'est la règle.

Sa timidité cède, la perversité du jeu l'excite. C'est trop tentant, elle ne peut pas résister.

Elle se lance :

— Je suis tombée en panne sur l'autoroute. Il fait nuit. Un routier s'arrête. S'approche. Il fait trop sombre pour que je distingue son visage. Les voitures nous dépassent en chuintant. Je respire la fumée des pots d'échappement. Leurs phares nous balaient mais, pour une raison que j'ignore, je suis la seule que les lumières éclairent. Lui reste dans l'ombre.

— Que fait-il ?

— Il jette un coup d'œil sous le capot. M'assure qu'il ne peut pas réparer. Il claque le capot. Il est tout près de moi. (Sa respiration s'accélère, devient irrégulière.)

— Tu as peur ?

— Oui. Il a quelque chose de brutal. (Son cœur bat à tout rompre.) Et en même temps je suis excitée, avoue-t-elle.

Elle ne lui dit pas pourquoi. Mais c'est le danger bien sûr, le risque, la terreur, le désir indécent de succomber contre sa volonté.

— Qu'est-ce qu'il fait ?

— Il me déshabille. Sur le bas-côté. Les voitures passent. Je me débats, mais il me gifle à plusieurs reprises et me déclare qu'il va sérieusement m'en cuire si je ne me tiens pas tranquille. Lorsque je suis nue, il me soulève et me pose sur le capot, où il me fait m'allonger. Il m'écarte les jambes. Sans ménagement. Les automobilistes ralentissent. Je le supplie de me laisser monter dans la voiture, où on ne pourra pas nous voir.

— C'est vraiment ce que tu désires ?

18

— Non, non, non. Je suis de plus en plus excitée. C'est lui que je désire. C'est grisant, de se retrouver dans cette situation. Sans défense.

C'est exactement l'impression qu'elle a maintenant. Le fantasme est devenu réalité.

— Continue.

— Il est sur moi, il me prend sur le capot de la voiture. Il me pilonne. Coups de boutoir furieux. Il m'immobilise les poignets avec ses mains. Une voiture ralentit. Trois jeunes gens en descendent. Oh, mon Dieu, je comprends tout d'un coup qu'ils vont tous me prendre...

Son débit s'accentue, les mots se bousculent. Elle n'arrive plus à distinguer sa propre image dans la glace. Elle ne voit plus leurs reflets dans la glace. Tout s'efface.

Recroquevillée sur son lit. Elle a un sourire timide de novice tandis que, la dominant de toute sa taille, il la scrute.

— Dis-moi ce que je dois faire pour te plaire. Je ferai n'importe quoi pour te plaire.

Il sourit, balayant son corps du regard.

— Tu as des nichons de petite fille.

— Je les ai en horreur, avoue-t-elle avec un intense sentiment de honte. (S'il y a une chose qu'elle veut éviter, c'est bien de lui déplaire.)

Il lui caresse doucement les seins. Ce qui la rassure. Alors elle a un sourire tremblant. Jusqu'au moment où il atteint les pointes et les emprisonne entre ses doigts pareils à des tenailles. Elle a un sursaut mais un flot d'adrénaline se rue dans ses veines.

Oui, c'est ça, fais-moi mal. Je le mérite.

Dans la baignoire. Il la lave. Il a des gestes doux, surtout lorsqu'il approche de la zone meurtrie. Elle est touchée, et excitée, par les soins qu'il lui prodigue. Sa douceur ajoute encore aux frissons d'excitation, à la solennité de la soirée.

— On est la petite fille à son papa ? demande-t-il d'une voix taquine, aimante, tendre.

C'est un nouveau jeu.

La vilaine petite fille est toute innocence maintenant.

— Oui, papa.

Elle est debout dans la baignoire, enfant docile, bras le long du corps, tandis qu'il la savonne et l'examine. L'examen minutieux l'excite autant que les frictions.

— Tu veux être bien propre, n'est-ce pas ?

Oui, c'est vrai. Lave-moi de mes péchés. Purifie mon corps. Qu'il soit comme neuf.

Il est à genoux, il frotte ; sa main descend le long de son ventre maintenant.

— Tu aimes quand je te lave, là ? (Il commence à la frotter avec ses doigts savonneux. Et sans faire semblant. Exactement comme elle aime.)

— Oui.

— Et là ? (Il glisse les doigts dans son vagin. Elle est terriblement excitée. Mais, au fait, et lui ? Comme il n'a pas quitté ses vêtements et qu'il est appuyé contre la baignoire, impossible de voir s'il est en érection.)

— Oui, oui. (Elle doit s'appuyer contre le mur carrelé.)

Soudain il s'arrête, la fait pivoter. Elle a failli glisser mais se redresse. Il ne paraît pas s'en apercevoir. Il commence à s'occuper de son dos, de son derrière.

— Frotte plus fort, lui ordonne-t-elle.

Ça l'énerve. Il n'aime pas que sa petite fille lui donne des ordres. Il approche une brosse de son petit cul, son bras tel un étau se referme autour de sa taille.

Elle pousse un cri lorsqu'il lui tape dessus avec la brosse. Une fois, deux fois...

Oui, punis-moi. Oblige-moi à être gentille. Je veux être gentille.

Sur le tapis au pied du lit, bras et jambes écartés, mains agrippant la barre de cuivre du montant. Il ne l'a pas attachée mais lui a ordonné de ne pas lâcher prise. Elle joue la victime consentante — un rôle qui lui va comme un gant.

Tout son corps lui fait mal, palpite. Désir, désir. Il l'oblige à répéter. « Je te veux. Je te veux. »

Plus aucune trace d'enfantillage dans son sourire. Mais de la ruse, de l'amusement. La ligne qui sépare le fantasme de la réalité s'estompe. Fini, la dissimulation. Il a envahi les replis les plus secrets de son esprit et de son corps, il veut les connaître. Il la frappe sur les seins d'un revers de main. C'est à peine si elle s'en rend compte tandis que, reins creusés, cambrée vers lui, elle serre la barre de cuivre de ses phalanges blanchies.

Il la frappe de nouveau.

— Tu es une putain ?

— Non. (Le second coup sur les seins lui arrache ce cri. Cette fois, elle tressaille mais elle s'abîme dans la douleur.)

— Tu es une putain ?

— Non, non.

Il la frappe encore.

— Menteuse. Menteuse.

Bien qu'en proie à la panique — est-ce qu'il perdrait les pédales ? —, elle sent un cri guttural lui nouer la gorge. Elle le dévisage, ses yeux noisette dilatés et humides de désir. Elle veut qu'il la pénètre.

Doit-elle le lui demander ? L'en prier ? Le supplier ? Elle a un peu peur. Lui aussi commence à se piquer au jeu. La joie qu'il éprouve à la faire souffrir s'est intensifiée. Elle le lit sur son visage, dans ses yeux. S'il devenait trop violent, elle se verrait obligée de lui interdire de poursuivre. L'abominable vérité, c'est qu'elle ne le souhaite pas.

En travers de ses genoux. A plat ventre sur le lit. Pas facile de respirer. La douleur augmente, le désir aussi. C'est horrible.

Quelque chose de doux et de soyeux lui chatouille les fesses. Tant bien que mal elle tourne la tête. Aperçoit un foulard. Un foulard de soie blanche.

Elle prend une brusque inspiration. Des images lui traversent l'esprit — quatre jeunes femmes, leurs jolis visages maintenant marbrés, tuméfiés, méconnaissables, leurs corps ligotés, profanés, mutilés…

Horrible. Macabre. Et pourtant… Fascination. Se trouver totalement à la merci d'un homme. Être forcée de s'abandonner complètement. Ne plus être responsable.

Elle se tord le cou pour le voir. Il sourit comme s'il savait ce qui se cache dans les replis de sa conscience.

— Tu peux avoir confiance en moi, Melanie. Et satisfaire ta curiosité.

Elle esquisse une protestation mais les mots gargouillent et meurent dans sa gorge.

Il sourit tendrement tout en lui tendant, telle une offrande, le foulard.

Leurs regards se croisent l'espace d'un instant. Cela lui suffit : il sait qu'il peut continuer.

Ses tempes battent. Elle est ligotée dans une position presque intolérable. Sa mâchoire la lance ; il l'a giflée si fort qu'elle a l'impression que ses dents ne tiennent plus qu'à un fil. Ce qui est pire, c'est qu'il ne cesse de la titiller de la main, de la bouche — mais jamais avec son pénis —, l'obligeant à flirter avec l'orgasme sans réussir à l'atteindre.

Elle se sent avilie, souillée. Humiliée par sa propre passivité, par le manque d'envie de mettre un terme à tout cela. Et pourtant, c'est nécessaire. Il faut qu'elle réagisse. Sinon elle perdra tout contact avec la réalité, tombera dans l'abîme. Et l'y entraînera avec elle.

— Détache-moi. J'ai mal.

— Moi qui croyais que tu voulais faire l'expérience de la douleur, Melanie.

Sa gorge se serre. Elle était persuadée qu'il se montrerait coopératif.

— Ça n'est amusant ni pour toi ni pour moi, ment-elle avec sobriété.

Il sourit. Parce qu'il connaît la vérité.

Haletante et tremblante, couchée sur le tapis marocain du séjour, elle est toujours ligotée, elle ne sent plus ses poignets ni ses chevilles, son dos lui fait atrocement mal. Sa peau est à vif. Des sillons, d'horribles sillons violacés, apparaissent sur sa chair.

— Dis-moi, chuchote-t-il, promenant les doigts sur sa joue tuméfiée. Tu me désires toujours, Melanie ? Dis-moi la vérité.

Impossible de répondre. Elle ne sait plus ce qui est vrai ni ce qui est réel. Elle est en train de sombrer dans le chaos.

— Encore un peu de champagne ? fait-il sur le ton de la conversation.

De la tête, elle refuse. L'alcool lui brûlerait la lèvre, qu'elle a en sang. L'hystérie n'est pas loin, à fleur de peau.

— Et si on faisait une pause ? dit-elle avec un sourire forcé. Si on arrêtait un moment ? On n'a même pas dîné. On pourrait dîner et après...

Il n'écoute pas. Il s'agenouille près d'elle ; il presse la flûte de cristal contre ses lèvres.

Elle fait mine de refuser de nouveau.

— Non...

Il l'attrape rudement par la nuque, lui verse de force du champagne dans la bouche. Elle s'étrangle, tousse, recrache. Maintenant elle est en colère.

Alors il lui adresse un sourire plein d'amour ; mais son regard est vide. S'il est vrai que les yeux sont le miroir de l'âme, on peut dire que, ce soir, son âme l'a abandonné.

Il se lève, s'approche du meuble hi-fi, fouille parmi les CD. Ayant trouvé le disque qu'il cherche, il le met. Puis il revient vers elle, souriant toujours, tandis que les premières notes de la *Rhapsody in Blue* de Gershwin retentissent dans le séjour.

— Ce n'est pas la première fois que tu l'écoutes, n'est-ce pas, Melanie ? Mais jamais dans ces conditions, bien sûr. Pourquoi Romeo l'a-t-il fait écouter à chacune de ses victimes, ce disque ? Avoue que tu t'es posé la question.

— En effet, fait-elle d'une voix qui n'est qu'un croassement.

Il change de sujet de conversation.

— Elles aussi, elles ont partagé leurs fantasmes les plus secrets avec lui. Et de bon cœur, tu sais. C'est même comme ça qu'elles prenaient leur pied. Exactement comme toi, Melanie.

Qu'est-ce qu'il raconte ? Comment peut-il bien savoir ce que ces femmes partageaient avec le meurtrier en série avant qu'il ne les tue ? Il se moque d'elle. Cette fois, ça suffit.

C'est alors seulement qu'elle remarque qu'il porte des gants de chirurgien. Quand les a-t-il enfilés ? Peut-être qu'il les porte depuis le début... Elle est tellement dans les vapes qu'elle serait incapable de le dire.

— Non, gémit-elle, se cramponnant à ce mot comme on se cramponne à une bouée.

Je connais cet homme. J'ai confiance en lui. C'est un jeu. Rien qu'un jeu…

Il se rapproche, si bien qu'elle sent le champagne sur son haleine, et son excitation.

— « Romeo, Romeo, où donc es-tu, Romeo ? » chuchote-t-il en lui prenant tendrement le menton entre deux doigts. Romeo est là, Melanie. Près de toi.

Il lui a décoché le coup qui tue. Le coup qui met un terme à la comédie : elle ne contrôle plus rien. Un gémissement de pure angoisse fuse de ses lèvres, elle en perd la respiration. La terreur à l'état pur, une terreur glacée la transperce de part en part.

Sa queue est dure comme du silex maintenant. Inutile de se demander pourquoi. Le Dr Melanie Rosen est un expert psychiatre pour qui les pulsions démoniaques des tueurs en série n'ont aucun secret. Comme c'est décourageant de se dire qu'au bout du compte c'est à soi et à ses pulsions perverses qu'on doit sa perte.

Ses genoux entrent douloureusement en contact avec le tapis. Il est assis dans la causeuse. D'une main, il tient son pénis ; de l'autre, il lui plaque la tête contre sa cuisse. Elle est trop faible pour se rebiffer. Elle sait que ça ne servirait à rien de toute façon.

— J'ai été touché quand tu m'as surnommé Romeo sur le plateau de *Cutting Edge*. « Romeo est un psychopathe, un grand violent qui séduit ses victimes avant de leur voler leur cœur. »

Il rit. D'un rire dénué d'humour.

— Tu es bougrement télégénique, Melanie. Je n'ai pas raté une seule émission.

Il lui décoche un regard pensif.

— Je me demande ce que tu dirais de moi, maintenant, à tous ces abrutis de téléspectateurs avides de sensations fortes. Quel tabac ça ferait, Melanie. Rends-toi compte ! Un récit de première main. « Ma nuit avec Romeo. » De quoi faire péter l'audimat.

Il se caresse avec des mouvements d'homme en transe. Elle reste immobile. Il faudrait qu'il continue à parler.

— J'ai bien aimé ta théorie sur les cœurs de mes victimes. Selon toi, je les conserverais pour que ces femmes restent vivantes dans mon esprit pervers. Jusqu'à ce qu'ils commencent à pourrir. Que je sois obligé d'échanger un cœur en décomposition contre un cœur tout neuf. (Il sourit.) Pas mal, Melanie. Un tissu de conneries. Mais pas complètement inintéressant.

— A la base de tout ça, il y a une vieille blessure, dit-elle d'une voix calme. Une blessure et de la rage ; et le désir frénétique de se sentir tout-puissant. De maîtriser le cours des événements.

Ce n'est pas lui seulement qu'elle analyse ; elle n'est pas dupe.

— Mais dans l'émission d'après, tu n'as pas pu t'empêcher de débiter les banalités habituelles sur le complexe d'Œdipe. Ça, c'était un coup bas, Melanie. (Il sourit, sarcastique ; tournant la tête pour apercevoir son visage, elle se rend compte qu'il est dans un état voisin de la fugue.)

— Les enfants sont vulnérables. Des tas d'adultes peuvent les blesser, dit-elle. Et cette blessure, ils la refoulent...

Il se glisse près d'elle sur le tapis. Ses doigts s'insinuent entre ses cuisses. Elle s'efforce de ne pas broncher.

Il pose ses lèvres sur ses cheveux. Ses doigts pénètrent dans sa fente. Horreur, désespoir, elle constate qu'elle est encore toute mouillée. Il continue de sourire. Pas surpris le moins du monde.

— Tu es exactement comme toutes les autres. Ces connes.

— Non, non. (Note implorante dans la voix. Pas bon, ça, la note suppliante. Mais c'est plus fort qu'elle.) Tu me connais. Tu ne vas pas me faire ça... à moi.

Il la repousse brutalement. Il transpire à grosses gouttes en prenant appui du dos contre le pied de la causeuse et lui sourit. L'espace d'un instant, elle se dit qu'il a joui. Orgasme silencieux, qu'il a lui-même provoqué. Elle se dit qu'elle a obtenu un sursis.

Mais non, son sexe est plus que jamais au garde-à-vous.

Il l'attrape par le menton, l'oblige rudement à tourner la tête vers lui.

— Allez, dis-le. *Romeo*. Je veux l'entendre de tes lèvres, espèce de pute.

Une rage folle étincelle dans son regard. Elle comprend qu'elle n'a pas réussi à l'atteindre. La panique s'empare d'elle. La douleur, la peur sont si fortes qu'elle se sent au bord du délire. Mais pas question de renoncer. Elle va trouver une solution. Elle a toujours réussi à s'en sortir jusque-là.

— J'ai passé un bon moment, dit-elle d'un ton posé.

— Je sais. Les autres aussi. (Il dit ça sur un ton tellement neutre que tous ses poils se hérissent sur son corps nu et tuméfié.) Mais ça n'a duré qu'un temps. Après, elles ont voulu arrêter les frais. Comme toi. Garces, salopes, toutes des allumeuses. Des putes. Si tu ne peux pas payer, faut pas jouer.

Un sentiment de futilité s'empare d'elle, pourtant elle rassemble ses forces. Qu'est-ce qui la pousse ? Le désir de survivre ? Ou celui de faire triompher sa volonté ?

— Tu es fatigué, dit-elle doucement. (Mais si quelqu'un est épuisé, c'est elle.) A chaque fois, tu songes à tout arrêter. Tu as envie de t'arrêter. Et quand c'est fini, tu te détestes.

Et moi ? Je ne me déteste pas, peut-être ?

Il a l'air amusé.

— C'est un rendez-vous galant, docteur. Pas une séance d'analyse.

— Je me fais du souci pour toi. Je sais combien tu souffres.

Il rit doucement.

— Tu te crois intelligente, brillante. Tellement perspicace. Tu crois tout savoir me concernant. En fait... tu sais... que... dalle... pauvre pétasse.

Il s'approche. Son membre se presse contre sa cuisse. Rigide, froid, moite. Il se renverse sur le canapé, ferme les yeux, fredonne.

— N'est-ce pas que c'est romantique ? roucoule-t-il en se moquant.

Elle est prise d'une nausée, le champagne ne passe pas ; c'est parce qu'elle est terrorisée.

— Je vais vomir...

Il fait celui qui n'entend pas. Fredonne de nouveau. Lui caresse la cuisse. Puis les cheveux.

Elle perçoit une drôle d'odeur. Fétide. Répugnante. Ses paroles lui reviennent. *Jusqu'à ce qu'ils commencent à pourrir. Que je sois obligé d'échanger le cœur en décomposition contre un cœur tout neuf...*

— Je t'en prie. Je ne me sens vraiment pas bien. (Elle tremble convulsivement.)

— Mon pauvre petit, fait-il, apaisant.

— Oh, mon Dieu... (Elle vomit. Elle s'en met partout. Elle en met plein sur le tapis. Elle a l'impression qu'elle n'en finit pas de vomir.)

Secouée de sanglots. Il l'essuie avec une éponge. Qu'il a dû trouver dans la cuisine. Elle est tellement dans le potage qu'elle ne s'est pas rendu compte qu'il s'était absenté.

— Allez, dis-le, Melanie, insiste-t-il doucement tout en essuyant le vomi.

Les larmes coulent sur son visage :

— Ne fais pas ça. Laisse-moi t'aider. Je peux t'aider.

— Mais tu m'aides, Melanie. Tu m'aides.

Cette fois, elle sent que ça va arriver. L'obscurité va l'envelopper. Elle cherche quelque chose à quoi se raccrocher. Mais ne trouve rien. C'est comme si elle se dissolvait.

Il est planté devant elle. Un couteau dans sa main gantée. Sur la lame argentée, le reflet du vase de bronze posé sur la table basse.

Il fait un pas de plus.

Ses yeux passent du couteau à son pénis. Qu'elle ne peut s'empêcher de fixer.

— Tu veux ?

Son cœur bat à cent à l'heure. Sa peau fourmille. C'est horrible, révoltant, mais son corps tout entier tremble, palpite. Elle ne sait plus où elle est. Elle s'est perdue.

La pièce est plongée dans le noir. Impossible de le voir. Mais elle le sent. Son sexe bat contre sa hanche. La pointe effilée du couteau effleure son sein.

— Dis-le. « Je te désire, Romeo. » Allez. (Il lui passe un bras autour de la taille, se balance avec elle au son de la *Rhapsody in Blue*.)

Face à la mort, elle reste voyeur. N'a-t-elle pas dansé avec la mort toute sa vie ?

— Allez, Melanie, dis-le, et tu auras la vie sauve, murmure-t-il, aguicheur.

Sauvée, oui. Je ne céderai pas vraiment, mais je retrouverai tout ce que j'ai perdu.

— Je te désire, Romeo. (Dans un souffle, elle lâche l'ultime aveu tandis qu'elle plonge plus profond en elle-même. C'est la seule chose qui existe encore. Cet ultime abandon, cette prodi-

27

gieuse excitation, cette paradoxale sensation de puissance qui la consument.)

La musique atteint un crescendo tandis que le couteau s'abat. Melanie n'entend pas le hurlement. Elle se noie dedans.

Il la regarde et sourit avec respect. Il éjacule, explose en un jet brûlant et furieux au moment même où il la pénètre ; le sperme et le sang se mêlent, à jamais confondus dans sa conscience. L'espace d'un battement de cœur. Le dernier battement du cœur de Melanie.

Le besoin de tuer que Romeo éprouve avant de violer constitue un élément clé de son rituel. En effet, lorsqu'il atteint l'orgasme, il perd le contrôle de lui-même — comme tout le monde —, il devient vulnérable... Or il n'est pas question que ses victimes soient témoins de sa faiblesse : elles risqueraient de l'utiliser contre lui. Une fois mortes, à l'évidence, ces femmes ne lui posent plus aucun problème.

Dr Melanie Rosen, *Cutting Edge*

Chapitre 1

La dernière fois que Sarah Rosen avait parlé à sa sœur Melanie, ç'avait été très tôt, le matin du jour où Melanie avait été tuée. En temps normal, Sarah aurait été furieuse d'être réveillée avant la sonnerie du réveil, seulement elle faisait un cauchemar si horrible — une grosse main menaçante aux doigts épais et poilus lui enserrait le cou, une voix dans le noir modulait avec des accents rauques : « Sarah, Sarah » — qu'elle avait été soulagée d'entendre le téléphone. Jusqu'à ce qu'elle découvre qui était au bout de la ligne.

— J'aurais dû me douter que c'était toi, dit Sarah, voix brumeuse, repoussant une courte mèche auburn. (Elle farfouilla sur sa table de nuit pour y repêcher ses lunettes au milieu d'un bazar innommable — revues, journaux, livres, verre de vin blanc à demi plein qu'elle renversa comme de bien entendu.)

Ignorant l'incident, elle poursuivit ses recherches. Les lunettes, monture dorée à la John Lennon, étaient enfouies sous son oreiller en compagnie d'une assiette poisseuse, laquelle avait contenu un en-cas à base de beurre de cacahuète pris aux alentours de minuit. En récupérant ses lunettes, elle fit tomber l'assiette en porcelaine, qui se brisa.

— Qu'est-ce qui se passe ? s'inquiéta Melanie.

— Rien, dit Sarah en chaussant ses lunettes. Une assiette.

— Tu es vraiment bordélique, la gronda Melanie.

— Je fonctionne mieux au milieu du foutoir. (Sa chambre semblait avoir été visitée par des cambrioleurs. Les tiroirs de sa

29

commode vomissaient des flots de pulls, chaussettes et sous-vêtements. C'était comme si un voleur malhabile les avait retournés dans l'espoir d'y trouver des objets de valeur. Les objets de valeur — bijoux fantaisie, tasse à café ébréchée, boucles d'oreilles dépareillées et collant en tire-bouchon — s'entassaient sur le dessus de la commode à portée de main du premier venu. Son unique siège, un vieux rocking-chair abandonné par le précédent locataire, disparaissait sous les vêtements portés la veille. Des cartons entassés contre le mur — et toujours pas ouverts depuis qu'elle avait emménagé dans ce deux-pièces au premier étage d'un immeuble de Mission District près d'un an plus tôt — ajoutaient encore au chaos.

Melanie avait été horrifiée lorsqu'elle avait appris que sa sœur s'était installée dans ce quartier. Dans Mission District, en effet, les gens sortaient leurs pistolets pour un oui pour un non. Elle avait accusé Sarah d'être inconsciente et maso. En réalité, Sarah était une grande froussarde. Si elle avait opté pour ce coin, c'est que l'agitation du dehors la distrayait de ses pensées, qui l'inquiétaient bien davantage.

— Tu ne pourras jamais faire le ménage dans ta vie tant que tu n'auras pas fait ménage dans ta tête, dit Melanie brutalement.

— Un sermon ? Des années de pratique psychanalytique pour en arriver là ? fit Sarah d'un ton sec. Tes circuits n'ont pas encore eu le temps de se mettre en route, Mel. C'est un peu tôt.

— Tôt ? Il est près de sept heures. Tu ne dois pas être au boulot à neuf heures ?

— Si. J'avais encore une demi-heure de sommeil devant moi.

— Je n'ai pas beaucoup de temps, fit Melanie, vivement. Mon premier patient arrive dans dix minutes.

« Tant mieux, se dit Sarah », qui ne supportait sa sœur aînée qu'à doses homéopathiques.

— Qu'est-ce que tu veux ?

— Comme si tu ne le savais pas. Que tu ailles voir papa.

Sarah se laissa retomber sur son oreiller et coinça son édredon écossais sous son menton. Une chaussure restée dans les plis de la couette dégringola par terre.

— Ce n'est pas une heure pour...

— Je voulais t'y emmener ce soir, mais j'ai un rendez-vous. On

30

ira demain à l'heure du déjeuner. Je passerai te prendre à ton bureau.

— Non. J'irai seule. (C'était déjà assez traumatisant de se traîner jusqu'à la maison de repos, inutile de transformer ça en réunion de famille.)

— Quand ? Voilà des semaines…, insista Melanie. L'autre soir, il n'a pas cessé de rouspéter. Disant que tu l'avais abandonné.

— N'essaie pas de me faire culpabiliser, Mellie. (Sarah ne l'ignorait pas : sa sœur détestait qu'on l'appelle autrement que Melanie. Prénom de la célèbre psychanalyste autrichienne, Melanie Klein.)

— Oh, arrête, Sarah.

— Tu es l'aînée compréhensive. Et moi, la vilaine. C'est pas nouveau.

— Tu n'as besoin de personne pour te faire culpabiliser. Tu te débrouilles très bien toute seule. Alors, quand iras-tu faire un saut là-bas ?

— Samedi. (Sarah se dit qu'elle pourrait toujours demander à son copain Bernie de l'accompagner. Elle poussa un soupir :) Tu es contente ?

— Contente ? Alors que mon père, psychanalyste de renom, se figure que j'ai cinq ans et me demande de m'asseoir sur ses genoux pour me chanter une berceuse ?

Sarah tressaillit mais d'un ton prosaïque remarqua :

— Il a un Alzheimer, bon sang. C'est bien toi qui n'arrêtes pas de me dire qu'il faut regarder la réalité en face, non ?

— Tu n'as donc aucune tendresse pour lui ? Ce n'est pas parce que je suis sa préférée que tu dois tout me coller sur le dos.

— Sept heures moins trois, Mel. Tu ne voudrais pas faire attendre ton patient.

— Je te rappelle demain, fit Melanie plus résignée que furieuse. Après avoir vu papa. Je te ferai un compte rendu. Mais en vitesse : j'ai rendez-vous avec Feldman à deux heures.

— Embrasse-le pour moi, fit sèchement Sarah.

— Qui ça ? Papa ou Feldman ?

— Devine. C'est toi, le psy.

— Dites-moi ce que vous voyez.

Sarah mit ses lunettes et se planta devant le chevalet du petit atelier de SoMa, quartier d'entrepôts abandonnés au sud-est du Tenderloin. L'endroit sentait la peinture, la térébenthine et le bacon frit.

— Eh bien ? fit Hector Sanchez, relançant Sarah.

Elle s'éclaircit la gorge. La toile d'Hector était aussi dérangeante que fascinante.

— Tempête en mer. Ça chahute. Violence. Rage. Grande force. Ça donne le frisson.

— Mais par rapport à... (Sa voix flancha. Sa tête retomba comme devenue soudain trop lourde pour son cou.) Vous savez ...

Sarah se tourna vers lui. Hector Sanchez n'avait pas la dégaine d'un artiste. En le voyant entrer dans son bureau deux mois plus tôt au centre de réinsertion, elle l'avait pris pour un docker. Vingt-cinq, vingt-six ans, baraqué, cicatrices d'acné sur le visage, cheveux noirs et courts, teint olivâtre, il avait la tronche d'un type qui en veut au monde entier.

— Si je vous dis que c'est mieux, vous me croirez ? (Sarah avait vu quelques semaines auparavant les toiles d'*avant l'accident* réalisées par Hector avant qu'il ne les lacère au couteau dans une crise de désespoir.)

— Racontez pas de conneries.

— Qu'est-ce que je disais ? fit Sarah, haussant les épaules. Pourquoi me poser la question, alors ?

Sanchez ôta ses lunettes noires et les lança avec colère à l'autre bout de l'atelier.

— C'est de la couille. Putain, je sais pas pourquoi je vous ai laissée me baratiner. C'est complètement con. C'est ça, la réinsertion ? Faut que vous soyez drôlement cinglée, comme nana, pour avoir eu une idée pareille. On va se foutre de ma gueule.

Ses bracelets cliquetant, Sarah marcha droit vers le tabouret de bois où Hector était perché, mains dans les poches de son jean maculé de peinture. Elle le dévisagea, détaillant sans flancher les cicatrices cernant ses yeux, les paupières fripées dissimulant à moitié les pupilles pareilles à des raisins secs. Avant son accident de moto, il avait dû avoir un regard très sexy.

— Pas du tout. Vous êtes un artiste.

— Mon cul, oui, je suis aveugle.

— Un artiste aveugle. Ce que vous n'avez pas vu avec vos yeux, vous l'avez vu avec votre imagination. Et vous avez tout recraché sur la toile. Avec violence, précision. Et que vous me croyiez ou non, c'est foutrement *bon*.

La bouche d'ordinaire sévère d'Hector Sanchez s'étira.

— Des gros mots ? Pas très professionnel, Miss Rosen.

— Lâchez-moi, Hector, fit Sarah, lui pinçant l'épaule. J'ai encore deux clients à voir ce matin et une montagne de paperasse qui m'attend au bureau.

— Eh ben, c'est pas marrant, tout ça. Un peu de réinsertion vous ferait peut-être du bien. (Il l'attrapa par le bras.) Si on cassait une croûte ensemble ce soir ?

— Vous connaissez le règlement, Hector. Interdiction de sortir avec mes clients.

— Au diable, le règlement. Faut que vous mangiez. Vous êtes maigre comme un clou. Votre bras est à peu près aussi gros qu'une cuisse de poulet.

— Je mange comme quatre. Je brûle tout, fit-elle sur la défensive.

— Et si vous me disiez un peu ce que j'ai en face de moi, fit Hector, la fixant de ses yeux sans regard.

— Quoi ?

— Décrivez-vous. Comme vous avez décrit ma toile. Allez, du haut en bas. En détail.

— Je n'ai pas le temps, Hector, fit-elle en se dégageant.

— Alors je vais vous dire l'image que j'ai réussi à me faire de vous à force de vous tripoter en douce, fit-il avec un grand sourire lascif. Vous boucherez les trous. Vous avez les cheveux très courts. Style porc-épic. Vous les coupez sans doute vous-même. Et vous êtes habillée genre baba cool. Longues jupes amples, hauts informes, sandales.

— Comment vous avez deviné, pour les sandales ?

— Quand vous marchez, elles claquent. Où en étais-je ? Ah, ouais. Vous êtes décorée comme un sapin de Noël. Vous avez de l'or…

— De l'argent. Je n'aime pas l'or.

— C'est juste, de l'argent. Et des perles, des kilos de perles. Boucles d'oreilles, colliers, bracelets. Et puis vous n'êtes pas si

33

maigre que ça : je parie que vous dissimulez vos formes sous vos fringues.

— Qu'est-ce que vous voulez savoir encore, Hector ? fit Sarah, s'agitant. La taille de mon soutien-gorge ?

— 95 B ?

— Vous êtes vraiment sûr d'être aveugle ?

— Je suis sûr que vous êtes un canon. Seulement vous faites tout pour que ça se voie pas.

— Faut que j'y aille, dit Sarah avec un rire. Je reviendrai dans une quinzaine. Oh, n'oubliez pas qu'Arkin, de la galerie Beaumont, passera voir votre chef-d'œuvre demain après-midi à trois heures. Soyez gentil avec lui, promis ?

Ayant retiré ses lunettes, elle les rangea dans son fourre-tout en tapisserie qu'elle portait en bandoulière et se dirigea vers la porte.

— Hé, Sarah…

— Ouais ?

— Les mecs, vous les aimez ?

— Pas quand ce sont des enquiquineurs. (Elle ouvrit la porte.) Ciao, Sanchez. A bientôt.

— A bientôt, Rosen. Dans mes rêves.

Midi bientôt en ce dernier jeudi d'octobre. Une pluie fine se mit à tomber lorsque Sarah sortit du centre de réinsertion d'Eddie Street et descendit Van Ness à pied pour gagner son bureau situé près du Civic Center. Il n'avait pas plu à San Francisco depuis des semaines — le beau temps immuable avait rendu les météorologues cinglés, les forçant à rédiger des bulletins ennuyeux à périr. Un peu de pluie leur aurait redonné du tonus. Sarah, elle, n'avait rien contre le beau temps ; c'était la pluie qui lui filait le bourdon.

Elle se revit soudain, adolescente dégingandée de treize ans, plantée devant la fenêtre de sa chambre peu de temps après leur emménagement dans l'immense maison victorienne de Scott Street. Visage pressé contre le carreau derrière lequel la pluie tombait, elle contemplait la baie et le Golden Gate Bridge nappé de brouillard, des larmes roulant le long de ses joues.

Elle détestait cette maison de Pacific Heights à l'époque. Et elle la détestait toujours. Ç'avait été la demeure de son père. C'était maintenant celle de sa sœur. Grand bien lui fasse : elle-même n'en aurait pas voulu pour un empire. Cet endroit ne lui rappelait que de mauvais souvenirs. C'était drôle, d'une certaine façon, car s'ils avaient quitté Mill Valley, c'était justement pour fuir de vilains souvenirs. Seulement il y avait des choses auxquelles on ne pouvait échapper. A moins de s'en donner vraiment la peine. Sarah ne se trouvait pas douée pour grand-chose. Mais pour ce qui était d'oublier, elle se posait là : c'était devenu chez elle un art, qu'elle pratiquait avec succès. La plupart du temps, du moins.

Aujourd'hui, démoralisée, elle constata qu'elle avait perdu la main. Les souvenirs ne cessaient de fuser dans son esprit, clignotant comme des feux de détresse. Sarah mit ces visions sur le compte de la pluie. De son cauchemar. Du coup de téléphone de sa sœur. Est-ce que Melanie s'était vraiment assise sur les genoux de son père ? Sarah ferma les yeux et sentit une chaleur désagréable l'envahir malgré le vent humide et la pluie qui se faisait plus dense.

Une femme qui essayait de garer sa Toyota dans un espace trop petit juste devant Davies Hall heurta du coude son klaxon. Sarah ouvrit grand les yeux.

Une mouette qui s'était éloignée de la baie tournoya au-dessus de sa tête, ailes déployées, filant à travers le ciel qui s'obscurcissait. Elle aurait tout donné pour pouvoir voler. *S'envoler. Loin d'ici.*

Sarah était trempée et gelée lorsqu'elle atteignit les bureaux du centre de réinsertion installés dans un gratte-ciel sans intérêt au coin de Van Ness et de Hayes.

Six ans qu'elle travaillait là ; depuis qu'elle avait décroché ses diplômes de psychologie à la faculté de San Francisco. Le salaire était maigre, nettement inférieur à ce que son père et sa sœur auraient souhaité lui voir gagner. Mais Sarah n'avait ni leurs goûts de luxe, ni leur volonté de se surpasser. La paperasserie exceptée, elle adorait son métier de psychologue-conseil qui lui donnait le sentiment d'être utile. Et puis elle aimait les gens dont elle avait la charge : quarante-six personnes toutes infirmes ou plutôt handicapées. Les handicapés se fichaient pas mal de l'étiquette qu'on leur collait. Tout ce qu'ils voulaient, c'était repartir du bon pied, apprendre un métier pour gagner de quoi s'en sortir et avoir la paix.

En pénétrant dans le hall terne de l'immeuble de bureaux, elle entendit son estomac gargouiller. La remarque d'Hector lui revint à l'esprit. Elle avait tendance à oublier de manger. Faisant volte-face, elle ressortit pour gagner la cafétéria du coin et y déjeuner sur le pouce.

Des sandwiches sous cellophane s'alignaient dans la vitrine. Elle en choisit un à la dinde, le fourra dans son sac. Elle ramassait sa monnaie lorsqu'elle aperçut son collègue et copain, Bernie Grossman. Bernie avait approché son fauteuil roulant de l'une des tables de formica gris et il avalait une assiette de chili con carne.

— Tu es trempée, dit-il, levant les yeux alors qu'elle s'approchait.

Bernie, âgé d'une petite quarantaine, avait un visage de chérubin.

— Il pleut.

Tendant le bras, il lui épongea le visage avec sa serviette.

Elle le repoussa et prit place sur une chaise près de lui.

— Te fatigue pas. Tu en as davantage besoin que moi. Tu manges comme un cochon, Bernie. T'as vu ta barbe ?

— Je sais, fit Bernie en souriant. Tony, ça le rend dingue. C'est fou ce qu'il peut être à cheval sur la propreté.

Sarah repêcha son sandwich dans son fourre-tout.

— Tony ?

Bernie récupéra un morceau de bœuf resté collé sur sa chemise en jean dont les boutons avaient du mal à fermer tant sa panse était confortable.

— Je ne t'ai pas parlé de Tony ?

Sarah dépapillota son sandwich. L'étiquette indiquait mayonnaise mais en fait c'était de la moutarde qui était étalée sur le pain complet. Et puis zut, de toute façon elle n'était pas si affamée que ça.

— Bernie, tu ne m'as pas dit que Tony était un salaud et un constipé ? Que ce serait bien le dernier mec avec qui tu te mettrais en ménage ?

Bernie reposa sa cuiller sur la table.

— Quand est-ce que j'ai dit ça ?

Sarah réfléchit tout en ramassant un morceau de pain et en le fourrant dans sa bouche.

— Voyons voir. On est jeudi. Et hier, tu étais malade. C'est mardi que tu m'as dit que ce mec était un connard.

— Ne brode pas, Sarah. J'ai dit « constipé ». A mes yeux c'est pas nécessairement une mauvaise chose.

— Oh, Bernie, arrête.

— Tu verras, sourit-il, tu finiras par admettre que ça ne te déplaît pas, mes grossièretés.

— C'est ça. Et je te dirai aussi que je crois encore aux fées.

— Doux Jésus, Scarlett, qu'est-ce qu'on ferait si les fées [1] n'existaient pas ?

— Ouaf, ouaf.

— Je sais, je pourrais faire un numéro comique dans un cabaret au lieu de bosser comme psychologue. Mais pour ça faudrait que j'arrive à tenir debout tout seul devant le micro. Bon, d'accord, c'est pas drôle. En tout cas pendant que j'étais chez moi hier, avec cette saleté de virus, devine qui est-ce qui est venu s'occuper de moi ?

— Florence Nightingale ?

— Tony a son diplôme d'infirmier.

— Mais il s'est fait virer de l'hôpital pour avoir volé des barbitos. Allons, Bern. T'as vraiment pas besoin d'un junkie.

Personne n'était mieux placé que Sarah pour le savoir.

Bernie Grossman avait été l'un des premiers cas de Sarah. Études supérieures, homosexuel, juif, drogué, il s'était si bien fait dérouiller devant un bar gay de Castro Street qu'il s'était retrouvé aux urgences de l'hôpital de San Francisco avec plusieurs vertèbres brisées. Au bout de six mois d'hosto et de deux mois de cure de désintoxication, Bernie s'était pointé dans son bureau habillé de façon décente, dans un fauteuil roulant, toujours juif, toujours gay, se disant qu'à trente-cinq ans il serait peut-être temps de devenir le brave type que ses parents installés à Pasadena avaient toujours souhaité qu'il fût.

Deux ans plus tard grâce au soutien constant de Sarah, il avait décroché son diplôme de psychologue et un job provisoire de psychologue-conseil au centre sous les ordres de la jeune femme. Six mois plus tard, il était toujours clean, il avait passé le concours

---

1. *Fairy* signifie à la fois fée et homosexuel. *(N.d.T.)*

interne et obtenu un poste de titulaire. Il attaquait maintenant sa quatrième année dans l'administration.

— Comment veux-tu que je me tienne à l'écart des junkies, Sarah ? demanda Bernie après avoir avalé une autre cuillerée de chili. Tous les gens que j'épaule sont des ex-drogués. Et certains rechutent.

— Je ne parle pas de tes clients.

— Tony a décroché depuis sept mois, ma douce. Crois-moi, si jamais il s'amuse à avaler autre chose que de l'aspirine, je le vire à coups de pompe dans le train. C'est une image bien sûr. Ce que je veux dire, ma grande, c'est que j'ai pas l'intention de renoncer à baiser. Mais que j'ai pas envie non plus de faire le con. Comme dit mon vieux père...

— A propos de vieux père...

Le sourire de Bernie laissa entrevoir des dents de traviole que trois années d'orthodontie n'avaient pas réussi à remettre d'aplomb.

— Tu détestes ton père.

— Je t'ai dit que je le détestais ?

— Clairement ? Oui.

— On ne dit pas toujours ce qu'on pense, soupira Sarah.

— Pas tout ce qu'on pense, rectifia Bernie.

— Qu'est-ce qui te prend ? Tu veux me psychanalyser ?

— T'es drôlement susceptible, fit-il en lui ébouriffant les cheveux. Raconte au vieux Bernie.

— Ma sœur n'arrête pas de me casser les pieds. Faut que j'aille voir mon père. Il me réclame.

Bernie beurra un morceau de pain.

— Alors qu'il ne t'a même pas reconnue la dernière fois que tu es y allée ?

— En effet. Mais ça va, ça vient, la mémoire. Il y a des moments où il est drôlement lucide. Je me demande ce qui est pire. (Le moral à zéro, elle se souvint de sa dernière visite un mois plus tôt. Il s'était parfaitement souvenu d'elle.)

Cet après-midi-là, elle avait passé trente minutes épouvantables pendant qu'il l'accusait d'être incompétente, incapable de s'exprimer, paresseuse, sournoise et négative. Sarah ne pouvait mettre ces griefs sur le compte de la maladie. Car cette harangue, elle l'avait entendue pendant toute son adolescence.

Lorsqu'elle était plus jeune et que son père était en pleine possession de ses facultés, il prenait un malin plaisir à jouer les donneurs de leçons. Puis venait l'heure de la mise à mort : alors il lui déclarait qu'elle souffrait du complexe de Cendrillon, insistant pour qu'elle règle ses problèmes de paranoïa par la psychanalyse. Sarah qui n'avait pas sa langue dans sa poche lui rétorquait que si elle était une Cendrillon, elle se demandait où était sa marraine la fée et quand le prince charmant allait se pointer. Parce que la plupart des hommes qu'elle rencontrait lorsqu'ils n'étaient pas des salauds étaient des crapauds.

— Franchement, tu tiens à le voir ? (Bernie lui décocha un de ses regards pénétrants qui mettait toujours Sarah mal à l'aise. Bien que considérant Bernie comme son meilleur ami et lui ayant fait davantage de confidences qu'à quiconque elle se tenait toujours sur ses gardes.)

— J'ai promis à Melanie d'y aller samedi.

Bernie rompit un morceau de pain et se le fourra dans la bouche.

— Quand est-ce que tu vas cesser de te laisser manœuvrer par ces deux enquiquineurs ? Tu as trente-deux ans, bordel de merde ! Arrête de te laisser emmerder comme ça.

— N'exagère pas. Je ne me suis pas fait baiser pendant trente-deux ans.

Bernie reprit sa cuiller.

— Justement, à ce propos. C'est quand, la dernière fois que tu as baisé, Sarah ?

— Le sexe est très surfait.

— Pas du tout. Tu veux savoir quand c'était la dernière fois que j'ai tiré un coup ?

— Non. Je veux savoir si tu m'accompagneras samedi.

— D'accord, d'accord, promis. Et maintenant je peux te raconter mon histoire avec Antonio hier ? C'est le premier mec que je rencontre depuis des mois avec lequel j'ai pas eu besoin de fermer les yeux et de fantasmer pour prendre mon pied. Avec les autres, leurs grognements, leurs gémissements, impossible de me concentrer. Résultat, nada. Tony, c'est autre chose. C'est dingue, ce qu'il est capable de faire avec de la gelée.

— Épargne-moi les détails, fit Sarah en levant la main pour l'interrompre. La gelée, j'en mange régulièrement. Alors sois sympa, ne m'en dégoûte pas.

A près de neuf heures du soir, plantée devant son réfrigérateur ouvert dans sa minuscule cuisine, Sarah songea finalement à dîner. Elle n'avait pas grand-chose sous la main. Une ou deux tranches de pizza racornies, un morceau de fromage moisi, une barquette de porc laqué. Elle choisit le porc puis renonça : il traînait là depuis plus de deux semaines.

Ses yeux tombèrent sur le pot de gelée. Non, pas question de se faire un sandwich au beurre de cacahuète et à la gelée. Merci, Bernie.

Sarah soupira. La gelée, il en avait fait quoi, Tony, exactement ? Peut-être qu'un peu de gelée aurait mis du piment dans sa vie sexuelle. Pour ça, il aurait d'abord fallu qu'elle ait un mec. Il y avait bien deux mois qu'elle n'était pas sortie avec un homme.

Sarah se demanda soudain avec qui sa sœur avait rendez-vous ce soir. Melanie avait-elle mentionné un nom au téléphone ? Pas moyen de s'en souvenir. Non que Melanie lui racontât sa vie. Elle-même ne se confiait guère à son aînée. Elles n'avaient jamais été très proches bien que Melanie eût toujours été là en cas de pépin.

Refusant de s'appesantir sur l'indigence de sa vie sociale, Sarah se concentra sur son repas. Elle opta pour une tranche de pizza qu'elle passa au micro-ondes. La pâte sortit du four caoutchouteuse. Inutile de se lamenter : même fraîche la pizza n'avait pas été particulièrement bonne.

Après avoir mangé sa pizza, Sarah se demanda si elle devait s'attaquer à la vaisselle de la semaine, appeler une amie pour aller voir un film ou se plonger dans un bain chaud et se coucher tôt.

Un quart d'heure plus tard, elle se glissait dans sa baignoire pleine d'eau fumante. Avec son mètre soixante-treize, impossible de s'allonger entièrement dans le bain. Alors elle laissa ses jambes pendre par-dessus le rebord.

Sarah regardait rarement son corps. Mais tandis qu'elle trempait dans l'eau, elle repassa en esprit sa conversation avec Hector Sanchez et s'examina d'un œil froid. Elle était plutôt osseuse mais à la façon d'un athlète. C'était d'autant plus surprenant qu'en dehors de la marche elle n'avait jamais été intéressée par le sport. La peur de la compétition, avait diagnostiqué son père.

Sa sœur aînée Melanie, évidemment, avait été une sportive accomplie pendant toutes ses études, au lycée comme à l'université. Tout récemment, Melanie s'était mise au squash. Son adversaire préféré n'était autre que son ex-mari et confrère, Bill Dennison, psychiatre. Malgré leur divorce deux ans plus tôt, Melanie et Bill étaient restés en contact étroit professionnellement et s'occupaient des patients l'un de l'autre pendant les vacances ou les séminaires. Ils semblaient prendre plaisir à s'affronter. Du moins au squash.

Sarah avait eu l'occasion de les voir jouer et en regardant Melanie sur le court, elle n'avait pu s'empêcher de se dire qu'il y avait quelque chose d'érotique dans la fougue avec laquelle sa sœur s'adonnait à ce sport. Elle n'avait fait qu'une bouchée de Bill, qu'elle avait battu à plates coutures. Sarah se demanda si Melanie se comportait ainsi avec tous ses adversaires ou si elle ne réglait pas encore des comptes avec son ex. Si tel était le cas, Melanie n'était pas la seule à avoir des comptes à régler avec le Dr Bill Dennison.

Sarah, saisie, s'aperçut soudain qu'elle soupesait sa poitrine. Les pointes de ses seins étaient érigées. L'espace d'un instant elle songea à se masturber. Mais sitôt née l'envie la quitta. Elle sourit, sarcastique, se disant qu'Hector avait effectivement deviné la taille de son soutien-gorge — 95 B. Le peintre avait vu juste : elle avait des formes sous ses vêtements amples.

Elle fit glisser ses mains le long de ses hanches pleines tandis qu'elle levait une jambe puis l'autre telle une ballerine. Elle avait de belles jambes. Les jambes de sa mère.

Sa mère qui avait jadis rêvé d'être danseuse avait reporté ses aspirations sur sa fille cadette. Avec un petit rire d'autodérision, Sarah fit gigoter ses orteils. Elle avait de belles jambes mais elle était gauche. Au bout de six leçons, le professeur de danse avait suggéré à sa mère de l'orienter vers les claquettes. Sarah avait fait des claquettes pendant trois mois avant que sa mère ne se rende à l'évidence. Elle n'était pas douée, elle ne réussirait jamais. Autant abandonner. Son père n'avait pas vu les choses du même œil. Pour lui, on devait aller au bout de ce qu'on entreprenait. Ce fut l'une des rares fois où Sarah vit sa mère tenir tête à son père lors d'une scène mémorable.

Sarah se savonna vigoureusement, se rinça, sortit du bain, se sécha, enfila un peignoir en éponge blanc et, pieds nus, se rendit dans le séjour. Après un bain chaud, elle se sentait généralement détendue et prête au sommeil mais pas ce soir. Ce soir, elle était sur les nerfs. Elle se laissa tomber sur le canapé, fouilla dans les coussins à la recherche de la télécommande. Elle alluma la télé. La réception était infecte. Image foncée, écran neigeux. Un de ces jours il faudrait qu'elle se décide à acheter un nouveau téléviseur.

Elle resta sur CNN quelques minutes, sans suivre vraiment. Elle se mit à zapper. Soudain une voix familière résonna.

— Parce que lorsqu'il atteint l'orgasme, il perd le contrôle de lui-même — comme tout le monde —, il devient vulnérable.

Melanie. Assise près de deux hommes dans une pièce qui ressemblait furieusement à une salle de commissariat de série policière télévisée.

Sarah tripota les boutons, essayant d'obtenir une image plus nette. Sans résultat. Elle n'obtint que de la neige et des images encore plus floues. La caméra, délaissant sa sœur et les deux hommes, fit un gros plan d'une Noire aux cheveux coupés ras et aux énormes créoles.

— Ici Emma Margolis sur le plateau de *Cutting Edge*. Après une pause de publicité nous retrouverons le psychiatre Melanie Rosen et les inspecteurs John Allegro et Michael Wagner de la Criminelle qui nous parleront de Romeo, ce tueur en série qui « vole les cœurs des femmes ». Cette émission a été enregistrée en direct cet après-midi dans le commissariat de la Brigade criminelle de San Francisco.

Sarah faillit zapper. Melanie avait déjà fait plusieurs apparitions sur le plateau de *Cutting Edge*. La fascination de sa sœur pour ce pervers l'inquiétait. Non seulement Melanie avait été invitée par les responsables de l'émission à analyser le dingue qui sévissait dans la ville mais elle travaillait en collaboration avec les forces de police du SFPD[1] et le groupe d'intervention mis en place pour l'appréhender. La curiosité fut cependant la plus forte. Sarah coupa le son pendant les spots publicitaires. Lorsque l'émission reprit, les noms des intervenants apparurent incrustés au bas de l'écran et la caméra fit un gros plan sur Melanie puis sur le plus jeune des deux flics, l'inspecteur Wagner, et enfin sur son aîné, l'inspecteur Alle-

---

1. San Francisco Police Department. *(N.d.T.)*

42

gro. Difficile de distinguer correctement leurs traits compte tenu de la qualité de la réception.

John Allegro parlait lorsque Sarah mit le son.

— D'après l'expérience que nous en avons, la plupart des tueurs en série s'attaquent généralement à des femmes menant une vie dissolue. Ou, tel Bundy, ils s'en prennent aux fillettes. Mais le modus operandi de ce type-là est différent. Il agresse des femmes qui ont réussi, des femmes intelligentes et séduisantes. Parmi ses victimes on compte une avocate, une enseignante, un agent de change, un cadre supérieur.

— Imposer sa loi à une prostituée ou une petite fille, c'est trop facile, ce n'est pas un défi pour Romeo. (Melanie s'exprimait d'une voix vibrante d'autorité.) Ce qui l'excite, c'est de dominer des femmes de pouvoir, toujours maîtresses de la situation. Apparemment, du moins.

— Apparemment, reprit l'inspecteur Wagner. Vous faites allusion sans doute à certains aspects de la vie sexuelle de deux de ses victimes qui étaient des adeptes du sadomasochisme.

— Je crois que le secret désir d'être dominées sexuellement les a poussées vers lui, dit Melanie. Elles ont marché… Jusqu'à un certain point.

— Pourquoi ? fit Wagner, se penchant. Pourquoi cette envie d'être une victime ?

— Certaines femmes s'estiment si peu qu'elles ont l'impression de mériter qu'on les maltraite, inspecteur Wagner, fit Melanie plus conférencière que jamais. (La caméra fit un gros plan sur son visage.) Les sévices, cela peut devenir une drogue. Et Romeo était en mesure de donner à ces femmes la dose qu'elles attendaient. De réaliser leurs fantasmes les plus fous. Sans pour autant les juger.

— Il ne les jugeait pas, fit Allegro avec une grimace. Il se contentait de les éviscérer.

Il y eut un bref silence bientôt rompu par l'inspecteur Wagner.

— Que pouvez-vous ajouter concernant ce dégénéré ?

— C'est bien là le problème, rétorqua froidement Melanie. Romeo n'a pas le physique d'un dégénéré. Il y a même des chances pour qu'il soit séduisant.

— Beau ? questionna Wagner.

— La beauté, c'est subjectif, inspecteur, fit Melanie. Je dirais qu'il a du charme. En tout cas, il a su gagner la confiance de ses proies. D'après les indices relevés sur les scènes de crime, ses soirées avec ses futures victimes ont commencé comme de banals rendez-vous amoureux. Trois des quatre jeunes femmes avaient même dressé la table pour un dîner aux chandelles. Avec champagne.

— Autrement dit rien dans son aspect ne peut donner à penser que ce type est fou ? s'enquit Allegro.

— Si par fou vous voulez dire fou criminel, reprit Melanie avec son autorité coutumière, vous faites fausse route. Romeo est un psychopathe sexuel. Le véritable psychopathe sexuel n'a aucune difficulté à distinguer le bien du mal. Nous parlons ici d'une compulsion, d'un désir obsessionnel. Comme tous les agresseurs sexuels, Romeo a secrètement l'impression d'être sans défense. La rage, la fureur peuvent seules l'aider à venir à bout de ce sentiment. Ce sont les meurtres et les mutilations rituelles qui lui donnent une sensation de puissance. Et son fantastique besoin de se sentir tout-puissant ne s'arrête pas à ses victimes. Ce qui le fait jouir, c'est de ridiculiser toute personne incarnant l'autorité. La police, entre autres.

— C'est vrai, fit Allegro d'un ton brusque. Quatre femmes ont été violées, battues et éviscérées et nous n'avons toujours pas l'ombre d'un commencement de piste. A votre avis, docteur, est-ce que Romeo est un crack ou est-ce qu'il a de la chance ?

— Les deux, dit Melanie.

— Dommage qu'il n'en ait pas été de même pour ses victimes, laissa tomber Wagner.

— Dommage ? J'irai même plus loin, inspecteur : je dirais que c'est tragique, fit Melanie dont la voix s'altéra pour la première fois.

Sarah appuya sur le bouton de la télécommande pour éteindre la télé. Cette histoire de sadique la révoltait. Comme la révulsait l'idée que des femmes apparemment bien dans leur peau pussent rêver d'être maltraitées, humiliées et réduites. Enfin elle n'arrivait pas à comprendre l'intérêt que sa propre sœur portait à ce fou criminel.

Toi seul comprends mon combat. Si je te perds, je me perds.

M.R., *Journal*

Chapitre 2

Vendredi matin à huit heures vingt, le sergent John Allegro et son coéquipier l'inspecteur Michael Wagner arrivèrent chez le Dr Melanie Rosen dans Scott Street. Le périmètre était déjà bouclé. Les flics en uniforme postés devant la porte s'écartèrent pour les laisser passer. Dans le vestibule, ils furent accueillis par Johnson et Rodriguez de la Criminelle, lesquels étaient de service lorsque le corps avait été découvert. Les auxiliaires médicaux sortaient de la maison.

— Qui est-ce qui pleure ? demanda Allegro à Rodriguez en entendant des sanglots au premier étage.

Sec, la trentaine, Rodriguez haussa les épaules.

— Le type qui l'a trouvée et donné l'alerte. Il est drôlement secoué. On a rien pu lui tirer d'autre que son nom. Robert Perry. Un de ses patients. Vous aurez peut-être plus de chance que nous pendant qu'on va effectuer l'enquête de voisinage. On dirait que le meurtre s'est produit assez tard dans la nuit. Peut-être qu'un voisin aura remarqué des allées et venues. On sait jamais. Faudra bien un jour ou l'autre qu'on ait un coup de pot.

Allegro hocha la tête mais sans optimisme. Quatre femmes assassinées. Et avec celle-là, ça faisait cinq. Pas de témoins. Et ils avaient passé des semaines, des mois à essayer de dénicher des indices. Sans résultat. Toutes les pistes possibles avaient été vérifiées et elles avaient abouti à une impasse. Romeo les menait en bateau.

Après le départ de Rodriguez et de son coéquipier, Allegro et Wagner montèrent retrouver Robert Perry à l'étage. Perry était couché en position fœtale sur la moquette beige devant l'entrée du séjour du psychiatre.

— Nom de Dieu, fit Allegro d'une voix rauque, sentant la bile lui emplir la gorge tandis qu'il apercevait le corps nu ligoté et grotesquement mutilé du Dr Melanie Rosen sur l'une des causeuses en soie caramel, ses grands yeux vides dirigés vers l'autre bout du living. L'odeur du sang, du vomi et de la chair en décomposition envahit ses narines. Cette odeur avait beau lui être familière cela ne lui facilitait pas les choses.

Wagner sentit ses tripes se nouer tandis qu'il jetait un coup d'œil dans la pièce mais il ne souffla mot. Son regard se braqua sur Robert Perry. Pas très stable sur ses jambes, l'inspecteur s'agenouilla près de l'homme qui sanglotait.

— Allons au rez-de-chaussée, Mr. Perry. On y sera mieux pour parler.

Perry ne broncha pas. Ses mains étaient coincées entre ses cuisses, il avait le teint crayeux et ses cheveux blonds étaient trempés de sueur. Bien que mal en point, il réussissait à conserver une certaine séduction. Wagner le compara à Robert Redford. Perry portait le même genre de vêtements sport élégants. La chemise en flanelle écossaise rouge, le jean et les boots semblaient sortir tout droit de chez L.L. Bean.

Tandis que Wagner s'occupait de Perry, Allegro enfila des gants de chirurgien et s'approcha du cadavre.

Il se pencha au-dessus du corps, notant que le mode opératoire semblait être le même que celui déjà utilisé par Romeo pour assassiner ses quatre premières victimes — cavité béante dans la poitrine, foulard de soie blanche attachant les poignets et les chevilles. Un cœur ratatiné était posé sur le sein gauche. Le compte rendu d'autopsie leur apprendrait certainement que ce cœur était celui de la quatrième victime, Margaret Anne Beiner.

Qu'est-ce que Melanie avait dit déjà ? *Le tueur laisse toujours un peu de lui-même sur le lieu du crime et emporte aussi quelque chose avec lui.* Exact. Ce qu'il avait emporté, c'était le cœur de sa victime. Ce que Melanie appelait le totem du tueur. Et ce qu'il laissait derrière lui, c'était un ancien totem. Melanie avait toute une théorie là-dessus mais ça se résumait à peu de chose : Romeo était obsessionnel et très intelligent.

En tout cas, jusque-là, il avait été suffisamment astucieux pour ne pas laisser d'empreintes digitales derrière lui. Allegro était certain que les objets qui constituaient la signature du tueur — la bouteille de champagne Perrier-Jouët sur la table basse, la *Rhapsody in*

Blue de Gershwin par terre près du canapé, le CD dans la chaîne — ne portaient pas la moindre empreinte. Quant aux objets fétiches, le tueur avait pu les acheter ou même les piquer dans n'importe quel magasin de San Francisco ou des environs. Des magasins de vins et spiritueux, des disquaires avaient déjà été visités par des enquêteurs sans aucun résultat.

Romeo s'était débarrassé sans problème des empreintes. Mais il ne pouvait effacer les traces de sperme retrouvées dans le vagin de ses victimes. Les empreintes génétiques des échantillons de sperme prélevé sur les quatre victimes précédentes collaient. C'était le même homme — ou alors des jumeaux monozygotes — qui avait commis les quatre meurtres.

Le hic, c'était que le profil obtenu grâce aux empreintes génétiques ne les conduisait à aucun suspect connu. Le FBI n'avait personne qui correspondît à ce schéma dans ses fichiers. Aucun meurtre révélant un mode opératoire similaire n'avait été signalé dans un autre comté ou état. Romeo sévissait uniquement à San Francisco. Pour l'instant du moins.

Les résultats de l'analyse de sperme leur permettraient à coup sûr de confondre le tueur mais pour cela il leur fallait d'abord l'agrafer. Et pour le coincer, ils avaient besoin d'indices — d'un témoin oculaire, ou alors d'un objet oublié sur les lieux qui leur permettrait de faire le lien avec l'assassin.

Allegro fixa le couteau à manche en merisier qui gisait par terre près du corps. L'arme du crime. Un couteau à découper. Banal. Vierge d'empreintes.

— John ! s'écria Wagner de l'entrée. Je vais avoir besoin d'aide.

Allegro hocha la tête, accueillant l'interruption avec soulagement. Il n'arrivait pas à être neutre : la victime n'était pas une victime anonyme. Il avait travaillé en étroite collaboration avec Melanie Rosen et elle ne l'avait pas laissé indifférent.

Il retourna dans l'entrée, silencieux, la mine sombre, et aida son coéquipier à traîner jusqu'en bas le jeune homme traumatisé qui sanglotait toujours. Ils se dépêchaient de l'éloigner du spectacle abominable de son analyste mutilée avant que les techniciens ne se mettent au travail. Le reste des enquêteurs arriva moins de deux minutes après qu'Allegro et Wagner eurent conduit Perry dans la salle d'attente du cabinet médical : un photographe de la police armé de son Nikon et de sa caméra vidéo, un expert en criminalistique et son assistant, et le médecin légiste. Tous se mirent au travail avec une efficacité tranquille. Ils procédaient comme à l'ordinaire : examinant la victime et sa demeure à l'aide d'un peigne à dents très fines, de pinces fines et d'un aspirateur, cherchant des empreintes, des armes, du fil, des boutons, bref tout ce qui pourrait leur fournir une piste. Les coussins du canapé, les draps, les serviettes seraient soigneusement mis dans des sacs prévus à cet effet, étiquetés et envoyés au labo. Ainsi que l'arme du crime et les objets que Romeo avait apportés. Et bien sûr le cœur en décomposition.

Tous les inspecteurs, tous les flics qui se trouvaient là savaient que maintenant que le Dr Rosen était mort, ça allait drôlement chier. Le psychiatre était devenu une sorte de vedette locale au cours des mois précédents. Le maire, le district attorney, le chef de la police, tout le monde allait sentir la pression se répercuter de proche en proche jusqu'aux échelons inférieurs. Les journaux à scandale allaient s'en donner à cœur joie. Ces derniers mois, le nom de Romeo avait été sur toutes les lèvres en ville. Le pays tout entier en entendrait parler. Et la panique serait à son comble à San Francisco tant qu'il ne serait pas arrêté. On parlait déjà de faire un téléfilm. Le seul problème, c'était de distribuer le rôle de Romeo. Les producteurs étaient coincés tant que le véritable assassin n'était pas appréhendé. Maintenant ils allaient probablement organiser un casting pour trouver des sosies au Dr Melanie Rosen.

— Je me sens pas bien, marmonna Perry en s'effondrant sur une chaise dans la salle d'attente.

— Vous avez envie de vomir ? questionna Allegro. Vous voulez aller aux toilettes ?

Perry fit non de la tête. Wagner emplit un gobelet d'eau au distributeur. Perry l'écarta de la main et Wagner avala l'eau d'un trait. Allegro sortit une tablette de chewing-gum de la poche de sa veste en laine grise froissée dans l'espoir de faire disparaître l'amertume qu'il avait dans la bouche. Perry se remit à pleurer.

Des rayons de soleil perçaient le brouillard laiteux du matin, se faufilaient dans la pièce par une grande baie vitrée d'où l'on avait une vue spectaculaire sur l'une des collines de la ville vers Lombard Street et le Marina District. Wagner jeta un coup d'œil machinal à l'espace immaculé, aux murs écrus ponctués d'estampes japonaises d'un goût exquis. Quatre fauteuils recouverts de tweed gris et blanc étaient disposés autour d'une plaque de verre que supportait un cube de marbre. Un choix éclectique de revues s'étalait sur le plateau de la table.

— Il va falloir que nous voyions un certain nombre de choses avec vous, Mr. Perry. (Allegro prit place dans le fauteuil près du jeune homme en larmes.)

Perry fit non de la tête, les chassant de la main. Allegro regarda Wagner qui se tenait près de la fenêtre. Haussant les épaules, Wagner sortit un paquet de Camel de la poche intérieure de son blazer bleu, l'ouvrit et tapota une cigarette avec l'adresse d'un fumeur averti.

— Je croyais que t'avais arrêté les clopes, fit Allegro.

— Ouais, moi aussi, dit Wagner en allumant sa cigarette. Mr. Perry dit qu'il est arrivé un peu avant huit heures, n'est-ce pas, Mr. Perry ?

Perry ne broncha pas.

— Et que la porte du bas n'était pas fermée lorsqu'il est arrivé, poursuivit Wagner. C'est bien ce que vous m'avez dit, Mr. Perry ?

Cette fois, Perry hocha la tête.

— Pourquoi êtes-vous monté ? questionna Allegro.

— Parce qu'elle n'était pas venue m'accueillir.

Allegro passa sa paume contre sa mâchoire hérissée de barbe.

— Alors, vous avez décidé de monter la chercher ?

— Elle est toujours à l'heure normalement. D'abord je suis entré.

— Vous vous êtes peut-être dit qu'elle s'était attardée avec un autre patient ?

Toujours en larmes Perry fit non de la tête.

— Non. Le vendredi, je suis le premier.

Les deux inspecteurs s'entre-regardèrent. A la façon dont Perry venait de leur fournir cette précision, on aurait dit qu'il en tirait une certaine fierté.

— Alors, qu'avez-vous fait ? questionna Allegro. Vous avez jeté un coup d'œil pour voir si elle était là ?

Perry fit oui de la tête. Il s'essuya le visage avec le bas de sa manche.

— Et quand vous avez constaté qu'elle n'était pas là ? le titilla Wagner.

— Je me suis inquiété. J'ai pensé qu'elle était malade ou alors qu'elle avait fait une chute.

— Vous avez frappé avant de pénétrer dans son appartement ? demanda Allegro.

Perry lui jeta un regard agressif.

— Évidemment, fit-il, une pointe d'hostilité dans la voix.

— Vous étiez déjà allé au premier ?

— Non, lâcha Perry sans pratiquement remuer les lèvres.

— Il va falloir que vous attendiez là un moment, dit Allegro. Peut-être que vous voulez prévenir vos collègues de bureau…

— J'ai pas de boulot. J'ai été licencié. Je suis ingénieur en informatique. Et un sacré bon ingénieur, précisa Perry, acerbe.

— Vous n'avez pas de famille à prévenir non plus ? poursuivit Allegro.

— Ma femme m'a plaqué, fit Perry, furieux. Ses copines n'arrêtaient pas de lui seriner que j'étais un perdant.

— Comment le savez-vous ? C'est votre femme qui vous l'a répété ?

— Je refuse de parler d'elle. Elle n'a rien à voir avec… Laissez tomber. Je n'en peux plus. Je peux pas rentrer chez moi ? Je vous ai tout dit. Vous n'avez pas le droit…

— Vous sortez avec quelqu'un d'autre ? Vous avez une petite amie ? insista Allegro.

Les traits de Perry s'affaissèrent.

— Je n'ai personne. Absolument personne. Ça va ? Vous êtes contents ? (Il se remit à sangloter tout en se balançant sur son siège.)

Wagner qui avait fumé sa cigarette jusqu'au filtre chercha des yeux un cendrier mais n'en vit aucun. Il se souvint d'avoir entendu Melanie dire qu'elle ne voulait pas que ses patients fument dans la salle d'attente. Dans son cabinet non plus, d'ailleurs. Il se sentit un peu coupable puis se traita d'idiot. Il éteignit sa cigarette en l'écrasant contre la semelle de son mocassin et après un instant d'hésitation fourra le mégot dans la poche de sa veste.

Allegro décida de cesser de questionner Perry pour l'instant. Il donna un coup de coude à Wagner. Tous deux sortirent.

— Pas de doute, le meurtre est signé Romeo. Aucune trace d'entrée par effraction.

— Ce qui veut dire qu'elle a fait entrer ce salopard, grommela Wagner. Donc qu'elle l'attendait, qu'ils avaient rendez-vous.

Ils restèrent là, gênés, sans parvenir à le cacher.

— Écoute, marmonna Wagner. Je ne veux pas dire qu'elle… Toute cette histoire à propos des victimes et du sadomasochisme…

— Merde, ça nous ouvre des horizons, coupa Allegro. Qui sait si ce n'est pas un des timbrés qu'elle soignait ? Peut-être qu'elle l'avait identifié et s'imaginait pouvoir l'obliger à avouer… A se rendre.

— Sans nous en parler ?

— Secret professionnel. Un médecin ne trahit pas son malade. Il fallait qu'elle l'oblige à se dénoncer.

— Pourquoi l'aurait-elle emmené dans son appartement s'il s'agissait d'un patient ? fit Wagner, peu convaincu.

— Qui te dit qu'elle l'y a emmené, fit Allegro d'un ton sec. D'un autre côté, peut-être s'est-elle dit que c'était le seul moyen de gagner sa confiance. Merde, comment veux-tu que je sache comment elle travaillait ?

Wagner revint jeter un coup d'œil à Perry.

— Tu crois que ce gars-là est notre homme ? Si ça se trouve il a passé toute la nuit là. Il l'a tuée et il est resté sur les lieux…

— On va lui faire raconter tous ses faits et gestes de ces dernières vingt-quatre heures. Et s'il y a quoi que ce soit de pas net, on essaiera de savoir où il était lorsque les autres victimes ont été tuées. Et puis on ira interviewer son ex.

— Et les fichiers du Dr Rosen ? Peut-être que dans celui de Perry on trouverait un indice.

— Impossible d'y accéder, tu le sais, Mike. Ces dossiers sont confidentiels. Sans mandat de perquisition, on perdrait notre temps : rien de ce qu'on dégotterait ne pourrait être retenu comme preuve. Sans compter que si on se fait pincer, on risque de se faire lourder.

— On pourrait essayer d'obtenir une dérogation.

— Ouais, mais d'abord, il nous faudrait du concret. On va commencer par dresser la liste de ses patients à partir de son cahier de rendez-vous. Comme ça, sans fouiller dans les dossiers, on pourra se faire une idée.

— Je serais d'avis qu'on retourne près de Perry et qu'on lui secoue les puces, fit Wagner, déterminé.

— Laissons-le mijoter un peu. (Allegro se passa le pouce sur la lèvre supérieure noire de barbe. Il ne s'était pas rasé ce matin. Lorsqu'on l'avait appelé il était encore au lit. A soigner une gueule de bois magistrale. Dans les quinze minutes qui avaient suivi, il avait dégobillé, enfilé le costume gris froissé qu'il avait porté toute la semaine, ingurgité du café de la veille resté sur la cuisinière et s'était précipité vers la porte. Il avait foncé sur les lieux du crime dans sa MG rouge déglinguée de 1978 achetée pour une bouchée de pain à un dealer qu'il avait mis au trou sept ans plus tôt.)

— De toute façon, ajouta Allegro, on ignore s'il s'agit d'un patient. Elle aurait pu rencontrer cet enfoiré d'assassin à une réception, à un séminaire, par l'intermédiaire d'un ami. Ou peut-être que ses passages à la télévision ont finalement tapé sur les nerfs du gars, qui a décidé de la prendre pour cible. Il était très intelligent. Il a peut-être voulu voir si elle l'était aussi.

— Pas suffisamment, fit Wagner avec une grimace.

Un flic en uniforme descendit l'escalier et s'approcha des deux inspecteurs.

— D'après Morgan, y a un couteau de cuisine qui manque. Et ça colle avec l'arme du crime. Je me demande comment ferait ce fumier s'il débarquait chez quelqu'un qui ne cuisine pas.

— C'est tout ? fit Allegro qui n'avait pas envie de faire de l'humour.

Le flic lui jeta un coup d'œil et haussa les épaules.

— Kelly va embarquer la petite dame à la morgue. Il veut savoir si vous voulez jeter un dernier coup d'œil.

Ni l'un ni l'autre ne se sentait d'attaque pour revoir le corps mutilé de Melanie Rosen.

— Non. Dites à Kelly qu'il peut y aller. Qu'il passe par-derrière, avec le corps. Vaudrait mieux que l'affaire ne s'ébruite pas trop rapidement, fit-il d'une voix atone.

— Vous voulez dire pas avant les soixante prochaines secondes, fit le flic d'un ton sec.

— Un comique, rouspéta Allegro sans regarder son coéquipier. Manquait plus que ça.

— Ça ne me fait pas rire, dit Wagner en allumant une autre cigarette.

— Parce que tu crois que lui, si ?

Wagner tira sur sa cigarette.

— Qui ? Notre collègue, là, le rigolo ?

— Non. Romeo.

— Faut absolument qu'on retrouve ce maboule, John, fit Wagner en lançant un long jet de fumée.

Allegro hocha la tête d'un air sombre et les rides qui sillonnaient son front se creusèrent.

L'un des flics en uniforme qui était en faction dans la rue passa la tête dans la porte.

— Y a une dame dehors qui refuse de donner son nom. Elle veut absolument savoir ce qui se passe. Elle prétend qu'elle a rendez-vous à neuf heures.

— Merde, fit Wagner en consultant Allegro du regard. On aurait dû y penser. Le Dr Rosen doit avoir des rendez-vous toute la journée. Ses patients vont se pointer.

— Va dire un mot à cette dame, Mike. Je vais faire un saut dans le cabinet voir si je trouve son cahier de rendez-vous et on demandera à un de nos gars de décommander les malades prévus pour aujourd'hui. (Jetant un coup d'œil dans la salle d'attente, Allegro constata que Perry semblait toujours très secoué : la tête dans les mains, il gémissait.) Notre copain aurait bien besoin d'une baby-sitter.

Wagner fit oui de la tête mais marqua une pause avant de s'éloigner.

— Et son ex ? Dennison. Il est psy, lui aussi. Peut-être qu'il pourrait contacter ses patients. Certains vont sûrement très mal réagir.

— Passe un coup de fil à Dennison quand tu auras vu la dame qui est dehors, lui dit Allegro.

Wagner plissa les yeux.

— Et si c'était lui, l'assassin ? Si ça se trouve, c'est quelqu'un qu'elle connaissait. Peut-être que son ex et elle… Tu te rappelles, la fois où il est passé la prendre au commissariat ? La façon dont il l'a regardée ? Il en pinçait encore pour elle, c'est sûr. C'est un coupable en puissance.

— Des coupables en puissance, y en a la pelle, fit Allegro d'un ton sec. C'est bien ce qui me fiche en pétard.

— Et la famille ? On prévient pas la famille ? On les laisse apprendre la nouvelle par les infos ?

53

— C'est qui, la famille ? fit Allegro soudain en proie à un trou de mémoire. (Sa saloperie de cuite, sans doute...)

— Son père, fit Wagner. Mais je crois qu'il est dans une maison de retraite. J'ignore s'il est en état de...

— Melanie n'a pas fait allusion à une sœur ? questionna Allegro, tout content de se souvenir de ce détail.

Wagner lui jeta un drôle de regard. C'était la première fois que John, en parlant du psychiatre, l'appelait par son prénom. Lors de leurs réunions de travail, c'était toujours Dr Rosen ou bien docteur. Et quand ils parlaient d'elle entre eux, c'était également de cette façon qu'ils la désignaient.

Allegro s'éclaircit la gorge. Lui aussi venait de se rendre compte de son erreur.

— Effectivement. On n'a qu'à chercher dans son carnet d'adresses, fit Wagner. De toute façon on va en avoir besoin, de ce carnet, pour l'enquête.

— Va voir si quelqu'un en aurait trouvé un au premier. Sinon, cherche dans son répertoire téléphonique.

Avec un signe de tête, Wagner s'éloigna. Allegro resta dans l'entrée, n'ayant guère envie de monter au premier où ses hommes exploraient les moindres coins et recoins des appartements privés du psychiatre. Les moindres détails de la vie et de la mort du Dr Melanie Rosen allaient être scrutés, analysés, soupesés, jugés. Elle avait fait métier de fouiner dans l'existence des gens. Maintenant elle allait subir le même traitement.

Des bruits provenant de la salle d'attente arrachèrent Allegro à ses réflexions. Il découvrit Perry qui tapait du poing dans la paume de sa main. En voyant Allegro, le jeune homme s'arrêta net.

— Vous pouvez pas savoir ce que c'est..., gémit-il.

— Encore quelques instants de patience. Vous voulez faire le maximum pour nous aider, n'est-ce pas ?

Perry remua imperceptiblement la tête et Allegro ne put savoir s'il s'agissait d'un acquiescement ou d'un refus.

Helen Washington, jeune femme flic en civil, pénétra dans la pièce. Allegro l'examina brièvement. Elle était brune, mince. Dans sa veste toute simple en lin gris, sa jupe noire légèrement évasée et ses chaussures noires presque plates, elle avait l'air efficace d'une pro.

— L'inspecteur Wagner m'a demandé… (Elle s'interrompit en jetant un coup d'œil à Perry qui était prostré.)

— Tenez compagnie à Mr. Perry quelques minutes, fit Allegro en s'approchant. S'il se sent d'humeur à parler, enregistrez ses propos, ajouta-t-il en lui tendant son magnétophone de poche. Et au cas où il serait décidé à nous faciliter les choses et à avouer, n'oubliez surtout pas de lui lire ses droits.

Helen Washington lui lança un sourire sarcastique. Ce n'était pas une débutante. Elle glissa le petit appareil dans la poche de sa veste et s'assit dans le fauteuil près de Perry.

Allegro traversa le couloir. Il atteignait l'entrée du cabinet au moment où Frank Kelly, médecin légiste, petit homme à la calvitie déjà bien avancée avec un nez camus et une bouche narquoise, descendait l'escalier. Derrière lui, deux flics en tenue manœuvraient un brancard sur lequel était allongé un corps dans un sac en plastique vert foncé.

Allegro sentit ses tripes se nouer en voyant la procession. Ses mains se mirent à trembler, aussi les enfouit-il dans les poches de sa veste.

Il revit soudain en esprit le visage de Melanie Rosen lorsqu'il avait examiné sa dépouille. Yeux noisette vitreux, exorbités. Lèvres tuméfiées légèrement entrouvertes. Joues esquintées. Pâle comme un linge. Puis son corps nu, ligoté dans cette position grotesque. L'incision chirurgicale juste sous le sein gauche et la cavité béante à l'emplacement du cœur.

Il évoqua leur première rencontre. Il s'était dit que ça devait être difficile de ne pas se laisser distraire par sa beauté. Car ç'avait été une très belle femme. Difficile de se cramponner à ces souvenirs cependant que le médecin légiste, les flics et le cadavre dans sa housse de plastique passaient devant lui. Kelly s'arrêta pour confirmer ce qu'Allegro savait déjà. « C'est bien un coup de Romeo. » Les nœuds réalisés avec l'écharpe en soie qui avait servi à attacher les poignets et les chevilles de la victime étaient identiques à ceux qu'on avait retrouvés sur les autres victimes. Par ailleurs, il y avait des traces de sperme qui seraient expédiées au service technique pour que les empreintes génétiques soient prises.

— Tu assisteras à l'autopsie, John ? fit Kelly d'une voix où perçait une tristesse tout à fait inhabituelle.

— Non, fit rudement Allegro. Envoie-moi le compte rendu le plus vite possible.

Le légiste hocha la tête ; mais tous savaient qu'il avait peu de chances de trouver davantage d'éléments que lors des autopsies précédentes. Cette fois encore, il allait faire chou blanc.

Sans broncher, Allegro suivit des yeux le groupe macabre qui descendait l'escalier et traversait le hall pour se diriger vers la porte de service devant laquelle attendait une fourgonnette de la morgue. Lorsqu'ils furent partis, il se tourna vers le cabinet du psychiatre et fit coulisser les lourdes portes d'acajou.

En pénétrant dans le cabinet lambrissé de merisier, il examina tour à tour la méridienne vert sapin et le fauteuil Eames de cuir noir, puis les deux fauteuils club, également en cuir, faisant face au bureau sobre de style Shaker. Il s'était assis dans le fauteuil club de droite, ce jour-là. Mal à l'aise, contrairement à son habitude. Mais sans en rien laisser paraître.

S'arrachant à ses souvenirs, il se retourna pour refermer les lourdes portes coulissantes.

Un silence insolite l'enveloppa, qu'il attribua à la qualité de l'insonorisation. Pourtant il ne put s'empêcher de songer à un mausolée. Seul bruit perceptible dans la pièce, celui de sa respiration. Hachée, la respiration.

Avec un frisson, il songea qu'il s'en serait volontiers jeté un en vitesse. Quelques mois plus tôt, il aurait sorti sa flasque en douce de la poche intérieure de sa veste.

Le problème, c'est qu'il avait cessé de se promener avec la flasque le jour où Wagner avait décidé d'arrêter de fumer. Et pas seulement parce que son coéquipier lui tapait sur le système à force de le bassiner avec sa consommation d'alcool. Mais parce qu'il se doutait que son chef n'allait pas tarder à lui « suggérer » d'aller consulter le psychologue maison. Prudent, il avait pris les devants et cessé de biberonner pendant les heures de service.

Après le boulot, c'était une autre histoire. Deux bières au dîner, puis à mesure que la soirée avançait quelques verres de Jim Beam suivis d'alcools moins raides pour faire passer le whisky. Pas tous les soirs, non ; mais encore assez souvent. Et ces soirs-là, il se retrouvait dans son lit sans savoir comment. Ces derniers mois, il s'était juré à plusieurs reprises de décrocher. Toutefois avec ce

56

nouveau coup qui lui tombait dessus, il se dit qu'il n'était pas près d'y arriver.

Refoulant son envie de prendre un verre, il se ressaisit et, quittant le cabinet, se dirigea d'un pas martial vers la porte ouvrant dans le bureau du médecin.

Il pénétra dans la pièce rectangulaire située sur l'arrière de la maison — qui avait dû jadis être la cuisine. Ses lèvres pincées ne formaient qu'une ligne. Il marcha droit vers la table de travail de chêne en L qui se dressait devant un mur d'étagères supportant, du sol au plafond, des ouvrages techniques. Il repéra immédiatement, près du Macintosh, la feuille de calendrier correspondant au mois en cours sur laquelle figuraient les rendez-vous. Il se reporta au vendredi. Melanie recevait des patients de huit heures à midi. Perry, à huit heures, en effet. De midi à deux heures, rien. A deux heures, réunion à l'Institut de psychanalyse de la Bay Area. Sans doute pour y donner des consultations.

Alors qu'il s'emparait de la feuille pour que Mike puisse la remettre à Dennison, son regard se posa sur l'ordinateur.

Impossible d'accéder à ces fichiers. Si on se faisait prendre, on pourrait se faire lourder.

Dents serrées, Allegro s'assit et mit l'ordinateur en marche. Il fallait savoir prendre des risques. L'écran s'alluma, le menu du disque dur s'afficha. Il cliqua sur OUVRIR et, après un instant d'hésitation, entra GRACE ALLEGRO dans la case indiquée.

Quelques secondes plus tard, les notes du psychiatre apparaissaient sur l'écran.

Nom du patient : Grace Allegro
Adresse : 1232 Bush Street, San Francisco
Téléphone : 555-7336
Situation de famille : Séparée
Date de naissance : 25/4/1953
Diagnostic : Épisode dépressif majeur, de caractère cyclique.
Premier entretien le 15/1. La patiente arrive en compagnie de son mari, John Allegro, 44 ans, inspecteur à la Criminelle de San Francisco — dont elle est séparée. La patiente est à la fois très agitée et repliée sur elle-même, suite à ce que son époux qualifie de tentative de suicide avortée. Le mari, qui habite Washington Street, à moins de cinq minutes de là, déclare avoir reçu un coup

de fil « hystérique » de Grace la nuit dernière, à 11:40. Elle lui faisait part de son intention de se taillader les poignets. En arrivant sur les lieux quelques minutes après, il l'avait trouvée un canif à la main, des entailles superficielles sur les bras. Elle lui avait remis le couteau presque immédiatement et accepté de se faire soigner à condition qu'il assiste au premier entretien. C'est son médecin traitant, le Dr Carl Eberhart, retraité depuis peu, qui me l'a envoyée. J'ai accepté de la prendre en urgence ce jour-là…

Ayant fait défiler les données jusqu'au bas de page, Allegro tomba sur les notes du Dr Rosen le concernant.

John semble gêné. Le cadre le dérange. De toute évidence, il préférerait être au bar du coin. Il me jette des coups d'œil furtifs. Il me trouve à son goût, ce qui le met encore plus mal à l'aise.

Allegro sourit. Et lui qui avait cru réussir à dissimuler ses réactions… Il continua de lire.

John est inquiet ; toutefois il enfonce le clou : entre sa femme et lui, aucune réconciliation n'est possible. Il y a maintenant près de deux ans qu'ils sont séparés ; cependant, compte tenu de l'instabilité de Grace, il culpabilise à l'idée d'entamer une procédure de divorce. Il m'apprend que sa femme a été « plutôt mal » ces six dernières années, cela depuis la mort de leur fils unique — un garçon de onze ans. John refuse de parler de cet enfant…

Le Dr Rosen avait mis dans le mille : pas question de parler de Daniel. Il s'interdisait même d'y penser. D'où son refuge dans l'alcool. Non qu'il n'eût des tas d'autres raisons de s'abrutir.

Le dossier de Grace était relativement peu fourni — cinq pages de notes. Elle avait consulté le Dr Rosen huit fois en janvier et début février.

Allegro ne prit pas connaissance de la suite du dossier de sa femme. Pas ses oignons. Franchement, il n'avait pas très envie de savoir ce qui se passait dans sa tête. Il avait renoncé à s'y intéresser depuis un bout de temps. Sans doute parce qu'il n'avait pas envie de culpabiliser davantage. A propos de sa femme, du gamin et de sa putain d'existence de merde.

La dernière visite de Grace au Dr Rosen faisait suite à une nouvelle tentative de suicide ratée. Suicide aux antidépresseurs, cette fois. Le Dr Rosen avait insisté pour que Grace s'inscrive dans une clinique psychiatrique de jour à Berkeley. Après une période d'observation de deux semaines, l'équipe psychiatrique de l'établissement avait préconisé un séjour de trente jours. Grace s'était fait tirer l'oreille, l'hospitalisation ne lui disait rien. Seulement, loin de céder, sa dépression s'était accentuée : elle avait même fini par avouer que si on la laissait sortir, elle referait une tentative.

Ça, c'était fin février. Le Dr Rosen avait appelé John chez lui. Lui demandant de venir le soir même, lui expliquant qu'elle devait signer des papiers pour faire entrer sa femme en clinique et en profiterait pour répondre à ses questions.

Tout en se rendant à son cabinet, il s'était dit qu'il n'avait pas de questions. Il n'éprouvait qu'un intense sentiment de soulagement à l'idée de ne plus avoir Grace sur le dos pendant un bon mois. Soulagement qu'il garda pour lui, bien entendu : il ne voulait pas passer pour un salaud aux yeux du médecin. Mais dans ce cas pourquoi allait-il là-bas ? Et pourquoi à jeun ? Pourquoi avait-il pris la peine d'enfiler une chemise propre et de donner un coup de chiffon à ses chaussures ?

Allegro fixa l'écran mais sans voir les données affichées. C'était Melanie qu'il voyait. L'allure qu'elle avait ce jour-là. Ce qu'il avait éprouvé face à elle.

Elle vient le chercher dans la salle d'attente. Sanglée dans un ébouriffant tailleur couture. Gris ardoise. La veste — double boutonnage, larges revers — met en valeur sa taille fine. L'ourlet de la jupe droite est à cinq bons centimètres au-dessus du genou. Elle porte des souliers à talons hauts et des bas gris perle légèrement nacrés qui donnent un éclat particulier à ses jambes ravissantes.

De l'éclat, elle en a à revendre : elle scintille. Il y a à peine une minute qu'il est dans son cabinet et déjà il bande comme un cerf. Elle ne tarde pas à s'en rendre compte, la coquine, l'œil brièvement mais habilement dardé sur son entrejambe tandis qu'il traverse la pièce et s'assied. Il a la nette impression qu'elle trouve ça normal. Comment diable font ses patients pour se concentrer ? Puis il se rappelle que la première fois — lorsqu'il est venu avec Grace —, sans la trouver vilaine, ça non, il ne s'est pas senti autre-

ment ému. Il ne comprend d'abord pas pourquoi c'est différent aujourd'hui. Et puis ça lui saute aux yeux comme un coup de pied à la figure — ce soir, les signaux qu'elle lui envoie sont d'une tout autre nature. Les vibrations ne sont pas les mêmes. Oh, c'est subtil, très subtil, n'empêche que sa queue a réagi, la bougresse. Et vite. Même si son cerveau, lui, a fonctionné avec un temps de retard.

Entendant soudain frapper à la porte, il mit brutalement un terme à ses réminiscences. « Un instant », cria-t-il en expédiant le dossier informatisé de sa femme dans la corbeille du Macintosh, vidant cette dernière et éteignant l'ordinateur. Puis, avisant un carnet de rendez-vous à reliure de cuir qui dépassait de sous une pile de documents, il l'attrapa et le fourra dans la poche de sa veste.

Sourcils froncés, il ouvrit la porte et tomba sur Helen Washington, la baby-sitter de Perry, qui avait les yeux brillants d'excitation.

— Ne me dites pas qu'il a avoué, fit Allegro, sceptique.

— Non. Pas exactement.

— Alors ?

— Il raconte des trucs bizarres.

— Mais encore ?

— Eh bien, il prétend que le Dr Rosen et lui... étaient amants, fit Helen Washington.

Romeo prend un plaisir sadique à démontrer à ses victimes — des femmes indépendantes, des femmes qui ont réussi — qu'elles sont impuissantes sur les plans physique, psychologique, sexuel. Plus il les avilit, plus il jouit.

Dr Melanie Rosen, *Cutting Edge*

Chapitre 3

Crispé sur le volant de cuir de sa Firebird aérodynamique gris métallisé vieille d'à peine deux ans, Michael Wagner n'en sentait pas moins ses mains trembler. Il alluma la radio. Tomba sur un blues qui grattait. Billie Holiday. Parfait. Il descendit Mission Street et se laissa porter par la voix aux accents envoûtants, les larmes roulant sur ses joues.

La circulation était chargée dans Mission Street, artère commerciale grouillante et sale, bordée de palmiers ainsi que d'officines de prêteurs sur gages, de bars latinos vomissant de la salsa à plein régime, de salles de billard, de magasins de surplus de l'armée et de boutiques pour hippies rescapés des années soixante.

Il longea un immeuble crasseux condamné par des planches près d'un mur orné d'une fresque colorée. Des mecs en cuir noir, bras et cuisses ornés de ceintures cloutées, étaient adossés contre le mur, discutant le bout de gras avec deux blondes oxygénées au nez percé d'un anneau. C'était ça aussi San Francisco. Wagner connaissait bien ce quartier. Du temps où il était aux Mœurs, il avait été souvent amené à intervenir dans le secteur.

Arrivé à la 16ᵉ, il prit à droite dans Valencia. Il s'immobilisa devant un immeuble en stuc de deux étages, dont la peinture jaune écaillée jurait avec celle des huisseries d'un orange criard. L'immeuble miteux, coincé entre une librairie porno et une bodega mexicaine, formait un violent contraste avec la sobre et élégante demeure de Melanie Rosen dans Pacific Heights.

Lorsqu'il appuya sur la plaque portant le nom de Sarah Rosen, l'interphone resta muet. Il essaya celle du dessous. Vickie Voltaire.

L'interphone grésilla. Wagner poussa la porte, pénétra dans le hall du rez-de-chaussée.

Une femme à la trentaine spectaculaire sortit de l'appartement 1C. Pas loin du mètre quatre-vingts, elle avait des cheveux d'un roux éclatant ramenés sur le haut de la tête en un chignon flou d'où pendaient telles des vrilles de petites mèches sexy encadrant un visage exotique à l'ossature généreuse. Ses lèvres pulpeuses étaient peintes en rose fuchsia. Manifestement, elle était en tenue de travail : minijupe de cuir noir, pull blanc décolleté bateau en laine mousseuse, mules dorées. Elle sourit en voyant l'inspecteur approcher.

— Bonjour, mon doux. Je peux faire quelque chose pour toi ?

La voix basse, rauque incita Wagner à y regarder de plus près. Il s'aperçut alors qu'il avait devant lui un homme.

Un frisson le parcourut. Après des années aux Mœurs, il trouvait encore le moyen de se faire piéger. Il songea à la sublime blonde qu'il avait draguée dans une boîte un mois plus tôt : il lui avait fallu attendre d'être sur la piste pour se rendre compte qu'*elle* bandait.

— Vickie Voltaire. Miss Vickie, si tu préfères.

— Je cherche Sarah Rosen, dit Wagner avec un coup d'œil vers l'appartement 1B.

— Sarah ? Je l'adore, cette petite. (Le travesti s'approcha. Il sentait bon.) Mais je serais drôlement content de lui apprendre à s'attifer. Elle ferait un malheur si elle s'en donnait la peine. Malheureusement, elle est pas fichue de tirer parti de son physique. C'est une amie à toi ?

— Non. Pas exactement.

— Hmmmmm. T'es flic ?

— Rassure-toi, elle a pas d'ennuis. Je veux lui parler, c'est tout, fit Wagner.

Vickie décocha un long regard entendu au policier.

— Quelque chose me dit que des ennuis, tu vas pas tarder à lui en causer, mon chat. Pas vrai ?

Sarah était devant la batterie d'ascenseurs face à son bureau et s'apprêtait à aller à ses rendez-vous de l'après-midi lorsque son chef s'approcha. Maigre, lèvres minces, taches de rousseur, Andrew Buchanon avait une petite quarantaine. Lorsque Sarah avait débuté dans la maison six ans plus tôt, Buchanon lui avait fait des avances. Elle l'avait envoyé paître. Peu après avoir été nommé chef de service il avait remis ça, persuadé que son statut dans la hiérarchie allait lui permettre de concrétiser. Sarah s'était empressée de le détromper, le menaçant de porter plainte pour harcèlement sexuel. Quelque temps plus tard des rumeurs circulaient sur son compte : elle était lesbienne. Sarah ne broncha pas. Voilà qui ôterait à ses copains l'envie de s'y frotter. Se trouvant un jour seule dans l'ascenseur avec Buchanon, elle était allée jusqu'à le remercier. Il avait eu le bon goût de paraître gêné.

Gêné, mal à l'aise. Comme maintenant.

— Sarah, vous pouvez passer dans mon bureau un instant ? fit-il d'une voix dégoulinante de sollicitude.

Sarah songea d'abord qu'elle allait se faire virer. Puis elle se ravisa. Si tel avait été le cas, Buchanon aurait eu la tête d'un gars qui se frotte les mains de contentement.

— Qu'est-ce qu'il y a ?

Le chef de service appuya l'une contre l'autre ses paumes moites.

— Sarah, j'aimerais mieux qu'on ne…

Sarah se dit que ça devait sûrement être grave. Et qu'elle n'avait pas envie que ce soit ce malade qui lui annonce la mauvaise nouvelle.

Sur ce point, elle fut exaucée.

Buchanon l'escorta jusqu'à son bureau, ouvrit la porte et du geste lui fit signe d'entrer. Lui-même resta dehors.

Mike Wagner se leva d'un bond lorsque Sarah pénétra dans la pièce. Il fut saisi en la voyant.

Certes, il ne s'était pas attendu à ce que Sarah soit la copie conforme de son aînée — Melanie était unique —, mais rien dans son physique, son allure vestimentaire ni son comportement ne pouvait donner à penser que les deux jeunes femmes avaient des liens de parenté. Non qu'elle fût dénuée de séduction. La remarque du travesti lui revint à l'esprit et il se dit que c'était bien vu : Sarah avait tout pour être belle mais ne savait pas se mettre en valeur.

Pull informe en coton à col en V d'un bleu fané et jupe à volants et dessins cachemire lui battant les mollets, Sarah Rosen était mal habillée. Sous cet accoutrement, Wagner discerna néanmoins une beauté longiligne et un rien masculine qu'accentuaient encore des cheveux auburn coupés ras. Il fut séduit par ses yeux noisette au regard direct, presque agressif. Melanie avait les mêmes.

— Sarah Rosen ? questionna Wagner pour en avoir le cœur net.

— Oui. Qui êtes-vous ? fit-elle, croisant les bras sur la poitrine. (Cet homme avait quelque chose de familier mais elle ne parvenait pas à le situer.)

« Un vrai cactus », songea Wagner en pensant aux superbes fleurs que donnent certaines de ces plantes ingrates. Il ne se présenta pas immédiatement ; dès qu'elle saurait qu'il était flic, elle comprendrait que c'était sérieux. Or elle semblait déjà subodorer une catastrophe. Il se demanda comment elle réagirait en apprenant la nouvelle. Le plus souvent, il devinait la réaction des gens ; mais là, il était moins sûr de lui.

— Vous ne voulez pas vous asseoir, Sarah ? fit-il avec douceur. (Il l'avait appelée par son prénom sans le faire exprès ; ça lui avait échappé. Peut-être parce qu'il aimait bien Melanie. Peut-être aussi à cause de la vulnérabilité qu'il avait sentie derrière la façade agressive.)

Sarah ne bougea pas. Balayant des yeux le morne bureau de Buchanon et son mobilier réglementaire, elle semblait à la recherche d'une issue de secours.

Mais il n'y avait qu'une issue : la porte qu'elle avait franchie en entrant.

— Sarah, je vous en prie, fit Wagner, désignant la chaise qu'il venait de quitter. Asseyez-vous. J'ai peur que...

— Non, lança-t-elle d'un ton véhément, sa gorge se serrant avec un horrible pressentiment. (Elle avait treize ans. Se tenait dans le bureau de la directrice du collège de Mill Stream. Une femme d'une quarantaine d'années, cheveux poivre et sel, rouge à lèvres violacé et bien trop foncé, regard infiniment triste.)

Pleurez, mon petit, il n'y a pas de mal à ça...

Et Sarah, outrée de ce qu'elle avait pris pour une intrusion :

Comment pouvez-vous savoir ce qui est bien pour moi ?

Wagner fit un pas vers elle comme pour mieux la regarder. Indéchiffrable. Son expression était indéchiffrable. Son visage, une énigme. Or les énigmes l'avaient toujours intrigué.

Elle pivota tandis qu'il approchait.

— Peut-être qu'on devrait parler ailleurs. Si on allait marcher…

Sans lui laisser le temps de terminer, elle fonça vers la porte et se précipita dans le couloir.

Un instant décontenancé, Wagner lui emboîta le pas. Elle descendit les sept étages devant lui mais il réussit à la rattraper sur le trottoir tandis qu'elle reprenait son souffle. Il resta à sa hauteur alors qu'elle bifurquait sur la droite dans Van Ness, direction City Hall. Longues enjambées nerveuses, bras fendant l'air, l'œil fixé devant elle, elle avançait dans un claquement de sandales sur le béton, ses boucles d'oreilles en forme de dauphins se balançant à chaque pas.

Au premier croisement, elle traversa sans regarder juste devant un camion de livraison. Wagner la tira rudement en arrière tandis que le camion leur filait sous le nez avec un long coup de klaxon furieux.

Sarah jeta un regard noir au camion, adressa un geste obscène au chauffeur. Wagner sourit et la relâcha. Sans prêter attention à lui, sans vérifier si la voie était libre, elle traversa la chaussée.

En silence, ils parcoururent plusieurs centaines de mètres. Il se demanda si par hasard elle n'avait pas déjà appris la nouvelle.

— On va loin comme ça ?

Elle ne répondit pas.

Comme ils longeaient un café, il proposa :

— Et si on buvait un espresso ?

Elle poursuivit sa route.

Wagner commença à s'énerver.

— Sarah, il faut que vous me laissiez vous…

— Rien du tout, coupa-t-elle.

Il comprit qu'il était inutile de discuter. Elle serait bien obligée de s'arrêter à un moment ou un autre.

Elle obliqua à droite dans McAlister. Wagner alluma une cigarette puis mit des lunettes de soleil pour se protéger de la lumière intense.

Les tempes de Sarah battaient. Sa tête allait exploser. Et ça n'allait pas s'arranger. Qu'avait-il commencé à dire dans le bureau de Buchanon ? *J'ai peur de…*

Sûrement une mauvaise nouvelle. Elle n'avait pas envie de savoir.

Il y avait un parc derrière City Hall, de l'herbe verte, quelques arbres, des bancs le long des allées, occupés pour la plupart par des sans-abri, des épaves. Elle se dirigea vers un banc libre et se laissa tomber dessus.

Wagner resta debout, l'examina d'un air curieux. Ses yeux avaient perdu leur éclat agressif. Elle semblait étrangement calme. Ce changement d'attitude le déconcerta.

— Allez-y, fit-elle d'une voix sans timbre. Je vous écoute.

S'asseyant près d'elle, il se rendit compte que son calme était en fait du défi. Il écrasa sa cigarette par terre.

— Il s'agit de votre sœur. (Pause.) Melanie. (Il retira ses lunettes.) Elle a été assassinée. On a retrouvé son corps ce matin.

Sarah ne parut pas comprendre. Puis elle se mit à faire non de la tête.

Wagner continua de la dévisager. Elle se pétrifia. Il s'efforça de distinguer des failles dans son calme mais n'en trouva pas.

— Quand est-ce que ça s'est passé ? voulut-elle savoir.

— La nuit dernière. Chez elle. Dans le séjour. (Hésitation.) Un meurtre. Dans des circonstances particulièrement atroces.

Comme Sarah avait détourné les yeux avant qu'il ne prononce cette dernière phrase, il se demanda si elle avait entendu. Pourquoi avait-il éprouvé le besoin d'ajouter cette touche macabre ? Pour provoquer une réaction ? Déclencher une manifestation de chagrin ? D'angoisse ? Quoi donc ?

Mais Sarah avait parfaitement entendu. Entendu et gommé la remarque. Les mains sur les genoux, elle s'efforça de respirer à petits coups réguliers. De se calmer. *Tu connais le processus.*

Une voix venue du passé résonna dans sa tête.

« *Vous ne craquez jamais ?* » La voix de Feldman, son psychiatre originaire de Budapest, avec son accent à couper au couteau.

« *Tout le temps*, avait-elle répondu avec un rire amer. *Seulement j'ai appris à ne pas le montrer.* »

Feldman l'avait grondée un peu à la façon de Melanie ; ce qui n'avait rien d'étonnant étant donné que Feldman avait été le mentor de Melanie. « *Sentir les choses, c'est la seule façon de guérir, Sarah.* »

Eh bien, Feldman, songea-t-elle avec amertume si c'est vraiment la seule façon de guérir, je trouve ça nul.

Sarah dévisagea une femme dépenaillée aux cheveux gris en désordre. Elle tirait un caddie dans lequel elle avait empilé ses biens. D'une voix coléreuse elle marmonnait des mots que Sarah ne pouvait entendre.

Sarah la suivit des yeux tandis qu'elle s'éloignait avec des gestes agités. Elle éprouva une sorte d'envie qu'elle trouva grotesque. Il lui sembla entendre Melanie : « *Non Sarah. Ce n'est pas de l'envie. Mais de l'apitoiement sur toi-même. Tu crois que tu souffres plus que quiconque au monde, c'est pour ça que tu préférerais être dans ses pompes. Celles d'une schizophrène à la dérive, en l'occurrence.* »

Wagner se demandait si Sarah Rosen se rendait compte qu'il était toujours assis près d'elle. Merde, il n'était même pas sûr qu'elle avait conscience de sa présence. Elle semblait complètement ailleurs. Sur une autre planète.

— Je ne vous ai même pas dit mon nom. Wagner. Inspecteur Michael Wagner de la Criminelle du SFPD.

A l'énoncé de son nom, Sarah braqua vers lui un regard hostile.

— Wagner ? Vous travaillez sur l'affaire Romeo. (C'était le jeune inspecteur qu'elle avait vaguement aperçu la veille en compagnie de Melanie à la télévision. Bon sang, est-ce que sa sœur avait été assassinée alors qu'elle regardait cette émission débile ?)

— Je fais partie des policiers qui essayent de le coincer, dit Wagner. (Puis d'une voix vibrante, il ajouta :) Maintenant plus que jamais.

Sarah eut l'impression que la tête lui tournait. Tout se mit en place bizarrement.

— C'était lui, alors ? Romeo ?

— Il n'est pas impossible qu'on ait affaire à quelqu'un qui s'inspire de sa façon de procéder. Mais je pense pas. Je crois plutôt que Romeo s'est attaqué à votre sœur parce qu'elle commençait à le cerner un peu trop bien et qu'il a eu les jetons. Car elle était forte. Très forte. Si ça ne c'était pas produit… Désolé, fit-il prosaïquement.

Une rage folle s'empara de Sarah. Elle éclata d'un rire bref, rauque.

— Romeo. Un nom pareil pour un monstre pareil. C'est bien de Melanie. Elle avait un sens de l'humour assez particulier. Plutôt tordu. C'est de famille, poursuivit Sarah se parlant à elle-même. Nous sommes tous un peu tordus.

— Est-ce que Melanie vous avait parlé de Romeo ?

— Jamais. Elle l'aurait peut-être fait si je lui en avais donné l'occasion.

— Ce n'est pas une critique, dit-il.

Elle lui jeta un regard intrigué. Comment ça, une critique ?

— Ce n'était pas un sujet à…

— Il y avait peu de sujets que nous abordions.

— Vous n'étiez pas proches l'une de l'autre ?

— Proches ? Qu'est-ce que ça veut dire ?

— Je ne sais pas. Je suis fils unique.

— Vous l'étiez, proches ?

Elle n'avait donc pas compris ce qu'il venait de dire ?

— Je n'avais ni frère ni sœur.

— Je parle de vous et de Melanie, fit Sarah d'une voix moqueuse.

— Il y avait peu de temps qu'on se connaissait, fit-il en croisant son regard.

— Que pensiez-vous d'elle ?

— C'était une femme brillante.

— Brillante. Mais encore ? insista-t-elle.

Cette façon d'inverser les rôles agaça Wagner qui n'avait aucune envie de parler de ses sentiments pour Melanie. Pourtant il se crut obligé de répondre.

— Elle était dynamique, intuitive, pleine de compassion…

— Ne me dites pas que vous étiez un de ses patients ?

— Certainement pas, fit-il en la regardant droit dans les yeux. On bossait ensemble, c'est tout.

— Je ne voulais pas vous froisser.

— Je sais.

— Melanie pensait que la psychanalyse pouvait faire du bien à tout le monde.

— A des tas de gens, je n'en doute pas. Il se trouve que je ne fais pas partie du lot. De toute façon, ce que je voulais dire, c'est que votre sœur et moi avions fait connaissance il y a deux mois lorsqu'elle était devenue notre expert psychiatre. Elle percevait avec beaucoup d'acuité la façon dont Romeo fonctionnait.

— Apparamment, son intuition n'a pas été suffisamment grande, fit Sarah, amère.

Wagner essayait de réprimer son agacement mais malgré ses efforts il ne put s'empêcher de s'énerver.

— Écoutez, je sais que c'est dur, pour vous. Mais pour nous aussi. Voilà des mois que nous essayons d'épingler ce psychopathe. Si vous croyez que ça nous amuse de le voir nous glisser entre les doigts à chaque fois… La vérité, c'est que ça me démolit.

— Ça vous démolit ?

Impossible de deviner le sens de cette remarque. Il détourna les yeux, son regard se posa sur un journal abandonné sur le banc d'à côté. Le journal annonçait la sortie d'un nouveau livre sur Nicole et O.J. Simpson. Demain, à San Francisco, tous les journaux titreraient sur Romeo et le Dr Melanie Rosen. Journaux, radios, télés, tous les médias s'empareraient de l'histoire. L'expert psychiatre travaillant au sein du groupe constitué pour arrêter Romeo était la cinquième victime du tueur en série. Ainsi que Sarah l'avait fait remarquer, il y avait de quoi s'interroger sur l'intuition et les compétences de ce médecin. Sur celles de la police également.

Wagner aurait voulu mettre les voiles, en terminer avec cette histoire, avec Sarah Rosen, car elle le perturbait.

— Où est-elle ? questionna soudain la jeune femme.

Wagner lui jeta un regard vide. Puis comprenant ce qu'elle voulait dire :

— Je pense pas que vous devriez la voir.

— Je veux simplement savoir où elle est.

— A la morgue. Le médecin légiste…

— Il va falloir organiser les obsèques.

— Nous ne pourrons vous rendre… (Au moment de dire *le corps* il s'interrompit, se rendant compte que ç'aurait été un manque de tact.) Nous ne vous rendrons votre sœur que dans un jour ou deux.

Sarah le dévisagea. Il eut l'impression qu'elle le voyait pour la première fois. Des yeux, elle examina son torse mais ce balayage n'avait rien d'une manœuvre de séduction. Au contraire. Il avait l'impression d'être passé en revue par son adjudant. L'impression qu'elle cherchait une fausse note dans sa tenue. Ou que, comme sa mère, elle s'assurait qu'il était impeccable et correctement habillé pour aller à l'école.

Elle le détailla. Il était grand et mince, les cheveux châtain clair coupés avec soin, son pantalon de laine grise avait un pli tranchant, son blazer bleu avait tous ses boutons dorés correctement cousus, il n'avait pas la moindre pellicule sur les épaules, et ses mocassins étaient cirés. Michael Wagner n'était pas beau mais ses yeux avaient quelque chose de particulier, pailletés de bleu et de gris, intelligents et peut-être un peu innocents pour un flic. Elle lui donna une petite trentaine. Le même âge qu'elle.

Son examen terminé, elle se leva d'un bond sans un mot. Soulagé que l'inspection soit terminée, Wagner l'imita.

— Y a-t-il quelque chose que je puisse faire pour vous ? questionna-t-il un peu gauchement.

Ses lèvres s'incurvèrent mais cela n'était pas vraiment un sourire.

— C'est toujours la question qu'ils vous posent, dit-elle d'une voix atone. Mais non, rien.

— Ils ? Qui ça ?

Cette fois elle sourit d'un sourire doux-amer.

— Ça n'a pas d'importance.

— Au contraire, dit-il doucement. Mais vous n'avez pas envie d'en parler.

Le sourire de Sarah s'accentua.

— Je suis sûre qu'elle vous aimait bien.

Une rougeur couvrit le cou de l'inspecteur.

— Je vous demande pardon ?

Son sourire s'éteignit.

— Vous avez tout gâché.

— Désolé. (Il éprouva soudain un mouvement de colère. Sarah s'amusait, peut-être même le provoquait-elle. Pourquoi pensait-il avoir besoin de son approbation de toute façon ? Il aurait dû laisser Allegro s'occuper de cette fille.) Écoutez, c'est horrible, cette histoire, fit-il, piaffant d'impatience. Pourquoi ne pas rentrer chez vous, téléphoner à une amie, demander à quelqu'un d'annoncer la nouvelle à votre père ?

— Mon père, reprit Sarah en écho tout en devenant grise comme de la cendre. (C'était la première fois qu'elle trahissait ses sentiments. Elle se mit même à vaciller. Wagner crut qu'elle allait s'évanouir. Comme il tendait les bras pour la soutenir, elle retrouva l'équilibre. Son teint toutefois ne s'améliora pas.) C'est vrai, il va falloir que je prévienne mon père, hoqueta-t-elle comme si elle n'y avait pas pensé auparavant. C'est impossible. Je ne peux pas faire ça sans toi, Melanie. Je suis tout juste capable de recevoir les mauvaises nouvelles, moi. Pas de les apporter. Comment vais-je lui dire cela ? Comment va-t-il pouvoir le supporter ? Tu es la lumière de sa vie. Pauvre papa, dit-elle, son regard transperçant Wagner. Que de mal il s'est donné pour nous façonner à son image. Avec Melanie il a réussi. Mais avec moi ç'a été un échec sur toute la ligne.

Alors que nous sommes assis à des lieues l'un de l'autre, je te sens me pénétrer et je crie de plaisir et de douleur. J'ai parfois peur que ma vie soit à toi. Pas à moi.

Melanie Rosen, *Journal*

Chapitre 4

Une fois l'inspecteur Wagner parti, Sarah songea à retourner au bureau demander à Bernie de l'accompagner jusqu'à Bellevista Lodge dans les collines de Berkeley. Finalement, elle décida d'aller seule annoncer l'affreuse nouvelle à son père.

Lorsque le vigile au teint rougeaud lui eut fait signe de passer, Sarah éprouva une impression bizarre en franchissant le portail et remontant l'allée sinueuse jusqu'à la luxueuse maison de retraite. Autour de la bâtisse massive s'étendaient des hectares de jardins ponctués de topiaires et traversés d'allées soigneusement balisées, bordées de cyprès et d'eucalyptus. La résidence perchée à flanc de colline au cœur même de la propriété évoquait un austère manoir anglais. A l'intérieur étaient aménagées trente suites luxueuses — meubles anciens et le reste à l'avenant — où les *invités* pouvaient disposer bibelots et souvenirs personnels.

A Bellevista, qu'ils fussent grabataires ou incontinents, qu'ils eussent oublié où ils se trouvaient voire même leur nom, les patients avaient droit à l'étiquette d'*invités*. Les membres du personnel, les médecins par exemple, étaient en blanc tels des joueurs de tennis. En blanc, mais pas en blouse.

Sarah avait toujours trouvé cette comédie horripilante. Les responsables pouvaient bien jouer les autruches, il n'en restait pas moins que les trente éminents *pensionnaires* de Bellevista souffraient tous à des degrés divers d'un Alzheimer et que la plupart sinon la totalité d'entre eux seraient emportés par cette maladie. Plusieurs invités avaient déjà « quitté » l'établissement depuis que son père y avait été admis. Ces décès avaient été traités avec la plus grande discrétion, comme l'avait fait remarquer Melanie. Quelle sinistre farce...

Pauvre Melanie, songea Sarah. Sa mort n'avait rien eu de discret. Pas moyen de la dissimuler.

Tandis que Sarah s'engageait dans le parking réservé aux visiteurs, elle sentit son sang-froid l'abandonner. Moteur coupé, elle resta plusieurs minutes dans la voiture, rassemblant son courage pour annoncer la tragédie à son père.

Est-ce que ce serait encore plus dur s'il était dans un mauvais jour et ne parvenait même pas à absorber la nouvelle ? Et à supposer qu'il soit en état de comprendre, comment réagirait-il ? Sarah se trouva irrésistiblement ramenée vingt ans en arrière, période à laquelle s'était produit l'événement qui l'avait tant marquée. La mort de sa mère. Ce décès l'avait modelée, il avait pesé sur toutes ses décisions, hanté ses rêves, eu un impact sur sa vie amoureuse — ou plutôt sur son absence de vie amoureuse.

Non, Feldman. Elle n'est pas responsable. Je ne lui en veux pas. Enfin, disons que je lui en veux d'être morte.

Le soleil filtra à travers les branches, frappant le pare-brise. Sarah en sentit la chaleur sur son visage mais son sang semblait s'être glacé dans ses veines. Elle se sentit coupable de songer à sa mère alors que c'était à Melanie et à son père qu'elle aurait dû penser.

Et à Romeo. N'oublie pas Romeo. Lui aussi faisait partie de sa vie désormais. Même si elle ne lui avait rien demandé, s'il était indésirable.

C'est ta faute, Melanie. Ce monstre, tu l'as créé. Seulement maintenant, c'est moi qui vais devoir me le coltiner. Et tu sais que les monstres, c'est pas mon truc.

Soudain elle éprouva comme une sensation de brûlure sur la peau. Portant la main à sa joue, elle constata qu'elle pleurait. Il y avait des années qu'elle n'avait pas versé de larmes.

Et ce n'étaient pas uniquement des larmes d'affliction. Culpabilité ? Honte ? Peur ? Quoi encore ?

Elle ouvrit la portière. D'un pas d'automate, elle longea l'allée de gravillons. Se cramponna à la rampe en bois sculpté pour atteindre le porche.

Le gigantesque hall lambrissé de chêne évoquait un de ces clubs pour hommes très fermés. A ceci près qu'on n'y sentait pas le cigare. Et pour cause. Il était interdit de fumer dans l'établissement.

Une *invitée* d'une soixantaine d'années coquettement vêtue

d'une robe en gabardine marine agrémentée d'un col de dentelle était assise dans un fauteuil roulant où elle tricotait une écharpe à rayures rouges et jaunes. Apercevant Sarah, elle rassembla son matériel et le fourra prestement dans son sac à ouvrage.

Près d'une fenêtre, un monsieur d'un certain âge soliloquait. Toutes les quatre ou cinq phrases, il marquait une pause comme pour suivre les propos d'un interlocuteur invisible puis reprenait le fil de son discours.

A l'autre bout du hall, une séduisante quadragénaire trônait derrière une table ancienne. Cheveux châtain élégamment coupés, tailleur de tweed et chemisier de soie bleu, elle ressemblait à une réceptionniste de grand hôtel. En réalité, Charlotte Harris était la surveillante générale de Bellevista. Son visage ovale généralement placide s'éclaira d'une lueur de sympathie lorsqu'elle aperçut Sarah. Elle se leva de son siège et contourna son bureau pour aller à sa rencontre.

— Je suis désolée, vraiment désolée, fit-elle d'une voix sourde en passant son bras sous celui de Sarah.

Sarah sentit la panique la gagner. Désolée ? *Était-il également arrivé quelque chose à son père ? Aurait-elle perdu d'un coup le peu de famille qui lui restait ?*

— Mon père...

— Il n'est pas au courant, s'empressa la surveillante. Le Dr Feldman a jugé préférable...

Sarah décocha un regard noir à Charlotte Harris.

— Feldman ?

— Il est arrivé il y a dix minutes. Je vais vous conduire auprès de lui.

A contrecœur, Sarah se laissa remorquer à travers le hall feutré puis le long d'un étroit couloir moquetté de rose. La plaque de cuivre sur la porte de chêne indiquait simplement Salle Woodruff. A moins de s'y risquer, impossible de savoir que cette pièce était le coin-détente des médecins.

Le Dr Stanley Feldman était seul. A peine Sarah fut-elle entrée qu'il se leva pour se porter à sa rencontre et la prendre par son bras libre d'un air de propriétaire. Après lui avoir passé le relais, Charlotte Harris s'éclipsa.

Il y eut un silence. Sarah perçut l'odeur fruitée du tabac pour pipe qui émanait des vêtements et de la peau de Feldman. Bien que plus petit qu'elle de cinq centimètres, le psychanalyste semblait la toiser. Sarah ne put s'empêcher de penser à son père.

La ressemblance s'arrêtait là. Contrairement à son père qui était un bel homme, grand et raffiné, Feldman était terne, petit, presque squelettique avec des cheveux grisonnants et crépus. Son visage était criblé de traces d'acné juvénile rebelle. Il était fichu comme l'as de pique. Costume marron avachi, pièces de cuir aux coudes. Malgré tout, dans le milieu fermé de la psychanalyse, son charme, son charisme étaient légendaires. A près de soixante ans, il n'avait rien perdu de son aura ni de sa vitalité.

Sarah étudia le visage grêlé du médecin pour essayer de connaître ses réactions mais sans résultat. Les psychiatres devaient faire des joueurs de poker fantastiques.

— Comment avez-vous appris la nouvelle ? fit-elle, la gorge sèche.

— Bill Dennison m'a appelé, fit Feldman, l'entraînant vers un des sièges se faisant vis-à-vis devant une baie vitrée d'où l'on apercevait un luxuriant jardin paysagé.

— Les mauvaises nouvelles vont vite.

— L'un des policiers qui étaient sur place lui a téléphoné. Pour lui demander de prévenir les patients de Melanie. Bill m'a contacté à mon cabinet. Je lui ai dit que je vous parlerais, fit Feldman, attendant qu'elle s'asseye.

Elle s'exécuta de mauvais gré. Elle était à cran, éprouvait un sentiment de claustrophobie. Il devait s'en douter : il savait très bien comment elle fonctionnait.

— Ça fait un bout de temps, Sarah.

— Et moi qui croyais que vous disiez toujours ce qu'il fallait au moment où il le fallait, fit-elle avec un rire sec.

Il prit place en face d'elle, se pencha, coudes sur les genoux.

— Ce n'est pas moi que vous avez envie d'agresser, Sarah.

— Là, je vous retrouve.

— Si vous croyez que ça peut vous aider de...

— Arrêtez vos conneries. Ma sœur est morte. Assassinée. Rien ne peut m'aider.

— On ne peut pas modifier la réalité, mais on peut vous aider.

— Espèce de salaud ! explosa-t-elle. (Incapable de se contrôler, Sarah lui décocha un coup de pied au tibia droit. Feldman grimaça de stupeur plus que de douleur. Voyant cela, Sarah se jeta en avant

75

et, l'empoignant par les revers de sa veste, se mit à le secouer.) Vous pourriez au moins avoir le bon goût de vous faire une tête de circonstance ! Celle de l'amant affligé, par exemple.

— Sarah, fit-il, l'attrapant par les poignets.

Elle le secoua de plus belle, glissant de son siège, se retrouvant à genoux.

— Avouez-le, bon sang. Avouez que vous l'aimiez !

— Ça suffit.

Mais une sorte de démon s'était emparé de Sarah. Elle se mit à lui assener des claques. Le frappant au visage, sur la poitrine. Elle ferma les yeux mais ne distingua qu'un voile rouge. Elle rouvrit brutalement les yeux.

S'efforçant de parer les coups, Feldman la fixa comme si elle était devenue folle puis il fit une grimace.

Elle le giflait toujours lorsqu'elle se rendit compte que de grosses larmes coulaient le long de ses joues grêlées. Elle s'interrompit net.

— Sarah, chuchota-t-il, lui passant les bras autour du corps.

Un cri étranglé fusa de ses lèvres. Elle s'arracha à son étreinte, heurta l'accoudoir du fauteuil et dégringola par terre.

Elle se remit debout, prit appui sur les accoudoirs et se laissa tomber dans le fauteuil. Puis, atterrée, elle leva les yeux vers le psychiatre. Ce dernier avait retrouvé son sang-froid. Ses larmes avaient séché comme par miracle. La colère de Sarah se mua en envie puis en malaise.

Son éclat, l'étreinte de Feldman étaient-ils réels ? Avait-il vraiment chuchoté son nom de la voix mélodieuse qu'il utilisait pour s'adresser à Melanie ?

— Nous allons attendre quelques jours avant de prévenir votre père, dit-il d'un ton ferme. Il n'est pas très bien en ce moment. Et vous avez besoin d'un peu de temps pour vous remettre d'aplomb.

— Et les obsèques ? Il faudra bien qu'il assiste aux obsèques.

— Ça dépend. Il se peut que ce soit trop dur pour lui. (Feldman l'examina de son œil perçant.) Ce sera dur pour vous aussi, Sarah.

— Je m'en sortirai. (Et de s'obliger à croiser son regard.)

Feldman ne parut pas impressionné :

— J'aimerais que vous repreniez du Prozac pendant deux mois.

— Non !

— Sarah, il n'y a rien…

— Allez vous faire foutre ! fit-elle, bondissant de son siège.

Soupir las de Feldman. Regard de pitié.

— Repassez à l'Institut, au moins. Pour commencer à faire votre travail de deuil. Sinon avec moi, avec un confrère. Je peux vous prendre un…

— Je n'ai pas besoin d'un psy, fit-elle en se dirigeant vers la porte.

— Où allez-vous ?

— Voir mon père.

— Attendez.

— Melanie voulait que je le voie, j'y vais. Je ne lui dirai rien tant que vous ne m'aurez pas donné le feu vert. Je vais seulement passer un moment avec lui. Après ça, je rentrerai et…

Feldman se leva et s'avança, toujours auréolé de l'odeur fruitée du tabac pour pipe.

— Et quoi ?

— Et je me tailladerai les poignets. Parce que c'est ça que vous croyez que je vais faire, non ? Rassurez-vous, Feldman, je ne fais jamais deux fois la même connerie : je me renouvelle.

Mais Feldman ne trouva pas ça drôle.

— Qu'allez-vous faire, Sarah ?

— Aucune idée. (Sa gorge était sèche.) Et dire que je pensais qu'on arriverait à s'entendre un jour, Melanie et moi, fit-elle avec une grimace.

Elle ouvrit la porte avec violence.

— Je vous appellerai plus tard, Sarah. Si vous changez d'avis concernant le médicament ou les séances de thérapie…

— Mais Melanie et vous, vous vous entendiez bien, n'est-ce pas, Feldman ? fit-elle en lui jetant un regard accusateur.

Son père était assis sur une chaise longue dans le solarium qui donnait sur les collines d'un vert vibrant ponctuées de maisons sorties d'un livre d'images. Il portait une chemise en coton bleu clair, un pantalon de laine gris et une veste en cachemire d'un gris un peu plus soutenu. A la lumière, Sarah le trouva beau, imposant, semblable à un dieu. Tout à fait comme lorsqu'elle était petite fille.

Lorsque la porte grillagée se ferma, Simon Rosen tourna les

yeux vers sa fille et sourit. A la vue de ce sourire — elle qui y avait si rarement droit —, Sarah se dit qu'il devait être dans un bon jour.

Toutefois en s'approchant elle vit rapidement disparaître le sourire qui se métamorphosa en un regard peu amène. Sous ce regard, elle se recroquevillait généralement de dégoût pour elle-même. Pourtant, bizarrement, aujourd'hui elle se sentit plus détendue. C'était à ça qu'elle était habituée. Alors qu'elle avançait, le froncement de sourcils s'intensifia : il l'examina d'un air carrément écœuré.

— Au nom du ciel, qu'as-tu fait à tes cheveux ? fit-il d'un ton tranchant dont elle semblait avoir l'exclusivité.

— Mais rien, bafouilla-t-elle car il y avait des années qu'elle avait la même coupe de cheveux. *Il a oublié. Il est ailleurs.*

— Ne reste pas à traîner dans mes pattes comme ça, Cheryl.

Cheryl ? Sarah en eut une boule dans la gorge : il la prenait pour sa mère. Effectivement, il était ailleurs. Et il n'y avait pas qu'à elle qu'il s'adressait avec cette voix sèche. Des années durant, sa mère et elle avaient dû supporter sa mauvaise humeur.

Il rejeta la tête en arrière, manifestant ainsi son agacement.

— Melanie est rentrée de l'école ? Dis-lui que je veux la voir dès son arrivée. Je n'ai pas de patients avant quatre heures.

Le ressentiment, la jalousie de Sarah refirent surface. Elle se sentait pleine d'amertume. Elle faillit lâcher la nouvelle. *Elle ne rentre pas, bon sang. Elle ne rentrera plus jamais. Ta précieuse Melanie a été assassinée. Elle est morte. Tu l'as perdue pour de bon. Je suis tout ce qui te reste, espèce de sale égoïste. Comique, non ?*

Les yeux de son père se rivèrent sur elle, accusateurs.

— Où est mon cahier de rendez-vous, Cheryl ? Tu passes ton temps à changer mes affaires de place. Combien de fois faudra-t-il que je te le dise… (Il s'arrêta au milieu de sa phrase, désorienté. Il cligna des paupières, la fixa d'un œil vitreux.) Je vous connais. (Un sourire rusé éclaira son visage, lui donnant l'allure d'un petit garçon.) Vous êtes la masseuse, n'est-ce pas ? Voulez-vous que je me déshabille ?

Sarah se mit à frissonner.

Derrière elle, la porte s'ouvrit, se referma. Son père lui fit signe de partir en apercevant la jeune infirmière qui venait d'entrer dans le solarium.

— C'est toi, Melanie ? Viens un peu ici, baby…

Le crépuscule était presque tombé lorsque Sarah se gara dans Valencia non loin de son immeuble. Juste derrière une camionnette de Canal 7. A peine descendue de voiture, elle vit un groupe compact de reporters et de cameramen qui rôdaient près de l'entrée.

Merde. Les vautours ont débarqué.

— Miss Rosen ?

Elle pivota, prête à frapper et se trouva nez à nez avec un homme de la même taille qu'elle. Ses cheveux très bruns avaient besoin d'être coupés, son visage osseux d'être rasé, ses vêtements d'aller chez le teinturier. Il avait des yeux gris mélancoliques et tristes.

Il leva une main.

— Ne craignez rien, je ne suis pas journaliste.

— Comment saviez-vous qui j'étais ?

— Mon coéquipier m'a communiqué votre signalement. Je suis John Allegro.

— Allegro ? (Elle mit quelques instants à le situer. Puis se rappela l'avoir vu à la télé.) Ah, génial. Le flic chargé d'appréhender Roméo.

— Écoutez, je ne suis pas là pour vous casser les pieds. Je me doutais qu'il y aurait tout ce cirque. (Il fit un geste vers les journalistes qui ne les avaient pas encore repérés.)

Sarah jeta un coup d'œil en direction des représentants de la presse :

— Je les entends se frotter les mains d'ici.

— Vous avez une déclaration à faire ?

— C'est une plaisanterie ?

— Non, non. Venez. Je vais vous faire franchir le barrage.

Aidé de deux policiers en uniforme, Allegro fit de son mieux pour tenir les médias à distance mais les reporters hurlaient, approchaient des micros, des caméras. Sarah détourna les yeux des flashes et des lumières des projecteurs tandis que l'inspecteur l'entraînait précipitamment.

— Ça suffit, mesdames et messieurs, s'écria Allegro. Calmez-vous. Pas de commentaires.

Un jeune homme réussit à se frayer un chemin au milieu de la foule. Carré, cheveux cendrés, lunettes, pantalon de coton, chemise blanche, cardigan marine. Il agita un papier et un stylo.

— Vous êtes la sœur du Dr Rosen. Vous pouvez me donner un autographe ?

— Allez vous faire foutre, espèce de taré, fit Allegro en le repoussant.

— C'est quoi, le secret de Romeo ? poursuivit l'importun. Votre sœur vous l'a révélé ? Est-ce qu'elle en pinçait pour ce tombeur ? C'est pour ça qu'il l'a tuée ?

— Oh, seigneur, hoqueta Sarah.

— Espèce de salopard de… (Allegro se précipita vers le chasseur d'autographe qui replongea dans la foule, salué par les applaudissements des spectateurs.)

Les mains tremblantes, Sarah essayait vainement d'ouvrir sa porte. Allegro l'écarta et prit le relais tandis que deux autres flics empêchaient la foule de se précipiter sur eux.

Une fois à l'intérieur, Allegro suivit Sarah dans le couloir jusqu'à son appartement.

— Il n'y a qu'une seule chose à faire, miss Rosen : les ignorer. Ce sont des groupies de Romeo. Des petits connards, des minables que cette histoire surexcite. Il faut faire comme si vous ne les entendiez pas.

— Mais c'est horrible. Ce sont des malades.

— Ça n'a pas été une partie de plaisir pour vous, de réintégrer votre domicile. Et ça ne va pas s'arranger. Désolé, dit-il d'un ton terre à terre mais avec une certaine gentillesse.

Sarah hocha la tête. Elle se sentait à la fois vidée et remontée à bloc. Mais surtout seule. Très seule. Elle jeta un coup d'œil à l'inspecteur qui s'apprêtait à tourner les talons.

— Vous ne me poserez pas de questions, promis ? Je vous invite à entrer prendre un café. Ou quelque chose de plus corsé.

— Ce serait plutôt à moi de vous inviter, fit-il en se penchant légèrement.

Elle l'examina. Il avait un visage qui réservait des surprises — rides au coin de la bouche, sourcils au tracé bizarre, nez cassé, yeux gris qui semblaient revenus de bien des voyages. Il semblait avoir dans les quarante-huit ans. Plus soigné, il aurait fait plus jeune.

— Vous en avez davantage besoin que moi, dit-elle impulsivement.

— La mort de Melanie m'a flanqué un sacré coup. J'aimais beaucoup votre sœur.

— Je dois avoir une bouteille de scotch dans un placard...

— Ne vous dérangez pas. Seulement pour vous accompagner.

— Non, merci, je ne bois pratiquement pas d'alcool. (Elle évitait l'alcool qui l'incitait à broyer du noir. Elle fit tourner la clé dans la serrure, poussa la porte.)

— Si c'est toujours d'accord pour le café..., fit Allegro en s'éclaircissant la gorge.

— Bien sûr, dit-elle, soulagée.

— Eh bien, c'est moi qui vais le préparer.

— Tant mieux. Car le mien est infect, fit Sarah en laissant entrer l'inspecteur et lui indiquant la cuisine, juste à côté du petit séjour encombré. A son grand soulagement il ne fit aucun commentaire sur l'état de l'appartement. Sans doute était-il très bordélique lui aussi.)

Le téléphone sonna. Sarah sursauta. Allegro qui était sur le seuil de la cuisine se retourna. Leurs regards se croisèrent. Il décrocha le téléphone mural de la cuisine.

— Pas de commentaires pour l'instant, aboya Allegro. Je vous conseille de ne pas l'appeler. Elle en fera quand elle sera prête. (Il raccrocha bruyamment.) Mettez votre répondeur, lui ordonna-t-il.

Tandis qu'Allegro était dans la cuisine, Sarah se laissa tomber avec lassitude sur le canapé. Soudain, elle remarqua que le petit tapis près de la porte d'entrée était de travers. Une enveloppe blanche dépassait de sous la carpette. Elle se leva pour la ramasser. L'enveloppe ne portait aucune inscription. Le rabat n'était pas collé. Une histoire de loyer, se dit-elle en retirant la feuille de papier pliée à l'intérieur. Mais il ne s'agissait pas de loyer. C'était une lettre apparemment imprimée à l'aide d'une imprimante laser sur une feuille de papier blanc ordinaire.

Très chère Sarah,
Je voudrais que vous sachiez que vous n'êtes pas seule. Je suis mieux placé que quiconque pour comprendre et partager votre chagrin.

Il n'y avait ni formule de politesse ni signature. Ça y est, c'est parti, songea Sarah, voilà que je vais recevoir des condoléances de cinglés. Encore un groupie de Romeo ? Si ça se trouve, c'est le même que celui qui a essayé d'avoir un autographe tout à l'heure.

Avec un frisson de dégoût, elle froissa le billet sans même en terminer la lecture. *Chasse les dingues de ton esprit, le conseil de l'inspecteur est bon.*

— Du lait ? demanda Allegro.

— Non, répondit-elle d'une drôle de voix. (La lettre anonyme l'avait secouée.)

— Du sucre ?

— Non. Nature. (Elle laissait tomber la lettre froissée sur la table de l'entrée lorsque le policier apparut, portant deux tasses de café fumant.)

Ils s'assirent côte à côte et en silence sur le canapé, buvant leur café à petites gorgées. Lorsqu'elle constata que l'inspecteur avait presque fini, Sarah sentit croître son inquiétude. Il allait partir d'une minute à l'autre. La laisser seule.

— Il faut que j'y aille, dit Allegro en reposant sa tasse sur la table basse.

— Je vous ressers ?

— Non, merci. (Il s'aperçut qu'elle avait les joues très pâles.) Il n'y a pas quelqu'un qui pourrait vous tenir compagnie ?

Sans un mot, elle hocha la tête. Elle pouvait appeler Bernie. Seulement Bernie l'encouragerait à « se laisser aller »; Mais si elle lâchait la vapeur, elle risquait de ne pas pouvoir s'arrêter.

Allegro se leva, traversa la pièce en direction de la porte.

— Je viens de penser à quelque chose...

— Oui ? fit-il en s'immobilisant.

— Melanie. Je lui ai parlé hier matin. Mon Dieu... (Elle eut un fragile sourire.) J'ai vraiment pas été sympa avec elle. Elle m'a appelée très tôt. Elle m'a réveillée, même.

— Je suis toujours de mauvais poil le matin, moi aussi.

— Et moi je suis toujours de mauvais poil avec Melanie. Enfin, je veux dire, j'étais. J'ai jamais été très gentille avec elle.

— C'est classique : on voudrait toujours pouvoir revenir en arrière quand c'est trop tard. Inutile de vous fustiger.

— Vous avez raison. (Elle eut un rire grinçant.) Et je l'ai envoyée sur les roses parce qu'elle me faisait un sermon.

— A quel propos ?

— Je ne m'en souviens plus. Ce dont je me souviens, en revanche, c'est qu'elle m'a confié qu'elle avait un rendez-vous.

— Avec qui ? questionna Allegro après un moment de lourd silence.

— Je ne sais pas. Elle ne m'a pas dit.

— Ce n'était pas avec un certain Perry, par hasard ? Robert Perry ? Ingénieur informaticien actuellement au chômage. Vingt-sept ans, blond, beau garçon.

— Ce nom ne me dit rien. (Elle hésita.) Vingt-sept ans, ça fait jeune pour Melanie qui en avait trente-six. J'ignorais qu'elle avait un faible pour les types de cet âge. Mais il est vrai que je ne savais pas grand-chose en ce qui concerne ses goûts. Je ne connaissais que Bill.

— Le Dr Bill Dennison ? L'ex-mari de votre sœur ?

— Il a environ quarante-sept, quarante-huit ans. Ils sont restés mariés trois ans.

— Robert Perry est un patient de votre sœur. Vous croyez qu'elle aurait sauté le pas ? Une thérapeute ? C'est contraire à la déontologie, non ?

— Vous voulez savoir si elle couchait avec ses patients ?

— Ce sont des choses qui arrivent. Les prêtres, les avocats, les médecins. (Il haussa les épaules.) Personne n'est à l'abri de la tentation.

— Les flics non plus, inspecteur Allegro ?

— Vous êtes fâchée.

— Oui, fit-elle, lui jetant un regard noir.

— Perry prétend qu'ils étaient amants.

— Et vous croyez que c'est avec Perry qu'elle avait rendez-vous la nuit dernière ?

— Possible.

— Alors vous pensez que c'est lui ? Que Perry est Romeo ?

— On n'a encore rien de concret pour l'instant. Je suis désolé pour votre sœur. Je ne suis pas très fort pour ce genre de choses, marmonna-t-il.

— Moi non plus, dit-elle d'une voix atone.

— Qu'est-ce que c'est que ça ? fit-il en atteignant la porte et repérant la boulette de papier sur la table de l'entrée.

— Oh rien, fit Sarah. *N'y pense plus. Oublie ces conneries.*

Son regard s'attarda un instant sur elle puis il lui tendit sa carte.

— J'ai également mis le numéro de mon beeper au cas où vous auriez besoin de me joindre en catastrophe.

— Inspecteur ?

— Oui ?

— Pourquoi leur arrache-t-il le cœur ?

Allegro était planté devant la porte, lui tournant le dos. Il pivota vers elle. Leurs regards se croisèrent.

— Je l'ignore, miss Rosen. Peut-être parce que ce salopard n'a pas de cœur.

— Un homme sans cœur, c'est sûrement ça, fit-elle en lui rendant son regard.

La presse se jeta de nouveau sur Allegro lorsqu'il sortit de l'immeuble. Les caméras se mirent en marche, les flashes crépitèrent devant son visage. On lui aboya des questions aux oreilles. L'inspecteur déclara qu'il n'avait pas de commentaires, s'assura que le timbré qui avait essayé d'obtenir de Sarah un autographe ne traînait plus dans le coin et se fraya un chemin jusqu'à sa voiture.

Il décolla du trottoir et prit la direction de la Criminelle. Ce n'est qu'en arrivant dans Bryant juste après l'autoroute 80, qu'il continua sa route au lieu de ralentir, zigzaguant vers son quartier de prédilection. Il s'arrêta devant le Bay Wind Grill, troquet douteux situé dans Polk Street. Les bars douteux, ce n'était pas ça qui manquait dans le secteur et le syndicat d'initiative recommandait aux touristes de ne pas se risquer par là. Zeke, le barman, l'air accablé, avait déjà posé un whisky et une bière sur le comptoir devant le tabouret d'Allegro. L'inspecteur avala d'un trait son whisky et s'attaqua ensuite à sa Bud bien fraîche.

— Je refais le plein ? questionna Zeke.

Allegro lui aurait bien dit de laisser la bouteille sur le comptoir mais il était encore tôt et il fallait qu'il retourne travailler. Il fit cependant signe à Zeke de lui verser un autre coup de whisky, se disant qu'il ferait un brin de toilette chez lui avant de regagner la Criminelle. Il avala son second Jim Beam encore plus vite que le premier.

— La journée a dû être mauvaise, remarqua Zeke.

— Ouais, fit Allegro en s'essuyant la bouche avec sa manche. Foutrement mauvaise.

Une fois l'inspecteur Allegro parti, Sarah resta immobile sur son siège. Puis, soupirant, elle se leva et ramassa la boulette de papier.

Il ne faut pas avoir peur de moi, Sarah. Jamais je ne vous ferai de mal. Nous sommes sur la même longueur d'onde, vous et moi, nous nous comprenons. Vous êtes si forte, Sarah. J'ai besoin de votre force. Ouvrez-moi votre cœur.

Comme si ça n'était pas suffisamment ridicule, le correspondant anonyme avait ajouté un post-scriptum en bas de page.

Je vous en dirai davantage ultérieurement, mon amour.

Sarah déchira le bout de papier en petits morceaux.

— Espèce de timbré ! Si tu crois que je vais te laisser faire joujou avec ma tête ! Pour qui tu te prends ? Pour un psy ?

Ouvrant rageusement la porte d'entrée, elle fonça dans le couloir. Comme pour coincer le salopard qui avait glissé le billet sous sa porte. Toute sa vie elle avait été poursuivie par des ombres. Cette fois, ça commençait à bien faire.

Le couloir était désert et silencieux. Et elle ne perçut pour tout bruit que les battements de son cœur.

... enfant, Romeo ait lui-même été victime de comporte-
ments sadiques et masochistes. Il se peut qu'il ait cherché à
se défouler sur des animaux, des partenaires... sans se rendre compte de ce que ses actes de violence pouvaient avoir
de mauvais et de pervers.

Dr Melanie Rosen, *Cutting Edge*

Chapitre 5

Romeo fredonne en écoutant le prélude de la *Rhapsody in Blue*
tout en se préparant à dîner. En temps ordinaire, il ne se casse pas
la tête pour les repas ; ce soir, toutefois, il a allumé des bougies,
disposé sur la table deux assiettes, deux verres à vin. Un couvert
pour lui. Un pour Sarah Rosen. Son invitée, par journal interposé.

Avec un sourire, il contemple le journal intime de Melanie posé
près de son assiette. Une aubaine. Il se sent revitalisé, revigoré, il
vibre d'attente. *Melanie, ça te plairait.*

Il fait glisser la viande sur un plat, y ajoute un brin de persil,
s'installe et ouvre le journal à l'un des passages qu'il a lus et relus :

*Sarah m'a si longtemps jalousée qu'elle ne se rend même pas
compte que c'est moi qui l'envie. Je donne l'impression d'être
invincible mais ça n'est qu'un vernis. Sarah a réussi, elle, à s'abriter derrière une muraille épaisse. Que j'ai essayé en vain d'abattre. Pour atteindre son cœur, il faudrait avoir l'expérience d'un
mineur de fond...*

Cette autre force est là, vibrant en moi tel un battement de cœur supplémentaire — me poussant et me retenant tout à la fois.

M.R., Journal

Chapitre 6

De retour à la Criminelle vers minuit, Allegro avait fini de rédiger son rapport pour l'insérer dans le classeur à trois anneaux, lequel était posé sur la feuille que Wagner avait tapée en début de soirée sur sa machine à écrire électrique poussive, cadeau de sa mère pour son diplôme de fin d'études secondaires.

Allegro parcourut les rapports de ses collègues présents sur les lieux du crime le matin ainsi que les conclusions préliminaires de Frank Kelly, médecin légiste. Melanie Rosen était morte depuis vingt-quatre heures à peine et son dossier déjà volumineux. Il referma le classeur avec un juron. Il avait eu sa dose pour aujourd'hui. Wagner était sûrement encore sur le pont ; mais Allegro, lui, n'avait qu'une envie : se vider la tête.

A trois cents mètres du Hall of Justice, le *Jake's Bar* empestait le tabac froid, la gnôle et le parfum de prisunic. A la télé, le ronflement d'une course automobile rivalisait avec Willie Nelson qui miaulait du blues tendance country sur le juke-box.

Une fausse blonde à la poitrine houleuse et dont les racines auraient eu besoin d'une sérieuse retouche se dirigea vers Allegro. Poings sur les hanches, elle lui décocha un clin d'œil. Après l'avoir soigneusement reluquée, Allegro fit signe au barman.

— Freddie, un Pink Lady[1] pour ma copine Dee Dee.

— Merci, Johnny, fit Dee Dee — pute dans un salon de massage à l'enseigne des Multiples Plaisirs — en se hissant sur le tabouret voisin avec un soupir à fendre l'âme. (Un exploit, l'ascension du tabouret, compte tenu de l'étroitesse de la minijupe de cuir

---

1. Cocktail à base de gin et d'angostura. *(N.d.T.)*

noir qui moulait ses hanches dodues et ses cuisses généreusement capitonnées de cellulite.)

— Ça baigne, Dee Dee ? fit Allegro après avoir descendu coup sur coup deux Jim Beam.

— A ton avis ?

Il l'examina de plus près. Son visage disparaissait sous les couches de fond de teint, dissimulant poches sous les yeux, et cocards. Les yeux étaient d'un joli vert.

Allegro avala une gorgée de bière.

— Tu te fais trop vieille pour ce genre de job, Dee.

— Toi aussi, gloussa-t-elle. T'as l'air sur les rotules, Johnny.

Il jeta un sort au troisième whisky que lui avait servi le prévoyant barman. Ce soir, l'alcool ne lui donnait pas le coup de fouet escompté.

— Je sais, convint-il.

— N'empêche que tu réussis encore à me faire goder, mon chou, fit-elle avec un coup de coude amical.

— Je peux m'estimer heureux, alors, rétorqua-t-il sans trace de sarcasme dans la voix.

— Pauvre baby, ces salopards de journalistes, à la télé, ils vous traînent plus bas que terre, ton pote et toi. Mais qu'est-ce qu'ils s'imaginent ? Que vous allez sortir ce taré d'un chapeau ? En tout cas, je peux m'estimer heureuse, moi aussi, en attendant.

— Comment ça ?

— Autant regarder les choses en face, Johnny. Romeo, je suis pas son type.

Le barman posa un Pink Lady surmonté d'une ombrelle en papier devant la fille.

— Je te remets ça ? fit-il à Allegro.

— Non, ça va, dit Allegro. (Encore une tournée et il chialait du blues avec Willie.)

— On met la pédale douce, Johnny ? fit Dee Dee avec un sourire. T'as raison. (Elle prit l'ombrelle, en lécha le manche, et la fourra dans sa pochette garnie de strass.) Pour mon petit-fils. Il les collectionne. (Son large sourire de traviole permit à Allegro de constater qu'il lui manquait une molaire à gauche.) Un petit quelque chose à manger, ça te tente ? Je me rentre.

— Ouais, c'est une idée, fit Allegro, voyant à sa montre qu'il était près d'une heure du matin.

— J'ai des œufs.

— D'accord, Dee. Tu me fais des œufs brouillés, okay ?

Wagner hocha la tête en s'approchant de l'aboyeur musclé dont le visage massif rutilait sous l'enseigne au néon. Le *Honey's* était un sex club comme il y en avait tant nichés au fil des ruelles et des rues autour de la 19e, au sud de Market Street. Une heure du matin. La boîte était bondée.

— Alors, Cal, ça va comme tu veux ? fit Wagner au baraqué en louchant sur les photos de femmes à poil placardées sur le mur de brique. (L'un des portraits de la taille d'un poster représentait une brune voluptueuse allongée sur un lit, poignets et chevilles menottés aux montants. « Esclave d'une nuit. »)

Cal haussa les épaules en ouvrant la porte à deux ados hilares et pleins comme des huîtres qui le dépassèrent en tanguant. Un vacarme assourdissant, une musique torride et suggestive s'échappèrent de l'établissement.

— Faut pas se plaindre, Mike.

Ils s'étaient toujours appelés par leur prénom. Quand ils s'étaient connus, Wagner bossait aux Mœurs et Calvin Amis lui avait refilé de précieux tuyaux. Pas chien, Wagner avait fermé les yeux sur quelques délits mineurs commis par son indic. Après quoi, Wagner était parti à la Criminelle. Huit mois plus tard, Amis s'était pointé dans les nouveaux locaux où travaillait l'enquêteur après que journaux et télévision eurent diffusé la photo de la première victime de Romeo. Cal Amis l'avait reconnue. Diane Corbett. Pour l'avoir vue au club à plusieurs reprises dans la salle du fond où, moyennant un paquet de pognon, les clients pouvaient participer au spectacle. Bondage, catch, défilés de mode spéciaux.

— Quoi de neuf, Cal ? dit Wagner, se fichant une cigarette entre les lèvres.

— Moche, cette histoire de psy, fit Cal.

— Ouais.

— Ça fait les gros titres. Résultat, vous avez l'air plutôt cons, vous, les flics. Mais c'était peut-être le but de la manip.

— Qu'est-ce que tu racontes ? fit Wagner, sourcils froncés.

— Ce pervers, ça l'amuse de vous voir le bec dans l'eau. Plus vous vous plantez. Plus il a l'air fortiche.

89

— C'est bizarre, dit Wagner. Exactement ce qu'elle pensait. Qu'il avait besoin de se sentir supérieur à nous pour prendre son pied.

— La psy ?

— Ouais.

— Vous avez un suspect ?

— De vagues pistes, fit Wagner, détaillant les clients tandis que Calvin l'examinait, ses bras aux biceps noueux croisés sur la poitrine.

— Alors, Mike, cette question, ça vient ?

Wagner fit mine de ne pas avoir entendu.

— Je vais te faire économiser de la salive. La seule fois où je l'ai vue, c'est quand t'es venu avec elle et ton coéquipier. Repérer le terrain. J'ai interviewé quelques potes dans le coin. Si elle était branchée S.M., ils l'auraient aperçue dans le secteur. Eh ben, non. (Amis sourit, tendit la main vers la porte du club.) Tu veux entrer jeter un œil ? On sait jamais.

Wagner lui lança un regard sans aménité, expédia sa cigarette sur le trottoir et se dirigea vers sa voiture.

— J'espère que tu vas le poisser, ce taré, Mike, s'écria Cal tandis que le policier se mettait au volant.

Sarah était en eau. Se redressant d'un bond, elle consulta son réveil. Trois heures du matin. Un cauchemar. C'était un cauchemar. Tout allait bien. Impossible de se rappeler ce qui l'avait réveillée. S'apprêtant à se rallonger, elle perçut un grattement. Sa vieille terreur refit surface. Les monstres. Ils l'avaient toujours terrifiée. Les monstres se glissaient la nuit dans la chambre des vilaines petites filles pour les emporter dans leurs tanières fétides et sombres…

Allons, Sarah. Ne pleure pas. Tout va bien. Je suis là. Tu as encore mouillé ton lit. Pas étonnant que tu aies senti une drôle d'odeur. Ce n'est pas un monstre, mon pigeon. Va changer de chemise, je vais changer les draps. Papa n'en saura rien. Melanie non plus. Viens faire un gros bisou à maman…

Sarah plaqua son oreiller contre sa poitrine, suffoquée. Est-ce qu'elle avait fait pipi au lit ? Elle vérifia. Dieu merci, les draps étaient secs.

De l'eau. Sa gorge était sèche. Il lui fallait un verre d'eau. Rejetant la couverture, elle passa les jambes par-dessus le bord du lit. En tendant le bras pour allumer sa lampe, elle renversa une tasse de thé froid. Bien joué. Comble de l'ironie, le liquide, sur le drap, avait la couleur exacte de l'urine.

— Et merde.

La lampe de chevet allumée, Sarah se sentit mieux. La lumière faisait détaler les monstres. Contrariée, elle examina le drap taché. Pas question de le changer maintenant. Ça attendrait demain.

Demain, samedi. Le médecin légiste lui avait promis de faire transporter la dépouille de Melanie chez Weinberg, l'entrepreneur de pompes funèbres, le lendemain soir. Pourquoi diable avait-elle accepté — à la demande de Mr. Weinberg — d'aller chez sa sœur lui choisir des vêtements ? Il n'y aurait pas de présentation. Le cercueil serait *fermé*. Qui se soucierait de savoir ce que portait la jeune femme ?

Melanie, bien sûr.

Sarah se leva. *Va te chercher un verre d'eau. Ne rumine pas de pensées morbides. Inutile. Cela ne mène nulle part.*

Se répétant ce mantra, Sarah traversa le séjour pour se rendre à la cuisine. Soudain elle s'arrêta net.

L'air. Il y a quelque chose d'anormal dans l'air. On dirait qu'il a changé de texture. D'une main tremblante, elle actionna l'interrupteur. La lumière inonda la pièce. Qu'elle balaya du regard. Vide. Ouf ! Aucun monstre ici.

Et dans l'entrée ? Une nouvelle missive sous la porte ? Il avait promis d'écrire encore.

Mais non, rien. Soulagement. Elle s'était fait des idées.

Dans la cuisine, les ombres du séjour dansaient sur les murs. Devant l'évier, elle prit un verre sur l'égouttoir, laissa l'eau couler. Au-dessus de l'évier, derrière la vitre, une forme sombre se matérialisa. Désarçonnée, elle lâcha son verre, qui se brisa en heurtant l'évier.

Un chat. Tigré. Il avait sauté sur le rebord de sa fenêtre. Le chat frotta sa joue contre le carreau, cherchant un refuge contre l'humidité de la nuit.

Sarah éclata de rire. Prenant la pauvre bête en pitié, elle tendit le bras pour faire coulisser la fenêtre. Il y eut un *clink* contre la vitre. Suspendu au collier blanc du félin, un cœur en or luisait.

Sarah baissa le store avec violence et resta plantée devant l'évier, l'eau coulant sur les morceaux de verre. De l'autre côté de la vitre, le chat miaula tristement.

Appelle la police. Appelle Allegro. Demande-leur protection.

Contre quoi ? Un chat maigre à faire peur ? « *Mais, monsieur l'agent, il portait une médaille en forme de cœur autour du cou !* » On la prendrait pour une dingue. Ce ne serait pas la première fois qu'on la prendrait pour une cinglée.

Se ressaisissant, elle ramassa les débris de verre et les jeta dans la poubelle où se trouvait le billet en morceaux.

Terreurs nocturnes. Oublie tout ça. Va dormir.

Elle est en classe. En pyjama. Elle se cache.

Des pas approchent. Son cœur bat à cent à l'heure. Terreur. Terreur. « Chut... chut... » Elle devient bleue à force de retenir sa respiration.

Trop tard. Il l'aperçoit. Son professeur, Mr. Sawyer, la voit. Pas l'air content. Rouge comme un coq. Rouge comme son pyjama.

Mais minute, ça n'est pas un pyjama. C'est la sublime robe de mariée en satin et dentelle de sa mère. Maman va être furieuse. On ne joue pas avec une robe de mariée.

— Regardez ce que vous avez fait ! (Il est écœuré.)

Du doigt, il désigne une grosse tache rouge sur la superbe robe de maman. Peinture.

Mais non, non. C'est du sang. Qui coule, goutte, colle. Gluant.

— Cette fois, tu vas y avoir droit. Ça t'apprendra.

Cette fois elle va y avoir droit.

Les médias « squattaient » encore les abords de son immeuble le lendemain matin. LA SŒUR DU PSY PARLE... Ils pouvaient toujours courir pour les commentaires, se dit Sarah.

Ils lui sauteraient dessus dès qu'elle mettrait le nez dehors. Et le groupie de Romeo ? Toujours là, lui aussi ? Prêt à se jeter sur elle ? Allegro avait baissé la sonnerie de son téléphone, elle-même avait déconnecté les fils de l'interphone. Le résultat était décevant : elle n'arrivait ni à dormir, ni à manger, ni à aligner deux idées. Pourquoi ne la laissait-on pas en paix ? Les hommes étaient des vampires qui se nourrissaient de la douleur de leurs semblables.

Si seulement elle pouvait rester terrée dans son appartement en attendant qu'ils aient une autre affaire croustillante à se mettre sous la dent. Mais aujourd'hui, pas question de rester enfermée, elle devait aller chercher des vêtements pour Melanie.

Entendant un soudain craquement, Sarah se raidit. Pivotant, prête à tout, elle se sentit bête en voyant son voisin sortir de chez lui. Vickie Voltaire s'approcha dans un claquement de mules argent, rattachant la ceinture de son kimono de soie rose vif.

— Besoin d'aide, mon petit ?

— Vous pourriez me transformer en femme invisible ?

— Non, mais presque, dit la svelte rouquine en lui faisant signe d'approcher, de son ongle impeccablement manucuré.

Contrairement à celui de Sarah, l'appartement de Vickie était d'une propreté immaculée et décoré dans un style d'un baroque exacerbé. Doubles rideaux de velours bleu nuit à pompons dorés. Peau de mouton teinte en écarlate devant le grand lit de cuivre ajouré. Moquette rose épaisse. Murs laqués de kaki, couverts de dessins érotiques et d'affiches à la gloire des travestis les plus sexy se produisant dans les sex clubs de San Francisco. L'une d'elles attira aussitôt l'attention de Sarah. Celle d'une rousse ravageuse moulée dans une robe rouge allongée sur un piano telle Michelle Pfeiffer dans *The Fabulous Baker Boys* et accompagnée de la légende : « Ce soir comme tous les soirs, Vickie Voltaire au *Caméléon.* »

— Ça date de cinq ans, commenta Vickie. Le club a fermé six mois plus tard. Dommage. J'étais génial en Suzy Diamond.

— Vous vous produisez toujours dans les clubs ?

— Quand je peux, mon chou. Mais quand on a franchi le cap de la trentaine, c'est dur. La concurrence est impitoyable. (Il parlait avec un mépris amusé.) Je décroche encore des contrats par-ci par-là. La plupart du temps dans des coins paumés. Je vais prêcher la bonne parole dans les banlieues. C'est ma BA. Les cachets sont dérisoires, mais le public vibre, c'est fabuleux. Vous devriez venir me voir.

Sarah sourit mais ne pipa mot.

L'air compatissant, Vickie lui caressa la joue.

— Pauvre bébé, je cause, je cause ; et pendant ce temps-là, vous en avez gros sur le cœur. Le chagrin, je sais ce que c'est, mon chou, j'en ai eu ma part. Si jamais vous avez besoin de quelqu'un…

De la joue de Sarah, la main de Vickie — indéniablement mâle malgré ses ongles peints en rose fluo — se posa fermement sur son épaule. Malgré ses efforts et son look glamour, Vickie restait masculin. Lui faisait-il des avances ? Bernie avait affirmé à Sarah que nombre de travestis n'étaient pas gay.

— Vous n'aviez pas une idée pour me faire sortir d'ici ? fit Sarah.

Vickie retira sa main, sourit de toute sa bouche rose fuchsia.

— Si.

Traversant la pièce, il se dirigea vers un couloir étroit comme une coursive au bout duquel se trouvait un grand débarras faisant office de loge. A l'intérieur étaient entassés une commode, un miroir en pied, une coiffeuse équipée d'une glace deux faces, la face grossissante tournée vers l'extérieur. Il y avait même une fenêtre mais dissimulée sous un store. La lumière provenait d'un tube fluo fixé au plafond. Les vêtements suspendus aux deux portants étaient presque tous des vêtements de femme. Mais à l'extrémité de l'un d'eux, Vickie montra à Sarah des costumes d'homme, des chemises et des pantalons.

— Faites comme si vous étiez mon petit ami, suggéra Vickie. Avec votre morphologie, vos cheveux courts, ça passera comme une lettre à la poste. Tenez, fit-il en lui tendant une veste et un pantalon. Ça date de l'époque où j'étais encore dans la clandestinité. Je sais pas pourquoi je les ai conservés. On ne se débarrasse jamais complètement de son passé, faut croire.

La remarque perturba Sarah, qui avait passé une bonne partie de sa vie à essayer d'oublier le sien. Et la proximité de ce personnage haut en couleurs qui empestait le parfum et la laque lui donnait la nausée. Peut-être qu'elle aurait mieux fait d'affronter la meute des journalistes…

— Qu'est-ce qui se passe ? fit Vickie sur la défensive.

94

— Rien, mentit Sarah, souriant. Je crois que ça ira.

— Je vais m'habiller à côté, fit Vickie en attrapant au passage une tenue vaporeuse. Prenez votre temps.

Vickie sortit en claquant la porte et Sarah examina le battant. Avisant un crochet, elle le ferma tout en se traitant de paranoïaque.

Quelques minutes plus tard, en veste de sport et pantalon, elle s'examina dans la glace. Elle faisait un mec tout à fait acceptable. Restait le visage. Repérant un carton à chapeau de chez Stetson sur une étagère, elle se dit qu'avec ça, le tour serait joué. Le carton d'un poids surprenant lui glissa des mains, tomba par terre. Le couvercle sauta, des papiers s'échappèrent de la boîte.

Sarah se baissait en hâte pour les ranger lorsqu'elle aperçut soudain une photo. Elle s'en empara.

Toujours à fourrer ton nez où il ne faut pas, sale petite fouineuse.

— Alors, ma grande, on s'en sort ?

Sarah se figea. *Petite fouineuse.*

— Oui, j'en ai pour une minute.

— Vous pressez pas. Je retouche mes ongles. Et c'est long à sécher.

Ses yeux étaient rivés sur la photo fanée. Celle d'un jeune homme brun particulièrement craquant vêtu d'un slip de bain noir trop petit aux côtés d'une femme au teint laiteux et à la crinière d'un roux vibrant. La tension sexuelle était palpable. Ils étaient sur une plage de sable fin au bord de la mer. Agée d'une bonne trentaine d'années, la femme était d'une étonnante sveltesse dans son bikini à motifs tahitiens. Le jeune homme avait passé un bras autour de ses épaules et lui souriait avec une expression frisant l'adulation.

La femme fixait l'appareil de ses yeux sombres. Sa bouche pleine et sensuelle aux coins légèrement tombants avait quelque chose de cruel. Sarah retourna la photo. « Vic et maman, Stinton Beach, 1984. »

De nouveau, elle examina le cliché. Dix ans s'étaient écoulés. Mais aucun doute n'était possible. Le séduisant jeune homme de la photo et son travesti de voisin n'étaient qu'une seule et même personne. *Est-ce que maman connaissait ton secret, Vic ?*

Un coup léger fut frappé à la porte.

— Prête, Sarah ?

— J'arrive, fit-elle en fourrant la photo dans le carton et le rangeant sur l'étagère.

Lorsque le couple sortit de l'immeuble, Vickie — moulé dans un ahurissant pull noir que faisait bomber un soutien-gorge abondamment rembourré et un pantalon de torero corail, perché sur des sandales noires à talons aiguille — monopolisa l'attention. Le travesti sourit aux journalistes et, son bras sous celui de Sarah, s'esclaffa lascivement :

— Arrête de dire des horreurs, chéri.

Les joues en feu, Sarah s'empressa de piquer du nez. Pas question qu'on la voie rougir. Mais les spectateurs n'avaient d'yeux que pour la rousse tapageuse de sorte que son compagnon passa inaperçu. Sarah avait pris la précaution de mettre du gel sur ses cheveux pour les aplatir et son déguisement était parfait. Vickie à sa grande joie se fit abondamment siffler.

— Je peux vous déposer ? proposa Sarah parvenue à sa voiture.

— Merci, ma douce. Je n'ai que cent mètres à faire. J'ai rendez-vous avec un ami pour petit déjeuner dans Dolores.

— Bon, eh bien, je vais y aller. Merci, Vickie. Je vous rendrai les fringues…

— Vous connaissez le mot de Groucho, coupa Vickie, traînant sur les syllabes.

— Groucho *Marx* ? fit Sarah, déconcertée.

— C'est ça, sourit Vickie. « Ceux qui prétendent voir à travers les femmes ne savent pas ce qu'ils perdent. »

Gênée, Sarah se plaqua un sourire de commande sur le visage. Vickie ne parut s'apercevoir de rien. Il se baissa pour l'embrasser sur la joue, ajoutant :

— Désolé pour votre sœur, mon chou. Faites bien attention à vous, promis ?

Les bandelettes jaune fluo de la police interdisaient l'accès à la maison de Scott Street. Les médias et les badauds encombraient les abords. Dans la foule, deux femmes arboraient des T-shirts blancs barrés d'un cœur rouge et d'une inscription en capitales également rouges : ROMEO EST UN BOURREAU DES CŒURS.

Sarah sentit son sang se figer. C'est la presse qui serait contente, si elle leur arrachait leur T-shirt, à ces abruties. Une scène pareille, ça leur ferait plaisir, aux paparazzi. Ils bicheraient.

Songeant à sa mission, Sarah se glissa vers le flic en uniforme assis dans la voiture de patrouille garée le long du trottoir.

— Excusez-moi. Il faut que je pénètre dans cette maison.

— Personne ne peut entrer.

— Mais je dois…

— Il vous faut une autorisation.

— Comment je fais pour m'en procurer une ?

— Votre nom ? fit-il, l'air las, ennuyé.

— Rosen.

— Rosen ? répéta le flic, s'animant.

— Oui. Sarah Rosen.

— Sarah ? fit le keuf, estomaqué.

Sarah mit deux secondes à comprendre son émoi : le policier s'imaginait avoir affaire à un *homme*.

— Je suis la sœur de Melanie Rosen.

— Je vais voir ce que je peux faire pour vous, laissa-t-il tomber.

La presse ne lui prêtait aucune attention ; toutefois Sarah se dit que ce n'était pas la peine de prendre des risques.

— Je vais boire un café dans Union Street, dit-elle soudain. Je repasse dans un quart d'heure, d'accord ?

Installée dans un box au fond d'un *coffee bar* chic d'Union Street, Sarah attaquait sa seconde tasse de moka lorsqu'elle vit arriver l'inspecteur Michael Wagner. Il la transperça du regard sans la reconnaître.

Balayant la salle des yeux une seconde fois, il la repéra et s'approcha.

— Je suis là incognito. Une idée de mon voisin.

— Bonne, l'idée, commenta-t-il après examen.

Insulte ou compliment ? se demanda Sarah.

— Je dois aller chez ma sœur. Prendre des vêtements pour les obsèques.

— Je comprends.

— Je peux ?

— Pourquoi ne terminez-vous pas votre café ?

— J'aimerais en finir au plus vite avec cette histoire de fringues, fit Sarah, sortant un billet de cinq dollars de sa poche.

— Pourquoi ne pas me dire de quoi vous avez besoin ? proposa Wagner. J'irai vous les chercher.

— Vous ne voulez pas que je pénètre chez elle, c'est ça ?

Il se glissa sur la banquette en face d'elle.

— Les lieux n'ont pas encore été remis en état, fit Wagner.

Sarah cilla. La voix de Melanie résonna dans sa mémoire. Un fragment de leur dernière conversation de jeudi matin.

« Tu ne pourras jamais faire le ménage dans ta vie tant que tu n'auras pas fait le ménage dans ta tête. »

Et toi, alors ? Je croyais que tout était en ordre dans ta vie...

— Sarah, ça va ?

Elle fixa son vis-à-vis. Il lui sembla soudain flou. Elle ferma les yeux, essayant de se concentrer.

— Ne bougez pas, dit Wagner. Je vais faire un saut là-bas, prendre différentes choses. Vous ferez votre choix…

— Non, fit-elle, butée, rouvrant les yeux.

— Sarah, voyons.

— Non.

Wagner se pencha, mains plaquées sur la table comme pour l'empêcher de s'envoler.

— Qu'est-ce que vous essayez de vous prouver ? Vous pensez que la vue du sang va agir comme un exorcisme ?

— Fermez-la !

— Sortons, fit Wagner, se levant et la prenant par le bras.

Elle se laissa remorquer dehors jusqu'à sa Silverbird gris métallisé garée en zone rouge. Il la fit asseoir et prit place au volant.

— Désolé. Je me mêle de ce qui ne me regarde pas.

— Vous vous trompez. Mon but n'est pas de me prouver quoi que ce soit. Seulement de faire le nécessaire. Ce que Melanie aurait voulu que je fasse.

— Comment ça ?

— Disons que j'ai une dette envers elle.

Du coin de l'œil, elle vit Wagner faire mine de tendre la main.

— Non, fit-elle sèchement.

Wagner se figea.

— Je voulais seulement…

— Inutile.

Sarah fut parfaite. Jusqu'au moment où elle mit le pied dans le séjour. Macabre théâtre du meurtre sauvage de sa sœur.

— Mon Dieu, soupira-t-elle, se pétrifiant.

— Venez, Sarah. Je vous ramène au rez-de-chaussée. Vous pourrez vous asseoir dans la salle d'attente, fit Wagner, prenant soin de ne pas la toucher.

— Non.

— Pourquoi vous imposer cette épreuve ? Rien ne vous y oblige.

Bonne question. La réponse était que si, justement. Elle jeta un regard décidé à Wagner.

— Bon, bon. Je vous donne un coup de main et on file, fit Wagner aidant Sarah à traverser la pièce — causeuse et tapis pleins de sang, odeur de vomi. (Il s'efforça de chasser de son esprit la dernière image de Melanie Rosen.)

Il la revoit telle qu'elle était dans la vie. Pas dans la mort. La première fois, c'était dans un club privé spécial au fond d'un magasin de gadgets érotiques. Le club dépourvu de fenêtres est éclairé par des bougies phalliques de couleur chair piquées sur des tables bancales entourant une manière d'estrade circulaire où se déroule une vente d'esclaves d'un genre particulier.

Elle est seule. Pensive, elle détaille l'esclave que l'on va vendre — un Latino musclé, à quatre pattes, qui gémit de plaisir tandis que le commissaire-priseur, Brea Janus, tout en lui enfonçant son talon aiguille dans le bas de la colonne vertébrale, ouvre les enchères.

Emma Margolis, productrice et présentatrice de Cutting Edge, *lui donne un coup de coude. Elle a obtenu qu'il participe à une émission sur les sex clubs de la Bay Area. Et réussi à le persuader de l'accompagner dans l'un d'entre eux.*

— Que de muscles ! Vous croyez que ça vaut le coup d'enchérir ? Ça donnerait du piment à l'émission.

Wagner pousse un vague grognement, l'œil rivé sur la jeune femme esseulée.

— Sincèrement, Mike, insiste Emma. Ça ne vous émoustille pas un peu, cette comédie ? Parce que, si vous voulez le savoir, moi ...

Plus tard, alors qu'Emma interroge l'un des esclaves, il coince le commissaire-priseur pour lui demander si elle connaît cette femme.

Brea Janus s'esclaffe bruyamment.

— Mon chou, ce n'est pas une femme. C'est mon psy. Le Dr Melanie Rosen. (Brea rougit.) Elle est ici à titre professionnel. Persuadée que me voir à l'œuvre dans mon travail l'aidera à ajuster le traitement. (Elle redevient sérieuse.) Laisse-moi te dire un truc, Wagner. Si jamais tu as besoin d'un psychiatre, va la voir. C'est une bonne. La meilleure.

Avant qu'il ne quitte le club, elle lui refile l'adresse du Dr Rosen.

— Vous n'avez pas l'air de vous en tirer mieux que moi, Mike.

L'espace d'un instant, Wagner crut entendre la voix de Melanie. Sidéré, il constata que c'était sa sœur Sarah qui parlait. Elles avaient le même timbre de voix.

Encore accaparé par les souvenirs de sa première rencontre avec Melanie, il lui fallut quelques secondes pour réaliser qu'il était dans la chambre de cette dernière en compagnie de Sarah. Sans doute n'était-il pas dans son assiette car il n'arrivait pas à se rappeler comment il avait atterri là.

Sarah lisait inquiétude et colère sur le visage de Wagner. Réagissait-il comme ça face à toutes les victimes de Romeo ? Ou bien Melanie constituait-elle un cas particulier ? Après tout, il avait chanté les louanges de sa sœur. Serait-il lui aussi tombé sous le charme ?

— Sarah ?

— Seigneur, mais ça pourrait être n'importe qui. Un type avec qui elle avait rendez-vous. Un amant. Un patient. Un copain. Vous n'arriverez jamais à le coincer.

— On l'aura, je vous le promets, Sarah.

Vous ne faites pas le poids à côté de Romeo, songea-t-elle. Aucun de nous n'est à la hauteur. Impossible de le pincer.

Se détournant, elle fixa le lit de cuivre. Le sommier à nu

— matelas et couvertures avaient été expédiés au labo — était aussi dérangeant que le séjour avec ses traces de sang.

— Comment un monstre pareil peut-il exister ? dit Sarah qui avait vécu avec des monstres toute sa vie.

— J'aimerais pouvoir vous répondre, fit Wagner.

Tandis que l'inspecteur s'arrêtait le long du trottoir à deux pas de chez Sarah un peu plus tard dans la matinée, la jeune femme constata non sans soulagement que les rangs des journalistes s'étaient éclaircis. Puis elle repéra Allegro appuyé contre la devanture d'une boutique porno près de son immeuble.

Merde. Elle qui aurait voulu se fourrer au lit pour le reste de la journée…

Wagner contourna la voiture pour lui ouvrir la portière. Allegro s'approcha.

— Quelques questions à vous poser, fit-il à Sarah.

Super. Des questions ineptes. Dans l'état de nerfs où elle se trouvait, alors qu'elle se demandait si Melanie serait contente qu'elle lui ait choisi une robe de soie lilas… Wagner l'avait aidée à choisir. Il l'avait même fermement guidée. L'avait-il vue dans cette robe ? Était-ce un effet de son imagination ou Wagner s'intéressait-il tout particulièrement à Melanie ?

Sarah se demanda si Allegro ne possédait qu'un seul costume : il portait le même que la veille, tout froissé. Il avait fait l'effort de se raser, malgré tout. Mais à la hâte.

En voyant les deux inspecteurs côte à côte, elle fut frappée par le contraste. Wagner était beau gosse. Est-ce qu'il avait une petite amie ?

Qu'est-ce qui me prend ? Je perds la boule ou quoi ?

— La matinée a été rude pour elle, fit Wagner à son coéquipier. Les questions pourraient peut-être attendre. Laissons-la se détendre, manger un morceau. On repassera après déjeuner.

— Non, fit Sarah. De toute façon, je n'ai pas faim. Autant en finir tout de suite. Suivez-moi.

Elle les précéda, leur demandant d'excuser le foutoir comme si elle avait l'intention de remettre de l'ordre après leur départ.

Les policiers attendirent debout qu'elle dégage un coin de canapé pour s'y laisser tomber.

Comment Allegro la trouvait-il dans son déguisement ? se demanda Sarah. Il ne semblait pas étonné de la voir habillée en homme. Peut-être qu'il la prenait pour une gouine. Et puis zut, quelle importance…

— J'irai droit au but, fit Allegro dont la tête résonnait comme un tambour après ses excès de la veille au Jake's Bar et chez Dee Dee.

— Parfait, rétorqua Sarah, distante. (Pourtant elle avait les mains moites. Les émotions se bousculaient — peur, chagrin, colère, culpabilité.)

Allegro lui jeta un regard entendu. Elle se raidit. *Est-ce qu'il est capable de percer la carapace des apparences ?* Il fronçait les sourcils, mais c'était un tic chez lui. Sa vie ne devait pas être un long fleuve tranquille tous les jours. L'espace d'un instant, elle se sentit proche de lui. Voulut s'en faire un allié. Mais pourquoi aurait-elle eu besoin d'un allié ? Elle n'avait rien à se reprocher.

— Qui a tué votre sœur ? Vous avez une idée ?

C'était une bonne question. Baissant le nez, elle s'aperçut que ses mains tremblaient. Elle les glissa sous ses cuisses.

Allegro réitéra sa question avec plus d'insistance.

Elle releva brusquement la tête.

— Vous voulez savoir si j'ai mon idée sur l'identité de Romeo ? fit-elle en leur jetant un regard de défi. (Les deux policiers parurent mal à l'aise.) Aucune.

— Hier vous m'avez dit que votre sœur avait un rendez-vous jeudi soir, la relança Allegro.

— Oui, mais elle ne m'a pas précisé avec qui, fit Sarah, énervée. *Ne comptez pas sur moi pour résoudre l'affaire à votre place. C'est votre boulot. Vous avez merdé. Fichez-moi la paix.*

— Même pas une petite ? s'entêta Allegro. Est-ce que ç'aurait pu être un homme ou une femme ? Elle n'a pas fait allusion à une liaison ? Peut-être qu'un jour, en passant chez elle à l'improviste, vous l'avez trouvée en compagnie de…

— Je ne débarquais jamais chez elle à l'improviste, fit-elle, raide. Ça ne fonctionnait pas comme ça, les relations, entre nous. Et de toute façon, je n'ai jamais aimé cette maison. J'évitais d'y mettre les pieds. (La maison où elle avait vécu petite fille était chargée de mauvaises vibrations.)

102

Wagner s'approcha d'elle et la fixa. Elle eut l'impression qu'il la passait aux rayons X.

— Vous *nous* en voulez, Miss Rosen ?

En tête à tête, l'inspecteur l'avait appelée Sarah. Maintenant, c'était *Miss Rosen*.

— Vous voulez savoir si je pense que c'est l'un de vous qui a fait le coup ? renvoya-t-elle, furieuse. *Lâchez-moi, Wagner. Ne jouez pas au psy avec moi. Si vous croyez pouvoir m'intimider, vous vous gourrez.*

— Non, intervint Allegro. Mais vous vous dites peut-être que votre sœur serait encore en vie si on ne lui avait pas demandé de bosser pour nous comme expert.

— C'est ce que vous pensez, *vous* ? lui lança Sarah.

— J'avoue que ça m'a effleuré, avoua Allegro.

Une réponse sans détour. Étonnant. Elle le regarda droit dans les yeux. Plus surprenant encore, Allegro lui rendit son regard.

> La gratification sexuelle, il l'obtient en torturant des femmes au profil bien spécifique mais aussi grâce à la fascination que ses actes barbares exercent sur notre imaginaire.
>
> Dr Melanie Rosen, *Cutting Edge*

Chapitre 7

Dimanche matin, vêtue d'un chemisier noir et d'une jupe imprimée à petits motifs, Sarah fut escortée de son appartement à sa voiture par un policier en uniforme tandis que les journalistes lançaient des questions, que les photographes la mitraillaient et que les cameramen filmaient le moindre de ses pas.

Arrivé devant sa voiture, le flic remarqua que la portière côté passager n'était pas verrouillée.

— J'ai été si souvent cambriolée, fit Sarah en haussant les épaules, que les trois quarts du temps je ne me donne même plus la peine de fermer à clé.

— Vous devriez, la réprimanda-t-il.

Sarah hocha la tête, nullement contrite, tandis qu'il lui ouvrait la porte.

— Merci, fit-elle en s'asseyant au volant et en claquant sa portière.

Le flic recula sur le trottoir et lui fit un petit signe de la main. Sarah le lui rendit et le regarda remonter la rue.

Ce n'est qu'au moment où elle allait mettre le contact qu'elle le remarqua. Sur le tableau de bord. Le soleil se reflétant sur sa surface brillante. Un cœur en or. Comme celui qu'elle avait vu au cou du chat. Seulement cette fois ce n'était pas une médaille, mais un médaillon. Écœurée, révulsée, elle fourra la babiole dans la boîte à gants. Loin des yeux...

Deux heures plus tard, après le service célébré dans les locaux des pompes funèbres, Sarah était plantée près de la tombe de sa sœur dans le petit cimetière juif de Colma, au sud de San Francisco. Elle pensait au médaillon. Qui avait bien pu le déposer dans sa voiture ? Le dingue qui avait glissé le billet sous sa porte ? Un ami des chats ? Un groupie de Romeo ? Ou le bourreau des cœurs ? Et si c'était à elle que Romeo faisait la cour maintenant ?

Pas étonnant avec des pensées comme ça qu'elle n'arrive pas à se concentrer sur son chagrin.

Menteuse. Ce n'est pas seulement pour cela que tu n'arrives pas à être triste. Et la culpabilité, Sarah ? Qu'est-ce que tu fais de toutes les fois où tu as souhaité la mort de Melanie ?

Était-ce là la réalisation de ce souhait ? *Qu'est-ce que vous en pensez, Feldman ?*

Et vous Romeo ? Qu'est-ce que vous en pensez ?

Où était donc ce monstre ? Sarah le sentait partout telle une présence invisible et malveillante savourant son succès.

Elle se força à l'oublier — songeant à Melanie dans son cercueil de pin brut, enterrée près de leur mère.

Est-ce que Melanie et Cheryl s'ébattaient au ciel en ce moment ? Peu probable. Sa mère et sa sœur n'avaient jamais eu grand-chose en commun de leur vivant. Il n'y avait guère de raison qu'il en fût autrement dans la mort. Melanie ignorait les faiblesses. Comme son père, c'était une forte personnalité. Mais maintenant Melanie était morte. Et son père pouvait à peine se souvenir de son propre nom.

Le Dr Simon Rosen n'était pas là pour faire ses adieux à sa fille aînée. Il ne savait même pas que sa préférée était décédée. Le médecin de la maison de retraite craignait que son cœur ne lâche en apprenant la nouvelle et Feldman était de son avis. Personne n'avait jugé bon de parler à Sarah des problèmes cardiaques de son père jusqu'à présent — pas même Melanie. Sarah croyait deviner pourquoi. Sans doute pour éviter qu'elle ne lui dise d'un ton sarcastique : « J'ignorais qu'il avait un cœur. » Et elle imaginait la réplique de Melanie. *Il n'est pas le seul à être sans cœur, Sarah.* Dans sa voix, il y aurait eu toute l'exaspération et l'irritation dont elle était coutumière.

Pour la première fois de la journée, Sarah sentit ses yeux la piquer. *Je suis désolée, Mel. Ce n'est pas vrai que je n'ai pas de cœur. Ce serait beaucoup plus facile si je n'en avais pas.*

Elle se rendit compte que Feldman l'observait. Le psychiatre était sur sa gauche, suffisamment près pour la toucher, ce qu'il se garda de faire. Il ne voulait pas déclencher une nouvelle scène. Qu'elle l'ait attaqué en privé, c'était déjà suffisamment moche. Mais cette fois il y avait là des douzaines de collègues de Melanie. Que penseraient-ils si Feldman qui était si à cheval sur l'étiquette donnait à la sœur affligée une petite tape dans le dos et qu'elle se mettait à le frapper de toutes ses forces ?

Sarah trouva un réconfort pervers à visualiser la scène. Le médecin renommé reculant sous les coups. Les visages choqués de l'assistance. L'humiliation de son psychanalyste. *Allons, Feldman, vous ne voulez pas que je laisse libre cours à ma colère au lieu de la refouler ou de la retourner contre moi-même ? Ce n'est pas ça, que vous me conseillez depuis toujours ? De m'exprimer ?*

— On appelle ça le refoulement, Sarah, lui dit-il avec son accent hongrois à couper au couteau. Vous avez peur de regarder en arrière, peur de l'introspection.

Elle a dix-huit ans. Elle est assise, buste raide, dans le fauteuil de cuir du cabinet lambrissé de chêne du Dr Stanley Feldman. Bras croisés sur la poitrine.

— Je ne me plains pas, Feldman.

— Dans ce cas pourquoi êtes-vous ici ?

— Je me suis taillardé les poignets. Et j'ai raté mon coup. (Elle sourit. Mais ses manches longues couvrent les plaies en voie de cicatrisation.)

— Vous voulez que je vous aide à réussir la prochaine fois ?

La colère s'empare d'elle.

— Vous savez ce que je déteste le plus chez les psys ? Ils passent leur temps à poser des questions et ils n'ont jamais de réponses à vous donner. (Elle est debout. Prête à gagner la porte. Cette fois, ça suffit.)

— Je n'ai pas de réponses, Sarah. C'est vous qui les avez.

Quel mensonge cruel. Les réponses, elle ne les avait pas. Elle ignorait pourquoi sa mère s'était tuée — pourquoi elle-même avait essayé à plusieurs reprises de se suicider — pourquoi Melanie était devenue la victime de Romeo — pourquoi elle avait peur d'être sa prochaine victime.

106

Le rabbin, une kippa argent sur ses cheveux gris, un talleth bleu, blanc et or avec des pompons en coton sur son costume bleu marine, finissait de réciter le kaddish, l'ancestrale prière des morts, devant le cercueil. A droite de Sarah, Bernie se tapotait les yeux avec un mouchoir bleu froissé alors qu'il avait à peine connu Melanie. Parmi les invités qui assistaient aux obsèques beaucoup avaient la larme à l'œil. C'est à peine si Sarah les reconnut. Il y en avait près d'une centaine. Collègues, amis, patients. Des policiers empêchaient cameramen, journalistes, photographes et groupies d'approcher.

Sarah regarda Bill Dennison lui aussi près du cercueil, en face du rabbin. L'ex-mari en deuil. Chic et pimpant comme d'habitude. Costume bleu à fines rayures sur mesure, double boutonnage. Il avait tout de la star de cinéma. Avec juste assez de caractère dans les traits pour ne pas être mièvre. Michael Douglas aurait pu jouer son rôle dans un feuilleton télé. Mais Bill serait probablement furieux qu'on ne lui demande pas de l'interpréter lui-même. Il ferait sûrement ça très bien si on lui en donnait l'occasion. Peut-être même remporterait-il un Emmy.

Elle s'aperçut qu'il était au bord des larmes. Pourquoi ? Difficile à dire. Bill avait la plupart du temps l'art d'adopter l'attitude qui convenait, de fournir la réponse que l'on attendait, de prononcer exactement les mots appropriés au moment opportun. Mais personne n'était parfait. Pas même le Dr William H. Dennison.

Peut-être était-elle cynique. Peut-être ses larmes étaient-elles sincères. Mais qu'exprimaient-elles ? Le regret d'avoir perdu un être cher ? Le remords ? La culpabilité d'avoir dissimulé des secrets dont un au moins les concernait tous les deux. Avait-il parlé à Melanie ? Sarah en doutait. Quant à elle, elle n'avait jamais vendu la mèche. Se taire avait toujours été sa spécialité.

Dès que Dennison la regarda, elle détourna les yeux, aperçut Wagner et Allegro. Les deux inspecteurs se tenaient à distance des invités et de la presse. Wagner avait les bras le long du corps. Costume marine de coupe italienne, chemise blanche, cravate bleue et verte, lunettes de soleil. A cause du soleil, les lunettes ? Ou pour dissimuler des larmes ?

Allegro avait changé de costume. C'est donc qu'il en avait au moins deux. Celui-ci n'était pas en meilleur état que le précédent. Marron tirant sur la bouse, revers étroits, poché aux genoux. Pourtant il paraissait moins froissé que l'autre. Et Sarah constata qu'il avait fait l'effort de mettre une cravate à peu près correcte.

Sarah se dit qu'Allegro et Wagner n'étaient pas là uniquement pour faire leurs adieux à Melanie ou verser quelques larmes sur sa tombe. Il n'y avait qu'à voir la façon dont Allegro balayait la foule du regard et dont Wagner se penchait vers son coéquipier pour lui parler à l'oreille.

Son regard passa des inspecteurs à un homme qui prenait des photos près de Wagner. Ce devait être un photographe de la police. Sans doute avait-il pris des clichés aux autres enterrements. Peut-être pour essayer de repérer des invités qui assistaient systématiquement à toutes les obsèques.

Est-ce qu'ils soupçonnaient Romeo d'être là ? Est-ce que ça faisait partie de son rituel d'assister à l'enterrement de ses victimes ? De se repaître du chagrin de leurs parents et amis. Quelle perspective répugnante. Morbide et perverse. Digne d'un fou comme Romeo.

Derrière elle, un homme se mit à sangloter bruyamment. Se retournant, elle aperçut Robert Perry, le patient de Melanie. Il s'était pointé à l'entreprise de pompes funèbres avant le service et lui avait présenté ses condoléances en refoulant difficilement ses larmes.

Cet homme se conduisait plus en amant qu'en patient. Est-ce que Perry et Melanie avaient eu une liaison comme l'avait suggéré Allegro ? Difficile à croire. Cela devait être un fantasme de Perry. Ce que Melanie et Feldman auraient qualifié de transfert. Les patients s'amourachaient couramment de leur psy. Et se figuraient que la réciproque était vraie. Cela faisait partie du processus. C'était normal. Dans l'ordre des choses.

Est-ce que Perry simulait ? Sarah se rappela son expression lorsqu'il lui avait dit à quel point la mort de Melanie l'avait bouleversé. Pourquoi ? Parce qu'elle avait disparu à jamais ou parce qu'il l'avait assassinée ?

Une rage meurtrière s'empara de la jeune femme. Son regard se braqua sur les inspecteurs. Est-ce que Perry était en tête de la liste des suspects ? De toute évidence, ils n'avaient rien trouvé de concluant sinon ils l'auraient déjà inculpé. Mais ils ne disposaient d'aucun indice. Cinq femmes avaient été assassinées. Et parmi elles leur expert psychiatre. Et la police n'avait pas avancé d'un pas.

Perry pleurait mais moins. Sarah lui lança de nouveau un coup d'œil et vit qu'il était réconforté par une femme imposante d'une trentaine d'années à la peau couleur café. Elle portait un fourreau de soie grise. Les deux derniers boutons n'étaient pas fermés et Sarah aperçut des mollets pain d'épice et musclés.

Sarah détailla son visage, les cheveux coupés très courts, les oreilles ornées de créoles. Tout d'un coup, elle la situa : c'était la productrice et présentatrice de *Cutting Edge*. Emma Margolis. Qu'est-ce que cette journaliste de trente-sixième zone fabriquait aux obsèques de sa sœur ? Comment diable avait-elle réussi à se glisser au milieu des invités ? Et près d'un suspect, s'il vous plaît. Est-ce qu'elle essayait de convaincre Perry de faire une apparition dans son émission ? De lui soutirer des détails macabres sur la découverte du corps mutilé de son psy ? De quoi faire décoller l'indice d'écoute.

La cérémonie terminée, Sarah s'apprêtait à monter dans la petite Fiat noire aménagée spécialement pour Bernie lorsqu'une ombre la surplomba. Elle pivota et tomba nez à nez avec la journaliste.

— Emma Margolis, fit cette dernière en tendant la main.

— Je sais, rétorqua froidement Sarah. (La productrice avait un petit espace entre ses dents de devant d'une blancheur éclatante mais cette légère imperfection n'altérait en rien sa beauté.) Voyant que Sarah n'avait pas l'air pressé de prendre la main qu'elle lui tendait, Emma Margolis la laissa retomber.

— J'aimerais pouvoir vous dire autre chose que des banalités. Mais je suis désolée. Franchement désolée. J'aimais beaucoup votre sœur. Nous étions amies…

— Qu'est-ce que vous voulez ?

— Je travaille pour la télévision…

— Je sais, coupa Sarah, dont les traits se durcirent.

— Oui, fit Emma Margolis avec un hochement de tête.

Bernie était au volant, son fauteuil roulant soigneusement plié dépassait de l'arrière de la voiture.

— On ferait mieux d'y aller, Sarah.

Sarah fit oui de la tête, tendit la main vers la portière.

— Est-ce qu'on ne pourrait pas se voir ? demanda vivement Emma Margolis tandis que Sarah s'apprêtait à ouvrir la portière.

— Pour parler de quoi ? fit Sarah, l'air soupçonneux.

— De Melanie.

— Non, dit Sarah d'un ton sec.

— Et de Romeo.

Romeo. Elle n'entendait parler que de lui. Impossible d'échapper à ce monstre.

Emma attrapa la manche du chemisier de coton noir de Sarah. Se penchant, elle chuchota :

— Il vous a contactée, n'est-ce pas ?

Sarah se figea.

— Je sais que ce n'est pas le moment, poursuivit Emma. Mais je crois que nous devrions parler toutes les deux. En tête à tête, évidemment.

La colère, la confusion, la panique s'emparèrent de Sarah. Sans un mot, elle ouvrit violemment la portière et s'installa sur le siège du passager. *Il faut que je m'en aille. Que je fuie. Avant d'exploser.*

Wagner et Allegro quittèrent le cimetière en hâte dans la MG d'Allegro n'ayant aucune envie de se faire harponner par les reporters. Le meurtre du Dr Melanie Rosen faisait maintenant la une dans tout le pays. Le groupe d'intervention travaillant sur Romeo se faisait étriller par les médias pour son manque d'efficacité tandis que le tueur se voyait traiter par la presse comme une vedette. *Romeo frappe de nouveau. Faites attention, mesdames, ou il vous volera votre cœur et ce n'est pas une métaphore !*

La MG cala devant le portail de fer forgé du cimetière. Le voyant du niveau d'huile se mit à clignoter. Il y avait une semaine déjà qu'Allegro avait remarqué que la voiture perdait de l'huile. Il avait encore oublié d'en remettre. Il avait trop de choses en tête.

— Merde. (Juste au moment où il était en train de se dire qu'il allait payer sa négligence, il réussit à faire redémarrer son véhicule. Le voyant s'éteignit. Il fit ronfler le moteur et sur les chapeaux de roues s'engagea à droite sur la petite route à deux voies.)

— Elle s'en est drôlement bien sortie, commenta Wagner en attrapant sa ceinture de sécurité.

— C'est une coriace, fit Allegro.

110

— Tu as dû penser à elle, pas vrai ? ajouta Wagner après une courte pause.

— Qui ? questionna Allegro se demandant s'il faisait allusion à Melanie ou à Sarah. (Car il avait pensé aux deux.)

— A ta femme. Grace, précisa Wagner en tirant longuement sur sa cigarette.

Un muscle tressaillit sur la joue d'Allegro.

— Désolé, s'empressa Wagner. Je sais que tu n'aimes pas en parler. Écoute, John, ces derniers mois n'ont pas été commodes pour toi. D'abord ta femme et maintenant… Je sais qu'elle comptait pour toi. Melanie.

Allegro garda les yeux rivés sur l'autoroute, conduisant machinalement. Grace. Il avait pensé à elle toute la journée. Il pensait souvent à elle. La nuit surtout. Parfois la boisson réussissait à la tenir à distance. Mais pas toujours.

Il avait connu un bref moment de répit. De la mi-février à la fin du mois de mars pendant qu'elle était en traitement à Berkeley. Il avait vécu des jours et des nuits sans ses coups de fil, ses visites intempestives à toute heure du jour et de la nuit. Des jours et des nuits bénis. Bénis, le mot était peut-être trop fort. Mais en tout cas, il s'était senti moins stressé, moins inquiet. Moins coupable. Le répit avait pris fin le jour où il était allé la chercher à Berkeley. A l'hôpital, avant sa sortie, on avait recommandé à Grace de venir se faire soigner régulièrement en consultation externe. Mais elle n'avait pas voulu en entendre parler. Elle lui avait dit qu'elle en avait sa claque, des psys. Qu'elle allait prendre des vacances à Hawaii.

Elle est un peu surexcitée mais c'est mieux que quand elle est déprimée. Elle lui précise le nom de l'hôtel où elle a l'intention de descendre afin qu'il puisse la joindre en cas de besoin. Il lui dit qu'il lui téléphonera, bien sûr. Seulement, il ment, et il sait qu'elle n'est pas dupe. Cela fait partie du jeu.

Wagner lui annonce la nouvelle dès qu'il arrive le lendemain matin. Le concierge de Grace l'a trouvée. Dans la ruelle.

— Elle doit être tombée par la fenêtre. Désolé. Vraiment désolé, John, dit Wagner.

Il ne dit pas un mot. Il attend, songeant à la double ration de

Jim Beam qu'il va ingurgiter dès qu'il sera dans le bar de l'autre côté de la rue.

A l'enquête, la mort de Grace est classée comme un suicide. Bien qu'elle n'ait pas laissé de mot. Que l'on ait retrouvé dans son sac son billet d'avion et sa réservation d'hôtel. Les rapports des experts psychiatres au nombre desquels figure le Dr Melanie Rosen font état d'idées suicidaires et de plusieurs tentatives qui n'ont pas abouti, cela depuis la mort de leur fils. Affaire classée.

— Tu crois que le meurtrier était là ? demanda Wagner en lâchant un jet de fumée et en arrachant Allegro à ses ressassements morbides.

— Qui sait ? dit Allegro avec un rire âpre.

— Perry ?

— Aucune idée.

— Tu crois qu'il baisait avec elle ?

— Est-ce que j'ai la tête d'un gars qui lit dans le marc de café ? grommela Allegro. (Glissant un coup d'œil à son coéquipier, il ajouta :) Désolé.

— Laisse tomber, sourit Wagner. Bon sang, je m'en jetterais volontiers un.

— Tu lis dans mes pensées, s'esclaffa Allegro.

— Qu'est-ce que t'en dis ? On se boit un coup ?

— Après. On a du travail.

— La femme de Perry ?

Allegro hocha la tête. Lorsqu'ils avaient amené Robert Perry au commissariat la veille pour l'interroger, il était encore en mauvaise forme mais pas au point d'avoir oublié de se faire accompagner de son avocat. Wagner lui avait demandé où il était dans la nuit de jeudi entre sept heures et minuit. Perry avait tenu un conciliabule avec son homme de loi avant de répondre.

Après quoi, il avait prétendu que pendant que le Dr Melanie Rosen se faisait assassiner dans Scott Street à Pacific Heights, il était assis deux rangs derrière sa femme et son petit ami, dans un cinéma de North Beach. Il avait sorti un billet de sa poche pour le prouver. Il avait même déclaré que sa femme confirmerait son alibi. Car ils s'étaient accrochés devant le bar. A quelle heure exactement, impossible de s'en souvenir, mais sans doute aux environs de neuf heures. Quant à savoir où il se trouvait les nuits où les quatre autres victimes avaient été assassinées, Perry leur jeta un regard sidéré et déclara qu'il ne s'en souvenait pas. Peut-être qu'il avait un agenda, souffla Allegro. Lorsqu'ils essayèrent de mettre la pression, Perry craqua, et son avocat leur demanda d'arrêter de le bousculer.

— Et si on allait casser une croûte avant de tailler une bavette avec Mrs. Perry ? suggéra Wagner.

Les policiers s'arrêtèrent pour le déjeuner du dimanche dans un établissement thaïlandais de Clement Street à San Francisco. Cynthia Perry habitait à quelque deux cents mètres de là dans une rangée d'immeubles de Richmond, quartier asiatique situé entre Golden Gate Park et Presidio. Le coin était devenu le second Chinatown de la ville mais le brassage ethnique y était beaucoup plus prononcé. Chinois, Japonais, Indochinois, Coréens et Thaïlandais s'y côtoyaient, en effet.

Pendant qu'il mangeait, Allegro ne pensa qu'à la Bud bien fraîche à laquelle il avait préféré renoncer. C'était pas un jour à boire. Et pas seulement parce qu'il bossait. Il était pas d'humeur. Il se sentait incapable de prendre sur lui. S'il cédait, il savait qu'il finirait par piccoler jusqu'à sombrer dans un état quasi comateux. Ce qu'il ferait sans doute lorsqu'il rentrerait chez lui ce soir-là.

Allegro enroula des nouilles thaïlandaises autour de sa fourchette. Au lieu d'engloutir la nourriture, il dévisagea Wagner.

— Putain, ça fait cinq enterrements et on n'a toujours que dalle. (Il préférait parler des victimes de Romeo en bloc plutôt que de faire le détail. Cela dit, il ne trompait personne. Surtout pas Wagner. Allegro savait que la mort de Melanie avait été un sale coup pour son coéquipier également.)

Mais pas question d'en parler. Les sentiments, il n'en parlait pas. C'était le domaine de Melanie.

Mets-toi au travail, se dit Allegro. C'est plus sûr.

— Tu as repéré des visages familiers aux pompes funèbres ou au cimetière ?

— Des gens de télévision, c'est tout.

Allegro fronça les sourcils. Ils avaient déjà examiné à la loupe les jeunes loups des médias.

— Peut-être qu'on trouvera quelque chose en étudiant les photos prises par Johnson, fit-il sans trop d'optimisme.

113

— Ce malade était peut-être caché dans un coin, fit Wagner en embrochant une pousse de bambou restée sur son assiette de poulet au curry. Ou peut-être que pour cet enterrement il est sorti de l'ombre.

Allusion transparente à Perry, se dit Allegro.

— Il ne nous a toujours pas dit où il était lors des autres tueries, rappela Wagner.

— Tu pourrais, toi, au débotté, dire où tu étais à quelle heure et quel jour ? De toute façon, si Perry nous avait craché des alibis pour les autres nuits, ça n'aurait fait que me rendre encore plus soupçonneux à son égard.

— T'as pas tort, concéda Wagner. Mais il va quand même falloir qu'il se décide à nous rendre compte de ses faits et gestes. Et si jamais on déterre quelque chose d'exploitable, on peut envisager de demander que son dossier psychiatrique nous soit communiqué.

— On va commencer par avoir une petite conversation avec William Dennison. C'est lui qui va se charger des patients de Melanie, en adresser certains à des confrères, se charger lui-même des autres. Peut-être va-t-il soigner Perry. Étant donné les circonstances, Dennison acceptera peut-être de faire une entorse aux règles de déontologie et de nous tuyauter sur Perry ou tout autre des patients de Melanie. Histoire de nous aiguiller dans la bonne direction. Ce qui nous épargnerait pas mal d'emmerdes et de paperasserie.

— Si Perry dit la vérité, c'est pas sûr qu'elle figurera dans ses notes, fit Wagner.

— Je crois que Perry est très, très bizarre.

— C'est exact. Mais à supposer qu'il y ait quelque chose dans les notes de Melanie, Dennison peut fort bien ne pas vouloir que cela s'ébruite. Pas question que la réputation du médecin soit salie. Ce qui veut dire que si elle a… Si elle est sortie avec d'autres patients…

— Ne nous emballons pas, Mike. Si on doit faire pression sur Dennison, on mettra le paquet.

Wagner hocha la tête en enfournant un morceau de poulet.

— Qu'est-ce que tu penses de Dennison ?

— Pas grand-chose.

— Dans le rôle du tueur, je veux dire.

Allegro ne parut pas convaincu :

114

— Peu probable.

— Parce qu'il est psy ? contra Wagner. Si on pense au profil que le Dr Rosen a brossé de Romeo, Dennison y répond. Il est intelligent, charmeur. Et quelle magnifique couverture. Qui se méfierait d'un psy ?

— Des tas de gens, fit Allegro avec un sourire de traviole.

— D'accord. Mais des tas d'autres lui feraient confiance.

— Elle a divorcé de lui, souviens-toi.

— Peut-être qu'elle avait changé d'avis. Dennison voulait revivre avec elle. (Wagner réfléchit.) Peut-être que c'était avec lui qu'elle avait rendez-vous, jeudi soir.

— On l'interrogera, on lui demandera de faire une déposition, mais...

— Mais quoi ? insista Wagner.

— Je n'ai pas grand espoir. Elle n'avait pas l'air très décidée à se remettre avec lui, dit Allegro. Cela dit, ce gars-là était têtu, ajouta-t-il en se rappelant une petite scène qui avait eu lieu un mois plus tôt à la sortie du commissariat.

Wagner et lui sortent de l'immeuble avec Melanie. Il est onze heures du soir. Ils ont eu une longue et pénible séance de travail. Cet après-midi-là, ils ont retrouvé la victime n° 4. Margaret Anne Beiner, une jolie brune, professeur de sociologie à Bay State Community College. Dans son appartement de Sutter Street. Le corps a été découvert par une collègue passée emprunter un livre. Le cœur posé près d'elle sur le lit ensanglanté était celui de Karen Austin, la victime n° 3.

Dennison est appuyé contre le pare-chocs avant de sa BMW. Mais dès qu'il les voit sortir, il s'approche de Melanie. Laquelle l'arrête d'un signe de la main.

— Rentre, Bill. Je croyais que nous étions d'accord...

— Je ne suis pas d'accord, Mel. Pourquoi ne pas aller discuter quelque part ? Manger un morceau ?

— J'ai déjà dîné.

— Je te raccompagne, alors ?

— John va me ramener.

Dennison proteste. Ou fait mine de protester.

— *Peut-être que vous devriez rentrer, vous aussi. (Impossible de se méprendre : Allegro vient de formuler un avertissement.)*

Dennison lui jette un regard noir.

— *Qu'est-ce que vous allez faire ? Me mettre une contredanse pour vagabondage ?*

— *Ne commence pas, Bill. Tu risques de te couvrir de ridicule et tu as horreur de ça, intervient Melanie d'un ton froid.*

— *Pourquoi es-tu comme ça avec moi, Mel ? Je croyais que nous… (Dennison fait un pas dans sa direction.)*

Wagner pose la main sur le bras d'Allegro, qui faisait mine de se diriger vers Dennison.

— *Inutile, John.*

— *Bon, bon, je m'en vais, marmonne Dennison en reculant. Mais je t'appellerai demain, Mel.*

Allegro ne savait absolument pas si Dennison avait appelé Melanie. Ni s'ils s'étaient rencontrés.

Il regarda Wagner assis en face de lui, la nourriture refroidissait dans leurs assiettes.

— Il voulait la récupérer, reprendre la vie commune, ça c'est sûr. Mais *elle*, qu'est-ce qu'elle voulait ?

Wagner froissa sa serviette en papier, la jeta sur la table.

— Voilà une question qui restera sans réponse.

Je me consume de désir. Je suis insatiable. J'ai envie de toi alors même que je suis avec d'autres. Mais je les raye de mon esprit tandis que je les séduis.

M.R., Journal

Chapitre 8

Après l'enterrement, Feldman avait prévu une petite réunion dans sa maison ultrachic de Nob Hill à l'intention des collègues de Melanie, que son décès brutal avait profondément choqués. Il avait essayé de persuader Sarah de passer, ne fût-ce que quelques instants ; mais elle avait refusé tout net. Elle avait eu un mal fou à rester impassible pendant les obsèques. La cérémonie terminée, elle n'avait eu qu'une idée : prendre un bon bain chaud, se fourrer au lit et y rester au moins deux jours. *Il lui fallait faire le ménage dans sa tête. En attendant de retrouver ses marques.*

Toutefois, lorsque Bernie arriva dans sa rue, Sarah changea brutalement d'avis et lui demanda de la conduire chez Feldman. Au grand étonnement de Bernie.

— Tu es sûre ?

— Je ne suis sûre de rien.

Il se rangea le long du trottoir et se tourna vers sa passagère.

— Ta sœur et toi, vous n'étiez pas particulièrement proches. Peut-être que ça te ronge. Tu te dis sans doute que tu aurais pu redresser la situation. C'est normal, comme réaction. Dans une certaine mesure. Ne te laisse pas abattre, mon chou. Tu aimais ta sœur à ta façon. Et tu as beaucoup de chagrin, je le sais.

Sarah lui jeta un regard peiné.

— Tu cherches à me faire chialer, Bernie ?

— Et pourquoi pas ?

— Parce que pleurer ne m'avancera à rien. Je préfère être en colère. Il faut que je me protège.

— De quoi ?

La lettre, le médaillon. Ces détails fulgurèrent dans son esprit. Et la remarque de la fille de la télé : « *Il vous a contactée, n'est-ce pas ?* » Comment Emma Margolis pouvait-elle savoir que c'était Romeo qui l'avait *contactée* et pas un autre malade ?

— Je ne sais plus où j'en suis, Bernie. Je suis folle de rage. Melanie avait passé des années à essayer de remettre tous ces salauds sur les rails. Et voilà comment on trouve le moyen de la remercier... Elle est morte, et pendant ce temps-là, le monstre qui l'a tuée se promène en toute tranquillité. Il doit bien rigoler.

— Les flics le poisseront, Sarah. Ils remueront ciel et terre mais ils le coinceront. Le mieux, c'est d'essayer de ne plus y penser.

— C'est ça ! Je vais faire comme si rien ne s'était passé. Tout effacer de ma mémoire. Impossible, Bernie. Pas question que je me défile, cette fois. Si je fais ça, je suis fichue.

— *Fichue ?* Tu me files les jetons, Sarah. Qu'est-ce que tu veux dire ?

— Rien. Je suis à cran. Conduis-moi chez Feldman.

Soupir théâtral de Bernie.

— Comme tu voudras, mon petit cœur. Tu peux compter sur moi quoi qu'il arrive, tu le sais. Tiens, tu veux que je t'accompagne ? Seule au milieu de tous ces psys, tu n'as pas peur qu'ils te prennent comme cobaye ? plaisanta-t-il en démarrant et faisant demi-tour.

— Non, fit Sarah en souriant. (Devant son air dubitatif, elle ajouta autant pour le tranquilliser que pour se rassurer :) Merci, Bernie, c'est inutile.

Tendant le bras, il lui pressa la main.

— Si tu crois m'avoir convaincu, mon chou, tu te gourres. Tu manques encore d'entraînement, question mensonges, je te le signale. Il est vrai que Rome n'a pas été bâtie en un jour.

— Ouais, dit Sarah. *Elle avait l'impression d'entendre une bombe faire tic-tac. Et cette bombe pouvait exploser à tout instant. Entraînant dans la mort tous ses proches. Et ils n'étaient guère nombreux désormais.*

Quinze minutes plus tard, Bernie déposait Sarah devant la demeure chic et snob du Dr Stanley Feldman située à deux pas de Grace Cathedral. Il la regarda gravir le perron de la villa bleue, beige et blanche, pensant qu'elle allait peut-être se dégonfler. Mais non. Après avoir sonné, elle lui fit signe de démarrer : elle avait la situation en main.

Bernie donna un petit coup de klaxon et s'exécuta.

En la voyant sur le pas de sa porte, le psychiatre parut surpris.

— On perd son légendaire sang-froid ? ironisa Sarah qui ne ratait jamais une occasion de s'amuser.

Il s'effaça pour la laisser entrer dans le vaste hall. Murs recouverts d'un audacieux papier crème et bronze, sol dallé de marbre orné de filets dorés, l'atmosphère était à la fois élégante et austère. Comme le maître des lieux.

— Heureux que vous soyez venue.

— C'est signe que ma santé mentale est bonne ?

— Si je réponds par l'affirmative, vous allez prendre peur.

La réponse ne fit que la mettre davantage sur ses gardes. Plaisantait-il ? Cherchait-il à l'amadouer ? Elle connaissait Feldman, il n'était pas homme à s'avouer vaincu. Mais le connaissait-elle vraiment ? Du temps où il avait été son analyste, il avait toujours pris soin de dissimuler ses sentiments et sa stratégie.

— Est-ce qu'il y a beaucoup de monde ?

— Non, dit Feldman. Vingt, vingt-cinq personnes. Venues évoquer de bons souvenirs de votre sœur.

De bons souvenirs. Le visage de Sarah s'assombrit. Quelle idiote elle avait été de venir.

C'est alors qu'elle vit arriver, venant du séjour, une femme qui n'était autre qu'Emma Margolis. Voilà ce qui l'avait poussée à se rendre ici. Son subconscient lui avait soufflé que la productrice de *Cutting Edge* serait là et qu'elle espérait bien la retrouver chez le psychiatre.

— Je cherchais la salle de bains, s'excusa Emma Margolis.

— En face de vous, fit Feldman, aimablement.

Emma Margolis hocha la tête et prit la direction indiquée. Sarah se demanda quels bons souvenirs de Melanie elle avait bien pu évoquer devant les autres invités.

— Vous la connaissez ? s'enquit-elle.

— Fort peu. Et vous ?

— Non.

Et après un instant de silence :

— Vous ne voulez pas rejoindre les autres, Sarah ?

— Si, mais j'ai besoin d'un peu de temps.

— Je comprends.

Non, Feldman. Vous ne comprenez pas. Vous n'avez jamais compris.

Emma Margolis ne parut pas surprise de voir Sarah dans le hall en sortant de la salle de bains.

— Vous connaissez la maison ? s'enquit la présentatrice avec naturel. Est-ce qu'il y a un endroit où l'on pourrait bavarder tranquillement ?

— La bibliothèque, au bout du couloir.

Une fois dans l'immense salle lambrissée, Emma laissa tomber :

— *Sacrée* bibliothèque. (Elle s'approcha de la table en acajou rutilant — pièce maîtresse de l'endroit.)

— Vous prétendez être une amie de Melanie, remarqua Sarah, dubitative. Mais jamais elle n'a prononcé votre nom.

Emma prit place dans un fauteuil club en cuir, croisa les jambes, révélant partiellement une cuisse pain d'épice.

— Elle ne m'a jamais parlé de vous non plus.

— Touchée !

Les deux femmes se mesurèrent du regard, tâtant le terrain.

— Sa mort nous a secouées toutes les deux. Je n'arrive même pas encore à y croire. Vous non plus, sans doute.

Sarah mit ses lunettes ; elle avait vraiment besoin d'y voir clair.

— Quand est-ce que vous avez fait sa connaissance ?

— Venez, fit Emma, lui désignant un autre fauteuil club. Je vais tout vous raconter.

Sarah obtempéra.

— Pourquoi ne pas commencer par le commencement ? fit Emma. Ce serait encore le mieux.

— Pour qui ? Pour vous ou pour moi ?

— Les deux, j'espère.

— Je ne suis pas ici pour mettre du baume sur votre conscience, fit sèchement Sarah.

— Du calme, mon chou. Vous n'avez pas ce pouvoir.

Au lieu de l'irriter davantage, la remarque amusa Sarah.

— Le pouvoir… Je n'ai jamais été une femme de pouvoir, avoua-t-elle d'autant plus surprise de sa franchise qu'elle s'adressait à une inconnue, et qui plus est à une journaliste.

— Moi non plus, repartit Emma avec un sourire amical.

— Pourtant vous avez l'air sûre de vous. (De fait, il émanait d'Emma Margolis un parfum d'assurance tel que Sarah sentit sa vieille envie remonter à la surface.)

— C'est parce que vous vous fiez aux apparences, qui sont trompeuses. Votre sœur le savait mieux que quiconque.

— Et Romeo aussi, fit Sarah.

Emma se laissa aller contre le dossier de son fauteuil, le regard ailleurs. Un voile de silence tomba. Sarah eut l'impression que Melanie se trouvait soudain dans la pièce, cherchant à entrer en contact avec elles.

— Parlez-moi de Melanie et de vous, dit-elle.

— Je l'ai rencontrée cet été à un séminaire qu'elle animait à l'Institut de psychanalyse de Bay Area.

Sarah connaissait l'Institut : son père avait fait partie du conseil de direction tout le temps qu'ils avaient habité Scott Street. Feldman en était le président. Melanie avait fait là son analyse didactique. Et Sarah y avait passé maintes heures pendant que l'on disséquait son inconscient. Sa mère elle-même avait été soignée à l'Institut pendant un temps. L'établissement était pour ainsi dire le second foyer de la famille Rosen.

Avec un coup d'œil à une carafe en cristal accompagnée de ses verres à dégustation posés sur un plateau en argent, Emma s'enquit :

— Vous croyez que le Dr Feldman m'en voudra beaucoup si je me sers ?

— Non. C'est un homme qui aime qu'on prenne des initiatives. Il a consacré sa vie à aider les gens à sortir de leur coquille. A vaincre leurs inhibitions.

— Vous ne l'aimez pas beaucoup, fit Emma, pensive.

— Ç'a été mon psy.

Sourire entendu d'Emma. Ceci expliquait cela. Sarah songea que la productrice avait dû tâter du divan. Du coup elle baissa sa garde : elles avaient un point commun.

Après avoir ingurgité une longue gorgée de cognac, Emma apporta un verre à Sarah, qui refusa.

— Continuez, dit-elle. Vous avez rencontré Melanie à l'occasion d'une conférence.

Emma se rassit, son verre serré entre ses paumes.

— C'était juste après le deuxième meurtre de Romeo. Qu'elle n'avait pas encore baptisé comme ça. Melanie faisait un topo sur la façon de procéder et les motivations des tueurs en série, auteurs de crimes sexuels. Elle n'avait pas pris de psychopathe particulier pour éclairer son exposé, mais je me souviens qu'elle l'a cité.

— Qu'a-t-elle dit le concernant ?

— Essentiellement que Romeo était un caméléon. Qu'il réussissait à dresser des cloisons si étanches entre ses deux personnages qu'ils fonctionnaient comme des entités séparées. Un peu à la manière de Jekyll/Hyde. Que lorsqu'il n'était pas occupé à commettre ces crimes abominables, il avait l'allure de Monsieur Tout-le-monde. Je me rappelle avoir fait remarquer en plaisantant à Mike Wagner qu'il avait l'air normal au point d'en être inquiétant. Ça n'a pas eu l'air de l'amuser.

— Wagner était présent ?

— Allegro, aussi.

— Pourquoi ?

— Deux meurtres venaient d'être commis et le MO[1] était identique. Les flics commençaient à se demander si ce n'était pas l'œuvre d'un tueur en série. Votre sœur étant experte en la matière, ils ont assisté à sa conférence. Ils se sont assuré ses services après qu'une troisième femme eut été retrouvée morte dans son appartement de Russian Hill. Ligotée et mutilée. Comme les deux autres.

— Pourquoi étiez-vous au séminaire ? Pour couvrir les meurtres ? questionna Sarah, ne sachant comment empêcher son interlocutrice de lui donner d'autres détails macabres.

Emma mit un certain temps à répondre, manifestement perdue dans ses pensées.

— C'était en partie pour des raisons professionnelles.

— Et en partie pour des raisons personnelles.

— Je connaissais Diane Corbett, fit Emma avec un hochement de tête d'acquiescement. Nous n'étions pas proches, mais nous nous entendions bien.

— Diane Corbett ?

— La première victime de Romeo.

— Oh, fit Sarah, se sentant coupable. (Elle était tellement obsédée par le meurtre de Melanie qu'elle n'avait pensé qu'à elle-même. Pauvre Emma. Qui avait perdu deux personnes, victimes de Romeo.)

_____

1. Modus operandi. (N.d.T.)

Impulsivement, Sarah tendit la main à Emma qui la prit et la serra. Sarah répondit à cette pression par une autre.

— Est-ce que Melanie connaissait Diane ? Ou une autre victime ? questionna Sarah à brûle-pourpoint. Si ça se trouve il y avait un lien entre les victimes. (Elle-même ne se trouvait-elle pas liée à Romeo maintenant par l'intermédiaire de sa sœur ?)

— Non, en tout cas elle ne me l'a jamais dit. (Emma marqua une pause et observa Sarah.) Melanie, Allegro, Wagner et moi sommes allés prendre un verre après le séminaire. C'est eux qui ont eu l'idée d'inviter Melanie à participer à mon émission. Lors de sa conférence, elle avait mentionné à plusieurs reprises le fait que les psychopathes possédaient un ego extrêmement développé, qu'ils adoraient se trouver sous le feu des projecteurs. Elle pensait que Romeo, excité par la publicité, essaierait de la contacter ou de se mettre en rapport avec les réalisateurs de *Cutting Edge*. La police piétinait et les flics étaient prêts à tout pour avoir une chance de mettre ce salopard hors de nuire. Après la première apparition de Melanie, nous avons reçu des centaines de coups de fil, de fax et de lettres de téléspectateurs qui voulaient en savoir davantage. Nous lui avons donc demandé de revenir. Elle a participé à quatre émissions. Le dernier enregistrement a eu lieu le jour où... (Emma s'interrompit et ingurgita une longue gorgée de cognac.)

« J'aimais beaucoup Melanie, Sarah. D'une certaine façon je me sens responsable de ce qui lui est arrivé.

— Parfois j'ai l'impression que tout le monde se sent responsable. Sauf son meurtrier.

— Je voulais faire le maximum pour aider les flics à coincer Romeo. Et je suis prête plus que jamais à les aider, remarqua Emma.

— Est-ce que Romeo l'a contactée ? (A peine les mots avaient-ils franchi les lèvres de Sarah qu'elle blêmit.) Qu'est-ce que je raconte, ajouta-t-elle. Bien sûr qu'il l'a contactée.

— Pas avant jeudi soir en tout cas, pour autant que je le sache. Il n'a contacté ni Melanie ni moi, dit Emma. S'il l'avait fait, nous aurions pu l'agrafer.

Sarah avait les tempes qui battaient. Fermant les yeux, elle se mit à les masser. La main d'Emma se posa sur son épaule.

— Vous ne voulez pas prendre un peu de cognac ?

— Non. Quand je bois, c'est pire.

— Peut-être que nous devrions finir cette conversation un autre jour.

La main de Sarah se crispa sur celle d'Emma.

— Non, vous devez me répondre. Qu'est-ce qui vous fait penser que Romeo m'a contactée ?

— Eh bien, il m'a contactée, moi aussi. Il m'a envoyé un mot.

Sarah se cramponna aux accoudoirs de son fauteuil.

— Que disait ce mot ?

— Ce n'était qu'une ligne. « Elle ne comprend pas encore, mais ça viendra. »

— C'est tout ? questionna Sarah.

— Je l'ai trouvé sur mon bureau. Le lendemain du jour où Melanie… (Emma termina son cognac.) Ce n'était même pas signé. C'était inutile d'ailleurs. Dès l'instant où je l'ai eu en main, j'ai su qui en était l'auteur. Ce que je ne savais pas, c'était à qui il faisait allusion. Et là-dessus, je vous ai parlé au cimetière. Alors j'ai compris. Il vous a écrit, à vous aussi.

— *On* m'a écrit. Mais n'importe qui aurait pu…

— Que disait le billet que vous avez reçu ?

Sarah était perturbée. Pourquoi Emma était-elle si sûre que le mot émanait de Romeo ?

— C'était un mot de condoléances. Assez tordu. Dans lequel on me disait que j'étais sur la même longueur d'ondes que celui qui l'avait rédigé. Je l'ai déchiré et jeté. J'ai également trouvé un médaillon en forme de cœur dans ma voiture ce matin. Ma voiture n'était pas verrouillée. Il y a toutes sortes de cinglés — des groupies de Romeo, selon la formule d'Allegro — qui traînent autour de chez moi. Je ne sais pas si vous vous rendez compte, mais ils arborent des tee-shirts soutenant Romeo.

— Vous en avez parlé aux flics, de ce médaillon ? Vous le leur avez montré ?

— Non, je ne veux pas faire une montagne d'une taupinière. La police a suffisamment de travail comme cela. Melanie n'a jamais reçu de billet de Romeo, n'est-ce pas ? Aucune des autres femmes non plus ?

— Qui êtes-vous en train d'essayer de convaincre ? Moi ou vous ? fit Emma doucement.

— Pourquoi êtes-vous si sûre que Romeo est l'auteur de ce billet ? questionna Sarah. Vous n'en savez rien. Le mot que vous avez reçu n'était pas signé. Si ça se trouve, vous faites toute une histoire pour rien. Si Romeo avait tellement soif de notoriété, il se serait arrangé pour que je sache qu'il m'avait écrit, que c'était lui qui avait déposé le médaillon. J'imagine qu'il voudrait voir ces détails s'étaler dans les journaux ?

— Calmez-vous.

Sarah se leva d'un bond et commença à faire les cent pas.

— Que je me calme ? On croirait entendre mon copain Bernie. Comment voulez-vous que je reste calme ? C'est comme si j'avais les nerfs à vif. Je suis hors de moi... (Elle s'arrêta soudain et dans un éclair de lucidité sut ce qu'elle devait faire.) Emma, je vais faire une apparition dans votre émission.

— Pourquoi ?

— Pour dire au salopard qui a assassiné ma sœur ce que je pense. Que c'est un malade, un pervers. Que j'aimerais lui arracher le cœur..., fit Sarah avec un cri.

Emma s'approcha pour la réconforter mais Sarah la repoussa.

— Quand est-ce que je peux passer dans votre émission ?

Emma hésita.

— Demain soir l'émission a été déprogrammée du fait d'un match de football. Mardi nous sommes au complet, question invités.

Sarah sentit que la productrice temporisait.

— Mercredi alors, insista-t-elle. A quelle heure ?

— On commence à enregistrer à deux heures.

— L'émission passera mercredi soir ?

— A dix heures.

— Vous allez faire de la pub ? Annoncer que je serai sur le plateau ?

— Vous pouvez en être sûre, fit Emma avec un pâle sourire. Ils vont être aux anges, tous, là-bas. Personnellement j'aimerais que vous réfléchissiez encore un peu.

— Si je pouvais, j'effacerais tout cela d'un trait de plume ; seulement c'est impossible. (Sarah se dirigea vers la porte. A mi-chemin, elle pivota.) Pourquoi réconfortiez-vous Robert Perry au cimetière, ce matin ? Vous le connaissez bien ?

— Je ne suis pas très douée pour réconforter les gens, fit Emma avec un haussement d'épaules. Mais il avait l'air tellement atteint que ça m'a fait de la peine.

— Vous saviez que c'était un patient de Melanie ? Que c'est lui qui a trouvé le corps ? Qu'il prétend… (Sarah s'interrompit brusquement. Qu'est-ce qui lui prenait ? Elle n'allait pas dire devant Emma que le Dr Melanie Rosen avait peut-être baisé avec un client !)

Sur le point de répondre, Emma se ravisa en entendant frapper à la porte. Bill Dennison pénétra dans la bibliothèque.

— Ah Sarah, te voilà, dit-il d'un ton chaleureux, jetant un coup d'œil à Emma qui le lui rendit avec une lueur peu aimable dans le regard. Sarah, Stanley m'a dit que tu étais arrivée. Je m'en réjouis. J'avais peur que tu ne restes cloîtrée chez toi. Ce n'est pas le moment. Il faut voir du monde, bouger, sortir de ta coquille. (Il s'approcha et la serra un instant contre lui.)

A son contact, le cœur de Sarah fit un bond dans sa poitrine. Les souvenirs se bousculaient… Culpabilité, peur, honte.

— Je dois y aller. (Elle se dégagea. Courant, descendant les marches du perron quatre à quatre.)

— Attends, cria Dennison, la rattrapant sur le trottoir. Sarah, je t'en prie. (Son visage était consterné tandis qu'il la prenait par le bras.) Laisse-moi t'aider. Ne me repousse pas.

Clac, clac, clac, clac. Rythmés, les clacs. Tambourinés.

— Arrête, Bill. Non… Voix de petite fille. Supplications d'enfant.

— Inutile de te mettre dans un état pareil, Sarah. J'essaie seulement de t'aider. Ne me dis pas que je t'ai fait mal. On jouait, c'est tout.

On jouait. On jouait. On jouait.

— Arrête, je t'en prie… (De nouveau cette voix de petite fille. Empreinte de terreur.)

— Calme-toi, Sarah, fit Dennison, inquiet. C'est le stress. Normal après un traumatisme comme celui que tu viens de vivre. Parfaitement normal.

Elle se dégagea.

— Comment ça, normal ? Tu ne vois pas que rien n'a de sens ? s'écria-t-elle avec colère.

Elle ferma les yeux. Pour le chasser de son esprit. Pour refouler le chagrin. Pour exorciser la peur qui s'insinuait en elle.

Ténèbres. Puis une image singulière flotte dans l'abîme. Luisante. Une écharpe de soie blanche. Qui pend et se balance en forme de nœud coulant. Et puis une voix basse pleine de séduction irrésistible. Ouvre-moi ton cœur ton cœur ton cœur.

— Sarah ?

Elle dut cligner plusieurs fois les paupières avant de réussir à distinguer Bill Dennison.

Il insista pour la raccompagner chez elle. Sarah ne refusa pas. Capitulation. Elle s'en voulut à mort.

Il arrêta sa BMW à un feu rouge dans Taylor Street.

— Je craignais que quelque chose de ce genre ne se produise.

— Ça va, maintenant.

— Non je parlais de Melanie. Je l'avais suppliée de ne pas se mêler de cette affaire. C'était trop dangereux. Je l'avais prévenue.

Melanie. L'irritation de Sarah ne fit que croître. Quelle imbécile elle avait été de croire qu'il avait pu s'inquiéter pour elle. Il ne pensait qu'à Melanie.

Même pendant leur brève et lamentable liaison huit mois plus tôt.

Elle lui jeta un regard de biais. Son visage était étrangement calme, résigné. Elle se souvenait de cet air de résignation. Le dernier soir, chez elle, c'était cet air-là qu'il avait tout en s'habillant. A l'opposé de la mine furieuse qu'il avait eue après leur troisième tentative malheureuse de baisage. Troisième et dernier essai pathétique.

C'était bizarre, elle ne se souvenait absolument pas de l'acte lui-même, seulement de ce qui avait suivi. Elle se souvenait seulement qu'elle voulait qu'il s'écarte après avoir fini. Mais lui avait refusé de bouger même lorsqu'elle avait essayé de le repousser. Il était resté sur elle en appui sur les coudes, l'extrémité humide de son sexe encore à demi érigé contre son ventre...

— Cette fois non plus, tu n'as pas joui. Accusation. Verdict. Coupable.

— Tu n'y es pour rien, Bill, je t'assure. C'est moi.

— Arrête tes conneries, Sarah. Ta frigidité n'est qu'une forme d'agressivité.

— Tes baratins psys, tu peux les garder. Ce n'est pas ma tasse de thé.

Une intensité inhabituelle se lit sur le visage de Bill et elle trouve ça perturbant.

— Il n'y a pas de quoi rire, dit-il.

— Moi, je ris ?

— J'ai traité des tas de cas semblables au tien, Sarah. Si quelqu'un est bien placé pour comprendre, c'est moi. Je sais exactement de quoi tu as besoin.

Elle n'a pas le temps de répondre, la bouche de Bill se plaque sur la sienne. Baiser rude. Il la retourne sur le ventre et se met à la fesser. Clac, clac, clac. En rythme. Je t'en prie, arrête... (Voix de petite fille. Supplications d'enfant.)

— Laisse-toi aller, Sarah. Fais comme si tu n'étais pas d'accord. Tu n'as qu'à te dire : « C'est Bill qui m'a obligée. »

— Lâche-moi. Lâche-moi, lâche-moi !

Au bord de l'hystérie, elle hurle. Il la relâche.

— Ce n'est pas la peine de te mettre dans cet état, Sarah. Je ne t'ai pas fait mal. On jouait, c'est tout. (Il sourit. Drôle de sourire. Plutôt une grimace.) Melanie ne s'est jamais plainte, elle.

— Melanie et moi, c'est pas la même chose, fait-elle, absolument furieuse.

C'était à cela seulement qu'elle avait pensé alors. Refusant d'être comme sa sœur. Bien décidée à ne pas lui ressembler.

Maintenant elle ne pouvait s'empêcher de repenser aux paroles de Bill. Melanie ne se plaignait jamais, elle. Jusqu'où Melanie et Bill étaient-ils allés dans leurs jeux ? Et quand avaient-ils fait joujou ensemble pour la dernière fois ? Était-ce lui qu'elle attendait ce fameux jeudi soir ?

Soudain elle songea qu'il correspondait parfaitement au profil de Romeo tel que Melanie l'avait brossé. Beau, charmant, intelligent, séduisant. Et en outre c'était le genre d'hommes auxquels la plupart des femmes devaient faire confiance. Un homme qu'elles seraient flattées de séduire. Un caméléon, un vrai. Seigneur, songea-t-elle. Si c'est Bill, ç'a dû être un jeu d'enfant pour lui.

Il posa le bras sur le dos du siège de sa passagère.

— Désolé, Sarah, je ne voulais pas dire par là…

— N'y pense plus. (S'il la touchait, elle lui décocherait un coup de poing. D'abord Feldman, et maintenant Bill.)

Le feu passa au vert et, retirant son bras, il se cramponna au volant des deux mains et démarra à toute allure. Un macho.

— Je me doute de ce que tu ressens, Sarah. Moi-même, j'en bave un maximum… Melanie t'a dit qu'on avait décidé de reprendre la vie commune ?

— Non.

— Elle se demandait peut-être comment tu prendrais la nouvelle.

Sarah lui décocha un regard de biais.

— Tu lui avais parlé de nous ?

— Bien sûr que non. (Courte pause.) Elle avait deviné. Que… Que tu en pinçais pour moi.

Sarah éclata d'un rire rauque.

— Ta sœur était une intuitive, Sarah. C'est pour ça que sa présence te mettait mal à l'aise. Que tu avais un comportement agressif avec elle. Même lorsque…

— Que se passe-t-il, Bill, tu as perdu ta langue tout d'un coup ?

— Ce n'est pas moi qui refusais de parler de nos relations.

— Quelles relations ? questionna-t-elle prudemment.

— Les nôtres, Sarah, soupira Dennison.

— Tu appelles ça des relations ?

— Sarah, j'avais de l'affection pour toi. Beaucoup d'affection. J'en ai toujours. Je crois que ça te perturbait, que tu n'as jamais été capable de gérer la situation. Recevoir de l'affection t'a toujours causé des problèmes.

— Comment se fait-il que ce soit toujours moi qu'on analyse ? Tu n'étais pas tellement moins tordu que moi.

Il hocha tristement la tête.

— J'aurais pu oublier Melanie si tu m'avais donné un coup de main. (Il poussa un soupir.) Pour me consoler, je me dis qu'elle et moi aurions peut-être réussi notre deuxième tentative de vie commune.

Dennison freina à fond pour éviter un skinhead torse nu qui traversait Market Street comme une flèche. Il donna un coup de klaxon et le type, sur le trottoir, lui adressa un geste obscène.

— Espèce de salopard, marmonna Dennison, une veine battant à sa tempe.

Cynthia Perry entrouvrit sa porte sans retirer la chaîne tandis qu'elle examinait les plaques des inspecteurs. C'était une femme de petite taille d'origine asiatique — une Coréenne probablement, songea Allegro — dont les cheveux noirs et brillants étaient retenus par un foulard. Elle était jeune. Jolie. Mal à l'aise. Elle était encore en peignoir bien qu'il fût plus de trois heures de l'après-midi.

— Que voulez-vous ? fit-elle sans le moindre accent.

Allegro prit les choses en main.

— Vous poser quelques questions à propos de votre mari.

— Nous sommes séparés, dit-elle en se raidissant. Je l'ai quitté en juin dernier.

— Nous sommes au courant, intervint Wagner. Pouvons-nous entrer ?

— Je ne suis pas obligée de vous parler, si ?

— Nous pensions qu'il serait plus pratique pour vous de nous parler ici. (Allegro remit sa plaque dans sa poche.) Mais si vous préférez qu'on vous emmène au…

— Écoutez, le moment est mal choisi. Ça ne peut pas attendre ? On est dimanche, mon seul jour de congé. Faut que je fasse le ménage et les courses. Demain peut-être, quand je serai rentrée du travail vous pourriez repasser…

— Ça ne prendra pas longtemps, dit Allegro.

— Écoutez, je suis pas seule. Ce n'est vraiment pas le moment…

— Nous aimerions lui parler, à lui aussi, coupa Wagner.

— Merde, marmonna-t-elle avant de fermer la porte et de retirer la chaîne.

La porte donnait directement dans une petite pièce succinctement meublée — canapé fané beige et fauteuils assortis, plateau métallique servant de table basse, planches calées par des briques sous les deux fenêtres en guise de bibliothèque et d'étagères où trônaient la télé et une grosse radio portable.

Tandis que Wagner et Allegro pénétraient dans le séjour, l'ami de Cynthia sortit de la chambre. L'espace d'un instant, Allegro et Wagner crurent se trouver en présence de Perry. Même morphologie, même cheveux blonds, même air séduisant et un peu rustique. A l'évidence, ce n'était pas le physique de son mari qui avait décidé Cynthia à rompre.

— Qu'est-ce qui se passe ? (La chemise en flanelle écossaise était déboutonnée et les pans sortaient de son jean. Il avait les cheveux ébouriffés.)

Wagner ouvrit son calepin et sortit son stylo.

— Vous pouvez nous donner votre nom ?

— Pourquoi diable ?

— Ce sont des flics, Sam, intervint Cynthia Perry d'un ton las. Il s'appelle Butler. Sam Butler.

— Vous êtes allés au cinéma à North Beach, jeudi soir ? questionna Allegro.

— C'est au sujet de sa psy, alors, fit Cynthia avec un soupir.

— Quelle psy ? voulut savoir Butler.

— La psy de Rob, fit Cynthia en faisant porter le poids de son corps d'une jambe sur l'autre.

Son copain lui décocha un regard soupçonneux.

— Tu m'as pas dit qu'il voyait une psy.

— En quoi est-ce que ça te regardait ? De toute façon, il ne la voit plus, précisa Cynthia d'un ton sourd. Elle est morte.

— Morte ? reprit Butler en écho.

— Assassinée.

Butler réfléchit quelques secondes et claqua des doigts.

— Eh là, un instant ! C'est la fille qui a été rectifiée par Romeo ? La psy de la télé ?

Elle s'affaissa dans l'unique fauteuil.

— Oui. Le Dr Rosen.

— Ben ça, alors, siffla Butler. La psy de ton mari...

— Est-ce que vous pourriez répondre à la question, Mrs. Perry, coupa Allegro qui commençait à s'impatienter.

— Quelle question, déjà ?

— Est-ce que vous êtes allés au cinéma, Sam et vous, à North Beach, jeudi dernier ?

— Ouais, fit-elle en hochant lentement la tête. Je crois que c'est ça. Jeudi. Parce que le programme changeait vendredi. C'était donc notre dernière chance de voir ces deux films-là. C'était un festival Bruce Lee. Sam adore Bruce Lee.

— *Fists of Fury*. A mon avis, ce film est méconnu. Quant à *Enter the Dragon*, c'est incontestablement le meilleur dans lequel il ait tourné. (Butler parlait avec l'assurance d'un accro au kung-fu.)

Allegro poussa un grognement. Aujourd'hui, tout le monde se prenait pour un critique cinématographique.

— Vous êtes allés au bar ? demanda-t-il à Cynthia.

— Ouais, dit-elle finalement.

— Quand ? questionna Wagner.

— A l'entracte, précisa Butler. Aux alentours de dix heures. *Fists* avait commencé à huit heures. Ouais, c'est ça, il devait être dix heures.

— Rob était là, dit Cynthia d'une voix fatiguée. Il achetait du pop-corn. Faisant celui qui nous avait rencontrés par hasard mais…

— Mais quoi ? fit Wagner, la poussant dans ses retranchements.

— C'est une manie chez lui de me tomber dessus par hasard. Surtout quand je suis avec Sam.

— Vous avez vu Perry au bar jeudi soir ? dit Wagner en fixant Butler.

— Ouais, je l'ai vu, ce con, ricana Butler.

— Vous l'avez revu dans la salle pendant la séance ? questionna Allegro.

Butler fit non de la tête.

— Il nous a suivis quand on est retournés s'asseoir, précisa Cynthia ; mais j'ai bien pris soin de ne pas regarder où il s'installait. Et je ne l'ai pas vu lorsque nous sommes sortis.

— Vous croyez qu'il est mêlé à cette histoire ? fit Butler, mal à l'aise.

— Question de routine, dit Wagner d'une voix monocorde. Nous en avons encore quelques-unes comme ça à vous poser, ajouta-t-il en fixant Cynthia.

Cynthia pinça les lèvres.

— Il faut vraiment que j'y réponde maintenant ?

Allegro perçut une note de prière dans sa voix. Sans doute n'avait-elle pas envie de leur parler en présence de son petit ami.

— Nous pourrions aller dans la cuisine, suggéra-t-il.

132

— C'est pas la peine, fit Butler, saisissant l'allusion. De toute façon, faut que je me tire.

Cette solution ne parut pas convenir à Cynthia.

— Je croyais que tu avais dit... (Elle s'interrompit.) C'est ça, d'accord.

— Sans blague, Cindy. Faut que j'aille potasser. (Butler se tourna vers le flic.) Je fais mon droit en cours du soir. Et pendant la journée, je bosse. Pas commode. (Ayant boutonné sa chemise et sans s'être donné la peine d'en ramener les pans dans son pantalon, il fonça vers la porte, décrocha son blouson au passage.) Je t'appelle, Cindy, cria-t-il en claquant la porte.

— Merci, merci beaucoup, fit Cynthia en roulant les yeux. Maintenant il va se figurer que mon mari est un dingue.

— Il l'est réellement ? s'enquit Allegro.

— Bien sûr que non. Rob est perturbé, sans plus. Mais qui ne l'est pas ?

— Pourquoi est-ce que vous vous êtes séparés ? questionna Wagner.

— C'est pas vos oignons.

Wagner ne se laissa pas arrêter pour si peu.

— Voyons, Cindy. Est-ce que, sexuellement, il n'était pas un peu bizarre ? Est-ce qu'il aimait vous taper dessus, ou vous ligoter ?

— Vous êtes maboule.

— Ou alors est-ce qu'il vous trompait ? suggéra Allegro.

— Avec qui ? fit-elle en examinant Allegro d'un air mauvais.

— Ça, c'est à vous de nous le dire.

Elle comprit qu'elle était battue.

— D'accord, je vais vous dire pourquoi on s'est séparés. On avait des problèmes de couple. Des problèmes sexuels. Rob, surtout. Mais c'est pas ce que vous croyez.

Elle se frotta les joues avec ses paumes.

— Je sais pas comment vous dire. C'est tellement... gênant... C'est pas lui qui me tabassait. C'est tout le contraire : il voulait que moi, je lui tape dessus. Vous pigez ou vous voulez un dessin ? C'est pas lui, le meurtrier en série. Rob, c'était pas un sadique. Au lit, il n'arrêtait pas de pleurnicher. De me supplier de lui faire mal.

— Et vous obéissiez ? questionna Allegro.

Ses yeux s'embuèrent. Elle ne répondit pas.

— Et les sex clubs ? Le genre sadomaso ? fit Wagner en s'éclaircissant la gorge. C'est pas ce qui manque à North Beach, au SoMa. Vous y êtes peut-être allés ensemble ? Vous avez peut-être une carte de membre d'un de ces clubs ?

— Mon Dieu, non.

— Rob aurait pu y aller tout seul, insista Wagner.

— Non, fit-elle en secouant violemment la tête. Non.

— C'est une maladie, Cindy. Une obsession, remarqua Allegro.

Elle baissa la tête et son foulard glissa. Ses cheveux raides lui tombèrent sur le visage.

— Je lui avais dit qu'il fallait qu'il voie un psy. Qu'on aille consulter un psy.

— Vous êtes allés voir le Dr Rosen ? fit Allegro.

— Je l'ai vue une ou deux fois, dit-elle d'une voix morne. C'était Rob qui avait besoin d'être suivi. Pendant un moment, son état s'est amélioré. On a eu des rapports normaux, fit Cindy en rougissant.

— Je vois. Et alors ? la titilla Wagner.

— Eh bien, il a fini par refuser de coucher avec moi.

— Il avait envie de coucher avec quelqu'un d'autre ? questionna Allegro.

Cynthia contempla ses genoux. Les larmes roulant sur ses joues.

— J'en suis pas absolument sûre.

— Mais vous avez une idée, dit Wagner d'un ton presque enjôleur.

Tête baissée, cheveux dissimulant son visage, elle ne répondit pas tout de suite et ils se gardèrent bien de la bousculer.

Lorsqu'elle releva la tête, elle ramena ses cheveux en arrière afin de dégager son visage qui n'exprimait que de l'inquiétude.

— Il écrivait au Dr Rosen pratiquement tous les jours. Des lettres d'amour. Il les laissait traîner partout. Si ça se trouve, pour que je les lise. J'ignore s'il les lui envoyait ou s'il en parlait avec elle. Tout ce que je sais, c'est que j'ai fini par craquer. Pas seulement à cause des lettres. J'ai explosé, je lui ai dit que je voulais qu'on arrête les frais. Il m'a dit que je ne comprenais rien à rien, qu'il m'aimait toujours, que ça n'avait aucun rapport.

Elle s'arrêta pour reprendre souffle. Son visage était baigné de larmes.

— Elle ne l'aidait pas. Au contraire. Je crois bien qu'il était pire qu'avant.

Il y eut un long silence que rompit Allegro.

— Avez-vous les lettres de votre mari au Dr Rosen ?

— Bien sûr que non, fit-elle en secouant la tête avec dégoût.

— Vous croyez qu'il les a encore ?

— Cela fait des mois que je n'ai pas remis les pieds là-bas, dit-elle avec un haussement d'épaules.

Wagner et Allegro échangèrent un regard. Perry les aurait-il envoyées à Melanie ? Melanie les avait-elle gardées ? En tout cas, ils ne les avaient pas retrouvées en fouillant sa maison.

— Vous avez suivi l'affaire Romeo à la télé, Mrs. Perry ? Ou dans les journaux ? questionna Wagner.

— Non.

— Difficile d'y échapper pourtant, insista Wagner.

— Je ne regarde pas beaucoup la télévision.

Les deux inspecteurs braquèrent les yeux sur le téléviseur.

— J'en ai vu des bribes au passage, admit-elle. C'est tellement morbide. Je me demande pourquoi les gens veulent regarder ce genre de choses…

— Connaissiez-vous d'autres victimes ? fit Allegro

— Non. Pourquoi ?

— Et Robbie ? enchaîna Wagner.

— Non, dit fermement Cynthia Perry. Et je vous signale qu'il a horreur qu'on l'appelle Robbie. Il préfère qu'on dise Rob.

— Lorsque vous dites que Rob ne connaissait pas ces autres femmes, vous m'avez l'air bien affirmative, Mrs. Perry. Pour quelqu'un qui n'a pas suivi très attentivement cette affaire, glissa Wagner.

— Bon, bon, j'ai vu leurs photos dans le journal. Aux infos de 11 heures. J'ai entendu prononcer leurs noms. Pour autant que je sache, Rob ne connaissait aucune de ces femmes. Pourquoi les aurait-il connues ? Où les aurait-il rencontrées ? Il ne traînait pas avec ce genre de gens. Après avoir été viré de sa boîte, le seul endroit où il traînait, c'était à la maison. Il ne mettait presque jamais le nez dehors.

— Il fallait bien qu'il sorte pour aller à ses séances de thérapie, remarqua Wagner.

— En effet, il n'en ratait jamais une seule, dit Cynthia d'un ton morne.

Alors qu'ils s'en allaient, Wagner pivota pour lui poser une dernière question.

— Est-ce que votre mari aime Gershwin ?

— Qui est Gershwin ?

— Un compositeur. Rob n'écoutait pas la *Rhapsody in Blue* ? Vous n'avez jamais vu traîner un CD ou un album de Gershwin dans la maison ?

— Il n'était pas tellement musicien. Lui, son truc, c'était la télé. Les jeux télévisés, surtout. Il en raffolait. Quand il a été licencié, il passait son temps à les regarder. (Elle ajouta pensivement :) Il connaissait toutes les réponses.

Comme tous les tueurs en série, Romeo passe d'abord par une phase dite d'aura au cours de laquelle il se coupe de la réalité. Cette période préliminaire est consacrée à un intense travail de visualisation et à l'élaboration obsessionnelle de stratégies de séduction qui sont autant de grotesques parodies du comportement d'un amoureux normal. Et qui ne le ne satisfont que partiellement.

Dr Melanie Rosen, Cutting Edge

Chapitre 9

« Tu me brises le cœur, baby. »

Le cri plaintif emplit la tête de Romeo. Résonne dans toute la pièce. Angoisse, reproche, déception. La plainte rebondit contre les murs, le plafond, le mobilier. La pièce est une vaste chambre d'écho. C'est insupportable. Pourtant il ne peut échapper à sa voix. Elle lui entre dans la peau par les pores, causant des plaies purulentes. Il est nu, allongé sur le lit, passant les mains sur les traces de coups. Caressant doucement son visage, son corps.

Tu vois comme je peux être doux ? Et aimant et tendre ?

Les plaies disparaissent, sa chair retrouve son aspect lisse. Il pose la main sur son cœur. Le rythme en est régulier, net. Comme il se doit.

Il prend le journal de Melanie et met la chaîne en marche. Premières mesures de la *Rhapsody in Blue*.

... mais la souffrance, nous le savons toi et moi, est rédemptrice.

Il sourit. Tu ne souffriras plus, ma douce. Tu avais raison, Melanie. Tu étais différente des autres. Toi et moi, on se comprenait. Je me suis donné beaucoup de mal pour qu'il en soit ainsi. Pour que tout soit parfait. Qu'enfin nous soyons débarrassés de cette souffrance qui me rongeait autant qu'elle te torturait.

Son visage s'assombrit. Pourquoi alors continue-t-il de souffrir ? Pourquoi a-t-il échoué ? Pourquoi les reproches mélancoliques du passé continuent-ils de le hanter ? La contrition de Melanie était censée faire taire cette voix. Qu'est-ce qui n'a pas marché ?

Son visage se convulse de rage. Melanie l'a laissé tomber. Comme les autres. Garce. Sale pute. Conne parmi les connes.

La musique lui semble insupportable maintenant. Il l'éteint et passe en revue les moindres instants de sa dernière rencontre avec Melanie, cherchant l'erreur. Ce qu'il a fait, ce qu'il n'a pas fait. Pourquoi elle n'a pas réussi à répondre à son attente.

Lentement, les images défilent devant ses yeux. Maintenant ce n'est pas Melanie qui le supplie de recevoir en cadeau la punition, le salut. C'est Sarah. C'est elle qu'il cherche depuis tout ce temps. Le vrai défi. Il tourne les pages du journal de Melanie, lit.

... dommage que je n'aie pas, comme Sarah, le don de gommer le passé, ni celui de l'invective, ni sa façon de dire « allez vous faire foutre ». Peut-être que si je n'étais pas obligée de jouer au bon docteur... Dire que toutes ces années j'ai essayé d'être son sauveur. Quelle farce.

Romeo ferme les yeux. Imagine Sarah. Anticipe. La lettre, le médaillon, ça n'était qu'un début. C'est loin d'être fini.

Le fantasme se déroule. Net, clair. Les étapes qu'il suivra. Les erreurs qu'il ne commettra pas cette fois.

Il est complètement absorbé. La surveillant, l'épiant, la préparant. Il se représente les longues jambes, le corps d'androgyne, son attitude de fille décidée à ne pas se laisser avoir. Une combattante. Trop coriace pour Melanie. Pour toutes les autres. Enfin une femme digne de lui.

Mmmmm. Ça l'excite, la perspective d'un vrai combat. Avant qu'elle ne succombe à ses désirs secrets et aux siens. Il sait qu'elle en crève d'envie même si elle s'en défend. Il lui ouvrira les yeux. Il la révélera à elle-même. Avec l'aide de Melanie. Grâce aux secrets qu'elle lui a aimablement révélés concernant Sarah.

Il commence à comprendre son erreur avec Melanie. Avec les autres. Elles étaient trop faibles. Ne constituaient pas le défi qu'il avait souhaité. Elles avaient cédé trop facilement, trop vite. Tout ce qu'elles voulaient, c'était la douleur. Pas la rédemption qu'un châtiment digne de ce nom leur aurait apportée. Elles n'y avaient jamais mis assez de cœur. Le cœur de Sarah sera parfait.

La musique joue de nouveau. Dans sa tête. Le crescendo approche…

Mais il va trop vite. Il ne faut pas aller trop vite. Il faut pouvoir apprécier les moindres détails.

Son sexe est dressé. Tandis que dans sa tête le fantasme se déroule, il reste allongé sans bouger à regarder avec un orgueil mêlé de détachement sa verge qui continue de durcir. Sa queue est magnifique, ferme, roide. Douce comme les fils soyeux d'un épi de maïs. Il n'a nul besoin de sa main pour atteindre l'orgasme. Il lui suffit d'imaginer la scène qui se déroulera entre Sarah et lui.

Il bat des paupières, ferme les yeux. Les moindres détails défilent dans sa tête. Le rituel complexe — la poursuite, la cour, la séduction, la victoire finale.

Il s'humecte les lèvres tel un loup affamé prêt à déchiqueter sa proie. Un flot d'adrénaline lui fait cogner le cœur. Sarah est ligotée, pieds et mains entravés. Elle respire à petits coups, halète. Lui, il prend une profonde inspiration. Il se représente sa main sur le petit cul lisse et crémeux.

Il lève la main. Fait non de la tête. Pas de fessée pour Sarah. Le fouet.

Elle criera à chaque coup. Il va délicieusement l'étriller. *Oh, non, c'est trop. Non, non.*

Mais elle ne lui demandera pas d'arrêter. Il la fera basculer de l'autre côté. Il lui montrera que c'est de ça qu'elle a besoin. Que c'est ça qu'elle mérite. Qui lui pendait au nez.

Il lui montrera qui commande. Il la fera se mettre à genoux. Le supplier. Réclamer la douleur et surtout la rédemption.

Elle ne dira pas non, pas de danger. Elle le suppliera encore plus fort que les autres. Et ce sera d'autant plus doux à entendre qu'elle n'a pas la moindre idée de ce qui l'attend. Mais cela viendra.

Ce sera parfait. Cette fois, il en est certain. La perfection absolue.

Lorsque la coquille se fendille et que je jette un coup d'œil à l'intérieur, des vagues de panique, de dégoût, de honte, de remords jaillissent des fissures telles des vipères venimeuses qui me sautent à la gorge. Freudien, tout ça, non ?

M.R., Journal

Chapitre 10

Le téléphone de Sarah sonna le mercredi après-midi tandis qu'elle cherchait une chaussure sous son lit tout en jurant parce qu'elle était en retard. Le répondeur se déclencha. Son message se dévida. Le signal sonore retentit. Puis la voix de son interlocuteur lança :

— Sarah, c'est Bernie. Tu es là ?

— Je suis là, fit Sarah en décrochant. Mais sur le point de sortir.

— Heureux de l'apprendre. Voilà deux jours que tu es calfeutrée dans cet appartement sinistre. J'espère que tu ne reviens pas au bureau tout de suite, si ?

— Non, je vais à KFRN.

— Quoi ? L'émission de télé ? Je n'arrive pas à croire...

— Ne te fatigue pas, Bernie. Tu n'arriveras pas à me faire changer d'avis. Dis-moi plutôt ce qui se passe.

— Rien. Je voulais savoir si tout allait bien.

— Comment ça va là-bas ? Buchanon rouspète parce que la paperasse s'entasse sur mon bureau ?

— Il n'est quand même pas salaud à ce point. A propos, un de tes clients a essayé de te joindre à plusieurs reprises.

— Sanchez ?

— Ouais. Ce mec en pince pour toi, mon chou.

— Arrête. Qu'est-ce qu'il voulait ? Il t'a parlé de ses tableaux ?

— Pas du tout. Il passe son temps à me demander comment tu vas, quand tu reviens, s'il y a quoi que ce soit qu'il puisse faire.

— Je passerai peut-être le voir demain. Ça dépendra de mon humeur.

— Vas-y doucement, Sarah. Prends ton temps.

140

Sarah rejoignit la station de télé de KFRN à l'Embarcadero à une heure et demie. La réceptionniste blonde et mince comme un fil portait un tailleur très chic en lin rouge, elle était assise derrière un comptoir de verre qui tenait du comptoir de banque et du comptoir d'enregistrement des bagages dans un aéroport. Sur le mur bleu ciel, un logo du Golden Gate Bridge avec les initiales de la station en jaune : KFRN.

— Oui ? fit la réceptionniste en faisant coulisser la paroi vitrée.

— Emma Margolis m'attend.

— Votre nom ? fit la réceptionniste avec une pointe d'accent du Sud.

Avant que Sarah n'ait eu le temps de se présenter, elle s'entendit appeler. Pivotant, elle aperçut Emma, somptueuse et exotique dans une robe de soie à motifs africains, qui pénétrait dans la réception. La présentatrice n'était pas seule. Au grand étonnement de Sarah elle était accompagnée de l'inspecteur Michael Wagner.

Lorsque Emma lui tendit la main, Sarah faillit ne pas la prendre. Emma s'empara de la sienne qu'elle serra avec un sourire rassurant.

Sarah se contenta de lui rendre son sourire, ce qui n'était pas facile.

Wagner resta un peu en arrière, lui adressant un signe de tête mais l'examinant soigneusement. Sarah n'était pas à son avantage. Elle n'avait pas mangé grand-chose ces derniers jours. Elle avait bien perdu deux, trois kilos. Elle avait des valises sous les yeux. Et sa tenue laissait à désirer. Elle avait enfilé un pantalon de coton gris pêché dans le sac du linge non repassé. Et son pull à col roulé bleu marine se décousait légèrement à l'épaule. Ce n'étaient pas exactement les vêtements rêvés pour faire ses débuts à la télévision.

— Je récupère mes messages et nous pourrons aller dans mon bureau, dit Emma d'un ton chaleureux.

Sarah fronça les sourcils. Pourquoi ne pas se rendre dans le studio ? L'enregistrement n'avait-il pas lieu dans une demi-heure ?

— Nous avons quelques minutes, fit Emma comme lisant dans ses pensées.

— Écoutez, Emma, est-ce que oui ou non l'enregistrement va avoir lieu ? dit Sarah, sentant la panique la gagner.

— Je lui ai remis le billet que j'ai reçu, dit Emma en désignant Wagner. Et je lui ai parlé du vôtre. Ainsi que du médaillon.

Le médaillon. Sarah avait complètement oublié cette histoire de médaillon.

— Si ça peut vous aider, dit Emma, sachez que j'ai hésité avant de prendre cette décision.

— Ça ne m'aide pas, lâcha Sarah. (Elle avait trouvé Emma sympathique, elle s'était imaginé bêtement qu'elle pouvait lui faire confiance.)

— C'est pour vous que je l'ai fait, Sarah. Je ne veux pas que vous soyez la prochaine victime de ce cinglé.

— Allons dans le bureau d'Emma, intervint Wagner. (Sa voix était froide, on le sentait en colère.)

— C'est ça ou le commissariat, si j'ai bien compris ? fit Sarah.

— Mike n'est pas votre ennemi, Sarah, fit Emma, prenant la défense de l'inspecteur.

— Je voulais dire que nous ferions mieux d'aller parler dans le bureau plutôt que de rester dans le hall, expliqua Wagner avec un vague sourire.

La réceptionniste appuya sur un bouton pour leur permettre de franchir la porte dotée d'un système de sécurité. Emma les entraîna vers un bureau d'angle au bout du couloir. Sur les murs, des gravures de Matisse. L'immense table de travail en bronze et verre était encombrée de papiers, livres, magazines, agendas et piles de disquettes.

— J'aime travailler au milieu du désordre, observa Emma d'un ton un peu forcé.

Elle se sent coupable, songea Sarah, et elle n'a pas tort. Elle m'a trahie.

— Asseyons-nous, suggéra Wagner.

Emma se laissa tomber gracieusement dans l'un des fauteuils club gris-vert placé devant son bureau. Il y en avait un second près du sien et contre le mur, un canapé trois places vert sapin.

— Que vous a-t-elle dit exactement ? attaqua Sarah en se tournant vers Wagner.

Wagner prit place sur le canapé. Il était habillé de façon décontractée. Pantalon kaki, chemise beige, manches roulées, pull irlandais posé sur les épaules. Il ressemblait à un universitaire plus qu'à un flic.

— Il paraît que vous avez reçu des nouvelles de Romeo. Ainsi qu'un bijou.

— La lettre n'était pas signée, corrigea Sarah. Quant au médaillon, n'importe quel timbré aurait pu le placer dans ma voiture.

— Vous ne croyez donc pas que c'est Romeo qui vous a envoyé tout ça ?

— Et vous ?

— Emma dit que vous avez jeté le billet.

— En effet je l'ai déchiré et mis à la poubelle.

— Pourquoi ? fit Wagner en se levant. Vous auriez dû vous douter que vous faisiez disparaître un indice. Bon sang, Sarah ! Pourquoi avoir fait une chose aussi ridicule ?

— Du calme, Mike, intervint Emma. Sarah vient de vivre un véritable enfer.

Wagner se tenait si près de Sarah qu'elle sentait son after-shave au citron, et le tabac qui imprégnait son haleine et ses vêtements. Elle recula d'un pas.

— D'accord, c'est idiot. Mais je n'ai pas réfléchi.

— Très bien, Sarah. Je comprends, fit Wagner d'une voix plus douce.

— Et merde. (Elle ne voulait pas de sa compréhension.)

— Et le médaillon ? Vous l'avez jeté aussi ?

— Non.

— Je vous félicite, sourit Wagner.

— Inutile de prendre ce ton condescendant, s'énerva-t-elle.

Emma se leva et s'approcha de Sarah.

— C'est une sale période à traverser, dit-elle en lui passant un bras autour des épaules. Mais ce n'est pas fini, Sarah. Ça ne sera fini que lorsqu'ils auront attrapé ce salopard.

Ça ne sera jamais fini, songea Sarah avec un désespoir grandissant. Si seulement elle pouvait rester en rogne. La rage tenait à distance ses autres émotions.

— Vous avez reçu d'autres lettres anonymes ? D'autres cadeaux depuis les obsèques ? fit Wagner d'un ton moins officiel.

— Non. C'est pour ça que je me suis dit... Il n'avait jamais fait ça auparavant, n'est-ce pas ? Envoyer des lettres ou des objets aux

143

sœurs de ses victimes, je veux dire. Mais peut-être qu'elles n'avaient pas de sœurs ?

Emma entraîna Sarah vers un fauteuil. Elle se laissa tomber dedans. Emma se percha sur l'accoudoir et prit la main moite de Sarah qui éprouva un mouvement de gratitude à son égard. L'espace d'un instant, elle s'imagina que c'était Melanie qui lui tenait la main et la protégeait. Qui lui disait davantage de choses par ce simple contact que par les torrents de termes psychologiques qu'elle dévidait avec tant de facilité.

Elles avaient peu de contacts physiques, Melanie et elle — un petit baiser sur la joue lors d'un anniversaire, par exemple, et c'était toujours un geste gauche. Un geste qu'elles accomplissaient parce qu'on le leur demandait.

Embrasse ta sœur, Sarah. Ce n'est pas tous les jours que j'ai une fille qui est admise à l'université de Stanford. Son père contemple sa précieuse fille d'un air rayonnant. Il est si fier. Si content. Il l'adore.

Sarah approche docilement les lèvres de la joue lisse et fraîche de Melanie. Félicitations. Elle lui sourit mais elle pense : « tu m'abandonnes, je te déteste ».

Sarah cligna des paupières, troublée de voir l'inspecteur à genoux devant elle. Et surtout gênée par le regard pénétrant que Wagner lui décochait. Il pouvait toujours essayer de deviner ses pensées les plus intimes. D'autres s'y étaient amusés avant lui et cassé les dents.

— Je ne dis pas que c'est Romeo qui vous contacte, Sarah. Ce serait un changement important dans sa façon de procéder. Mais ce changement, il nous faut l'envisager pourtant. Il nous faut envisager toutes les possibilités. S'il s'avère que Romeo cherche à communiquer avec vous, cela peut être une chance pour nous, Sarah. Mais si tel est le cas, vous êtes impliquée à fond dans l'affaire. Je ne dis pas ça pour vous flanquer la frousse. Nous allons vous faire surveiller vingt-quatre heures sur vingt-quatre.

— Parfait, dit Sarah crispée. Mais pendant que vous me surveillez, Romeo peut très bien être occupé à séduire sa prochaine victime. Organiser un petit dîner romantique pour deux chez elle, par exemple.

— J'ai discuté de tout ça avec Emma, poursuivit Wagner. Nous sommes d'accord. Il vaudrait mieux que vous ne passiez pas dans son émission.

— Mais c'est ridicule. Surtout si votre théorie est juste. Vous n'avez pas d'autres pistes. Sans moi vous n'avez rien. Mon passage à l'écran l'incitera à se manifester. (Sarah consulta Emma du regard.) Est-ce que ce n'est pas le moment de gagner le plateau ?

— Non, insista Wagner. Nous ignorons quel jeu il joue. Et quelle est votre place là-dedans.

— Ma place ? Sur le plateau de *Cutting Edge*. Je ne vois pas comment je peux l'atteindre autrement, dit Sarah. Vous ne vous figurez tout de même pas qu'il va me donner son adresse ! Il nous reste quinze minutes, ajouta Sarah en consultant sa montre. Est-ce que vous ne devez pas aller vous faire poudrer le nez, Emma ?

— Pourquoi est-ce qu'on n'attend pas quelques jours, Sarah ? fit Emma en fronçant ses sourcils noirs. Laissons les flics…

— Il y a des tas d'autres émissions qui m'accueilleront à bras ouverts. Si vous n'avez pas le cran…

— C'est à vous que je pense, Sarah. A votre sécurité, contra Emma.

— Et moi, je pense à Romeo. Du diable si je vais lui faciliter la tâche. Je ne sais pas à quoi il joue mais il y a une chose que je sais. J'ai toujours eu l'impression d'être une victime — la digne fille de ma mère —, quelqu'un de faible et de sans défense. Qui passe son temps à avoir peur de son ombre. Ça commence à bien faire. Il faut que j'agisse sinon je ne pourrai plus me regarder en face. Vous comprenez ?

Les traits d'Emma exprimèrent la sympathie. Ceux de Wagner aussi. Mais Sarah ne voulait pas de leur sympathie. Ce qu'elle voulait, c'est qu'ils l'aident à lutter.

— Melanie l'a provoqué, enchaîna Sarah. En analysant sur le petit écran ce qu'elle croyait être ses motivations. Maintenant, c'est à mon tour. Et je vais m'y prendre de façon beaucoup plus directe. Lui envoyer ce que je pense en pleine figure.

— C'est idiot, fit Wagner en secouant la tête.

— Quand Melanie a participé à l'émission vous n'avez pas protesté, répliqua Sarah, caustique.

— Je le regrette maintenant.

Il y eut un silence.

— Peut-être qu'en fin de compte elle devrait passer à la télé, Mike, déclara Emma. Peut-être que ça le ferait sortir de sa tanière.

— C'est bien ce qui m'inquiète, rouspéta Wagner.

— Et si ce n'est pas Romeo mais un autre cinglé qui la harcèle ? poursuivit Emma, le fait pour Sarah de dire ce qu'elle a sur le cœur agira comme une catharsis.

— Regardez les choses en face, Mike, insista Sarah. Pour l'instant, c'est la seule solution.

Le visage de Wagner s'assombrit. Il fut interrompu par la sonnerie de l'interphone d'Emma. Celle-ci tendit le bras et appuya sur le bouton. La voix de la réceptionniste retentit dans le haut-parleur.

— On vous appelle sur le plateau, miss Margolis.

— On arrive, Gina. Vous avez une meilleure idée, Mike ? fit Emma en voyant que Wagner allait s'interposer.

— Une pire vous voulez dire ? rétorqua l'inspecteur d'un ton sarcastique mais résigné. Non.

Une jeune femme maigre comme un chat écorché en jean et débardeur installa Sarah sans cérémonie dans un fauteuil pivotant à la droite d'Emma. Elle lui tendit un minuscule micro lui demandant de le faire passer sous son pull afin de cacher le fil. Puis elle le fixa sur son col.

Sarah eut à peine le temps de prendre ses marques avant qu'Emma ne s'installe dans son siège, mette son micro et donne à Sarah une petite tape rassurante sur la main. Un instant après Sarah vit la lumière rouge s'allumer au-dessus de la caméra placée en face d'Emma. Un homme plutôt enrobé portant des écouteurs avec micro incorporé tendit le doigt vers la présentatrice. Calme, maîtresse de soi, Emma se mit à parler ou plus exactement à lire sur le téléprompteur installé au-dessus de l'objectif.

— Nous sommes heureux de vous retrouver après une pause, chers téléspectateurs. Ce soir nous recevons une invitée d'un genre un peu particulier. Miss Sarah Rosen. Toute l'équipe de *Cutting Edge* l'assure de son soutien moral à l'occasion du meurtre de sa sœur Melanie Rosen. Vous avez été nombreux à suivre notre émission lorsque le Dr Rosen est passée dans *Cutting Edge* afin de commenter les faits et gestes du tueur qui l'a finalement assassinée.

Emma croisa les mains sur le bureau. Derrière elle, sur le mur, une batterie de téléviseurs. Sarah fixa l'écran devant elle. Sur l'écran, on ne voyait qu'Emma Margolis comme si la présentatrice était seule. Sarah eut l'impression étrange de ne pas exister.

— Romeo, fit Emma en marquant une pause et fixant la caméra. Je ne sais quel est votre sentiment, mais ce nom me glace.

Sarah jeta un coup d'œil au téléprompteur et constata que ces mots n'y figuraient pas. Emma avait improvisé. Lorsque Sarah regarda de nouveau l'écran, elle vit un gros plan d'Emma, le visage déformé par la haine. Sarah sentit son calme précaire s'effondrer. Ce fut pire lorsque la lumière rouge s'alluma au-dessus de la caméra braquée sur elle. Maintenant, l'écran les montrait toutes les deux assises au bureau. Sarah cligna nerveusement des paupières car c'était la première fois qu'elle se voyait à la télé. Elle avait vraiment une sale tête. Peut-être aurait-elle mieux fait de ne pas refuser l'aide de la maquilleuse. Mais elle n'était pas là pour avoir l'air élégant ni pour donner une représentation. Pourquoi alors ? Si seulement elle avait un texte à lire, elle, sur le téléprompteur.

Emma terminait son introduction.

— Si Sarah Rosen est avec nous ce soir, c'est parce que le meurtre sauvage de sa sœur l'a révoltée et bouleversée et qu'elle éprouve le besoin de s'adresser au tueur. De parler directement à Romeo. Je suis sûre que vous admirerez son courage. En tout cas, je lui tire mon chapeau. (Emma lui jeta un coup d'œil et sourit.) Sarah…

Soudain, Sarah se trouva face au téléprompteur vierge de la caméra qui braquait sur elle son œil de cyclope d'un rouge luisant. Sur le plateau, silence absolu.

Elle croisa les mains, qu'elle posa sur le bureau. Puis elle les remit sur ses genoux. Un coup d'œil lui permit de constater que son visage emplissait l'écran.

Elle fut prise de panique. Devait-elle prendre la fuite ? Puis elle songea à Romeo. Qui serait assis devant sa télé ce soir. Fier de lui. Préparant méthodiquement la conquête de sa prochaine victime. Avait-il mis le processus en marche ? Lui faisait-il déjà la cour ? Est-ce que Wagner avait raison lorsqu'il affirmait que Melanie ne lui avait pas suffi, qu'il voulait sa sœur également ?

Elle assena un coup de poing sur le plateau du bureau.

— Un dépravé, voilà ce que vous êtes ! gronda Sarah devant la caméra. La lie de la terre. Un monstre ! Ma sœur était sur votre piste, n'est-ce pas ? Elle vous avait percé à jour. C'est pour cela que vous l'avez tuée. Parce qu'elle était à deux doigts de découvrir la vérité. Qu'elle savait qui vous étiez vraiment. Vous avez eu peur qu'elle ne vous démasque, espèce de lâche ! Et moi ? Je suis trop près du but, aussi ? Ça ne peut pas continuer ! fit Sarah, ivre de rage. Il faut qu'on vous arrête ! Espèce de lâche. (Elle frappa des deux poings sur le bureau et continua alors que la caméra avait cessé de tourner.)

— Ça va ? questionna Wagner tandis que Sarah se dirigeait vers la sortie.

— Je ne sais pas si ça va servir à grand-chose, mon intervention, fit Sarah, épuisée.

— C'était un moment très fort. Une catharsis pour vous, en tout cas, à défaut d'autre chose.

— La catharsis n'a pas encore fait son effet.

— Laissez-moi vous raccompagner, proposa-t-il.

Sarah eut un mouvement de recul. Elle ne se sentait pas très bien.

— J'ai ma voiture.

— Sarah, ne me repoussez pas. Je ne demande qu'à vous aider.

— Comme vous avez aidé Melanie ? riposta-t-elle.

— Nous avons essayé de l'arrêter, fit-il avec un soupir las.

Elle se sentait déchirée. Malgré tout ce qu'elle vivait, elle ne pouvait s'empêcher de se sentir attirée par Michael Wagner. Non que cela pût déboucher sur quelque chose. Pas question.

Elle n'avait pas encore récupéré que la réceptionniste fit coulisser la paroi vitrée du comptoir et l'appela :

— Miss Rosen. Quelqu'un a téléphoné et laissé un message pour vous.

Intriguée, Sarah s'approcha du comptoir.

— C'est Bernie, dit-elle à Wagner, inquiet. Un collègue de travail. Inutile de m'attendre. Ce doit être un problème de bureau.

— Vous ne voulez pas que je vous attende, vous en êtes sûre ? Que je vous accompagne jusqu'à votre voiture ?

— Il fait jour, bon sang. Il y a du monde dans la rue. Je doute que Romeo bondisse de sous un porche pour m'embarquer avec lui.

— Vous ne croyez toujours pas qu'il soit l'auteur de ces livraisons, n'est-ce pas ? Eh bien, sachez que j'ai pris des mesures : la police veille sur vous vingt-quatre heures sur vingt-quatre. Vous trouverez un de nos gars devant votre immeuble lorsque vous arriverez à destination. Vous rentrez directement ?

— Oui.

— Très bien. Je passerai un peu plus tard prendre ce médaillon.

Sarah composa le numéro de téléphone du bureau. Bernie décrocha à la seconde sonnerie.

— Dieu merci, tu as rappelé, Sarah.

— Que se passe-t-il ?

— Où es-tu ?

— A la station de télé. Tu as l'air dans tous tes états, tu m'inquiètes.

— Dans ce cas on est deux à avoir les jetons. Figure-toi que quelque chose est arrivé au courrier. C'était dans le courrier mais pas affranchi. J'ignore comment ça a atterri dans la pile.

— C'est quoi ?

— Un mot de condoléances. Tu en as reçu pas mal. La différence, c'est que celui-ci était adressé à mes bons soins. Je l'ai donc décacheté. Et sais-tu ce que j'ai trouvé dans l'enveloppe ? Une carte de la Saint-Valentin. Avec un cœur rouge.

Sarah dut s'appuyer contre le comptoir.

— Qu'y avait-il d'écrit dessus ?

— Une ligne. « Avez-vous ouvert le médaillon ? » (Bernie hésita.) Et en bas… « Romeo. »…

Sarah ferma les yeux ; tout tournait autour d'elle. Elle avait l'impression de perdre de l'altitude.

Bernie était en transe à l'autre bout du fil.

— Quel médaillon ? Que se passe-t-il, Sarah ? J'ai appelé les flics. J'ai eu l'inspecteur Allegro. Il m'envoie un gars pour prendre livraison de cette carte. Qu'est-ce qui se passe, bon sang ?

Lorsque Sarah sortit de KFRN et se dirigea vers le parking, elle tremblait de tous ses membres.

Elle s'appuya contre la portière côté passager avant d'ouvrir, s'efforçant de retrouver son souffle et de faire refluer la panique qui s'emparait d'elle. Elle secoua violemment la tête. Ce n'était pas le moment de s'effondrer.

Ouvrant avec violence la portière, elle se laissa tomber sur le siège du passager, les yeux sur la boîte à gants. Elle se sentait nauséeuse. Elle se rappela qu'elle n'avait pratiquement pas déjeuné. Quand avait-elle vraiment mangé correctement pour la dernière fois ? Impossible de s'en souvenir.

Ouvre la boîte à gants, ma vieille. Tu avais du cran devant la caméra. Oui, mais à ce moment-là tu ne croyais pas que c'était Romeo qui était derrière tout ça. Voyons, voyons. Est-ce bien sûr ? Pourquoi faut-il toujours que tu te mentes à toi-même ?

Elle ne vit pas tout de suite le médaillon. Et s'il était venu et l'avait emporté ? Où retrouverait-elle le bijou ? Il lui faisait la cour ou il essayait de la rendre cinglée ?

Fouillant frénétiquement au milieu des papiers d'emballage, elle repéra le médaillon. Le cœur en or. Prenant vie. Palpitant. Oh, mon Dieu…

— Sarah.

Elle eut un tel coup qu'elle faillit heurter de la tête le toit de la voiture.

— Ah, c'est vous ! fit-elle avec un hoquet.

Wagner se baissa, l'examinant d'un air tendre et inhabituel.

Sarah eut du mal à le regarder. Elle reporta les yeux sur le médaillon qui était dans la boîte à gants. Au moment où elle tendait la main pour s'en emparer, il lui saisit le poignet. Puis il sortit un mouchoir en papier de sa poche et en enveloppa l'objet.

— Les empreintes, expliqua-t-il.

— C'est lui. Maintenant, j'en suis sûre, dit-elle d'une voix qui lui parut étrangère. (Elle aurait voulu pouvoir prendre la fuite. *Tu es bien la fille de ta mère.*)

— Je sais, dit Wagner. Je viens d'avoir Allegro sur mon téléphone de voiture. Il m'a parlé de la carte que votre ami Bernie a reçue. J'espérais vous rattraper dans le parking. Je me doutais bien que vous seriez dans tous vos états.

— Il y a quelque chose à l'intérieur, dit-elle, ses yeux passant de Wagner au médaillon.

— Vous voulez regarder maintenant ? fit Wagner la tenant à l'œil.

Sarah ne pouvait quitter des yeux le bijou en or qui brillait doucement. Le médaillon n'était plus une simple babiole ni la farce de mauvais goût d'un quelconque cinglé. Ç'aurait pu être son propre cœur qui était posé sur la paume de Wagner.

— Ouvrez-le, lui ordonna-t-elle d'une voix rauque.

Sans un mot Wagner sortit un second mouchoir en papier de sa poche et obtempéra.

Sarah croyait être prête. Toutefois lorsqu'elle vit ce qui se trouvait à l'intérieur, elle sentit les larmes embuer ses yeux. A droite du cœur, il y avait une photo miniature de Melanie adolescente. Belle, vibrante. Souriant d'un air triomphant. L'air radieux, éclatant de vie. Une photo de classe.

Et la photo de gauche ? Sarah la reconnut aussi. C'était celle d'une petite fille triste aux yeux baissés qui faisait la grimace. Elle se rappela l'instant où le cliché avait été pris. Juste après un de ses humiliants récitals de danse.

« *Souris, Sarah.* »
« *J'essaie, papa. J'essaie.* » *Voix d'enfant. Désespoir.*

Bernie débarqua chez Sarah vingt minutes après qu'elle fut rentrée. Dans un premier temps, elle pensa qu'il était venu s'assurer que tout allait bien. Mais après lui avoir jeté un coup d'œil et remarqué son air inquiet, elle comprit qu'elle avait fait fausse route.

— Que s'est-il passé ? Ne me dis pas que j'ai encore reçu du courrier.

— Si, fit Bernie en levant les yeux au plafond.

Qu'allait-il encore lui tomber dessus ?

— Qu'y a-t-il, Bernie ?

— Le Dr Feldman m'a appelé cinq minutes après notre coup de fil. J'ai essayé de te joindre aussitôt mais tu avais déjà quitté la station.

— Feldman ?

— Oui, il te cherchait. Figure-toi qu'il a choisi ce jour-là pour dire à ton père ce qui était arrivé à ta sœur. Il veut que tu te rendes de toute urgence à Bellevista, où il t'attend.

151

Sarah se sentait incapable de bouger : le seul fait de respirer l'épuisait.

— Je vais te conduire là-bas. Ne discute pas.

— Je t'aime vraiment, tu sais, Bernie.

— Je sais, mon petit chat.

Wagner observait son coéquipier qui faisait les cent pas entre les bureaux dans le commissariat.

— J'aime pas ça, grommela Allegro.

— Ça, quoi ?

— Tout. Comment est-ce que tu as pu la laisser participer à cette bon Dieu d'émission ?

— Que voulais-tu que je fasse ? Que je l'arrête ? fit sèchement Wagner. De toute façon, elle croyait qu'il s'agissait d'un dingue avant que...

— On devrait l'amener au commissariat, lui passer un savon, la secouer un bon coup. Après tout, elle a caché des indices, fait obstruction au bon déroulement de l'enquête et...

— Merde, John. Si tu crois qu'elle va se laisser impressionner pour si peu. Ça l'incitera seulement à nous dissimuler davantage de choses.

Allegro s'empara du sac en plastique contenant la carte en forme de cœur et son enveloppe.

— Aucun cachet de la poste. Personne au centre de réinsertion n'a la moindre idée de la façon dont cette enveloppe a atterri dans le courrier ordinaire.

— J'ai laissé Corky au centre afin qu'il cuisine tout le personnel. Tu crois qu'elle va en recevoir d'autres ?

— Pas toi ? fit Wagner d'un air sombre.

Allegro examina le médaillon dans son enveloppe à mise sous scellés.

— Sarah t'a dit où il avait trouvé les photos ?

— Celle de sa sœur vient de l'annuaire du lycée. Découpée dans une photo de classe. J'ai déjà envoyé quelqu'un de chez nous à Scott Street afin d'essayer de retrouver cet album.

— Je te parie que Romeo l'a embarqué, dit Allegro. Et la photo de Sarah ?

— Extraite de l'album de famille. Qui devait se trouver chez le médecin. Enfin, en principe. Parce que, pour l'instant, on n'a pas retrouvé d'album.

Allegro fit signe de la main à l'un des flics en uniforme qui venaient d'entrer dans le commissariat.

— Miller, apportez ça au labo et dites-leur que c'est urgent.

— Peut-être qu'on aura du pot cette fois, dit Wagner.

— Ben voyons ! Ma parole, tu crois au père Noël. (Allegro ouvrit le classeur consacré à Melanie Rosen. Il se reporta aux notes du labo. Tout en haut de la page se trouvaient les derniers comptes rendus du médecin légiste.) Pour l'instant on n'a que dalle. Pas d'empreintes. Pas de sang. C'est ça qui m'étonne le plus : il doit en être couvert.

— Peut-être qu'il se met à poil pour dépecer ses victimes. Ou qu'il a des vêtements et des chaussures de rechange. (Wagner se percha sur le coin du bureau de son coéquipier.)

— D'après l'échantillon, il appartient au même groupe sanguin que les autres. Pour les empreintes génétiques, ça va prendre quelques semaines ; mais je te fiche mon billet que ça correspondra. Il n'y a qu'un seul assassin. Nous n'avons plus qu'à l'agrafer, ce salopard, fit Allegro.

— A mon avis, Perry a toutes ses chances. On a du nouveau le concernant ?

— Nada. Aucun lien avec les autres victimes. Les gars ont montré la photo de Perry dans le secteur mais personne ne l'a reconnu. Si ça se trouve, on est sur une mauvaise piste.

— Qui ça peut être d'autre ? T'as une meilleure idée ?

— L'ex-mari du docteur. Peut-être qu'il a mis ce scénario ahurissant au point pour liquider sa femme et que les autres victimes, c'était uniquement pour égarer nos soupçons.

— Et ça expliquerait ses envois à sa belle-sœur ?

— Peut-être que c'est un timbré en tenue de psy.

— Tu l'aimes pas des masses, hein ? sourit Wagner.

— Et toi ? contra Allegro.

— Pas beaucoup, fit Wagner dont le sourire s'élargit.

— Mais là n'est pas la question, dit Allegro.

— Dennison est drôlement futé, comme mec, c'est vrai, John. Mais même les gars les plus futés ont leur talon d'Achille. On finira bien par le pincer.

— « On finira bien ? » Va dire ça à Sarah Rosen. Ça va sûrement lui mettre du baume au cœur.

— Je lui ai donné une baby-sitter. (Wagner se fourra une cigarette dans la bouche et l'alluma à quelques pas du panneau interdisant de fumer.)

Allegro s'approcha de la cafetière et fit la grimace en voyant le récipient crasseux.

— C'est à peu près tout ce qu'on peut faire en attendant qu'il se décide à se manifester de nouveau.

— Pas commode de savoir ce qu'elle a dans le crâne, la petite Sarah, fit Wagner en tripotant des rapports sur son bureau. D'une certaine façon, elle ressemble beaucoup à sa sœur.

— Comment ça ?

— Je ne sais pas très bien. La première fois que j'ai rencontré Sarah, j'ai pensé que Melanie et elle étaient totalement opposées. Physiquement. Psychologiquement. Il y a quelque chose de coriace chez Sarah. Mais elle se donne trop de mal pour avoir l'air d'une dure. C'est comme si, à l'intérieur, elle se barrait dans tous les sens. Sa sœur, au contraire, semblait toujours savoir exactement où elle allait. C'était du genre tête sur les épaules, qui prend les problèmes à bras-le-corps.

— Jusqu'ici je vois pas de ressemblance, laissa tomber Allegro.

— Ouais, et Sarah les voit pas non plus. Elle s'imagine appartenir à la race des perdants alors que sa sœur était une battante. Mais c'est une fille qui vous surprend. En tout cas, moi, elle m'épate. Juste au moment où on croit qu'elle va craquer, elle fonce au centre du ring et se met à taper comme une malade. Il n'est pas dit qu'elle gagne mais elle se bat ; elle ne se laisse pas faire.

Allegro se versa une tasse de café noirâtre qui restait du matin.

— J'ai une drôle d'impression au sujet des deux sœurs, dit lentement Wagner.

— Laquelle ? fit Allegro en ajoutant une cuillerée de sucre au breuvage tout en regrettant de ne pouvoir y ajouter une rasade de whisky.

— Te moque pas de moi, enchaîna Wagner, j'ai envie de dire qu'en ce qui les concerne le tout est plus que la somme des parties.

Allegro haussa un sourcil buissonneux.

Wagner hocha la tête et sourit.

154

— Je te rappelle qu'à l'université, ma matière principale, c'était la philo.

Allegro se rassit, porta la tasse à ses lèvres et but le café trop sucré sans même remarquer à quel point il était infect. Il tendit la main vers le dossier Romeo. Le feuilleta jusqu'à la section « Victimes » et se mit à examiner les photos prises sur les lieux du crime des cinq victimes de Romeo, lesquelles avaient été regroupées sur une même page.

Diane Corbett, première victime connue de Romeo. 22 avril. Sa photo était en haut à droite. Avocate spécialisée dans les faillites, c'était une grande femme athlétique. Découverte dans son appartement de Green Street. C'était sa propriétaire qui avait trouvé le corps quarante-huit heures après la mort.

La photo de Jennifer Hall jouxtait celle de Diane. C'était une blonde toute en courbes sinueuses, qui était courtier en Bourse. Très ambitieuse, d'après ses amis. Son mari — elle était mariée depuis dix ans — avait découvert son corps mutilé car il était rentré un jour plus tôt d'un voyage d'affaires pour lui faire une surprise à l'occasion de son anniversaire. Jennifer Hall avait eu trente ans le 9 juin. Cette date avait été gravée deux fois sur sa tombe.

La photo de Karen Austin, juste sous celle de Diane, était celle de la troisième victime. C'était une rousse, mince comme un roseau avec des taches de rousseur partout. Elle travaillait comme conseiller financier pour une société d'Union Square. Son patron n'avait pas de mots assez élogieux à son sujet : elle venait de décrocher une importante promotion. Il y avait eu une petite fête au bureau à cette occasion deux jours avant qu'elle ne soit tuée. Le 21 août.

Puis venait Margaret Anne Beiner, jolie petite brune, professeur de sociologie, assassinée le 16 septembre. On voyait les verres en cristal et le rôti non entamé sur la table de la salle à manger en bas de la photo. Ainsi que le couteau ensanglanté avec lequel elle devait découper la viande.

Et finalement il y avait Melanie. Un cliché obscène de son corps éviscéré sur le canapé caramel inondé de sang. Cette photo, c'était celle sur laquelle Allegro avait le plus de mal à s'attarder.

Il referma le classeur, songeant à cette soirée de février où il s'était rendu chez elle pour parler de sa femme et de son hospitalisation.

Il est dans un fauteuil en face d'elle, jambes croisées, s'efforçant de dissimuler la bosse que fait son pantalon tandis qu'elle est assise à son bureau.

— *Vous irez lui rendre visite ? questionne-t-elle.*

— *Ça n'était pas dans mes intentions.. Nous sommes séparés, voyez-vous.*

Melanie se lève, contourne son bureau contre lequel elle s'appuie. Il est troublé par son parfum fleuri, ses longues jambes ravissantes. Il sent son sexe durcir encore plus. Au point que c'en est presque douloureux.

— *Je crois que ce serait mieux pour vous deux que vous n'alliez pas la voir.*

Soulagé, il sourit. Inutile de culpabiliser : il va se borner à suivre les ordres du médecin.

Elle lui rend son sourire comme si elle savait à quoi il pensait. Et pas seulement à propos de Grace.

— *Vous avez faim, John ?*

Elle lui jette un regard scrutateur, souriant toujours.

— *Je ne suis pas un cordon-bleu mais au moins ce sera bon, je vous le promets.*

Gouttes de sueur. Merde.

— *Vous cuisinez kascher ?*

— *Vous êtes juif ? fait-elle d'un ton légèrement moqueur.*

Il se demande si elle le fait marcher, si ce n'est pas une sorte de test. Veut-elle se rendre compte par elle-même, essayer de voir si John Allegro est bien le mari épouvantable que Grace a dû lui dépeindre.

Elle ne bouge pas, elle le laisse réfléchir mais il sait qu'elle est consciente d'avoir gagné. Non que lui sorte perdant de l'histoire, certes non.

Il la suit à l'étage, admirant le séduisant balancement de ses hanches tandis qu'elle le précède dans l'escalier.

Elle le fait entrer dans le séjour et lui apporte un whisky sans même lui demander s'il en veut. Elle sait qu'il en veut un. Elle s'assied à côté de lui sur le canapé, le regarde avaler son scotch d'un trait. Puis elle lui prend le verre des mains.

Elle fixe ouvertement sa braguette ; il est à la fois excité et mal à l'aise. Elle a l'avantage. Elle contrôle la situation. Quelque part, ça l'énerve. Mais quelque part ça l'excite.

Ses lèvres sont entrouvertes. Elle murmure quelque chose. Il ne peut entendre. Il doit s'approcher.

Elle répète, chuchote cette fois à son oreille. Et là il la reçoit cinq sur cinq.

Sarah et Bernie étaient coincés dans un embouteillage sur Bay Bridge. Il la fixait avec des yeux ronds.

— Tu es folle.

— C'est pas nouveau !

— Pourquoi ne pas m'avoir dit que ce cinglé t'avait écrit. Envoyé des cadeaux…

— *Un* cadeau. Le médaillon. Et je t'en parle. Avant cet après-midi j'ignorais qui était l'expéditeur.

— Mais pourquoi avoir participé à cette émission ? L'avoir provoqué ? Tu sais dans quoi tu t'embarques ?

— D'après toi, ce salaud me laisse le choix ?

— Le fait de t'en être prise à lui, à l'antenne, ne risque-t-il pas de rendre la situation encore plus explosive ?

— Mais tu es bouché, Bernie ! Je suis dans le pétrin jusqu'au cou. (Sarah n'avait pas eu l'intention de se mettre en colère mais elle fut contente de retrouver sa fureur. Rien de tel pour empêcher l'hystérie de se développer.) D'ailleurs, si tu veux le savoir, j'ai décidé de participer à une autre émission, ajouta-t-elle sur un ton de défi.

— Tu es dans tous tes états. Inutile d'essayer de discuter calmement avec toi. J'imagine que les inspecteurs feront en sorte qu'il ne t'arrive rien…

— Allegro et Wagner ? Ce sont des incompétents. Cinq femmes sont mortes, Bernie. Dont ma sœur. Et si je ne trouve pas la parade, je vais être la sixième.

— Sarah, soupira Bernie, exaspéré, laisse-moi te dire que je n'aurai plus un poil de sec tant que ce monstre naviguera dans les rues. Tu veux pas venir habiter chez moi ? L'idée de te savoir seule dans ton nid à rats…

— Jette un coup d'œil dans ton rétro. Tu vois le coupé noir, deux voitures derrière nous ?

— Ouais, fit Bernie en changeant son rétroviseur de place.

— Eh bien, il nous file le train depuis que nous sommes partis.

— Tu ne crois pas…, fit Bernie, devenant blême.

— Relax, Bernie. C'est un flic. J'ai un garde du corps à plein temps, un cadeau de la police de San Francisco. Inutile de te ronger les sangs pour moi.

— Tout de même, j'aimerais mieux que tu viennes t'installer chez moi. C'est pas la place qui manque. Et tu pourrais faire la connaissance de Tony.

— Il a déjà emménagé dans ton appart ?

— Tu es vraiment une cynique ! L'amour, tu sais pas ce que c'est ?

— Je refuse de discuter de ça avec toi, Bernie.

La circulation étant chargée, ils arrivèrent à Bellevista après six heures. Bernie franchit la rampe dans son fauteuil roulant, suivi de près par Sarah.

Comment son père avait-il réagi en apprenant la mort de Melanie. La tiendrait-il pour responsable ? L'accuserait-il ? Est-ce que tout n'était pas toujours sa faute ? Si elle avait été moins sur la défensive, moins jalouse, plus disposée à communiquer, est-ce qu'elle n'aurait pas pu contribuer à sauver Melanie ?

Si tu ne passais pas tout ton temps à penser à toi, Sarah, dit son père les dents serrées, ça ne serait jamais arrivé.

Elle a dix ans. Elle est dans le bureau de son père dans leur maison de Mill Valley.

— Mais je voulais pas…

— C'est toujours la même chanson, avec toi, l'interrompt-il rudement. N'empêche que ta sœur a un bras dans le plâtre.

— C'est pas de ma faute. Elle est tombée de bicyclette.

— Oui ou non, lui as-tu demandé d'aller à vélo chez ton amie Lily ?

— Bonnie.

— Quoi ?

— Bonnie. Pas Lily. C'est chez Bonnie que j'avais oublié Gordo. (Gordo est son animal en peluche préféré. C'est un singe aux longs bras et à la fourrure brune toute poisseuse qui dort dans

son lit tous les soirs. Elle le trimbale partout. Son père ne cesse de lui répéter qu'il est temps à son âge de renoncer à cet objet transitionnel. Ça la met en rage. Elle n'aime pas qu'il utilise son vocabulaire de psychiatre. Narcissique, rétention anale, passif, agressif. Elle ignore le sens de ces mots. Tout ce qu'elle sait, c'est qu'elle a honte quand elle les entend. Il la cloue au sol avec son regard accusateur. Elle serre les jambes l'une contre l'autre. Pas seulement parce qu'elle tremble mais parce que soudain elle a envie d'aller au petit coin. Que se passerait-il si, tout d'un coup, elle faisait pipi sur le magnifique tapis persan de son père ?)

— *Je croyais qu'on avait abordé le sujet il y a plusieurs semaines, Sarah. Je croyais t'avoir dit que je ne voulais pas te voir passer tout ton temps avec Bonnie.*

— *Mais je la vois pas tout le temps, fait-elle en essayant de se défendre. Je la vois pas très souvent.*

— *Son frère est un bon à rien.*

Il parle du frère de Bonnie. Steve a quatorze ans. Sarah a un gros faible pour Steve. Bêtement elle l'a avoué à Bonnie. Bonnie s'est esclaffée : « T'as un métro de retard. Ta sœur lui a déjà mis le grappin dessus. »

Elle veut expliquer à son père qu'elle n'a pas eu besoin de harceler Melanie pour que cette dernière aille chez Bonnie en bicyclette. Melanie ne demandait que cela : c'était pour elle une excuse toute trouvée pour aller voir Steve. Mais elle ne peut pas raconter ça à son père. Il risque d'être furieux. Et Melanie plus encore.

— Tu n'écoutes pas un mot de ce que je te dis, avoue, Sarah.

Au début elle crut que c'était la voix de son père puis elle se rendit compte que c'était Bernie. Il lui tenait ouverte la porte de la maison de retraite. Elle s'était arrêtée quelques pas derrière lui. Comme collée au sol.

— Rien ne t'oblige à aller le voir, remarqua-t-il doucement.

— C'est pas ça. C'est seulement qu'il y a des choses qui me reviennent, Bernie...

— Quelles choses ?

— Des souvenirs, des bribes du passé, fit-elle avec une ébauche de sourire. (Bernie savait qu'elle se souvenait très peu de son enfance, il était au courant de son amnésie.)

— Des souvenirs désagréables ?

— Oui, pourquoi ? Ça existe, les souvenirs agréables ?

Feldman était posté dans le hall. Il bondit d'un fauteuil en les voyant arriver. Sarah comprit qu'il ne s'était pas attendu à ce qu'elle vienne accompagnée. Qui plus est d'un autre ex-patient. En effet, du temps où Bernie se battait pour obtenir sa maîtrise de psycho, il avait traversé une phase dépressive. Et un généraliste lui avait prescrit du Prozac. Étant donné ses antécédents et son passé de junkie, Bernie avait eu peur de prendre le produit. Aussi avait-il décidé de consulter un spécialiste. Il avait choisi le Dr Stanley Feldman. Ce dernier avait tiré Bernie d'affaire en quelques séances et sans recourir aux antidépresseurs.

— Comment va-t-il ? demanda Sarah après que Bernie et Feldman eurent échangé les salutations d'usage.

— Allons dans le coin-détente des médecins, suggéra Feldman. Bernie, pourquoi ne pas boire quelque chose en attendant ? Sarah vous retrouvera à la cafétéria.

Sarah fit signe de la tête à Bernie qui s'éloigna dans son fauteuil roulant. Feldman entraîna Sarah dans la direction opposée vers la salle Woodruff, où ils s'étaient déjà rencontrés six jours plus tôt, un vendredi. Sarah avait l'impression que cela faisait des siècles. Feldman fit signe à Sarah de s'asseoir. Elle s'exécuta sans discuter. Feldman prit place dans un siège en face du sien.

— Eh bien ? attaqua-t-elle, agacée une fois de plus de constater que les psys avaient la sale manie de prendre leur temps. (Cela faisait partie de leur technique. Ils laissaient mijoter les patients. Plus ceux-ci étaient à cran, mieux ils parvenaient à briser leur résistance.)

Puis elle se souvint qu'elle n'était plus une patiente de Feldman.

— Votre père a surpris une conversation entre deux infirmières ce matin, attaqua Feldman, impassible. Le nom de Melanie a été prononcé. Dieu merci, elles n'ont mentionné aucun détail. Inquiet, votre père les a interrogées. Aussitôt, elles ont fait marche arrière, déclarant qu'il s'agissait d'une autre Melanie, non de sa fille. Mais vous savez que la paranoïa est un élément capital de sa maladie.

— Comment ça, la paranoïa ? Les infirmières parlaient bel et bien de sa fille. Mon père ne faisait pas de crise de paranoïa.

160

— C'est bien la première fois, dit Feldman avec un sourire, que je vous entends voler à son secours.

— Je ne le défends pas. Je remets les pendules à l'heure. Mais continuez, fit-elle d'un ton sec.

— Votre père s'est tellement énervé qu'il est allé jusqu'à frapper une des infirmières.

Sarah croisa les mains. Une image lui traversa l'esprit. Celle d'une main menaçante. Aussitôt elle l'effaça de son cerveau.

— La surveillante m'a téléphoné, poursuivit Feldman. Le temps que j'arrive, Simon s'était calmé. Il finissait de déjeuner lorsque je me suis approché de sa table dans la salle à manger et il m'a reconnu immédiatement. Je me suis dit qu'il n'était plus possible d'attendre pour lui annoncer la nouvelle.

— Eh bien, dites donc, Feldman, pour un freudien, vous avez la langue drôlement bien pendue.

— Je pensais que vous aimeriez connaître les détails, dit-il avec calme. J'ai donc mis votre père au courant peu après le déjeuner. Nous sommes retournés dans ses appartements, et nous nous sommes installés dans le séjour et c'est là que je lui ai craché le morceau.

Sarah eut l'impression d'avoir la tête qui tournait. Elle n'avait pas mangé grand-chose. Elle n'avait guère d'appétit en ce moment. Peut-être allait-elle fondre… C'est Romeo qui serait déçu.

Feldman releva la tête. Sarah lut sur son visage du chagrin, du regret. De la pitié peut-être ? Mais pour qui ? Son père ? Melanie ? Elle-même ? Elle n'allait pas lui poser la question. Il n'en finirait pas de décortiquer les réponses.

— Comment a-t-il réagi ?

— Il était dans une période de relative lucidité. Malgré tout, au début, il a eu du mal à absorber le choc, poursuivit Feldman dont l'accent s'épaississait de plus en plus. Il s'est levé, s'est dirigé vers une photo de Melanie qui orne son bureau. Vous la connaissez. Melanie a dix-sept, dix-huit ans sur ce cliché. Elle est sur le voilier de votre père et elle tient la barre. Une main en auvent au-dessus des yeux.

— Je la connais. Ça date de sa licence. (Il avait accroché la photo dans son cabinet de Scott Street et l'avait emportée à Bellevista. Avec des dizaines d'autres. Toutes de Melanie. Pour autant que Sarah le sût, il n'avait pas pris une seule photo d'elle. Ou s'il l'avait fait, il n'avait pas jugé bon de la mettre en évidence sur un meuble.)

— Votre père a approché cette photo de la fenêtre comme s'il étudiait une radio et puis il a fondu en larmes, fit Feldman avec un soupir. Nous sommes restés ensemble un moment, je lui ai versé un verre de thé glacé ; il l'a bu, ça l'a calmé. Ensuite, il a voulu faire un tour dans le parc où je l'ai accompagné. Dix minutes après, il s'est effondré sur un banc en me demandant si elle était vraiment morte.

« En rentrant de promenade, poursuivit Feldman, il s'est assis dans le solarium avec son livre. Je lui ai tenu compagnie. Vingt minutes plus tard, il a reposé son roman, appelé une infirmière qui s'occupait d'un autre patient pour savoir si Melanie était arrivée. Et pourquoi elle était si en retard.

Des larmes roulèrent le long des joues grêlées d'acné de Feldman. Façon de montrer à Sarah qu'il était humain après tout ? Ou bien était-ce une ruse ?

Il sortit un mouchoir de la poche poitrine de sa veste de serge bleue mal coupée et se moucha.

— Tout le monde pleure, dit-il doucement. Le corps aussi parle.

Comme si les larmes avaient le pouvoir d'effacer la tragédie… Melanie n'avait-elle pas pleuré pendant cette nuit de cauchemar…

— … en proie à des pulsions paranoïaques, disait Feldman. Persuadé que les infirmières l'empêchaient de la voir. Il est devenu très agressif.

Sarah n'écoutait pas. Romeo était présent dans sa tête. Occupant toutes ses pensées.

Feldman s'interrompit brusquement, la fixant.

— Vous êtes toute pâle, Sarah. Je vous assure que votre père ne court aucun danger.

Eh bien, ça fait au moins un Rosen qui ne risque rien.

— Je lui ai donné un calmant, il s'est endormi. Réveillé il y a deux heures. En me voyant, il s'est mis à pleurer comme un enfant. Mais il oubliera de nouveau. Puis il se souviendra. Et ce sera comme ça pendant un certain temps.

Sarah se sentait désorientée. Elle aurait voulu se confier à Feldman, lui raconter ses peurs et ses secrets. Voulu qu'il la réconforte, la prenne dans ses bras. Cette envie fit remonter un souvenir à la surface…

Elle se précipite dans la salle d'attente de Feldman, la porte qui donne sur son cabinet est entrebâillée. Des voix s'en échappent à son grand soulagement. Car elle avait craint qu'il ne se fût absenté pour la journée. Son rendez-vous, normalement, c'est mercredi. Mais ça ne peut attendre. Elle a eu une dispute terrible avec son père. La plus violente depuis son retour de l'université. Ils se sont dit des choses atroces. Puis il l'a giflée. En pleine figure.

Elle espère qu'on en voit encore la trace sur sa joue. Vous voyez, Feldman, quel monstre est mon père ? Pas étonnant que je le déteste.

Arrivée près de la porte, elle hésite. A qui parle-t-il ? Pas à un patient sinon il aurait fermé. Puis elle reconnaît la voix de Mela-nie.

Je parie qu'il la préfère à moi. Qu'elle ne lui cache rien. C'est son chouchou, à lui aussi.

Silence. Que se passe-t-il là-dedans ?

Elle jette un œil. Les voit. Dans les bras l'un de l'autre. L'entend murmurer : « Melanie. »

Elle se précipite hors de la salle d'attente. S'efforce de retrouver son souffle une fois sur le trottoir. Les passants la dévisagent. Elle fonce dans une ruelle et se met à vomir.

— Vous ne vous sentez pas bien, Sarah ? C'est l'estomac ? dit Feldman. Vous avez la main plaquée sur l'estomac.

Immédiatement, elle laissa tomber sa main sur ses genoux.

— Qu'avez-vous dit à mon père exactement à propos de la mort de Melanie ?

— Seulement qu'elle avait eu un accident épouvantable et qu'elle était morte sur le coup. Il n'a pas demandé de détails. Il est peu probable qu'il en réclame. La nouvelle est déjà trop difficile à assimiler dans l'état où il est.

— Son cœur ?

— En effet, votre père est sous surveillance constante, acquiesça Feldman. Pour l'instant, ça va.

— Il nous enterrera tous, vous verrez. (Sarah se sentit prise d'un étourdissement. Elle avait l'impression de tomber en chute libre, de n'avoir rien à quoi se raccrocher.)

Feldman l'empoigna par le bras. Le vertige disparut, remplacé par une sensation d'euphorie encore plus inquiétante.

Il la relâcha, recula d'un pas comme s'il craignait qu'elle ne lui décoche un autre coup de poing.

— Vous devriez voir un psychothérapeute, Sarah. Vous ne pouvez pas inhiber comme cela.

Et vous, Feldman ? Vous n'inhibez pas, peut-être ? Sans blague !

— Il veut vous voir, Sarah. Il tient à vous voir, Sarah, insista Feldman comme elle ne réagissait pas. Il vous réclame depuis qu'il s'est réveillé de sa sieste. Vous vous sentez d'attaque pour y aller ?

— Vous êtes sûr que c'est bien à moi qu'il veut parler ?

— Il n'a plus que vous, Sarah.

— Le sort a de ces ironies…

— Faites la paix avec lui. Faites-le dans votre intérêt sinon pour lui. Je sais que votre père n'a pas été un parent très présent. Il a toujours préféré Melanie, c'est un fait, et vous avez vécu dans l'ombre de votre sœur pendant très longtemps. C'est d'ailleurs pourquoi, quand vous avez perdu votre mère, vous vous êtes sentie abandonnée : vous la considériez comme votre seule alliée. Vous avez essayé d'enfouir la souffrance que vous éprouviez en grandissant parce que vous aviez peur que ce sentiment ne vous détruise. Seulement maintenant, Sarah, tout ce que vous avez refoulé remonte à la surface. Vous êtes extrêmement vulnérable et, ce qui n'arrange rien, votre système de défense ne fonctionne plus.

— Détrompez-vous. Je me débrouille.

D'un mouvement de tête, Feldman balaya ce mensonge.

— Sans cette tragédie vous auriez pu continuer votre petit bonhomme de chemin, refusant de considérer le passé en face, niant la vérité.

Elle roula les yeux.

— Quelle vérité ? allez-vous me dire, poursuivit Feldman.

— Je n'ai rien dit, fit-elle sèchement.

— La vérité, c'est qu'au lieu d'être libérée de votre passé, vous êtes engluée dedans. Vous n'arrivez pas à le déposer à terre.

— Le sermon est terminé, Père Feldman ?

— Et vous ne pourrez le déposer à terre tant que vous ne saurez pas de quelle nature il est.

— C'est ce que vous avez raconté à Melanie ? Vous lui avez dit de lâcher prise ? Mais lâcher quoi… Que devait-elle lâcher, Feldman ? Vous saviez ce qu'elle gardait enfoui en elle ?

— Il ne s'agit pas de Melanie.

— Non, mais nous pensons tous deux à elle. Parce que ni l'un ni l'autre nous ne pouvons lâcher prise.

Feldman n'essaya pas de plaider non coupable.

Son père était dans le séjour de son petit appartement, assis dans un fauteuil près de la fenêtre d'où il avait une vue imprenable sur les jardins soigneusement entretenus. Dans un premier temps, Sarah eut l'impression qu'il avait comme rétréci.

Puis elle vit le moniteur cardiaque près de lui.

Lorsqu'elle ferma la porte, il continua de regarder dehors bien qu'il l'eût entendue.

— Papa ?

Elle hésita près de la porte.

— Tu voulais me voir ?

— Il y a des nuages, tu crois qu'il va pleuvoir ?

— Ça se pourrait.

— Tu ne voulais jamais mettre d'imperméable quand il pleuvait. Tu te souviens du ciré jaune ?

Sarah plissa le front, tâchant de se souvenir. Un ciré jaune ? Comme celui que portaient les pêcheurs du Maine.

— C'était celui de Melanie, dit-elle à voix basse.

— Celui de Melanie, reprit son père en écho.

Melanie. Le prénom flotta dans l'air. Simon Rosen se tourna vers sa fille cadette. Il avait les mêmes yeux que Melanie.

— Elle est morte, Sarah ? C'est vrai ?

Elle aurait voulu courir vers lui, mettre sa tête sur ses genoux… Et puis quoi ? Le supplier de lui pardonner d'avoir survécu ? Le supplier de laisser la mort de Melanie les rapprocher ?

— Je t'ai posé une question.

La voix de son père sèche, brusque, la fit sursauter.

Elle sentit ses genoux se dérober.

— Oui, Melanie est morte. (Aucune colère dans son intonation.

165

Aucun chagrin, aucune émotion.) *Ne sens rien. C'est plus sûr. Beaucoup plus sûr.*

De nouveau, Simon Rosen détourna les yeux, fixant le paysage. Elle s'était attendue qu'il s'énerve, qu'il soit furieux, désespéré. Elle n'aurait pas été surprise de le voir bondir de son fauteuil pour s'en prendre physiquement à elle. *Ta faute, c'est ta faute. Tu n'écoutes jamais. Tu ne fais jamais rien comme il faut.*

A sa grande stupéfaction, il ne broncha pas, ne semblant même pas se rendre compte qu'elle était là. Devait-elle s'éloigner ? Souhaitait-il qu'elle disparaisse ? Elle tendit la main vers la poignée de la porte.

— Je crois qu'il pleut, dit-il d'une voix dénuée de timbre.

Elle s'arrêta net, jeta un coup d'œil par-dessus son épaule. Effectivement, les gouttes crépitaient contre les carreaux.

Elle vit ses yeux se fermer. Une inquiétude la prit. Et s'il avait une crise cardiaque ? Mais non, il était sous surveillance constante. En cas de pépin, les médecins de Bellevista se précipiteraient.

Elle se dirigea vers la sortie.

— N'oublie pas. Ton ciré jaune. Dans le placard de l'entrée.

Sarah soupira. Elle trouvait le soulagement dans l'oubli. Son père, lui, se cramponnait au passé.

— Bonsoir, papa.

— Et ferme la porte en douceur, Melanie. Ta mère dort.

Romeo est incapable de trouver des exutoires satisfaisants à sa colère, sa libido, sa peur. Il est incapable de tenir ses pulsions en laisse ; ce sont elles qui le dominent. Mais il excelle dans l'art de n'en rien laisser paraître. Et il est le premier à se délecter de sa duplicité.

Dr Melanie Rosen, *Cutting Edge*

Chapitre 11

Elle est dans un champ de jonquilles. Un homme arrive derrière elle, cueille une des fleurs et la lui met dans les cheveux. Elle a le soleil dans les yeux lorsqu'elle se retourne mais elle distingue son sourire. Elle est heureuse. Si heureuse.

— Étends-toi près de moi, lui dit-il d'un ton enjôleur et je te raconterai mes secrets.

Sa grande main réconfortante s'approche de son épaule. Elle se laisse aller, elle sombre, elle tombe. A sa grande horreur elle heurte quelque chose de dur et de froid. Du métal. Du métal gris.

Où se trouve-t-elle ? Tout d'un coup elle comprend. La morgue. Partout des plaques de métal gris qui l'encerclent, la piègent.

Elle est nue, flétrie comme un pruneau. Il la cloue sur la table, lui écrasant un sein qui disparaît sous sa grosse main sale.

Oh mon Dieu non, pas sale. Pleine de sang. Sa main est couverte de sang. C'est la seule couleur qu'il y ait dans la pièce grise. Si rouge...

Impossible de distinguer ses traits dans l'ombre mais ils sont menaçants.

— Confie-moi tes secrets, Sarah.

Menteur. Jamais il n'a eu l'intention de lui raconter les siens. Tout ce qu'il veut, c'est ceux de Sarah. Mais si elle les lui confie, il la détruira.

Sa bouche est contre son sein. Lentement il prend entre ses lèvres humides la pointe du sein.

MMmm, c'est bon. La peur se dissipe. Il n'a pas l'intention de lui faire du mal.

167

Elle ne sent plus le métal glacé. Seulement de la chaleur. MMmm. Inutile d'avoir peur, idiote.

— Encore ? demande-t-il. Gentillesse. Générosité.

— Oui, je vous en prie.

Elle est polie. Tellement excitée.

Il sourit. Cet homme sans visage a un large sourire amical. Et soudain le choc. Une douleur atroce. Qui lui résonne dans tout le corps.

D'un coup de dents, il lui a coupé le téton.

Il ne s'en tient pas là. Voilà maintenant qu'il lui déchire le mamelon, lui mordant le sein jusqu'à l'os.

Des coups étouffés. Dans un premier temps, Sarah crut que cela faisait partie de son rêve puis elle s'aperçut qu'elle était réveillée. Prise de panique, elle retroussa sa chemise de nuit pour examiner ses seins. Les pointes en étaient toujours là. Elle chercha les traces de morsures. Ce cauchemar était encore plus répugnant que les précédents.

Les coups continuèrent. On frappait à sa porte. Sûrement un de ces salauds de journalistes. Elle se couvrit les oreilles de ses mains.

Les coups ne cessèrent pas pour autant. Et elle entendit la voix de Vickie, son voisin, qui criait de l'autre côté du battant.

— Sarah, si vous n'ouvrez pas, j'appelle les flics !

Sarah se dirigea à regret vers la porte et ouvrit.

— Vous m'avez flanqué les jetons, avec vos cris, dit Vickie, les mains sur les hanches, dans son jean collant en velours noir ceinturé de cuir clouté et son pull en angora rose fuchsia décolleté bateau.

— Un cauchemar, murmura Sarah en détournant les yeux. Quelle heure est-il ?

— Onze heures et quart.

Sarah eut l'air surpris.

— Et maintenant dites-moi un peu quel jour on est ? fit Vickie, la mettant au défi de répondre.

Sarah sourit d'un air sarcastique mais en fait c'était pour gagner du temps. Elle réfléchit. Seigneur, jeudi ! Cela faisait une semaine que Melanie avait été assassinée.

Vickie lui agita un doigt manucuré sous le nez. Ses ongles étaient peints en rose fluo assorti à son pull.

— Vous avez une sale tête.

— Je dois couver la grippe, fit Sarah d'un air absent.

— Je vous ai vue à l'émission, hier soir. Ça m'a fendu le cœur. (Vickie porta un doigt à ses lèvres et rougit.) Désolé, je suis d'un maladroit... Je fais toujours des gaffes. Mais vous comprenez ce que je veux dire, Sarah.

— Mais oui.

— Écoutez, mon chou, j'ai beau ne pas être psy, je pense que c'est pas bon pour vous de rester à vous morfondre dans votre appartement. Je vous emmène déjeuner. Ou prendre un brunch. Mais il va falloir que je vous prête un costume. Maintenant que vous êtes une vedette de la télé, c'est bien simple : les journalistes campent devant la porte.

— Merde.

— Ne vous inquiétez pas, on s'est déjà débarrassés une fois de ces charognards, on va leur refaire le coup du déguisement.

— Je ne peux pas continuer à les éviter indéfiniment. Je vais leur faire une brève déclaration.

— Comme vous voudrez. Où est-ce que je vous emmène déjeuner ? Je vous invite.

— Impossible.

— Pourquoi ?

— Je dois passer chez un client. (Sarah songea à Hector Sanchez. Il l'avait appelée la veille après la diffusion de *Cutting Edge*. Et d'après son message, il semblait inquiet, très perturbé.)

— Je me casse le tronc à essayer de vous faire sortir de votre appart en douceur, par petites étapes, et vous voulez retourner bosser. C'est pas un peu prématuré ?

— Vickie, merci de votre aide. Mais c'est de ça que j'ai besoin. De travailler. De reprendre mon train-train. Afin d'essayer d'oublier.

Oublier, cette bonne blague ! Tant que Romeo hanterait San Francisco il n'y aurait pas de train-train, pas de retour à la normale possible.

Le flic en civil posté devant l'immeuble fit de son mieux pour empêcher Sarah d'être piétinée par la presse ; mais à lui tout seul il ne faisait pas le poids face à la meute des paparazzi et autres journalistes. Ces derniers la bombardèrent de questions, lui brandissant micros et caméscopes sous le nez.

— Pourquoi avez-vous participé à *Cutting Edge* ?

— Vous vous entendiez bien, Melanie et vous ?

— A votre avis, qui est Romeo ?

— Allez-vous reparaître à la télévision dans d'autres émissions ?

— Croyez-vous que Romeo se soit attaqué à Melanie parce qu'elle était sur sa piste ?

— Est-ce que vous coopérez avec les flics ?

— Considérez-vous que vous ayez une mission à remplir ?

Visage de bois, Sarah leur fit face :

— La prochaine fois, ce ne sera pas aussi simple pour Romeo ; ce n'est pas parce qu'il a réussi à séduire ma sœur qu'il arrivera à me séduire, moi. Le voilà prévenu. Qu'il ne s'étonne pas s'il tombe sur un os.

Sarah débarqua chez Hector Sanchez peu après midi pour constater qu'il n'était pas chez lui. L'espace d'un instant, elle envisagea de filer au bureau. Toutefois elle ne se sentait pas encore prête à affronter curiosité et marques de sympathie de ses collègues. Alors elle fit une longue marche, s'arrêta dans une cafeteria où elle commanda une tasse de café. A quoi elle ajouta un petit pain. Il fallait qu'elle avale quelque chose. Lorsque sa commande arriva, elle réussit à grignoter quelques bouchées qu'elle fit descendre avec son café. Elle recommanda à boire. Deux autres tasses.

A une heure et quart, elle retourna à l'atelier. Au moins il ne verrait pas dans quel état elle se trouvait. Mais c'était sans compter avec l'acuité sensorielle de Sanchez. Car elle lui avait à peine dit bonjour qu'il remarqua :

— Ça ne va pas très fort, on dirait.

— Je savais que vous arriveriez à me remonter le moral, Hector. (Des yeux, elle chercha le paysage qu'il avait peint.)

— Il n'est plus là.

Sarah ne put s'empêcher de rire.

— Vous avez le don de double vue ?

— Question de vibrations. Franchement, Sarah, je suis navré pour votre sœur. Et quand je vous ai entendue à la télé hier soir je me suis effondré, j'ai pleuré.

— Comment saviez-vous que je participais à cette émission ? Je croyais que la télé ne vous intéressait pas.

— Normalement, non. Mais depuis que votre sœur… J'écoute les infos. Les flics disent qu'ils vérifient plusieurs pistes importantes.

— Ils ne me font pas de confidences, dit Sarah laconiquement.

— Ce doit être une véritable torture pour vous, Sarah.

— C'est exactement ça.

— Vous voulez un joint ?

— Je suis votre conseiller, Hector. Je ne fume pas de marijuana avec mes clients. Je ne fume pas d'herbe. Point. Quant à vous, vous êtes censé ne pas y toucher. Rester *clean*.

— Il faut bien que vous ayez des vices, Sarah. Dans ce cas que diriez-vous d'une tasse de café ? Soluble, hélas. Ma cafetière est naze.

— Non, merci. J'en ai déjà beaucoup trop bu. Et si vous me racontiez ce qu'Arkin pense de votre toile.

— Justement, j'y viens, fit Sanchez. Il l'a embarquée il y a une demi-heure. Après m'avoir dit que j'étais le meilleur peintre aveugle qu'il ait jamais vu. Je me demande s'il en connaît beaucoup, des peintres aveugles.

— Ce qu'Arkin a voulu dire, espèce d'idiot, c'est que vous êtes un grand peintre. Hector, c'est formidable !

— Ouais, concéda Sanchez. Il m'a même invité à déjeuner. Je lui ai demandé de me commander ce qu'il y avait de plus cher sur la carte. Zut, je suis tellement surexcité que j'allais oublier. (Il traversa la pièce et alla prendre un paquet rectangulaire sur le comptoir qui séparait le coin atelier du reste du studio.) Arkin a trouvé ça sur mon paillasson. Avec votre nom dessus.

Sarah se figea.

— On dirait des bonbons, fit Sanchez en secouant la boîte. Est-ce qu'un de mes voisins aurait un faible pour vous ? C'est bizarre, quand même. Que le paquet soit arrivé aujourd'hui. Juste le jour où vous me rendez visite. (Sanchez lui tendit le paquet

171

enveloppé dans du papier kraft.) Eh bien, qu'attendez-vous pour l'ouvrir ? Il doit bien y avoir une carte à l'intérieur.

Elle ne souffla mot, ne fit pas un geste.

— Eh, Sarah. Que se passe-t-il ? Ça va pas ?

Elle continuait de fixer le paquet que Sanchez agitait.

— Sarah, vous me faites peur. Dites quelque chose.

Elle s'approcha, toujours incapable de toucher l'objet. Mais elle distingua l'étiquette collée sur le kraft. Son nom était imprimé dessus. En caractères Helvetica. Police identique à celle utilisée pour la lettre.

— Alors, Sarah, vous vous décidez ? Ne me dites pas que c'est une bombe ?

Ouais, c'est une bombe.

Elle lui arracha le paquet des mains. Puis se laissa tomber sur le tabouret.

— Ne vous inquiétez pas, Hector. Ça va, fit-elle d'un ton aussi convaincu que possible.

— Dites donc, je ne suis pas idiot. (Sanchez s'approcha et lui prit le bras.) Allez, Sarah. Accouchez. Laissez-moi vous aider. Vous savez bien que j'en pince pour vous. Client ou pas. Je vais devenir célèbre. Je ne vais plus avoir besoin de vous comme nou-nou.

Sarah tenait le paquet serré dans sa main. Elle avait du mal à respirer. Romeo était partout. Impossible de lui échapper. Où qu'elle allât, il était décidé à se frayer un chemin jusqu'à son cœur.

— Désolé d'avoir dû vous faire attendre jusqu'à cet après-midi, messieurs. (La voix de Bill Dennison était brève lorsqu'il sortit de son cabinet de Chestnut Street pour accueillir les inspecteurs installés dans sa salle d'attente. Comme chez Melanie, le décor était soigné mais neutre — revues sur les tables basses, fauteuils rembourrés, estampes japonaises sur les murs.)

« Cette épreuve a été atroce, poursuivit le psychiatre. Je suis encore sous le choc. (Malgré le contenu fortement émotionnel de son discours, les policiers constatèrent que le psychiatre séduisant et impeccablement vêtu avait l'air tout à fait maître de soi.)

— Raison de plus pour coopérer avec nous, laissa tomber Wagner.

— Bien entendu, enchérit Dennison en leur faisant signe de passer dans son cabinet.

— Je ne vois pas de divan, commenta Allegro en examinant la pièce. (Le bureau Queen Anne en merisier dans un coin, quatre fauteuils de cuir sur un tapis persan bleu crème et roux, disposés en cercle au centre de la pièce, composaient tout le mobilier de la pièce.)

— Je ne suis pas analyste, mais psychiatre, sourit Dennison. Je préfère regarder mes patients dans les yeux.

— Et si on passait aux choses sérieuses ? intervint Wagner d'un ton officiel.

— Certainement. Je vous aurais volontiers accordé davantage de temps si ç'avait été possible, fit Dennison d'un air d'excuse. Mais mon emploi du temps a été chamboulé : il a fallu que je reçoive les patients que j'avais annulés du fait des obsèques et des quelques jours de congé que je me suis octroyés afin de me remettre. Sans compter que j'ai hérité de certains de ceux de Melanie. Et j'exerce une profession qui exige énormément de concentration.

— Vous avez vu votre ex-belle-sœur à la télé hier soir ? questionna Allegro ?

— Sarah à la télé ? Pourquoi diable…

— Elle participait à l'émission *Cutting Edge* et elle a envoyé un message à Romeo.

Dennison fixa Allegro d'un air incrédule.

— Et vous l'avez laissée faire ? Après ce qui est arrivé à Melanie ? (Il se laissa tomber dans un des fauteuils de cuir. Appuya ses doigts contre ses tempes puis porta ses mains sur ses genoux. Allegro en profita pour constater qu'il portait une grosse alliance en or.)

— Avez-vous parcouru les fichiers des patients du Dr Rosen ? s'enquit Wagner en se penchant en avant.

— Ce qui vous intéresse tout particulièrement, j'imagine, c'est celui de Robert Perry, dit Dennison avec un soupir. J'avoue que je partage votre curiosité. Je l'ai vu à neuf heures ce matin afin de faire le point. Il file un mauvais coton.

— Ça signifie quoi ? s'enquit Wagner.

— Je suis tenu au secret professionnel, fit Dennison après un temps d'hésitation. Je n'aurais même pas dû vous dire que je l'avais reçu. Je me trouve dans une situation difficile à gérer, reconnaissez-le.

173

— Il se peut que vous ayez affaire à un tueur en série, remarqua sobrement Allegro.

— Au psychopathe qui a tué votre ex-femme, précisa Wagner d'un ton sec.

— Vous croyez sans doute que je ne le sais pas ? lâcha Dennison dans un soupir. Je n'ai cessé de disséquer le moindre de ses mots, gestes et expressions pendant qu'il était assis en face de moi.

— Et qu'en avez-vous conclu ?

— Que Perry fait un transfert quasi pathologique sur Melanie, répondit Dennison.

— Il vous a raconté qu'ils avaient été amants ? questionna Allegro.

— Les patients fantasment souvent...

Wagner étendit les jambes, les croisa à la hauteur des chevilles.

— Mais il ne s'agit pas toujours de fantasmes. Il arrive que certains psys...

— Il s'agit d'un des psychiatres les plus respectés de la profession, coupa aussitôt Dennison en lui jetant un regard glacial. Certes, la presse se plaît à relater des histoires de thérapeutes qui couchent avec leurs malades. Mais je vous assure que jamais Melanie n'aurait violé l'une des règles les plus élémentaires de la profession. Inutile de poursuivre dans cette voie, vous faites fausse route, messieurs.

— Qu'avez-vous trouvé dans le dossier de Perry ? enchaîna Wagner d'une voix neutre. Fait-elle référence aux fantasmes de son patient ?

— Précisément, c'est bien le problème, fit Dennison d'un ton froid. Il n'y en a pas.

— De fantasmes ? fit Wagner, se penchant en avant.

— De dossier.

— Elle n'avait pas fait de dossier sur Perry ?

Dennison fit non de la tête.

— J'ai dû mal à le croire, inspecteur. Melanie prenait des notes sur tous ses patients. Des notes détaillées. Elle écrivait remarquablement bien. Mais il faut dire qu'elle visait la perfection en tout. Si le dossier Perry manque à l'appel, c'est que quelqu'un l'a effacé. Perry lui-même aurait pu y accéder...

— Si je vous suis bien, c'est Perry qui aurait tué le Dr Rosen ? demanda Wagner.

174

— C'est une possibilité. D'un autre côté, il aurait pu mettre la main sur son dossier quelque temps avant le meurtre de Melanie. Sa femme a demandé le divorce. Il a peut-être peur qu'elle n'utilise son dossier médical contre lui. Il m'a avoué qu'elle l'avait accusé de la filer. (Il marqua une pause.) Évidemment, on peut aussi penser que c'est quelqu'un d'autre qui a effacé le fichier de Perry.

— Quelqu'un d'autre ? remarqua Wagner.

— Romeo, inspecteur. Romeo aurait pu passer en revue ses fichiers après l'avoir assassinée, trouvé que Perry faisait un coupable possible. Et s'être dit qu'en effaçant son dossier de la mémoire de l'ordinateur, il faisait de lui le principal suspect. Melanie me l'a fait remarquer à plusieurs reprises. Romeo semble prendre un malin plaisir à ridiculiser la police. Vous vous en êtes sûrement rendu compte.

Silence de mort.

— Et ses autres patients ? questionna Allegro sèchement.

— J'ai examiné leurs dossiers. Ils sont à jour et complets. Rien ne m'a donné à penser que ces malades pouvaient appartenir à la catégorie des tueurs en série. J'ai également passé en revue les fichiers des patients qu'elle avait cessé de voir. Elle les conservait sur son disque dur. Je n'ai rien trouvé de suspect. Mais évidemment, il m'est impossible d'affirmer qu'il n'y pas eu d'autres fichiers d'effacés.

En entendant cela, Allegro dut faire un effort pour ne pas broncher. Dennison connaissait-il l'existence de Grace ? Melanie lui en avait-elle parlé ? Les risques qu'il avait pris pour camoufler les visites de sa femme chez le psychiatre avaient-ils été inutiles ?

— Il va me falloir un moment pour vérifier que les patients dont les dossiers sont enregistrés dans la mémoire de son ordinateur figurent dans son cahier de rendez-vous, poursuivit Dennison.

Son regard glissa d'un policier à l'autre.

— C'est une recherche qui va prendre pas mal de temps et qui est impossible pour l'instant. Puisque le seul document dont je dispose est une page de calendrier, laquelle ne couvre que le mois dernier. J'ai cherché son cahier de rendez-vous mais je n'ai pas réussi à mettre la main dessus. Le policier qui était avec moi m'a dit qu'il n'était pas au courant. Il m'a conseillé de vous en toucher un mot. Est-ce que ce cahier aurait été confisqué par la police ?

— Tu l'as vu ? dit Wagner à Allegro.

— Non, fit Allegro en secouant la tête. Tout ce que j'ai vu, c'est la feuille de calendrier. (Il maudit en silence le jour où sa femme avait eu l'idée saugrenue d'aller consulter Melanie Rosen. Si cette dernière ne l'avait pas soignée, il n'aurait pas eu à dérober le fameux cahier dans lequel étaient notés les rendez-vous de Grace. A son grand dam, il avait découvert que Melanie avait mentionné la visite qu'il lui avait rendue peu de temps avant l'hospitalisation de sa femme.)

Wagner prit une cigarette dans son paquet de Camel et vit Dennison froncer les sourcils. Aussitôt il fourra la cigarette dans sa poche.

— Je comprends que Perry ait détruit son fichier s'il contenait des indices. Mais pourquoi aurait-il escamoté le cahier de rendez-vous ?

— Peut-être celui-ci renfermait-il des annotations relatives à des rendez-vous privés. Pour la nuit où elle a été assassinée, suggéra Dennison.

— Vous allez vous occuper de Perry ? s'enquit Allegro.

— Je suis déchiré, fit le psychiatre. A la pensée de soigner l'homme qui a assassiné Melanie… (Pour la première fois, il perdit son sang-froid. Sa lèvre inférieure se mit à trembler, il se cacha le visage dans ses mains.) Désolé, marmonna-t-il. (Lentement, il ôta ses mains de son visage. Fixa Allegro.) Nous étions sur le point de faire une nouvelle tentative, Melanie et moi.

— Quel genre de tentative ?

— Nous allions nous remarier. Reprendre la vie commune. Nous en parlions très sérieusement. (Dennison se leva brusquement, consulta sa montre.) Il faut que je sois à l'Institut dans quinze minutes pour une conférence. Je n'ai rien d'autre à ajouter, messieurs.

— Une dernière chose, dit Allegro en se levant.

— Laquelle ? fit le psychiatre, impatient.

— Où étiez-vous la nuit où Melanie a été assassinée ?

Cette fois, les traits de Dennison se durcirent. Il jeta un regard noir à Allegro.

— *Melanie ?* Vous voulez me faire croire qu'elle vous appelait John ? Lorsque vous la raccompagniez si gentiment chez elle à la sortie du Hall of Justice ? Ce n'était pas une femme pour vous, inspecteur.

Allegro se raidit. Wagner s'interposa pour empêcher son coéquipier de se jeter sur le psy.

— Vous n'avez pas répondu à la question, docteur, insista Wagner. Où étiez-vous dans la nuit de jeudi dernier ? Peut-être êtes-vous passé chez votre ex-femme pour discuter de vos projets de remariage. Seulement, qui sait, elle avait peut-être changé d'avis. Ou alors votre histoire de remariage n'était qu'un fantasme. Dites-moi, docteur, comment ça se passe quand on tombe sur quelqu'un qui vous met les points sur les i et vous demande de ne pas prendre vos fantasmes pour la réalité ? N'y a-t-il pas de quoi devenir fou furieux ?

— Si vous voulez jouer au psy, inspecteur, commencez par suivre des cours. Notre remariage n'était pas un fantasme. Quinze jours avant le meurtre, nous avons dîné chez *Costa* dans Embarcadero, Melanie et moi, et nous avons discuté avec le directeur afin de fixer une date pour la réception. Celle-ci devait avoir lieu le mois prochain dans l'un de leurs salons privés.

Il lança un regard triomphant à Allegro.

— Demandez donc confirmation à Marc Santinello. C'est le directeur de *Costa*.

Allegro s'empressa de prendre note.

— Ensuite, ajouta Dennison, jeudi soir j'assistais à un séminaire à l'Institut. L'Institut psychanalytique de Bay Area. Le Dr George Ephardt donnait une conférence sur le diagnostic et le traitement des dysfonctionnements sexuels. Ça a commencé à sept heures mais je suis arrivé en retard à cause d'une urgence. J'ai donc pris le train en marche en quelque sorte.

— Pouvez-vous préciser l'heure à laquelle vous êtes arrivé là-bas ? questionna Allegro.

Les narines de Dennison se dilatèrent : manifestement l'interrogatoire ne lui plaisait pas.

— Huit heures moins le quart, dit-il avec un calme forcé. La conférence s'est terminée à neuf heures et demie. Après quoi nous avons regardé un film pendant une demi-heure ; puis il y a eu des questions. La réunion s'est terminée peu après onze heures.

Comme Wagner faisait mine d'ouvrir la bouche, Dennison le devança :

— Non, inspecteur, je n'ai pas posé de questions. Après, j'ai rejoint mes collègues pour prendre une tasse de café avec eux dans un petit établissement situé en face de l'Institut. *Figaro*. Interrogez le Dr Stanley Feldman. Il vous le confirmera.

— Le Dr Feldman assistait à la conférence ? fit Allegro, sourcils arqués.

— J'imagine que oui, fit Dennison. C'est lui qui l'avait organisée. Je ne l'ai vu que chez *Figaro* mais il a participé au débat qui a suivi la conférence. Si vous voulez les noms des psychiatres qui se sont joints à nous ou celui de la serveuse qui s'est occupée de notre table...

— Ceux des gens près desquels vous étiez assis nous suffiraient, fit Allegro, impassible.

— Je n'ai pas fait très attention, répondit Dennison après un moment d'hésitation. J'étais au fond. A ma droite, il y avait une femme qui prenait des notes. Jamais vue auparavant.

— Vous pouvez la décrire ?

Dennison pinça les lèvres :

— Blonde, jeune, très jolies jambes.

— Quelqu'un d'autre vous a vu pendant le séminaire ? questionna Allegro. Une fois la conférence commencée ?

Un muscle tressaillit sur la joue de Dennison.

— Il va falloir que je réfléchisse.

— Excellente idée, fit Allegro.

— Pour l'amour du ciel, vous ne me soupçonnez tout de même pas ! explosa Dennison. A supposer que j'aie une raison de tuer mon ex-femme, qu'est-ce qui aurait bien pu me pousser à assassiner les autres ? Ne me dites pas que c'est parce que je voulais les épouser toutes ?

— C'est vous le psy, docteur. L'expert ès *fantasmes*, c'est vous.

Sarah quitta très vite l'atelier de Sanchez, monta dans sa voiture et s'éloigna. Le flic en civil, garé le long du trottoir et qui déjeunait, posa son sandwich, mit le contact et démarra. Vingt minutes plus tard, Sarah était à Chinatown. Après s'être garée à la va-vite, elle se mit à marcher dans les rues encombrées et déboucha sur Waverly Place, ruelle étroite parallèle à Grant Street. Elle était au milieu du marché animé lorsqu'elle tomba en arrêt devant un immeuble banal. Elle eut une impression de déjà vu. Impossible de se souvenir si elle était déjà venue là, et pourtant elle avait la certitude que oui. Longtemps auparavant. A une époque où elle souffrait. Époque qu'elle avait si bien réussi à enfouir dans son subconscient. Du moins le croyait-elle.

Elle aperçut l'étroit escalier une fois la porte ouverte, le petit panneau. Oui, cela commençait à lui revenir. L'expédition à Chinatown avec sa classe. Quelques mois après la mort de sa mère. Peu de temps après l'emménagement à Scott Street.

Ses camarades s'engouffrent dans les boutiques de souvenirs et les pâtisseries aux odeurs exotiques, insolites. Elle s'ennuie, s'éloigne du groupe et se retrouve dans Waverly Place. Elle aperçoit l'enseigne indiquant le temple bouddhiste. Sa curiosité est éveillée. Au début, les couleurs vives sont presque trop fortes pour elle. La laque noire brillante, l'or de l'émail et la peinture d'un rouge vif sur l'autel. Elle prend une profonde inspiration. Ça sent bon. Ça lui rappelle les eucalyptus autour de la vieille maison de Mill Valley. Une autre famille s'est installée là-bas. Un psychiatre, sa femme et leurs deux filles. Des clones en somme. Elle s'assied sur l'un des coussins de soie cramoisie. Les larmes roulent sur ses joues. Ses lèvres bougent mais pas un son n'en sort. Elle ne prie pas. Elle demande qu'on lui pardonne. Mais elle sait que personne n'écoute.

Le souvenir se dissipa et Sarah se retrouva dans l'escalier, grimpant les marches qui conduisaient au temple du premier étage.

Elle avait trouvé ça bizarre, un temple au-dessus d'une boutique. Elle en avait même fait la remarque au Chinois qui l'avait fait entrer dans le sanctuaire.

Ici nous sommes plus près du Nirvana, lui avait-il dit. La réponse lui avait plu.

Elle appuya sur la sonnette comme la première fois. Impossible de dire ce qui la poussait.

Un Chinois minuscule avec une barbe, des cheveux argentés, un pantalon et une veste en lin noir flottant lui ouvrit la porte.

— Est-ce que je peux…

Il lui fit signe d'entrer, puis disparut par une porte dérobée quelques instants plus tard.

179

Le temple n'avait pas changé. Les larmes montèrent aux yeux de Sarah. La grande salle toute simple était toujours là avec ses rouges, ses ors, ses noirs. L'encens parfumé à l'eucalyptus brûlait devant les autels finement sculptés. Par terre, les coussins rouges.

Elle serait en sécurité ici.

Après être restée assise tranquillement Sarah rassembla son courage et sortit le paquet de son fourre-tout. Ayant retiré le papier d'emballage, elle s'aperçut qu'Hector avait vu juste. Une boîte de bonbons. Et des bonbons de prix. Elle souleva le couvercle. Des chocolats. Six rangées. En forme de cœur. Sarah sentit son cœur cogner contre ses côtes. Mais ce n'était pas tout. Une feuille de papier pliée en quatre était posée sur les chocolats. Serrant les dents, elle déplia le billet. Cette fois, elle n'allait pas faire la sottise de le déchirer.

Seulement il ne s'agissait pas d'une nouvelle lettre d'amour de Romeo. Mais d'une photocopie d'une page arrachée à un journal intime. Sarah reconnut aussitôt l'écriture. Celle de Melanie. Elle fixa la page. Ne voulant pas lire.

Ce sont les pensées de Melanie. Il les a volées. Je ne dois pas les lire.

Pourtant c'était exactement ce qu'elle allait faire. Et Romeo ne s'y était pas trompé.

Parfois je t'imagine approchant de moi alors que j'ai le dos tourné et que je me maquille devant la glace de la salle de bains. Je suis nue, en train de me mettre du rouge à lèvres. Tu m'empoignes et tu soulèves sans douceur une de mes jambes, me coinçant le pied dans le lavabo. Tu me pousses en avant de sorte que ma bouche se trouve plaquée contre le miroir que mon souffle embue. Tu me prends avec violence, me cognant contre le lavabo.

Sarah dut s'arrêter tant son cœur cognait. Terrifiée, elle constata que les pointes de ses seins avaient durci. Le fantasme maso de sa sœur l'avait excitée. Et cela l'horrifiait. Elle se força à reprendre sa lecture.

C'est la cruauté — réelle ou supposée, patente ou subtile — qui est le moteur et qui me pousse. Que je trouve irrésistible, qui me monte à la tête. J'ai beau rationaliser, essayer de me justifier, attribuer cela à un besoin primitif : j'ai besoin de la détente, sinon la pression monte et j'ai peur d'exploser. Mais pendant ce temps-là je me demande si quelqu'un m'a percée à jour si l'on me soupçonne. J'ai peur d'être découverte mais je suis si habile à ce jeu. Si habile...

Évidemment, il y a Sarah. Je suis son ange gardien comme elle est le mien. Heureusement qu'elle ne le sait pas.

Je suis son ange gardien comme elle est le mien. Oui, songea Sarah, c'était vrai. Melanie et elle étaient liées par des liens autres que le sang. La nature de ces liens lui échappait mais elle ne pouvait se dissimuler leur existence. Comprendre Melanie, c'était se comprendre elle-même.

Sarah sentit des souvenirs depuis longtemps enfouis prendre corps et densité. Le sanctuaire tournoya devant ses yeux, les couleurs éclatantes se mêlèrent, se fondirent. Tout devint gris. Comme l'atroce morgue de son cauchemar.

L'odeur de l'encens disparut. Remplacée par celle des gardénias et du talc et par l'odeur écœurante et pharmaceutique qui lui faisait froncer le nez de dégoût. Une odeur qui ressemblait à celle des fruits trop mûrs.

Tu sais ce que c'est cette odeur, Sarah. Tu t'en souviens, chuchota une voix dans sa tête.

Elle prend une profonde inspiration. Elle la distingue nettement maintenant. C'est la liqueur de pêche dont maman est si friande. Dans cette bouteille ambrée, trapue du bas et au col évasé. Il y a tant de bouteilles. Dissimulées un peu partout. Elle rentre tôt de l'école. Melanie n'est pas encore là. Papa est au travail. Elle espère que maman et elle vont pouvoir jardiner. Elle est dans le hall au pied de l'escalier. Elle appelle. Pas de réponse. Elle monte l'escalier. Maman est sur son lit, les yeux fermés, ses longs cheveux blonds emmêlés et collés. Elle voit la bouteille vide par terre. Elle la ramasse, sort de la maison et l'enfouit dans la poubelle. Je ne le dirai à personne, maman. Je te le promets. Je sais garder un secret.

Lorsque Sarah rouvrit les yeux, elle balaya le temple du regard afin de trouver ses marques. Heureusement la pièce avait cessé de tourner. Elle se redressa, se souvenant de la feuille de papier qui avait glissé à terre.

L'ayant ramassée, elle fixa le passage troublant du journal intime de sa sœur et des images ensevelies dans sa mémoire remontèrent à la surface.

La mémoire me revient, Melanie. C'est ça que tu craignais ? Et vous Romeo, c'est ça que vous vouliez ? Me replonger dans le passé ? M'entraîner en enfer afin de m'ôter la force de vous résister ?

Elle fit un faux mouvement et la boîte de chocolats dégringola de ses genoux, se renversa. Une autre feuille de papier apparut.

Un post-scriptum de Romeo.

Sarah, ma douce,
Est-ce que tu sens mon souffle tiède ? L'adoration, la dévotion que j'ai pour toi ? Est-ce que tu sens ma langue se frayer un chemin dans les replis les plus secrets de ta chair ? Te faisant brûler, vibrer. Te faisant découvrir les plaisirs délicieux que moi seul peux te procurer. Je sais combien tu souffres. Et ce dont tu as besoin. Je sais que tu m'attends. Car je suis le seul à te comprendre.
Sois patiente, Sarah. Ce n'est plus qu'une question de temps.
A bientôt, Romeo.
P.-S. : Tu étais superbe à la télévision. Mais pas aussi belle qu'en réalité.

Sarah se mit à transpirer. Il lui sembla que son bas-ventre réagissait, vibrait. Elle se sentait au bord de la nausée. Les questions de Romeo n'étaient pas seulement des mots grotesques sur un bout papier. *Est-ce que tu sens ma langue qui se fraie un chemin dans les replis les plus secrets de ta chair ? Te faisant découvrir les plaisirs délicieux que moi seul peux te procurer.*

Il lui semblait entendre la voix rusée, perverse du monstre, sentir courir sur sa peau les doigts obscènes. Ce qui était pire, elle avait l'impression qu'il voulait prendre totalement possession d'elle. Melanie ne lui avait pas suffi. C'était clair.

Derrière elle, un bruit de pas. Pivotant, elle aperçut une silhouette qui se faufilait dehors. Impossible de voir qui c'était. Elle eut l'impression qu'on lui plongeait une aiguille glacée dans le corps. *Ce n'est plus qu'une question de temps.* Caché dans le sanctuaire, quelqu'un l'avait observée. Son garde du corps ? Romeo ?

D'un bond, elle se leva du coussin et sortit du temple. *Attrapez-le. Attrapez-le avant qu'il ne m'attrape.*

Mais lorsque Sarah arriva dans la ruelle grouillante de monde, elle hésita. Comment le reconnaître ? Aurait-elle eu des hallucinations ? Et où diable était passé ce satané flic ? Avait-il repéré Romeo et s'était-il lancé à la poursuite du tueur ?

Elle continua de chercher dans la foule, dépassant des gens traînant des caddies et des sacs. Personne ne lui prêtait attention. Furieuse de s'être laissé effrayer bêtement, elle commença à se dire que son imagination lui avait joué des tours. Et c'est alors qu'elle distingua un visage familier. Son cœur faillit s'arrêter de battre. Se glissant chez un herboriste chinois de l'autre côté de la rue, il...

Sarah traversa en courant la rue étroite, évitant de peu un livreur à moto.

Une sonnette tinta tandis qu'elle franchissait à bout de souffle la porte de l'officine dont les étagères étaient chargées de pots remplis d'herbes. Derrière le comptoir se dressait un autel entouré de bougies rouges. Au début elle ne vit personne. Était-il déjà ressorti ? L'entraînait-il dans une course effrénée et vaine ? Ou bien dans un piège ? C'est alors qu'elle l'aperçut, se dirigeant vers le comptoir et lui tournant le dos. Cependant dès qu'elle ferma la porte et que la sonnette se remit à résonner, il pivota et lui fit face.

Perry eut un pâle sourire dénué d'étonnement. Il portait un jean bleu en piteux état et des baskets rouges. Il avait un blouson sur son tee-shirt noir. Ses cheveux blonds semblaient avoir été peignés avec les doigts. Sa tenue décontractée et sa barbe naissante exceptées, il ressemblait au Perry que Sarah avait vu aux obsèques de Melanie. On aurait dit un petit garçon perdu. Il porta une main à son front.

— Des migraines terribles fit-il comme si elle lui demandait des explications. On m'a parlé d'un remède chinois qui fait des miracles.

Le pharmacien, derrière le comptoir, sourit et se tourna pour prendre un pot sur une étagère. Il sortit du pot une mesure de feuilles vertes séchées puis les fit glisser dans un petit sac en papier brun qu'il posa sur le comptoir. Perry prit le sachet.

— Combien ?

— Un dollar quarante-neuf cents, fit l'herboriste avec un fort accent chinois.

Perry paya, laissa la monnaie sur le comptoir et se dirigea vers la porte devant laquelle se tenait Sarah.

— Est-ce que vous aimez les beignets ? Les beignets de porc de chez Li John sont excellents. Et c'est tout près d'ici.

— Pourquoi me suivez-vous ? questionna Sarah. (S'il l'avait filée jusqu'au temple, pourquoi pas jusqu'à l'atelier de Sanchez aussi ? Ce qui lui aurait donné l'occasion de déposer le paquet devant la porte de l'atelier pendant que Sanchez déjeunait avec Arkin. Est-ce qu'il la traquait depuis le meurtre de Melanie ? Il aurait fort bien pu rester dans l'ombre, à l'épier, tandis qu'elle se rendait chez Sanchez, vendredi dernier. Samedi, il aurait pu se rendre à Scott Street. Dimanche, elle l'avait aperçu à l'enterrement. Mais est-ce que Perry s'était trouvé à proximité de son appartement un peu plus tôt ce jour-là ? Est-ce qu'il s'était approché de sa voiture pour y laisser sur le tableau de bord ce cadeau insensé ?)

Perry se pencha. Elle recula.

— Je voulais vous ouvrir la porte, c'est tout, fit-il avec une grimace peinée. Si vous n'avez pas faim, on peut toujours s'asseoir sur un banc et bavarder.

Elle acquiesça. Bavarder, d'accord. Et si jamais elle réussissait à lui soutirer quelque chose de compromettant, elle s'arrangerait pour le faire arrêter.

Il ouvrit la porte. Elle lui fit signe de passer le premier. Elle protégeait ses arrières.

Perry s'arrêta devant une fontaine, fit tomber quelques feuilles au creux de sa main, la remplit d'eau et avala le remède avec une grimace. Puis il rejoignit Sarah sur un banc de Portsmouth Square qui n'était qu'un petit monticule herbeux construit sur un garage en sous-sol de Clay Street à la frontière de Chinatown.

— Vous m'avez cavalé après toute la journée ? questionna-t-elle.

— Je ne vous ai pas suivie. J'ai eu du mal à en croire mes yeux quand je vous ai vue gagner le temple. J'étais tellement persuadé de me tromper que je suis monté vérifier...

— Comme ça, vous vous trouviez à Chinatown ?

— Ouais. Comme vous. Le destin peut-être.

Ce n'était pas le mot que Sarah aurait employé.

— Il y a un moment que j'ai envie de vous parler. (Perry posa ses mains à plat sur ses genoux, baissa la tête.) Je pensais laisser passer un peu de temps...

— Me parler de quoi ? dit Sarah du ton méfiant qu'elle utilisait pour parler à son père et à Melanie.

— De Melanie, bien sûr. Je pense à elle tout le temps. Elle n'a pas mérité ça.

Qu'est-ce que ça signifiait ? Que les autres femmes avaient mérité leur sort ?

— J'ignorais qu'elle avait une sœur avant de lire les journaux, fit Perry en fixant Sarah. Puis je vous ai rencontrée aux obsèques et je vous ai vue à la télé, hier soir. Vous allez peut-être penser que c'est affreux de dire ça mais ça m'a réconforté de savoir que vous aviez autant de chagrin que moi. C'est au moins une chose que nous avons en commun.

Nous sommes des âmes sœurs.

Elle distingua les cernes sous les yeux de Perry. Le visage juvénile était d'une pâleur extrême.

— Vous ne pouvez savoir combien Melanie me manque, poursuivit-il. Grâce à elle j'avais l'impression que tout allait bien. Pas seulement le sexe.

Sarah, écœurée, fit cependant oui de la tête.

Perry vit dans son hochement de tête une autorisation à poursuivre.

— Elle avait réussi à faire disparaître la colère et la honte. Elle m'avait appris à me débarrasser de mon angoisse.

— Combien de fois êtes-vous sortis ensemble ? (Melanie

185

n'aurait pas été le premier psychiatre à baiser avec un patient même si elle avait toujours donné l'impression que sa vie professionnelle était irréprochable. Et pour reprendre l'expression d'Emma Margolis, il ne fallait pas toujours se fier aux apparences.)

Perry sourit.

— Vous voulez savoir combien de fois nous avons fait l'amour ? Pas aussi souvent que je l'aurais souhaité.

La franchise de Robert Perry fascinait et révoltait Sarah. Est-ce qu'il l'asticotait ? Était-ce là le caméléon au sommet de sa forme ?

— Humm, fit Perry en se massant les tempes. Ma migraine s'estompe. Ces herbes sont vraiment efficaces. (Il regarda au loin.) Je vais sur sa tombe tous les jours. Afin d'être près d'elle, de me convaincre qu'elle est vraiment morte. Ce matin-là, chuchota-t-il, ce n'était pas Melanie. C'est ce que je me suis répété quand je l'ai trouvée. Quel cauchemar. Jamais je n'arriverai à me sortir cette image de la tête.

— Non, dit Sarah à voix basse. Vous n'y arriverez sans doute pas.

— Les flics pensent que je l'ai tuée. Ils m'ont emmené à la Criminelle. Ils voulaient savoir quel était mon groupe sanguin. Quand je leur ai dit que je ne le savais pas, ils m'ont demandé s'ils pouvaient me prélever un échantillon de sang. Ils ont même été jusqu'à me demander si je pouvais leur donner du sperme après m'être branlé dans un flacon pour qu'ils puissent l'analyser. Rien que pour me débarrasser d'eux, je l'aurais fait ; mais mon avocat a dit *niet*. Et les autres femmes, je ne les connaissais pas. Je ne suis pas dingo, gronda-t-il. J'essaie seulement de trouver ma voie. Melanie était mon guide et maintenant j'ai perdu tous mes repères.

Que Robert Perry fût ou non Roméo, une chose était sûre : c'était un instable. Pas étonnant qu'il ait été en thérapie.

Perry se leva soudain du banc.

— Il faut que j'y aille maintenant ; mais je voudrais vous remercier.

— Me remercier ?

— Je me sens un peu mieux. Parler, ça fait du bien. Dommage que Cindy ne m'en donne pas l'occasion. C'est ma femme. Nous sommes séparés mais j'espère que le Dr Dennison nous aidera à reprendre la vie commune.

— Vous voyez le Dr Dennison ?

186

— Oui, je l'ai vu ce matin. C'est ce que Melanie aurait souhaité que je fasse, je crois.

Après le départ de Perry, Sarah se rendit à la Criminelle. A peine l'eut-il aperçue que John Allegro bondit de sa chaise.

— Pourquoi avez-vous faussé compagnie à votre garde du corps à Chinatown ?

— Je ne lui ai pas faussé compagnie, il a perdu ma trace.

— Très bien, ne nous disputons pas. On ne vous perdra pas la prochaine fois.

Sarah examina le commissariat terne, les rampes fluorescentes, les rangées de bureaux.

— Sarah ?

Sarah secoua la tête, fourra la main dans son sac et en sortit la dernière lettre de Romeo.

— C'était dans une boîte de chocolats en forme de cœur. Je l'ai laissée au temple. (Elle lui donna l'adresse. Quant aux phrases troublantes du journal intime de Melanie, Sarah se dit qu'il n'y avait aucune raison de laisser Allegro en prendre connaissance. Les fantasmes maso de sa sœur ne regardaient qu'elle.)

Allegro prit un mouchoir en papier et s'empara de la lettre. Il la lut en silence, le visage sévère. Lorsqu'il eut terminé, il examina le papier puis Sarah. Comme s'il savait qu'elle lui cachait quelque chose. Elle détourna les yeux, se sentant vulnérable et coupable.

Comme d'habitude, songea-t-elle. Elle avait passé des années à se piétiner. A s'autoflageller, à se faire des reproches. A se croire responsable de tout ce qui arrivait de moche. Et dont elle ne parvenait pas à se souvenir.

Lorsque je te dis que cela fait mal, tu dis que cette souffrance est de l'amour. Inévitable. Indissociable de l'amour. Perdre cet amour — cette souffrance — serait pire que la mort elle-même.

M.R., Journal

Chapitre 12

Il pleuvait à verse lorsque Sarah se gara en face de son immeuble. Alors qu'elle descendait de voiture, elle vit la voiture de police banalisée qui l'avait suivie depuis le Hall of Justice se ranger à son tour le long du trottoir. Le policier en civil coupa le contact, éteignit ses phares et resta vissé derrière son volant. Allegro qui avait fait le trajet avec lui s'extirpa à son tour du véhicule.

— Un instant, appela-t-il alors qu'elle allait traverser la rue.

— Laissez-moi tranquille, Allegro, dit Sarah lorsqu'il l'eut rejointe. Je suis crevée. Si vous avez encore envie de parler, revenez demain.

— Vous n'avez pas mangé.

— Je n'ai pas faim.

— Bien sûr que si. Moi, je suis affamé. Qu'est-ce qu'il y a de bien dans le quartier ?

— Rien.

Il jeta un coup d'œil autour de lui et aperçut un restaurant à l'enseigne des *Dos Amigos*.

— Mexicain, ça vous tente ?

— Disparaissez, Allegro.

— Mouais, je ne suis pas un fana de cuisine mexicaine, moi non plus. Ce que j'aime, c'est la cuisine thaïlandaise. Y aurait pas un restau thaïlandais abordable dans les parages ? Parce qu'on roule pas sur l'or, vous et moi.

— On va partager l'addition ?

— D'accord, Rosen. Je vous invite. Contente ? fit-il avec un sourire.

— Vous êtes malin, Allegro, jamais j'aurais cru ça de vous.

— Et vous, vous êtes fortiche, pour moucher les mecs.

Finalement, ils optèrent pour un restaurant vietnamien cent mètres plus loin. Il pleuvait de plus en plus dru et aucun d'eux n'était habillé en conséquence. L'endroit était désert. Le jeune Vietnamien qui tenait l'établissement et avait vraisemblablement espéré fermer de bonne heure n'eut pas l'air ravi de voir débarquer deux clients potentiels.

Il leur désigna la plus mauvaise table près des portes battantes menant à la cuisine, posa avec violence deux cartes sur leur assiette et sortit un carnet de commande de sa poche arrière.

Ils avaient à peine eu le temps de consulter le menu qu'il leur demanda s'ils avaient fait leur choix.

— Disparaissez, lui dit Allegro. Et revenez prendre la commande dans dix minutes.

Le type marmonna quelque chose dans sa langue maternelle et s'éloigna à grandes enjambées.

— Il n'a pas l'air de vous trouver sympathique, remarqua Sarah.

— Difficile de n'avoir que des amis.

— Est-ce que Melanie était votre amie ? questionna-t-elle en repoussant le menu.

— Pas vraiment, fit Allegro après avoir réfléchi à la question.

— Mais encore ?

— Disons que nous étions en bons termes.

— Vous baisiez avec elle ?

— C'est ça que vous appelez être en bons termes avec une femme ? Non, on s'entendait bien. On voyait un certain nombre de choses de la même façon.

— Ah bon ?

— Quelque chose me dit que vous ne vous entendiez pas très bien, votre sœur et vous, dit Allegro.

— Qu'est-ce que vous attendez pour vider votre sac et balancer ce que vous avez sur le cœur, Allegro ? Je croyais que vous n'étiez pas du genre à tourner autour du pot.

— Bon, je me fais du mouron. A cause de vous.

— Je suis touchée.

— Arrêtez de dire des bêtises, Sarah. Je vous ai vue à la télé, hier soir. Qu'est-ce que ça vous a rapporté ? Un autre billet doux…

— Un billet doux ? C'est une drôle de façon de voir les choses.

— Et une saloperie de boîte de bonbons.

— Des cœurs en chocolat.

— Pour commencer, interdiction de repasser à la télé.

— Qu'est-ce qui vous fait dire que j'en avais l'intention ?

Allegro lui jeta un long regard pénétrant.

— Vous vous êtes mis dans la tête de marcher sur les traces de votre sœur. Je me trompe ?

Le serveur s'avança. L'œil étincelant, Allegro le stoppa net. Le serveur battit en retraite.

Sarah abattit ses mains sur la table :

— Vous voulez le coincer, oui ou non ?

— Ouais, dit Allegro. Mais sans votre aide.

— Foutaises. Vous n'avez pas un seul indice. Vous n'en avez pas trouvé sur la lettre ni sur le médaillon, pas vrai ? Ni ailleurs non plus que je sache.

— Nous progressons.

— Si tel était le cas, vous ne seriez pas assis en face de moi dans ce restau à me faire du baratin. Vous ne vous donneriez pas la peine de m'inviter à dîner. Surtout que je n'ai même pas faim.

— Vous vous trompez.

— A propos de quoi ?

— Un repas à l'œil, personne ne crache dessus.

— Et Perry ? Vous allez le cueillir ?

— On va l'interroger de nouveau, ça c'est sûr.

— Vous croyez que c'est lui ?

Il loucha vers elle.

— Et vous ?

— Non. Mais j'espère me tromper.

Les plats mirent tout juste cinq minutes à arriver. A peine tièdes. A sa grande stupeur, Sarah constata qu'elle avait une faim de loup. Elle engloutit plusieurs bouchées d'un curry au poulet verdâtre. Allegro ne toucha même pas à son assiette de porc aux nouilles. Il l'observait. Attendant le moment propice.

Après avoir avalé une autre bouchée, elle reposa ses baguettes.

— Je suis persuadée que Perry m'a dit la vérité. Qu'il avait des relations avec Melanie. Des relations sexuelles. Vous le croyez aussi, n'est-ce pas ?

— C'est possible.

— Allons, inspecteur. Je suis sympa, soyez sympa à votre tour.

Il fixa la nourriture à laquelle il n'avait pas touché.

— Ouais, finit-il par dire. Je crois que oui moi aussi.

— Est-ce que ça change quelque chose à vos sentiments pour elle ?

— Non, dit-il en braquant sur Sarah un regard sombre.

— Vous n'avez pas l'air surpris.

— Non, fit-il en frottant le dos de sa main contre ses lèvres sèches.

— Bizarre, dit-elle en détournant les yeux. Moi, ça m'a plutôt étonnée.

Elle vida son verre d'eau, le reposa et s'empara de celui de son vis-à-vis, qu'elle but également.

— Pourquoi ne me parlez-vous pas, Sarah ?

Le ton n'était ni âpre ni exigeant. Peut-être fut-ce pour cela qu'elle repoussa son assiette :

— Fichons le camp, on sera mieux ailleurs pour discuter.

Allegro se mit debout sans un mot.

— Ouais, l'ambiance est pourrie ici.

Sarah le laissa lui prendre la main tandis qu'ils couraient sous l'averse. En arrivant à destination ils étaient trempés. Corky, qui montait la garde de quatre heures de l'après-midi à minuit, était dans le couloir devant la porte de son appartement. Allegro lui apporta une chaise qu'il avait prise dans la cuisine de Sarah.

— Cette bouteille de scotch, vous l'avez toujours ? s'enquit-il en réintégrant l'appartement.

Sarah qui sortait de la salle de bains hocha la tête.

— Laissez-moi une minute, je vais la chercher.

Elle finit de se sécher les cheveux avec une serviette qu'elle lança à Allegro. C'était la seule qu'elle eût encore de propre. Allegro retirait sa veste trempée, cherchant un endroit où la poser, lorsque la serviette atterrit à ses pieds. Sarah examina son holster. Elle ne fit aucun commentaire sur le fait qu'il était armé.

— Vous pouvez la suspendre dans la salle de bains lui dit-elle. Je vais me mettre en quête du scotch.

Il ramassa la serviette et se dirigea vers la salle de bains tandis que Sarah entrait dans la cuisine. Il lui semblait se souvenir que l'alcool était sur une étagère dans le placard à balais. Quelques minutes plus tard, Allegro sortait à son tour de la salle de bains et se passait un peigne dans les cheveux. Sarah était dans le séjour où elle versait du scotch dans des verres à orangeade, qu'elle venait de rincer à la va-vite.

— Je croyais que vous ne buviez pas, dit-il.

— Normalement, non. Mais les circonstances sont exceptionnelles. (Elle prit l'un des verres, lui tendit l'autre.) Inutile de porter un toast, j'imagine.

Allegro se resservait tandis que Sarah sirotait encore son premier Dewars. Ils s'étaient installés sur le canapé. Sarah but une longue gorgée.

— Je vous en redonne une dose ? questionna-t-il en tendant le bras vers la bouteille posée sur la table basse encombrée.

— Vous essayez de me soûler ? fit Sarah. (A peine un demi-verre et elle commençait à sentir les effets de l'alcool. La tête lui tournait légèrement. Mais peut-être était-ce la compagnie.)

— Arrêtez-moi quand vous voudrez.

Cette réponse la mit mal à l'aise. L'arracha à son euphorie naissante.

Allegro continuait de la fixer. De plus en plus décontenancée, elle posa son verre. Lui la bouteille. Et il sourit.

— Qu'est-ce que vous attendez de moi, Allegro ?

— Qu'est-ce que vous pouvez m'offrir ?

D'où cet homme sortait-il ? Que cherchait-il ? Impossible de le deviner : il avait l'air parfaitement impassible.

— Rien, contra-t-elle sur la défensive.

Le verre d'Allegro était encore à moitié plein lorsqu'il le reposa sur la table. Pas le moment de se soûler la gueule. Il était déjà dans un état de douce euphorie. Il avait descendu son premier verre à toute vitesse.

— Vous savez dans quoi vous vous embarquez ?

— Je crois que oui.

— Dans ce cas, il y en a au moins un de nous deux qui sait où il met les pieds. Qu'espérez-vous gagner en calquant votre comportement sur celui de votre sœur ? Je parle de votre apparition à la télé, précisa Allegro.

— Vous vous trompez. Je ne calque pas mon attitude sur celle de Melanie. Pour une bonne raison : je ne suis pas psy. Je veux simplement que ce salaud sache que je ne suis pas...

— Pas terrorisée ? Cette bonne blague !

— Trouille ou pas, une chose est sûre : il se manifeste ! Ce pervers me fait la cour, fit Sarah dont les traits se durcirent.

— Il s'est même pas mal débrouillé jusqu'à présent.

— Ce qui doit lui donner le sentiment d'être tout-puissant. Eh bien, je vais lui montrer que je suis encore plus forte que lui.

— Alors vous avez l'intention de remettre ça ? De refaire une apparition à la télé ? Merde, jura Allegro. Je n'ai pas assez de problèmes comme ça ?

— Je ne fais pas partie de vos problèmes, fit-elle d'un ton sec.

— Mon œil !

— Ne me bousculez pas, Allegro. Il faut que je m'y prenne à ma façon.

Il se pencha.

— S'il y a une chose au monde que je n'ai pas envie de découvrir, c'est votre corps mutilé...

— Ça suffit !

— Désolé, fit Allegro en avalant une autre gorgée de scotch et balayant le séjour des yeux. Vous vivez toujours seule ?

— Vous détournez la conversation, c'est ça ?

— Gagné !

— Disons qu'il m'arrive d'avoir des hôtes de passage. En général, je vis seule.

— Et vous ne souffrez jamais de la solitude ?

Sarah reprit son verre, le porta à ses lèvres sans répondre mais l'inspecteur le lui retira.

— Je n'ai pas du tout envie que vous vous soûliez, fit-il en reposant son verre sur la table.

— Et moi, je n'ai pas envie qu'on me casse les pieds.

Se laissant aller contre le dossier du canapé, il sourit. Leurs épaules se touchaient presque.

— Vous avez un petit ami, Sarah ?

— On tente sa chance, Allegro ?

— Je vous fais la conversation.

— Vous n'êtes pas très doué pour la conversation.

— Je sais, fit-il avec une franchise juvénile.

Sarah ne put s'empêcher de constater que l'inspecteur John Allegro la déstabilisait. Faisant naître chez elle crainte et désir : l'un n'allait jamais sans l'autre. Sans doute était-ce pour cela qu'elle évitait en général de se retrouver dans ce genre de situations.

Mais qu'est-ce qui lui prenait ? D'abord elle avait été attirée par Wagner, et maintenant par Allegro. Elle avait bien choisi son moment pour avoir des béguins… Juste au moment où le psychopathe qui avait violé et assassiné sa sœur la filait, lui envoyait des bijoux, des vieilles photos, des cœurs en chocolat et des billets tordus.

Mais peut-être que ça pouvait se comprendre : elle se sentait plus vulnérable et plus seule que jamais. Elle avait beau chérir son indépendance, elle avait désespérément besoin de réconfort. Le désir secret d'être protégée. Aimée ? non, ça c'était trop. L'amour était une manipulation. Un mensonge. Le désir physique était plus clair. Ça ne concernait que le corps. Pas l'esprit.

Elle comprenait son attirance pour Michael Wagner : Wagner était sexy, et ils étaient à peu près du même âge. Mais John Allegro… Il avait bien dix, quinze ans de plus qu'elle, il était usé, compliqué, curieux, trop curieux. Alors d'où venait cette impression que le courant passait sexuellement entre eux ? Ça n'était pas souvent qu'un homme lui faisait cet effet-là. Et pourtant il lui fallait se rendre à l'évidence : non seulement elle était excitée, mais elle construisait un scénario. Ses fantasmes prenaient vie.

Ils sont dans sa chambre. Lumières éteintes. Ce soir elle n'a pas peur des monstres. Il est à ses côtés. Souriant tendrement. Rien ne presse. Il ne fera que ce qu'elle veut.

Et elle le croit.

Tout en la déshabillant lentement, il lui dit combien elle est belle et désirable, et combien douce et pure et bonne…

Elle est nue mais n'a pas l'impression d'être vulnérable. Cette fois, c'est différent. Elle se sent capable de toutes les audaces.

D'ailleurs du bout de la langue, elle lui lèche les tétons. Il gémit doucement. Elle, ça l'excite. Elle lui prend la main, la guide...

Soudain la voix de Feldman retentit. Murmure un flot d'inepties psychanalytiques alors qu'elle est au bord de l'extase.

« Cet homme vous attire parce que vous voyez en lui un substitut de père. Vous n'êtes pas vraiment séduite par lui, Sarah, vous faites un transfert. Ce que vous voulez, c'est l'amour et l'approbation de votre père. »

Sarah est furieuse. Pourquoi faut-il que Feldman gâche tout ?

— Vous êtes marié, Allegro ? questionna-t-elle tout à trac. *Et merde pour le transfert.*

Il sourit. Il était séduisant quand il souriait. Ça le rajeunissait. *Beau, terriblement désirable. Comme dans son fantasme.*

— C'est une déclaration ? (Le sourire s'accentua.)

— Non. Vous ne devez pas être facile à vivre, fit Sarah avec une franchise dont elle fut la première étonnée.

— Ma femme était de cet avis, fit-il, tendant la main vers son verre.

Pas besoin d'être psy, se dit Sarah, pour comprendre la réaction d'Allegro et son besoin d'alcool.

— *Était ?* Vous êtes séparés ? insista-t-elle, mi-curieuse, mi-désireuse de rester en position d'attaquant.

Allegro descendit une gorgée de scotch.

— Elle est morte.

— Désolée.

Allegro hocha la tête, ses rides se creusèrent. Il fixa son verre.

— La mort, c'est une vacherie, remarqua Sarah. Quelle que soit la façon dont elle vous emporte. Vous avez envie d'en parler ?

Allegro passa la main sur son menton hérissé de barbe, touché par la compassion qu'elle lui manifestait. Le silence finit toutefois par mettre Sarah mal à l'aise :

— Écoutez, si ça ne vous dit...

— Ouais, je veux bien. Grace a sauté du sixième étage de son appartement. En avril dernier. On était séparés à l'époque. Elle sortait d'un séjour de six semaines en hôpital psychiatrique. Elle était *okay*, d'après les toubibs, ajouta-t-il, amer.

— Vous n'avez pas beaucoup d'estime pour les psychiatres.

— Certains peuvent aider leurs patients, fit Allegro en songeant à Melanie. Encore faut-il tomber sur les bons.

— Melanie en faisait partie ?

Allegro la dévisagea, pensif. Est-ce que Melanie avait parlé à sa jeune sœur de Grace ? De lui ? Les médecins étaient tenus de respecter le secret professionnel.

— Sans aucun doute. Elle avait une excellente réputation.

— Vous l'aimiez ?

Allegro eut l'air déconcerté.

— Je parle de votre femme.

Les yeux d'Allegro devinrent à peine plus grands que des fentes. Elle s'amusait, manifestement. Il lui agita un doigt sous le nez.

— Vous vous fichez comme de votre première culotte de ce que j'éprouvais pour ma femme. Tout ce qui vous intéresse, c'est m'asticoter. Pourquoi ?

Comme elle ne bronchait pas, il eut un sourire sarcastique.

— Vous vous défendriez, sur un ring, Sarah. Vous faites mouche avec vos directs. Et vous savez esquiver. Seulement vous ne tiendriez jamais jusqu'au dernier round. Pas contre un pro. Lui attendrait le moment propice et vous mettrait K.O. Ça ne ferait pas un pli.

La peur s'empara d'elle car elle savait pertinemment qu'Allegro ne parlait pas seulement de lui mais de Romeo.

— Vous risqueriez d'être surpris, crâna-t-elle en tendant de nouveau le bras vers son verre.

Cette fois encore, Allegro, plus prompt, s'en empara avant qu'elle ait eu le temps de le porter à ses lèvres. Mais il l'éclaboussa au passage.

— Écoutez, je suis une grande fille, fit Sarah, se raidissant. Je peux…

La paume d'Allegro se plaqua sur ses lèvres, l'interrompant au beau milieu de sa phrase. Sarah se figea.

— Sarah, fit-il d'une voix basse, pressante. J'ai entendu du bruit. Restez là. Je vais vérifier.

Elle acquiesça de la tête et s'affala contre les coussins après qu'il eut retiré sa main pour se lever.

Tremblante, elle se pelotonna au fond du canapé, genoux relevés contre la poitrine, bras autour des jambes. Essayant de se faire toute petite. De disparaître.

196

Allegro traversa le séjour. Pour un homme de sa corpulence il se déplaçait avec une grâce étonnante. Une grâce de danseur. C'était vraiment un individu tout en contrastes.

Tandis qu'elle restait figée sur les coussins et, l'oreille aux aguets, s'efforçait de distinguer le bruit qui l'avait alerté, il fit le tour de l'appartement — sa chambre, la cuisine, la salle de bains. De retour dans le séjour, il lui adressa un petit signe complice. Pas vraiment rassurée, elle se força à sourire. Il se dirigea vers la porte d'entrée. A peine l'eut-il ouverte que Corky, de garde dans le couloir, bondit de sa chaise.

— Vous avez vu quelque chose ? aboya Allegro.

— Pas vraiment.

— Ça veut dire quoi, bon sang ? jeta Allegro.

Corky se dandina d'un pied sur l'autre.

— Y a une fille qui est rentrée quelques minutes plus tôt. J'ai échangé deux, trois mots avec elle. C'est la voisine de Miss Rosen. (Du doigt, il désigna l'appartement de Vickie.)

— Elle était seule ?

Le flic hocha la tête.

— Rien entendu de bizarre ?

— Le bruit de la circulation. A part ça, non, rien d'anormal.

— On ferait bien de jeter un œil, décida Allegro en se frottant la mâchoire. Allez voir derrière. Je me charge des couloirs.

Corky s'éloigna sans plus attendre. Allegro passa la tête dans l'appartement.

— Sarah, fermez à clé. Et n'ouvrez qu'à moi.

— Laissez-moi vous accompagner...

— Restez où vous êtes. N'ayez pas peur. J'en ai pas pour longtemps.

— John...

— C'est rien si ça se trouve. Mais mieux vaut être prudents.

Romeo est un comédien éblouissant. Brillant, rusé... ses mises en scène macabres sont d'autant plus dangereuses... qu'elles ont l'apparence de la normalité.

Dr Melanie Rosen, *Cutting Edge*

Chapitre 13

Voyant Allegro foncer, Sarah faillit lui courir après. Sachant qu'il la rabrouerait, elle s'abstint.

— Fermez à clé, répéta-t-il de derrière le battant. Et mettez la chaîne.

Traversant la pièce, elle obtempéra, resta collée contre la porte à écouter décroître le bruit de ses pas. Sans doute dut-elle rester là plusieurs minutes car il lui fallut un certain temps pour entendre frapper dans la salle de bains.

— Oh, mon Dieu ! lâcha-t-elle, morte de frousse.

— C'est moi, Miss Rosen, fit Corrigan, son garde du corps. Je suis dehors sous la fenêtre de la salle d'eau. Elle est entrebâillée.

Entrouverte ? Cette fenêtre coincée depuis son entrée dans les lieux ?

— Miss Rosen ? Vous m'entendez ? Ça va ?

— Oui, ça va, cria Sarah, en se dirigeant vers la salle de bains, jambes flageolantes. (La pièce était faiblement éclairée par le pinceau de la torche du policier. Sarah actionna l'interrupteur, repoussa la veste d'Allegro qui séchait sur la barre de la douche. Tendant le bras par-dessus la baignoire, elle releva les stores de plastique blanc qui dissimulaient généralement la fenêtre.)

— Forcée, fit Corky, sa torche braquée sur la fenêtre. On l'a forcée. (Le flic était monté sur une poubelle métallique pour mieux voir.) Y a des marques sur l'appui. On a essayé de s'introduire chez vous par effraction. J'ai trouvé la poubelle sous la vitre. C'est sa place, normalement ?

— Non.

— Ah. (Avec sa torche, il balaya la ruelle entre son immeuble et l'arrière d'une HLM vide donnant sur Albion Street.) Il a dû détaler. Y a personne.

Le cœur de Sarah battait à tout rompre. Des flots de sang venaient cogner contre ses paupières closes. *D'abord sa mère. Puis Melanie. Ensuite elle. Toutes trois flottant sur une mer rouge.*

— Je vais aller chercher l'inspecteur Allegro. Il faut qu'il voie ça. Touchez à rien, surtout.

On avait essayé de s'introduire dans son appartement par effraction. Qui donc était l'auteur de cette tentative ? Ç'aurait pu être le premier cambrioleur venu. Les voleurs pullulaient dans le quartier. Mais Sarah était persuadée que c'était Romeo. Romeo narguant les flics avec une joie perverse. Elle imagina une silhouette floue qui se faufilait dans la salle d'eau, s'y dissimulait en attendant le départ d'Allegro. Les yeux fermés, elle s'efforça de donner à cette silhouette un visage. Pourquoi pas celui de Robert Perry, par exemple ? Il faisait un suspect idéal. Sournois, pervers, obsessionnel. D'un autre côté, pas assez malin. Ni assez audacieux.

Une autre image traversa l'esprit de Sarah. Nette, précise. Bill Dennison. Elle fut prise de frissons. Ce n'était pas parce qu'ils avaient eu une brève liaison qu'elle devait le soupçonner. Et puis s'il était, comme Romeo, du genre à aimer torturer les femmes, il ne se serait pas contenté de lui administrer une fessée. Non, c'était une supposition parfaitement idiote.

Un bruit de pas sous sa fenêtre la fit se raidir. Elle poussa un ouf de soulagement en voyant Allegro apparaître de l'autre côté de la vitre. Corky le suivait, torche au poing. Le pinceau lumineux balaya l'appui.

— J'appelle les gars pour qu'ils relèvent les empreintes ? fit Corky.

— Ouais. Et interrogez toutes les personnes dont les appartements donnent sur la ruelle. (Il jeta un coup d'œil à Sarah.) Ça va ?

— Très bien.

— Ne bougez pas. On a dû le faire détaler. Mais on va faire une autre ronde, avec Corky.

— Eh bien, allez-y, dites-le !

— Pourquoi ne pas reprendre un verre dans le séjour ?

— Mais dites-le, que je l'ai bien cherché, Allegro ! En participant à l'émission d'Emma.

— A quoi bon discuter... Vous faites les demandes et les

199

réponses. Préparez-nous plutôt du café. La nuit risque d'être longue.

Ce ton tranchant lui rendit l'usage de ses jambes. Elle fila dans la cuisine où elle s'activa, fixant le breuvage noir qui coulait goutte à goutte dans le récipient de verre. Trop fort, sûrement. Elle n'avait pas dosé. Mais comment se concentrer… D'autant qu'elle avait une sensation de brûlure dans la poitrine. A la recherche d'anti-acides, elle ouvrit un placard avant de se souvenir qu'elle en avait en permanence dans son sac.

Arrivée au beau milieu du séjour, elle s'arrêta net, blêmit. Par terre, dans l'entrée, elle venait d'apercevoir une enveloppe blanche. Depuis combien de temps s'y trouvait-elle ?

Si Romeo venait de la déposer, il pouvait être encore dans le couloir. En se ruant sur la porte, peut-être tomberait-elle nez à nez avec lui. C'en serait fini, de ce suspense.

Un coup sec résonna contre le battant. Sarah se pétrifia.

— Sarah, c'est moi, John. (Pause.) Allegro.

Elle ramassa l'enveloppe, la glissa sous la carpette. D'abord, protéger la vie privée de Melanie. Puis elle ouvrit et se jeta dans les bras du policier.

— Tout va bien. Personne à l'horizon.

— Il est entré dans l'immeuble. J'en suis sûre.

Rejetant la tête en arrière, il l'observa.

— Vous avez vu quelqu'un ?

— Non, mais… *Montre-lui la lettre. Même s'il s'agit encore d'un fragment du journal de Melanie.*

— Mais quoi ? (Le ton est insistant.)

Elle se cramponna à lui. Oui, elle la lui montrerait dès qu'elle-même l'aurait lue. Elle devait au moins ça à Melanie.

— J'ai demandé du renfort. On va passer le quartier au peigne fin. S'il est dans les parages, on lui mettra le grappin dessus.

Sarah continuait de trembler comme une feuille. Une image fit surface dans son esprit. *Elle est dans le couloir de leur maison, elle a revêtu la robe de mariée de sa mère et elle tient au creux de la main quelque chose qui vit et palpite. Un cœur. Un cœur qui saigne. Le cœur de Melanie. Non, non. Je l'ai pas fait exprès. Non, non.*

— Non, quoi ?

200

Sarah en eut le souffle coupé. Lisait-il dans ses pensées ? Ou était-ce elle qui perdait la boule ?

— Rien, rien, fit-elle, se dégageant.

Sans un mot, il traversa la pièce. Elle lui emboîta le pas tandis qu'il s'approchait du téléphone mural de la cuisine et ouvrait un carnet d'adresses. Ayant vérifié le numéro, il entreprit de le composer. Sarah, près de lui, perçut la sonnerie du téléphone. Après avoir laissé sonner une dizaine de fois, Allegro raccrocha.

— Pas de répondeur.

— Vous appelez qui ?

— Perry. (Et sans lui laisser le temps d'en placer une :) Il n'est pas chez lui. Ou alors il a décidé de faire le mort. Les journalistes doivent le harceler avec leurs demandes d'interviews. Les médias savent que c'est lui qui a découvert le… Melanie.

Sarah s'empara du récepteur et après un instant d'hésitation composa à son tour un numéro.

Quatre sonneries, puis un répondeur se mit en marche. *« Vous êtes bien chez Bill Dennison. Je suis absent pour le moment. Mais si vous voulez bien me laisser un message, je vous rappellerai dès que possible. »*

— Je sais, fit-elle en regardant Allegro d'un air amer. Ça ne veut rien dire. Rien n'a de sens. (Un lointain hululement de sirène filtra dans la pièce.)

— Pourquoi serait-ce votre beau-frère ?

— Ex-beau-frère. Je ne sais pas. Je suis incapable d'aligner deux idées cohérentes.

— Sarah… vous me cachez quelque chose.

— Nous avons eu une liaison, Bill et moi. Enfin, façon de parler.

— Ça n'en était pas une ?

— C'était de la folie, fit Sarah. Je ne sais pas comment je me débrouille : j'hérite toujours des restes de Melanie. *Et John, est-ce qu'il faisait partie des rebuts, lui aussi ? Était-ce pour cela qu'elle se sentait attirée vers lui ?*

— Et ce café, il est prêt ? fit Allegro pour briser le silence qui menaçait de s'éterniser.

Sarah éclata de rire pour camoufler sa gêne.

— Qu'est-ce qui se passe, inspecteur ? Vous avez la gorge sèche tout d'un coup ?

— Inutile de tourner autour du pot. Posez-moi carrément la question.

— Est-ce que vous avez été l'amant de Melanie ?

Il n'essaya pas de se dérober.

— Non. Est-ce que ça m'aurait plu de l'être ? Oui et non. C'est suffisamment ambigu, comme formulation ?

Un coup à la porte empêcha la jeune femme de répondre. Elle s'aperçut que les sirènes hurlaient maintenant sous ses fenêtres.

L'espace d'un instant, Allegro appuya son front contre le sien. Elle eut l'impression de recevoir une décharge électrique.

— Plus tard, fit-il en se dirigeant vers la porte.

Dans le genre ambigu...

Activité fébrile. Flics en uniforme et inspecteurs en civil partout. Examinant le secteur, relevant des empreintes, interrogeant les voisins. Sur les traces de la police, les médias. Tels des loups affamés. En quête d'un scoop. D'un « scoop » sensationnel.

Vickie se pointa peu après avoir été questionné par les flics.

— C'était lui, vous croyez ? Romeo ?

La coiffure vaporeuse, le maquillage outré, la robe d'intérieur hyper-féminine n'empêchaient pas Sarah de penser à la photo du séduisant et viril Vic, à la plage avec sa ravissante maman.

— Aucune idée, fit Sarah, circonspecte, tout en dépouillant mentalement Vickie de la longue chevelure rousse — une perruque, bien sûr —, de ses fond de teint et autres fards, de sa tenue voyante. Depuis la photo de la plage, le menton s'était empâté mais malgré tout cette créature sculpturale pouvait faire un homme particulièrement séduisant. Vickie, Vic. Un caméléon...

Sarah se mit à gamberger. Quand Corky avait-il vu rentrer Vickie ? Après le bruit qu'Allegro avait perçu dans la salle de bains ? Vickie avait-il tendu un piège aux policiers pour les attirer dehors le temps de glisser l'enveloppe sous sa porte ?

Sarah blêmit.

— Mon petit chat, vous êtes blanche comme un linge, compatit Vickie. Je vais vous aider...

Sarah recula. A l'idée d'être touchée...

— Merci, ça va.

Le travesti eut l'air froissé. L'était-il réellement ou jouait-il la comédie ?

C'est grotesque, se dit Sarah. Pourquoi tout déformer ? Voir le mal partout ? D'abord Perry, puis Bill, et maintenant Vickie. Et son mouvement de panique lorsque John Allegro lui avait mis sa main en bâillon sur la bouche…

— Dans ce cas, je vais y aller, annonça Vickie avec un sourire. J'ai besoin de mes heures de sommeil.

Décidée à mettre un terme à ses bouffées délirantes, Sarah attrapa son voisin par le bras et serra amicalement.

— Désolée, je suis un peu sur les nerfs.

— Je réagirais comme vous si j'étais dans vos pompes. (Sarah jeta un coup d'œil pensif aux grands pieds de Vickie.) Mais ça risque pas d'arriver. Vous avez vu mes panards ? Pas question que je me glisse dans vos sandales.

La voix rauque était empreinte d'envie. Sa mère avait-elle des pieds fins, elle aussi ? Et les victimes de Romeo ? Elles chaussaient du combien ? *C'est ça, Rosen, t'as mis le doigt dessus. Le point commun entre toutes ces femmes, c'est la petitesse de leurs pieds. Romeo est un travesti doublé d'un fétichiste du pied.*

— Si vous avez besoin de quoi que ce soit, mon chou…

— Merci, Vickie. Je vous ferai signe.

Restée seule dans l'entrée après le départ de Vickie, Sarah pensa au réconfort que lui avait procuré l'étreinte d'Allegro. Elle repensa à son fantasme à propos de John. Qui l'avait laissée frustrée. Inassouvie.

En règle générale, elle n'aimait pas s'appesantir sur ses pulsions sexuelles le plus souvent à sens unique. Mais cette fois, elle se servit d'Allegro pour faire diversion. Chasser de son esprit le monstre qui la pourchassait. Romeo. Envahissant son espace, ses pensées, bientôt son corps, si elle n'y prenait garde. Elle sentait la puanteur innommable de ce démon. Odeur d'aisselles et d'entrejambe mal lavés. Répugnante. Et pas moyen d'y échapper. Elle était seule, sans défense. A moins de faire confiance à John. Il la protégerait. Et pas seulement parce que c'était son boulot. *Allez vous faire mettre, Feldman. Vous êtes complètement à côté de la plaque. John n'est pas mon père. Il n'a rien de commun avec lui. J'ai enfin mis la main sur un type bien, prévenant, sexy. Et cette fois, je vous empêcherai de tout gâcher.*

D'une main tremblante, elle récupéra l'enveloppe. Dès que les autres flics auraient tourné les talons, elle la montrerait à John. Quel qu'en soit le contenu.

Soudain le téléphone sonna. Sursautant, elle fourra l'enveloppe dans la poche de sa jupe. Laissa son répondeur prendre la communication. Reconnaissant la voix de Wagner, elle décrocha.

— Désolée.

— Comment ça ? fit Wagner.

— Je... je suis à la maison, fit-elle bêtement.

— C'est ce que je vois. Vous m'en voyez ravi. Je me faisais du mauvais sang. Tout va bien ?

— Oui. On a essayé de s'introduire chez moi.

— C'est pour ça que j'appelle.

— Je pensais que vous viendriez. Ç'aurait pu être...

— Ouais, fit-il sans prononcer le nom fatidique. Je serai là dans une heure, Sarah. Je rentre de Ledi. C'est au sud de Sacramento.

— Oh...

— C'est là-bas que j'ai grandi. Mon beau-père y vit toujours. Je suis allé dîner avec lui pour fêter son anniversaire. Suffit que j'aie le dos tourné pour qu'il se passe des choses.

— C'est pas comme moi, dit Sarah sèchement. Je suis toujours là où ça barde. (Une pause.) Désolée.

— C'est un mot qui revient souvent dans votre bouche. Est-ce que John est dans les parages ?

— Pas dans l'appartement. Mais je peux aller vous le chercher.

— Inutile. Dites-lui que je me débrouille pour être là le plus vite possible.

Sarah consulta sa montre. Onze heures dix. John avait eu raison au moins sur un point. La nuit allait être longue.

Chez lui. Studio glauque à quelque deux cents mètres du club. Matelas qui pue, posé à même le sol crasseux. A la rigueur, ça n'aurait pas eu d'importance s'il avait réussi à me procurer ce que j'attendais de lui. Mais quel abruti... Pas une once de subtilité. Il n'arrêtait pas de répéter : « Je croyais que c'était ça que tu voulais, bébé », tout en me tapant dessus. Il n'a rien compris. Mais ce qui s'appelle rien. Aucun d'eux ne comprend.

Tu es le seul.

M.R., *Journal*

Chapitre 14

Cette fois, je perds la tête. Je me suis rendue dans le quartier de Mission, la nuit dernière. Me disant que j'allais passer chez Sarah. Mais je n'y suis pas allée. Je me suis rendue dans ce club à fouettes situé au fond d'une ruelle à deux pas de la Seizième. Je n'y étais jamais allée auparavant mais j'en avais entendu parler. C'est un des avantages de ma profession.

L'endroit empestait la bière, la sueur et la marijuana. Les couples étaient collés contre les murs couleur de boue. Au bar, des gens qui picolaient sérieusement. Sur une scène, des femmes nues — mine destroy, valises sous les yeux — tournaient au son d'un atroce rock techno.

Le spectacle allait commencer. Les danseurs quittèrent la piste, les lumières se tamisèrent puis se rallumèrent et le premier couple apparut. La femme portait un collant en lamé or et un collier de chien avec du strass. Elle était à quatre pattes derrière un blond aux yeux bleus en string noir. Armé d'un gros fouet noir. Un sourire de dépravé sur le visage, il se mit à caresser le manche de son fouet avant de passer à l'action.

Un peu plus tard, je l'ai revu dans un box du fond. Il ne regardait pas le spectacle : il me fixait. L'air de ricaner, ce salaud.

Chez lui. Studio glauque à quelque deux cents mètres du club. Matelas qui pue, à même le sol crasseux. A la rigueur ça n'aurait pas eu d'importance s'il avait réussi à me procurer ce que j'attendais de lui. Mais quel abruti... Pas une once de subtilité. Il n'arrêtait pas de répéter : « Je croyais que c'était ça que tu voulais, bébé », tout en me tapant dessus. Il n'a rien compris. Mais ce qui s'appelle rien. Aucun d'eux ne comprend.

Tu es le seul.

L'expression d'Allegro était trop ambivalente pour que Sarah puisse l'analyser. L'espace d'un instant, elle crut qu'il allait craquer et se mettre à pleurer. Puis son visage se durcit et ce fut comme s'il avait ravalé toutes ses émotions.

Qu'est-ce qu'il ressentait ? Sarah aurait bien aimé le savoir mais elle avait peur de lui poser la question.

— Ce n'est pas ma sœur. Cette femme, je ne la connais pas. Elle a perdu tout contrôle.

Cet extrait était encore pire que l'autre. Dans le précédent, Melanie s'était contentée de coucher noir sur blanc son fantasme. Mais là, elle racontait son passage à l'acte.

— Je ne comprends vraiment pas qu'une femme puisse vouloir être humiliée, battue. Encore moins Melanie.

— Ce n'était peut-être pas les coups qu'elle cherchait, dit Allegro d'une voix tendue.

— Que voulez-vous dire ? (Melanie aurait-elle fait des confidences à Allegro ? Jusqu'à quel point étaient-ils intimes ?)

Et tu allais lui faire confiance, décidément tu es prête à gober n'importe quoi. Tu comprends tout de travers. Il serait temps que tu descendes de ton nuage.

— Je ne sais pas, dit Allegro en colère et sur la défensive. Je ne suis pas psy. Demandez plutôt à votre ami Feldman.

Feldman, songea Sarah. Ce salopard donneur de leçons connaissait probablement la réponse. Il ne la lâcherait pas si facilement.

De nouveau, elle revit Feldman et Melanie enlacés dans son cabinet. Spectacle qu'elle s'était efforcée de chasser de son esprit pendant près de quatorze ans. Maintenant elle revivait la scène. Tourmentée non seulement par ce qu'elle avait surpris mais par la suite, par ce qu'elle imaginait. Est-ce que Melanie avait confié ses penchants masochistes à Feldman ? A Allegro ? Aux types avec lesquels elle était sortie ? Peut-être que ça l'avait excité, Feldman ?

Est-ce qu'il s'était passé des choses dans son cabinet pendant qu'elle-même vomissait tripes et boyaux dans la rue ?

Certainement que oui. Elle voyait d'ici le scénario.

Ils sont enlacés. Visage luisant de sueur. Respiration rauque. Halètements. Halètements.

— Je te le mets ? Tu le veux ?

Il la provoque, le pénis raide, au garde-à-vous.

Melanie supplie.

— Oui. Oui.

Feldman éclate d'un rire âpre. Cette fois, il la tient. C'est lui qui mène la danse. Elle va devoir lui obéir dans son intérêt.

Il la jette sur le canapé. Elle est allongée, bras en croix et jambes écartées, sans plus de force qu'une poupée de chiffon.

Oh oui, elle le veut. Il lui a jeté un sort. Il n'a qu'à se baisser pour la prendre.

Sourire salace sur ses lèvres minces, il se penche. Arrache sauvagement son chemisier, sa jupe, son soutien-gorge en dentelle...

— Attends, attends, non, attends...

Terreur dans les yeux de Melanie.

Sarah la voit, cette terreur, elle l'entend, elle en a le goût dans la gorge, mais elle est fascinée.

Il la retourne comme une crêpe. Avec sa cravate, il lui attache les poignets derrière le dos, la retourne de nouveau.

— C'est ça que tu veux, baby, bordel ? chuchote-t-il d'une voix rauque tout en la pilonnant.

Elle crie toujours. Mais cette fois elle s'abandonne :

— Oui, oui, oui...

Pourquoi imaginer des trucs pareils ? Comme si elle n'avait pas suffisamment à faire avec les souvenirs qui remontaient à la surface ? Pourquoi inventait-elle ce scénario barbare, cette scène sadomaso entre Melanie et Feldman ? Feldman aurait-il pu faire un Romeo possible ? Pourquoi ne pas l'ajouter à la liste grandissante des suspects ?

— Vous en avez reçu d'autres, des extraits du journal de votre

207

sœur ? (La voix d'Allegro lui parvint comme de l'extrémité d'un long tunnel.)

Inutile de dissimuler l'autre missive. Elle la sortit de son fourre-tout et la lui tendit sans un mot.

Allegro en prit connaissance.

— Je sais, c'est pénible pour vous.

Elle avait du mal à distinguer son visage mais elle avait une conscience aiguë de sa présence. Son haleine chargée d'alcool. Et d'une bouffée de menthe. Pour camoufler l'alcool peut-être ?

Et Romeo rôdait dans les parages, ramassé tel un tigre sur le point de bondir, se léchant les babines, attendant le moment propice pour se jeter sur elle.

— Melanie était manifestement obsédée par cet homme. Celui qu'elle tutoie dans son journal. Et qui lui donnait ce que les autres étaient incapables de lui donner, murmura-t-elle. Ce doit être Romeo.

— Possible, fit Allegro d'une voix sans timbre en rangeant les documents.

Sarah fit une grimace.

— Que se passe-t-il, Sarah ? fit Allegro qui n'avait pas ses yeux dans sa poche.

— Vous allez me prendre pour une cinglée.

— J'ai un faible pour les cinglés, sourit-il. Je vous écoute.

— Je pensais à Feldman. Et si c'était lui, Romeo ? Feldman et Melanie auraient pu être amants. Notez bien que ce n'est pas une raison pour qu'il soit Romeo.

— Mais ça n'en est pas non plus une pour qu'il ne le soit pas, souligna Allegro.

Sarah détourna les yeux. Il lui avait été facile de se représenter son ancien psy et Melanie couchant ensemble ; mais de là à penser que Feldman pût être ce psychopathe qui violait et torturait les femmes avant de leur arracher le cœur, non, c'était par trop absurde.

Wagner téléphona à Emma Margolis peu après une heure du matin. Elle décrocha tout de suite.

— Je suis chez Sarah Rosen. Il y a eu une tentative d'effraction.

208

John et moi voudrions qu'elle aille s'installer ailleurs quelque temps. Elle pensait se réfugier à l'hôtel mais...

— Amenez-la-moi, dit aussitôt Emma. Elle peut rester autant qu'elle veut.

— Parfait, commenta Wagner avec un signe de tête à son coéquipier qui se tenait près de lui. Le temps de fourrer quelques affaires dans un sac et elle est chez vous. Disons dans vingt minutes

— Je vous attends avec du valium. Je crois que je vais en prendre aussi.

— Vous êtes sûre que vous voulez être impliquée directement dans cette affaire ?

— Peut-être que si je m'en étais mêlée plus tôt... Oui, j'en suis sûre, dit Emma.

Deux heures du matin. Allegro et Wagner étaient assis dans la cafeteria en sous-sol du Hall of Justice. Après avoir déposé Sarah chez Emma, Wagner était revenu au commissariat où il avait trouvé son coéquipier plongé dans le dossier Romeo. Il l'avait arraché à son travail pour une pause café.

La cafeteria ressemblait à un restaurant chinois. Rien d'étonnant à cela. Pendant la journée, le personnel en majorité asiatique vendait toutes sortes de plats exotiques.

Wagner vit qu'Allegro le regardait terminer un impressionnant morceau de tarte aux pommes.

— J'ai presque rien mangé au dîner, fit-il avec un sourire en guise d'explication.

Allegro se souvint que Wagner avait passé la soirée à Ledi chez son beau-père.

— Comment va-t-il, ce vieux con ? questionna Allegro après avoir sucré son café. (*Vieux con*, c'était le surnom que Wagner donnait à son beau-père.)

— Toujours égal à lui-même, fit Wagner en allumant une cigarette. Il n'a pas arrêté de pester sous prétexte que la transmission de la Corolla que je lui avais achetée l'année dernière à la vente aux enchères de la police avait rendu l'âme. Il n'a même pas voulu regarder le cadeau dont je m'étais fendu pour son anniversaire. Il était fumasse que je ne lui aie pas apporté du liquide. Comme s'il

209

n'avait pas suffisamment de bouteilles en réserve comme ça. Il était à moitié bourré quand je suis arrivé.

— Pourquoi tu y vas ? questionna Allegro.

— Ma mère a toujours aimé les anniversaires, fit Wagner avec un haussement d'épaules. Et Jo. C'est pour elle que je vais le voir. C'est idiot, non ?

Allegro grommela.

— Qu'est-ce que tu en dis, de cette histoire d'effraction ? questionna Wagner.

— C'est bon pour nous. Ça veut dire qu'il prend davantage de risques. Plus on le force à se mouiller, plus on a de chances de l'épingler.

— C'est pas nous qui l'incitons à se découvrir. C'est Sarah. Ce n'est quand même pas un hasard s'il a fait cette tentative le lendemain du jour où elle est apparue à la télévision.

Allegro dévisagea son coéquipier.

— Sarah t'a parlé pendant le trajet chez Emma ?

— Elle est furieuse qu'on n'ait pas réussi à le poisser. Je lui ai dit qu'elle était pas la seule.

— Comme ça, avec moi, on est trois à râler.

— On questionne de nouveau Perry demain ?

— Dennison et Feldman aussi, fit Allegro avec un hochement de tête.

— Dennison, oui. Tu te souviens de ces conneries qu'il m'a racontées au sujet de son remariage ? J'ai taillé une bavette avec le directeur de chez *Costa* avant de partir pour Ledi ce soir. Dennison lui en a touché un mot pendant que Melanie était partie se repoudrer le nez. Lorsque le directeur s'est arrêté à leur table pour la féliciter, il m'a dit qu'elle avait l'air de tomber des nues. A mon avis, Dennison avait mis la charrue avant les bœufs. Ou alors il s'était fabriqué un alibi, conclut Wagner.

— J'aurais parié qu'elle ne se remettrait pas en ménage avec lui.

— Mais Feldman ? Ce vieux type... Dans le rôle de Romeo ? Ça me dépasse.

— C'était son mentor, c'est le mot qu'ils utilisent dans leur jargon. En tout cas, Sarah l'a mis en tête de sa liste de suspects.

Wagner roula les yeux.

— Feldman et Melanie, amants ? Ce mec est moche comme un pou !

210

— Melanie lui demandait conseil à propos de ses patients. Peut-être lui aura-t-elle parlé de Perry. Ou d'autres dingues susceptibles de faire l'affaire. On va avoir du pain sur la planche demain, fit Allegro en frottant son visage hérissé de barbe.

Non qu'ils fussent restés assis à se tourner les pouces jusqu'à maintenant. Le détachement spécial affecté à l'affaire Romeo avait été doublé depuis la mort de Melanie. Les policiers travaillaient d'arrache-pied, vérifiant les alibis des suspects, interrogeant leurs amis, leur famille. Faisant la tournée des sex clubs, montrant les photos des cinq victimes. Chaque fois que quelqu'un reconnaissait l'une des cinq femmes, le policier brandissait les photos des suspects.

Allegro avait tiré du lit l'un de ses hommes vingt minutes plus tôt en lui ordonnant d'essayer de retrouver la trace du barjo dont Melanie avait parlé dans son journal. Le type qu'elle avait dragué dans un bar à deux pas de la Seizième. Le gars qui l'avait frappée. Allegro eut soudain la bouche sèche en imaginant Melanie dans cette chambre sordide en compagnie de ce taré.

Emma Margolis replia l'édredon à fleurs.

— C'est confortable, comme canapé-lit. Je l'avais acheté pour les parents de Douglas.

— Douglas ? questionna Sarah.

— Oui, mon ex-mari. Ses parents ont organisé une fête quand on s'est séparés.

Sarah étouffa un bâillement.

— Si les parents de Doug ont dormi dans le canapé sans se plaindre, c'est qu'il *est* confortable.

Sarah réussit à sourire.

— Je papote, fit Emma. Moi qui déteste les moulins à paroles.

— Vous êtes perturbée, dit Sarah.

— Certainement pas autant que vous. (Elle joua avec la ceinture de son peignoir de flanelle bleue.)

— Vous avez apporté quelque chose pour dormir ? Je peux vous prêter une chemise de nuit ou un pyjama. (Elle enfouit les mains dans les profondes poches de son peignoir.) Je vous materne, n'est-ce pas ? Écoutez, Sarah, restez couchée aussi longtemps que vous voudrez demain. Je serai là presque toute la journée.

211

— Vous n'avez pas une émission à enregistrer pour demain soir ?

— J'irai au studio vers une heure. A moins d'une catastrophe, je serai rentrée à quatre heures. Oh, au fait, mon numéro est sur liste rouge. Vous n'aurez donc pas de coups de fil intempestifs.

— Il n'appelle jamais. Ça m'étonnerait qu'il s'amuse à ça.

— Pourquoi cela ?

— Parce qu'il a peur que je reconnaisse sa voix.

— A vous entendre, on dirait que c'est quelqu'un que vous connaissez. Vous avez une idée ?

— Vous m'interrogez pour votre émission de demain soir ? fit Sarah d'un ton méfiant.

— Merde, Sarah. Ce fou a tué deux de mes amies. Je suis rongée de culpabilité. Je n'arrête pas de me dire que je suis responsable de leur mort. J'en suis malade. Je veux qu'on le coince avant qu'il ne vous mette sur sa liste. (Sur ces mots, elle pivota et fit mine de quitter la pièce.)

— Attendez.

— Vous avez besoin de quelque chose ? fit Emma d'une voix sèche.

— Non. Oui. Désolée, Emma. Je ne sais plus ce que je dis ni ce que je pense.

Sarah s'assit au bord du lit et se mit à lisser le tissu de l'édredon.

— Ça serait tellement facile de baisser les bras. Peut-être que c'est ce que je finirai par faire. Il se passe tellement de choses. Parfois je me dis qu'il a déjà gagné le combat, que je vais être sa prochaine victime, que rien de tout ce qu'on fait n'y changera quoi que ce soit.

— Sarah, attendez une seconde.

— John Allegro pense que si j'ai participé à votre émission, c'est parce que je veux faire comme Melanie. Mais ce n'est pas ça. Avant que Melanie ne soit assassinée, je suivais mon petit bonhomme de chemin sans me préoccuper de ma sœur. Je suis rongée de remords. Si ça continue, Romeo n'aura qu'à se baisser pour me ramasser.

— Il y a un flic devant mon immeuble. Chez moi vous êtes à l'abri. Vous serez protégée par la police jusqu'à ce que ce psychopathe soit appréhendé.

— *S'il* est arrêté. J'ai passé trente-deux ans à me cacher et à me laisser ballotter au gré des événements. Vous étiez une amie de Melanie. Elle se confiait à vous, n'est-ce pas ? Je veux dire hors antenne.

Emma fit oui de la tête.

— Elle vous parlait des femmes fascinées par les déviations sexuelles ?

— Eh bien, nous avons eu une conversation à propos du sadomasochisme.

— Comment ça ?

— Après le dernier enregistrement. A la Criminelle. Melanie et moi, Allegro et Wagner. On se demandait si c'était le manque d'estime qu'elles avaient pour elles-mêmes qui incitait certaines femmes à se livrer à des pratiques sadomasochistes. Melanie disait que la culpabilité jouait un grand rôle. Et le besoin d'être punie. Elle soutenait que certaines femmes, considérant la sexualité comme une chose dégradante, avaient besoin d'être punies lorsqu'elles s'y adonnaient.

— Continuez.

— Allegro a émis l'hypothèse selon laquelle, pour certaines femmes, le sadomasochisme était une façon de se débarrasser de la culpabilité inhérente à la sexualité. Si on est forcée de faire une chose, on n'est pas coupable d'y prendre plaisir. Ça m'a mise en colère, je lui ai dit qu'il était idiot. Wagner a abondé dans mon sens. J'étais sûre que Melanie le ferait aussi. Eh bien, non. Elle s'est mise du côté d'Allegro, disant que bon nombre de filles sont élevées dans l'idée que le sexe est une chose dégoûtante et qu'elles ne peuvent se laisser aller que si elles croient qu'on les oblige à avoir des relations. Ça, à la rigueur, je l'admettais. Ce qui m'a choquée en revanche, c'est que...

— Quoi ?

— Melanie a prétendu que certaines femmes étaient excitées par la violence. Qu'elles avaient besoin de cette violence pour pouvoir faire l'amour.

Le cœur de Sarah se mit à battre à grands coups dans sa poitrine.

— Je lui ai dit que les féministes se feraient un plaisir de la déchiqueter à belles dents si elle exprimait ce genre de théorie devant elles.

— Ça vous a perturbée, fit Sarah.

— Qu'est-ce que vous attendez de moi, Sarah ?

213

— Comprendre. J'ai besoin de comprendre. (Sarah hésita.) Car non content de m'envoyer des billets et des cadeaux, Romeo m'a également envoyé des extraits du journal intime de Melanie.

— Oh, mon Dieu.

— Vous saviez qu'elle tenait son journal ?

— Oui. Elle m'avait dit que c'était la seule façon pour elle de se libérer de ses fantasmes. Et elle m'a conseillé de l'imiter. Melanie était très autoritaire, fit Emma avec un faible sourire.

— Est-ce qu'elle vous a fait partager ses fantasmes ? (Sarah prit le silence d'Emma pour une affirmation.) Vous aviez des fantasmes identiques ? Vous lui en avez parlé ?

— Inutile, avoua Emma. Elle était au courant.

— Je ne comprends pas.

— Il y a un an je tournais une émission sur la sexualité « alternative » à San Francisco. A cette occasion j'ai interviewé des personnalités dites dominantes, des soumises, des fétichistes. Et les flics qui travaillaient aux Mœurs. Incidemment, c'est comme cela que j'ai rencontré Wagner. Je l'ai persuadé de m'emmener avec mon cameraman dans un club un peu… spécial. Et c'est là que j'ai vu votre sœur.

— Vous avez vu Melanie.

— Elle n'était pas venue draguer. La propriétaire du sex club était une patiente, qui lui avait demandé de passer.

— Avez-vous parlé de tout ça avec Melanie ?

— Plus tard quand nous sommes devenues amies. Après qu'elle m'eut dit qu'elle m'avait repérée au club. Je lui ai avoué que cet endroit m'avait excitée.

— Et elle ? Ça l'avait excitée ?

— Je l'ignore. Nous avons parlé de nos ex-maris.

— Elle vous a parlé de Bill Dennison ?

— Un peu. J'ai été en thérapie avec lui pendant un certain temps.

— Vous avez vu Bill ?

— Deux mois. Il y avait quelque chose qui me déplaisait dans les questions qu'il me posait sur mes fantasmes sexuels. Le jour où je lui ai dit que j'étais allée dans ce club et que ça m'avait émoustillée, il s'est mis à me cuisiner sérieusement. Je me sentais vraiment mal à l'aise. On aurait dit que ça le mettait en train, si vous voyez ce que je veux dire. Je n'ai pas pu m'empêcher de lui en faire la remarque. Il m'a dit que je faisais de la projection. Moi je lui ai rétorqué que tout ça, c'était des conneries et j'ai laissé tomber. Peut-être que Dennison avait raison, après tout. Peut-être que c'était de la projection. Toujours est-il que dans ce club, j'ai vu des choses que je n'ai pas réussi à lui raconter.

— Quel genre de choses ?

Le front d'Emma se plissa.

— Ce n'était ma première visite dans ce type d'endroit ; j'avais déjà fréquenté un autre sex club. C'est d'ailleurs comme ça que m'est venue l'idée de faire l'émission. J'avais rencontré une femme dans mon club de gym quelques mois plus tôt.

Sarah comprit qu'une pièce du puzzle venait de se mettre en place.

— C'était elle, n'est-ce pas ? L'amie dont vous m'avez parlé chez Feldman après les obsèques. La première victime de Romeo. Diane.

— Diane Corbett, dit Emma d'une voix sourde. Oui. Diane m'avait persuadée d'aller là-bas. Remarquez, elle n'a pas eu beaucoup de mal. Doug et moi étions séparés. Mon moral était bas. La curiosité a fait le reste. Et puis d'après Diane ça n'était pas pire que d'aller regarder du strip-tease masculin.

— C'est vrai, ça ?

— Non. La première fois, j'ai failli sortir parce que j'ai paniqué. Mais Diane a réussi à me convaincre que tout ce qui se passait était « consensuel ». Que nous étions tous des adultes et que la coercition était taboue.

— C'était vrai ?

— C'était vrai.

— Où était cet endroit ?

— C'était un sex club de banlieue du côté de Richmond. Un boui-boui minuscule. L'ex-petit ami de Diane l'y avait emmenée une fois. Ce soir-là, nous avons été simples spectatrices, elle et moi. Nous avons eu droit à une parodie de bondage entre hommes puis à un match de catch dingue entre deux transsexuels. On a bien ri en rentrant, dans la voiture. Quand elle m'a proposé d'y retourner, j'ai dit oui.

— Et la deuxième fois, vous vous êtes contentées de regarder ?

— Disons que la deuxième fois, aucune de nous deux ne riait dans la voiture en rentrant.

... les meurtres doivent être tous conformes à ses fan-
tasmes sadiques...

Dr Melanie Rosen, *Cutting Edge*

Chapitre 15

Romeo est agité. Il erre dans les rues abandonnées de SoMa. Ses oreilles bourdonnent. C'est bien, les bourdonnements. Ça l'empêche de réfléchir. Ça lui permet de garder le contrôle. C'est si les bourdonnements s'arrêtent que les ennuis commencent.

Pas le moment de faire des imprudences. Tu touches presque au but.

Merde. Les pensées rappliquent, insidieuses. Bon Dieu, il la désire. Les fantasmes, ça ne suffit pas. Impossible de la chasser de son esprit. Il sent son odeur, sa saveur. La veille, rien que de la voir à la télé, ça l'a presque rendu fou. Ce besoin qu'elle a de lui. La faim qu'exprime sa voix. Si palpable qu'elle envahit jusqu'à ses pores.

Tu fais de la corde raide mais je serai là pour te rattraper quand tu tomberas, baby. N'aie pas peur. Ça va être bon, Sarah. Si bon.

Il s'imagine dans son appartement, la table est mise pour le dîner. Il apportera les chandelles, les accessoires. Mais les accessoires, c'est pour plus tard. Melanie avait précipité le mouvement. Elle était trop impatiente. Trop confiante. Trop aux abois. Comme les autres.

Sarah, elle, se battra. Rien que d'y penser, il jouit déjà. Il lui ouvrira les yeux. L'esprit. Le cœur. Lui dévoilera la vérité.

Sarrraaahhh. Sarah. Ça va être sublime. Tu peux bien courir, impossible de te dissimuler plus longtemps ce qui est en toi. Nous ne faisons qu'un, baby. Nous sommes un océan de douleur. Qu'à nous deux nous ferons disparaître.

Il éprouve une étrange sensation au creux de l'estomac. Il a besoin de quelque chose. Mais de quoi ?

Cesse de te raconter des histoires, bordel. C'est à force de vouloir Sarah que tu as l'impression d'être rongé de l'intérieur. Mais

216

le moment n'est pas encore venu. Tu gâcherais tout. Alors que tout marche si bien.

N'empêche qu'il a les nerfs en pelote. Il a besoin d'un soulagement temporaire. Il va disjoncter s'il n'agit pas.

Il s'arrête dans un drugstore pour faire des achats et se rend à une adresse où il est connu comme le loup blanc. Il n'a même pas besoin de montrer sa carte de membre à la brune en cuir noir qui monte la garde devant la porte.

Il examine les lieux. Cinq heures du matin. L'endroit est chargé d'électricité.

Sur la toile de fond, derrière la scène, brasillent des flammes produites par un ordinateur. Un cœur rouge. Une blonde nue est assise sur une chaise, au centre de la scène. Poignets menottés derrière la chaise. Un collier lui emprisonne le cou, relié par une chaîne aux menottes. Un malabar vêtu en tout et pour tout d'un chapeau de cowboy noir et d'un suspensoir de velours nuit lui décoche un sourire torve, fouet au poing.

— Écarte-les. Plus que ça.

Le fouet claque frôlant la chaise.

Elle tremble en s'exécutant mais en fait elle n'a pas peur. Elle est incapable de jouer la comédie ; elle biche, c'est évident, et elle fait pas semblant.

De sa place, Romeo a une vue plongeante sur son sexe. Rasé. Imberbe. Un sexe de nouveau-né. Ses lèvres sont peintes en rouge cerise.

Écœuré, il se détourne. Perchée sur un tabouret de bar une junkie cassée par la drogue en chemisier de dentelle blanche transparent et minijupe rose fluo dévoilant des cuisses tatouées lui fait de l'œil. Il lui renvoie un bref sourire, mais il sait déjà qu'elle ne fera pas l'affaire. Il a un instinct très sûr. Comme Melanie l'a souligné à la télé, il capte les vibrations.

Il arpente la boîte glauque. Deux minutes lui suffisent pour la dénicher. Près de la sortie de secours, à une table branlante. Assise en compagnie d'un connard en blouson de cuir. Mais c'est lui qu'elle fixe. Elle incline légèrement la tête, sourit.

Oui, ça ira. Elle l'aidera à passer la nuit. Elle fera diversion. Et demain ? Il chasse la question de son esprit. Demain, on verra. Chaque chose en son temps. En cas d'urgence, il a quelqu'un sous la main.

217

Il lui fait un signe. Elle répond par un clignement d'œil. Se penche vers son compagnon, se lève et se dirige vers lui. Elle roule joliment des hanches. Il sort du club le premier. Ils se retrouvent dehors. Étreinte. Brève, l'étreinte.

— On va chez moi, mon chou ? dit la fille.

Il fait non de la tête. Ils descendent la rue, direction le premier hôtel venu. Sordide. Les couloirs puent la pisse et la sueur. La chambre aussi. Quant au décor, c'est l'horreur.

A peine la porte est-elle fermée qu'elle se tourne vers lui.

— Qu'est-ce qu'il y a dans ton sac ? Un cadeau ?

Il sort ses achats. Une poire à lavement.

Elle a un mouvement de recul.

— Je ne sais pas...

— Enlève ta culotte.

— Les lavements, c'est pas tellement mon truc, bébé.

Il sourit avec tendresse.

— Si tu es gentille, tu n'en auras pas.

La nuit dernière je t'ai imaginé assis dans ma chambre, me regardant faire l'amour avec un homme sans visage. A la fin, tous sont sans visage...

M.R., *Journal*

Chapitre 16

Le lendemain matin, Sarah sortit de chez Emma à huit et quart. Le brouillard était épais, oppressant.

Est-ce qu'il l'attendait ? L'épiait ?

C'est toi, la fouineuse, Sarah. Toujours à fourrer ton nez où il ne faut pas...

— Miss Rosen ?

Elle poussa un petit cri avant de reconnaître le flic qui avait monté la garde la veille. Pantalon kaki, pull bleu marine ras de cou, tennis blancs.

— Ça ne va pas ?

— Non non, ce n'est rien. Écoutez, est-ce que vous pourriez m'emmener jusqu'à North Point Street, Corrigan ?

— Corky, je préfère. Bien sûr. Ça m'évitera de vous filer le train dans cette purée de pois.

Dix minutes plus tard, le policier s'arrêtait devant l'Institut psychanalytique de Bay Area. La réceptionniste consulta le cahier de rendez-vous ouvert à la page du vendredi, fit courir son doigt le long d'une colonne et déclara à Sarah que le Dr Feldman était avec un patient mais qu'il avait un trou de neuf à dix. Sarah consulta sa montre. Il allait sortir dans vingt minutes. Elle gravit l'escalier incurvé pour gagner le premier étage où se trouvait le cabinet du psychiatre. Soudain elle s'entendit appeler.

Costume marine élégant, attaché-case sous le bras, Bill Dennison s'approcha à grandes enjambées.

— Content de te voir. Je m'inquiétais, Sarah. J'espérais que tu reprendrais ta thérapie.

— Qu'est-ce que tu fais là ?

— Je travaille. Si on trouvait un endroit tranquille pour bavarder ?

— Impossible. Je dois…

— Ton rendez-vous est à quelle heure ?

— Neuf heures. Mais ce n'est pas…

— Tu as donc encore un quart d'heure. (Il lui prit le bras.) Allez, viens, Sarah. (Sourire implorant.) Je t'ai téléphoné plusieurs fois depuis les obsèques mais je tombe toujours sur ton répondeur, fit-il en l'entraînant vers un coin du hall.

— C'est amusant. La nuit dernière, je t'ai appelé et moi aussi, j'ai eu ton répondeur.

— La nuit dernière ? fit Dennison en fronçant les sourcils. Pourtant j'étais chez moi. Quelle heure était-il ?

— Huit heures environ.

— Je n'ai pas trouvé de message.

— Pour la bonne raison que je n'en ai pas laissé.

— Je devais être dehors à promener le chien. Désolé d'avoir raté ton appel. Je suis heureux que tu m'aies téléphoné. Je commençais à penser que tout était fini entre nous.

Sarah lui jeta un regard incrédule. Tout était fini entre eux.

— Sur le plan amical, précisa Dennison. Nous avons peut-être cessé d'être amants mais nous pouvons rester amis, Sarah. On devrait s'épauler pour essayer de surmonter cette épreuve.

— Je me débrouille.

— Ah oui ? C'est pour ça que tu es passée dans l'émission d'Emma Margolis ? Ç'a toujours été ton problème, Sarah. Ou tu inhibes. Ou tu exploses. Avec toi, pas de demi-mesures. Seuls les extrêmes t'intéressent.

— Et qu'y a-t-il exactement entre les extrêmes, Bill ?

— C'est à toi de le trouver. Il faut que tu apprennes à faire confiance aux gens. La thérapie est un moyen d'y parvenir. Mais si tu t'isoles… (Il lui prit la main.) Laisse-moi t'aider, Sarah. Pourquoi ne pas dîner ensemble un soir ? Ce soir. Si je venais te chercher…

— Il est presque neuf heures, il faut que j'y aille, dit Sarah en se dégageant et se levant.

Il se leva à son tour, lui barrant la route.

— Très bien, je ne veux pas te forcer la main. Mais sache que je suis là.

Quelques minutes plus tard, en pénétrant dans la salle d'attente du Dr Stanley Feldman au premier étage, Sarah eut l'impression d'un retour en arrière. Ses yeux se braquèrent sur la porte du cabinet de Feldman. Fermée. Il recevait un patient. Une femme peut-être ? Feldman la réconfortait-il ? La caressait-il ? Était-il en train de lui faire l'amour sur le divan ?

Est-ce qu'elle devenait cinglée ? Est-ce que sa rencontre inopinée avec son ex-beau-frère et amant l'avait complètement déstabilisée ? Est-ce que sa paranoïa croissait ? Ou était-elle en pleine projection ?

Debout devant la porte maintenant ouverte de son cabinet, Feldman l'observait en silence.

— Heureux de vous voir, Sarah. Entrez.

— Je ne suis pas venue pour les raisons que vous croyez.

— Très bien. Nous pouvons parler de tout ça au calme.

— Je suis venue chercher des réponses.

— Il va falloir que vous posiez des questions.

Rassemblant son courage, elle avança à grandes enjambées et franchit le seuil. Elle n'avait pas remis les pieds dans cette pièce depuis qu'elle l'avait surpris dans les bras de Melanie quatorze ans plus tôt.

— Des réponses concernant ma sœur.

— Asseyez-vous, Sarah. (Il lui désigna l'un des deux fauteuils placés devant son bureau et prit place sur le fauteuil pivotant en cuir noir derrière sa table de travail.)

Au moins il ne l'avait pas envoyée s'installer sur le divan. Elle resta debout. Examinant la pièce. Qui n'avait guère changé. Toujours le même mobilier anglais, le même bureau sculpté avec la plaque indiquant *défense de fumer*. Toujours les murs lambrissés, nus. Feldman posa ses mains sur son bureau.

— Que voulez-vous savoir ?

— Tout ce que Melanie vous a dit, fit Sarah d'un ton de défi.

— C'est vague. Vous ne pouvez pas préciser ?

— Si, en effet. Vous avez l'air tellement maître de vous, Feldman, fit Sarah, furieuse de voir qu'il gardait si bien son sang-froid. Jamais on ne devinerait à vous voir.

— Quoi donc ?

221

— A quel point vous êtes siphonné, lança-t-elle, virulente. *Feldman était-il l'amant de Melanie ? Le tueur de Melanie ? Était-ce tellement tiré par les cheveux ? Après tout Feldman était astucieux, brillant, charismatique. Beaucoup plus que Bill Dennison. N'avait-il pas le profil du parfait psychopathe ?*

— Vous êtes en colère après moi depuis longtemps, Sarah. (Sur le ton de la constatation.)

— N'essayez pas de jouer à vos petits jeux avec moi, Feldman. Je suis peut-être perturbée. Mais pas comme Melanie ni comme vous.

— Vous êtes venue chercher des réponses. Mais à vous entendre on dirait que vous les avez déjà.

— Pas toutes. Certaines seulement. Mais j'en sais plus que vous ne croyez.

— Je n'en doute pas un instant.

— C'est drôle, dans le temps je pensais que vous étiez capable de lire dans mes pensées, de deviner ce que je ressentais.

— Vous m'attribuez un grand pouvoir.

— Plus maintenant.

— Pourquoi ne pas me parler de ce qui vous trouble, Sarah ?

— Je viens de vous le dire. Ce n'est pas pour cela que je suis venue.

— En êtes-vous bien sûre ?

— Ça suffit.

— Je vous ai vue à la télévision, mercredi soir. Manifestement, vous êtes très stressée. Et ce n'est pas seulement à cause du meurtre de Melanie. Les souvenirs vous reviennent peu à peu, n'est-ce pas ? Le traumatisme qu'a provoqué l'assassinat de Melanie a forcé des portes que vous aviez tenté de fermer. Ces souvenirs vous terrorisent. Vous avez l'impression de devenir folle. Sachez que c'est exactement le contraire qui se produit, Sarah. Le déclencheur est tragique ; mais grâce à lui, vous allez réussir à régler vos comptes avec votre passé. Sans doute ne me croyez-vous pas, pourtant vous êtes sur le chemin de la guérison.

— Le chemin de la guérison ? fit-elle avec un rire amer. Je ne suis même pas sûre d'avoir encore un mois à vivre.

— Si vous avez des idées suicidaires…

— Je ne parle pas de suicide. Je parle d'homicide. Romeo est sur ma piste. (Elle fixa le psychanalyste dont le visage resta impassible.)

— Comment se fait-il que n'ayez pas l'air surpris, Feldman ? Serait-ce parce que vous savez déjà tout sur Romeo ? Ou sur mes fantasmes ?

— L'important, c'est ce que vous pensez.

— Et Melanie, qu'est-ce qu'elle pensait ? Parlez-moi un peu de ça, Feldman. Dites-moi pourquoi elle était si perturbée.

— Qu'est-ce qui vous fait croire ça ?

— D'après vous, c'est normal de vouloir être battue, humiliée, violée ? Vous croyez que cette volonté de souffrir était la marque d'un esprit équilibré ?

— Où avez-vous été chercher ça ?

— C'est ça, faites l'imbécile, Feldman. Très astucieux de votre part.

— Que vous le croyiez ou non, je suis dans votre camp ; je veux que vous vous en sortiez. Dans le temps vous croyiez à ce que je vous disais.

— Je croyais également au père Noël.

— Sarah, je ne sais comment...

— Melanie tenait un journal. Romeo m'en envoie des extraits. Vous voulez savoir de quoi ma sœur parlait dans son journal ? Ou vous le savez déjà ?

Il ne souffla mot.

— Elle recherchait la souffrance, Feldman. Elle prenait son pied en se faisant battre. Elle trouvait ça irrésistible. Elle ramassait des voyous dans les bars et les suivait dans leur chambre d'hôtel sordide. Les suppliant de la frapper. Le Dr Melanie Rosen. Qui aurait cru ça, Feldman ?

Le regard qu'il lui jeta... Angoisse, pitié, désespoir. Et autre chose aussi. Son air emplit Sarah d'effroi. Elle était venue chercher des réponses et maintenant il était clair que Feldman les avait. Seulement elle avait envie de s'enfuir sans les entendre. Se levant d'un bond, elle se dirigea vers la porte. Feldman fit mine de la rejoindre.

— Ne me touchez pas. Il y a un flic qui attend à la réception. Il me suffit de crier, il viendra en courant. Je suis sous la protection constante de la police, Feldman.

— Soulagé de l'apprendre, fit-il en s'immobilisant à quelques pas d'elle.

223

— Vraiment ?

— Ce n'est pas moi, l'ennemi, Sarah.

Mais Sarah ne l'écoutait pas, elle poursuivit sur sa lancée :

— N'allez pas vous imaginer que vous ne figurez pas sur la liste des suspects.

— Je crois avoir fait très clairement comprendre à la police que je ferais le maximum pour les aider.

— Cela veut dire que vous allez répercuter tout ce que vous savez ?

— Vous en savez bien davantage, Sarah.

— Non, c'est faux.

— Il est vital que vous parliez de ce dont vous vous souvenez. Affrontez les réponses, Sarah. Concernant Melanie. Vous concernant. Autrement, c'est comme si vous participiez à une tentative pour étouffer un scandale. C'est d'autant plus dangereux que vous dissimulez des éléments de la plus haute importance, qui sont essentiels à votre guérison. En vérité, Sarah vous êtes votre propre ennemie. Et vous risquez de vous faire plus de mal que ne peut vous en faire ce tueur en série. La police peut vous protéger de lui. Elle ne peut vous protéger de vous-même.

— Autrement dit, vous ne pensez pas que Romeo puisse être plus malin que les flics ?

— J'espère que non.

— Il a pourtant été plus malin que Melanie. Et que les autres. Elles qui se croyaient tellement intelligentes… Qui croyaient si bien contrôler la situation. Mais au fond elles ne contrôlaient rien du tout. Lui le savait. Il s'en est servi pour les séduire. Ces femmes ont été ses victimes parce qu'elles voulaient être sa proie. Cela vous étonne, Feldman ?

— Concernant les autres, non. Concernant Melanie…

— Vous ne vous doutiez pas que Melanie était malade ? Masochiste au point de rechercher violence et humiliation ?

— Malade, je récuse ce terme, Sarah. Le masochisme n'est plus considéré comme une maladie en psychiatrie. Personne ne désire réellement souffrir. Des raisons objectives ont conduit Melanie à associer douleur et plaisir. Ces raisons la poussaient à se soumettre à la violence. Vous ne devez pas tenir Melanie pour responsable de ses actes d'autodestruction. Elle n'est pas *responsable* du fait qu'on l'a assassinée.

224

— Je n'ai jamais dit ça. Mais vous, Feldman, c'est une autre chanson.

Feldman qui avait souri retrouva son masque :

— Vous me mettez sa mort sur le dos. Vous croyez que j'aurais pu faire plus…

— Je pense que vous en avez trop fait.

— Ce qui signifie ?

— Je fais allusion à la façon dont vous vous êtes conduits tous les deux. Ici même, dans cette pièce. Vous aviez oublié de fermer votre saleté de porte. Je vous ai vu, Feldman. Vautré sur Melanie. Avec votre regard lascif, répugnant. Et elle vous a laissé faire. *Elle les revoit de nouveau dans les bras l'un de l'autre. Mais n'arrive pas à distinguer le visage de Feldman. Seulement celui de Melanie. Sa sœur a l'air heureuse à en mourir. Extatique.*

Lentement le visage de l'amant apparaît. Seulement ce n'est pas celui de Feldman. C'est celui de son père…

Sarah téléphona à Bernie d'une cabine près du Civic Center. A peine eut-il reconnu sa voix qu'il se lança dans un discours fébrile.

— Sarah, je me faisais un sang d'encre. Je n'ai pas fermé l'œil de la nuit. Tu vas bien ? Où étais-tu passée la nuit dernière ? Et ce matin ? Je t'ai appelée au moins une douzaine de fois.

— J'ai passé la nuit chez Emma.

— Emma ?

— Emma Margolis. Bernie, est-ce que tu peux me loger quelques jours ? Le temps de retrouver mes marques. *Ses marques. Si seulement c'était aussi simple. Mais rien dans sa vie n'avait jamais été simple. Son existence n'était qu'un mensonge. Et tout s'écroulait autour d'elle maintenant.* J'ai besoin d'un endroit neutre pour… *Prendre de la distance. Souffler.*

— Comme si tu avais besoin de me le demander, mon chou. Qu'est-ce que je te fais pour dîner ?

Sarah réussit à sourire.

— Rien qui soit en gelée.

— Ah ! s'esclaffa Bernie. Au fait, j'ai oublié de te le dire : Tony a déménagé. On continue à se voir, mais on a décidé de ne pas précipiter le mouvement. Enfin, c'est lui qui a pris la décision.

— Désolée, dit doucement Sarah.

— Ne t'inquiète pas, ça va, fit Bernie avec un sérieux forcé. Je vais pouvoir me consacrer pleinement à toi. Je vais faire un rôti braisé. La recette de ma mère.

— Merci, Bernie.

— Quoi, pour le rôti ? Je sais très bien que tu vas chipoter.

— Je mangerai, je te le promets. (Elle lui est si reconnaissante de sa gentillesse. Persuadée qu'elle ne mérite pas pareil traitement.)

Pourquoi ne le méritez-vous pas, Sarah ? chuchota la voix de Feldman à son oreille. Qu'avez-vous fait de si laid ?

— Où est-ce que tu es, Sarah ?

— J'aimerais bien le savoir.

— Pauvre petite fille, elle est perdue, roucoula Bernie.

— J'ai tellement peur, Bernie.

— De Romeo ?

— S'il n'y avait que ça... J'ai passé une matinée éprouvante. J'ai rencontré Bill Dennison. Et puis je suis allée discuter le coup avec Feldman. Une idée idiote.

— Pourquoi idiote ?

— Parce que je ne sais plus où j'en suis. Je n'arrive pas à réfléchir. C'est à peine si j'arrive à respirer. (Elle ouvrit la porte de la cabine et avala une goulée d'air.)

— Dis-moi où tu es, Sarah, je viens te chercher. Je te ramènerai chez moi. Je vais dire à Buchanon que je suis malade.

— Non, non, ça va, fit-elle en se ressaisissant. J'ai des choses à faire. C'est simplement que j'ai l'impression que tout se mélange, Bernie.

Robert Perry croisa les bras sur la poitrine et ricana agressivement. Dix heures et demie, et il était toujours en pyjama.

— Je ne vois pas pourquoi je vous laisserais entrer, dit-il à Allegro et Wagner. Vous n'avez pas de mandat de perquisition, si ?

— Nous ne sommes pas là pour perquisitionner, dit Allegro en balayant des yeux le séjour sobrement mais élégamment meublé. (Canapé et fauteuils en rotin. Table basse en rotin. Tapis de coco sur le parquet. Une bibliothèque abritait un vieux récepteur de télévision, un magnétoscope, une minichaîne stéréo ainsi que des CD et des cassettes. Intéressant, car la femme de Perry leur avait dit que son mari n'était pas amateur de musique.)

— On veut seulement vous poser quelques questions, Robbie, fit Wagner sur le ton de la conversation.

— Elle est la seule à m'appeler comme ça, jeta sèchement Perry.

— Qui ça ? le Dr Rosen ?

— Non. Cindy. Pourtant elle sait que ça m'agace. (Son visage soudain se défit.) Bon Dieu, vous lui avez parlé, c'est ça ? Espèce de salaud. Vous lui avez parlé de Melanie et de moi. (Il se laissa tomber sur le canapé.)

Wagner s'assit à côté de Perry. Allegro resta debout près de la bibliothèque. Sous le téléviseur, le magnétoscope et la chaîne se trouvaient des livres de poche et une pile de revues. Celle du dessus était le *Golden Gate Magazine*. Le dernier numéro sans doute. Celui dont le visage de Melanie faisait la une. Est-ce que Perry avait retiré sa photo parce qu'il trouvait le cliché trop difficile à regarder ? Ou est-ce qu'il l'avait collée dans un album ?

— C'est votre femme qui a tenu le crachoir. (Wagner se laissa aller contre le dossier du canapé, étendant les jambes et les croisant à la hauteur des chevilles.)

— Qu'est-ce que ça signifie ? Que vous a-t-elle dit ? Je l'ai appelée une bonne centaine de fois mais elle refuse de me parler. Je l'ai suppliée de venir avec moi chez le Dr Dennison. Je veux qu'on se remette ensemble. Pourquoi refuse-t-elle de me donner une seconde chance ?

— Peut-être qu'elle est jalouse, remarqua Wagner, sarcastique. D'abord, vous vous jetez sur votre psy. Et maintenant sur sa petite sœur.

— Je n'ai jamais dragué Melanie, fit Perry en devenant écarlate. Vous ne pouvez pas comprendre.

— Et Sarah, qu'est-ce qu'elle représente pour vous ? fit Allegro d'un ton uni.

— Sarah ? Vous vous trompez. Il n'y a rien entre la sœur de Melanie et moi.

— Pourquoi la suivez-vous, dans ce cas ? questionna Wagner en le regardant droit dans les yeux.

— Vous parlez d'hier ? De Chinatown ? C'est une coïncidence. Je vais souvent à Chinatown.

— A Valencia aussi, vous y allez ?

— Valencia ? J'ignore de quoi vous parlez.

— Où étiez-vous hier soir après sept heures ? fit Wagner, prenant le relais.

— Chez moi. Ici même. Je n'ai pas bougé de la nuit.

— Ça m'étonnerait, fit Allegro avec un mince sourire.

— Attendez. Je suis sorti. Vers quelle heure vous dites ? Sept heures ? Ouais, j'étais sorti manger un morceau. Je ne sais pas cuisiner.

— Où est-ce que vous êtes allé ?

— Dans un boui-boui du quartier.

— Lequel ?

— Ça n'était pas exactement dans le quartier, fit Perry en se tortillant. Je ne me souviens même pas du nom de l'endroit ni de ce que j'ai mangé. Je marchais, tout d'un coup j'ai eu faim…

— Vous avez commencé par faire une promenade. Ensuite vous avez mangé un morceau. Et après, qu'avez-vous fait, Robbie ? questionna Wagner. Vous êtes passé chez Sarah ?

— Non. Je ne sais pas où elle habite. Je suis rentré. Il devait être huit heures et demie, neuf heures. Écoutez, c'est elle qui est venue vers moi à Chinatown. Elle voulait me parler.

— D'après elle, c'est le contraire.

— Bon, d'accord. Je pensais qu'elle comprendrait du fait qu'elle est la sœur de Melanie. Mais non. Personne ne comprend personne.

— Pas même Melanie ? fit Wagner en se penchant en avant. C'est ça qui a tout déclenché, Robbie ? L'incompréhension de votre psy ? Ou au contraire le fait que Melanie ait trop bien compris ?

— Je ne suis pas idiot, je vois où vous voulez en venir. Mais ça ne marchera pas, dit Perry d'un air méfiant.

— Qu'est-ce qui ne marchera pas, Robbie ? demanda Wagner.

— Arrêtez de m'appeler comme ça, espèce d'idiot. Melanie et moi avions des relations spéciales, très pures. Elle m'a donné l'impression de renaître. Je n'aurais pas touché à un cheveu de sa tête.

— Cindy nous a dit que vous n'étiez pas très porté sur la musique, commenta Allegro. Elle était sûre que vous n'aviez jamais entendu parler de Gershwin.

Wagner se redressa. Ses yeux étaient rivés sur la couverture du CD que tripotait Allegro. *Rhapsody in Blue* de Gershwin.

— Elle me l'avait fait entendre une fois, dit Perry. Comme je voulais lui faire bonne impression, je lui ai dit que c'était un de mes morceaux préférés quand elle m'a demandé mon avis.

— Et c'était faux ? (Wagner cloua du regard leur suspect à son siège.)

— Je vous l'ai dit, c'était la première fois que je l'entendais.

— Où l'avez-vous écouté, ce morceau ? Dans son cabinet ou à l'étage ?

— Dans son appartement, fit Perry dont la pomme d'Adam se mit à tressauter.

— Avant ou après ?

— Avant ou après quoi ? fit Perry.

— A vous de nous le dire.

— Un après-midi, après notre séance, elle m'a emmené au premier et m'a fait écouter ce CD. C'est tout. Oh, je sais que ça a un rapport avec Romeo. Qu'il le leur passe. Mais je l'ignorais à l'époque. On n'en parlait pas encore dans les journaux.

— Je croyais que vous aviez rendez-vous chez votre psy le matin, dit Allegro. Le vendredi matin.

— Un rendez-vous s'est libéré le matin il y a peu de temps et Melanie m'a demandé si ça m'intéressait. J'ai accepté. J'aimais bien commencer ma journée par elle.

Avec un sourire condescendant, Allegro examina la couverture du CD.

— Et Melanie vous a donné ce CD en gage d'affection ?

— Non, je l'ai acheté. Après…

— Après quoi ? questionna Wagner d'une voix coupante.

— Après qu'on l'eut assassinée. Je ne sais pas pourquoi. Les journaux disaient que c'était vraisemblablement la dernière chose qu'elle avait écoutée. Je me suis dit que j'aurais l'impression d'être plus près d'elle.

— De Melanie ? Ou de toutes les autres, Robbie ? glissa Wagner, insidieux.

Perry blêmit. Les deux flics s'aperçurent qu'il perdait la boule avant même de se mettre à crier.

— Je n'ai jamais pu passer ce CD ! Ça me démolissait ! Vérifiez vous-même : je ne l'ai pas ouvert.

— Et le cœur de Melanie, Robbie ? Vous l'avez conservé dans de la glace ? En attendant de l'échanger contre un neuf ?

Perry se mit debout, battant fébrilement des bras.

— Vous voulez fouiller l'appartement ? Et merde pour le mandat. Allez-y, bande de salopards !

Allegro adressa un signe de tête à Wagner tandis que Perry se tenait au centre du séjour, le visage blanc de rage, les bras croisés sur la poitrine. Quelques minutes plus tard, Wagner revint, fit non de la tête.

— Et maintenant sortez d'ici, bordel de merde. Si jamais je revois vos sales tronches, vous avez intérêt à avoir un mandat.

Les deux inspecteurs se dirigèrent vers la porte.

— A bientôt, Robbie, à très bientôt, fit Wagner avec un sourire.

Emma Margolis réussit à joindre Wagner dans sa voiture peu après qu'ils eurent quitté l'appartement de Perry.

— Sarah a disparu. Elle est partie avant mon réveil.

— Ne vous inquiétez pas, un de nos gars la file en permanence, dit Wagner. Elle est allée voir son ancien psy.

— Feldman ?

— Ouais. Pour l'instant, elle est dans une librairie dans Geary.

— Comment ça s'est passé hier soir ? fit Allegro en prenant le téléphone des mains de son coéquipier.

— Aussi bien que possible, dit Emma.

— Parfait. Je passerai plus tard. Quand elle rentrera.

— Vous n'allez pas la harceler avec vos questions, j'espère, dit Emma.

— Non, non, il faut simplement que je mette quelques petits détails au clair. Écoutez, dit Allegro, je dois raccrocher. On va chez le Dr Dennison.

— Attendez, John. Il y a quelque chose qui me revient. (Emma hésita.) Un détail. Mais ça pourrait être important. C'est en parlant avec Sarah que je m'en suis souvenu. Ça concerne Diane. Diane Corbett. La première victime de Romeo...

— Eh bien ?

— Il me semble que Dennison l'a soignée. Je lui avais conseillé d'aller le voir à l'époque où j'étais encore en traitement chez lui. Avant...

— Avant quoi ? questionna Allegro.

— Avant d'arrêter ma thérapie, termina abruptement Emma en raccrochant.

William Dennison chassa un grain de poussière invisible de la manche de son costume marine. Il n'avait pas l'air à l'aise sous ce feu roulant de questions. D'abord sur ses relations avec Sarah Rosen. Et maintenant sur Diane Corbett.

— Franchement, j'ai oublié. Ça remonte à un an. Et je ne l'ai vue qu'une ou deux fois.

— Une ou deux ? voulut savoir Allegro.

— Je ne m'en souviens pas exactement. C'était pour un bilan, je crois.

— Vous avez sûrement gardé vos notes ? insista Allegro. Pourquoi ne pas vérifier ?

— J'ai un patient dans quinze minutes, fit Dennison après avoir consulté sa montre.

Wagner s'approcha du bureau du psychiatre et posa la main sur son ordinateur.

— Corbett. Diane. Jetez un œil. C'est l'affaire de quelques secondes.

— Ces notes sont confidentielles.

— Miss Corbett est morte, docteur. Le secret professionnel n'est plus de mise. Si vous voulez, nous pouvons revenir avec une ordonnance du tribunal. Mais ça nous ferait gagner du temps, dit Allegro.

— Ça me revient, fit Dennison, le nez sur son clavier. Je l'ai vue une fois.

— Vos notes, docteur.

Le psychiatre agacé entra le nom de son ancienne patiente. Corbett, Diane. Lorsque son dossier apparut, il balaya l'écran du regard.

— Elle n'a pas été très bavarde. En tout cas elle n'a rien dit qui puisse vous aider.

— Je vous écoute, fit Allegro. C'est à nous d'en juger.

Dennison crispa la mâchoire.

— Diane Corbett. 2253 Green Street. Date de naissance : 18 05 63. Célibataire. Diplômée de droit de Stanford. Spécialisée dans les faillites chez Markson, Hyde & Remington. Pas de petit ami attitré à l'époque ; elle venait de rompre avec le dernier en date. Ils étaient sortis quelques mois ensemble.

— Il s'agit de Grant Carpenter ? voulut savoir Allegro.

— Oui. Elle n'a pas précisé la raison de la rupture. Dois-je continuer ? fit Dennison.

Allegro l'encouragea d'un signe de tête. Il avait interrogé Carpenter peu de temps après le meurtre de Diane Corbett. Le type ne lui avait rien appris de spécial si ce n'est que Diane et lui avaient toujours considéré leurs relations comme passagères. Poussé dans ses retranchements, il avait avoué avoir donné dans le sadomasochisme avec Diane, précisant qu'il l'avait emmenée dans un sex club à Richmond une ou deux fois. « Pas bien méchant », avait-il dit à Allegro. Carpenter aurait fait un suspect idéal ; malheureusement il avait un alibi en béton pour la nuit du meurtre.

Dennison continua de lire les données à l'écran.

— Un frère aîné dans l'Idaho, prof en fac. Elle n'a pas précisé ce qu'il enseignait. Parents décédés. Le père, agent d'assurances, est mort d'une crise cardiaque lorsque Miss Corbett avait onze ans. La mère, femme au foyer, est morte d'un cancer du sein à cinquante-deux ans. Miss Corbett en avait vingt-trois à l'époque. La mort de sa mère semble l'avoir touchée. J'ai cru détecter une pointe de tristesse lorsqu'elle m'en a parlé. Autrement elle était très calme, pleine de sang-froid pendant les cinquante minutes qu'a duré le bilan. (Il poursuivit sa lecture.) Elle ne se droguait pas. Buvait modérément. Un verre ou deux de vin, une bière de temps en temps.

— Pourquoi était-elle venue vous consulter ? questionna Allegro.

— Pour des épisodes dépressifs. Sans pouvoir dire ce qui les déclenchait. Ni quand ils commençaient. Elle faisait de l'exercice régulièrement dans un gymnase, ça lui faisait du bien. J'ai constaté qu'elle ne parlait que si je l'interrogeais.

— Vous la trouviez séduisante ? questionna Wagner mine de rien.

— Impossible de m'en souvenir, lança Dennison, dédaigneux.

Wagner pianota sur l'ordinateur du psychiatre.

— Vous n'avez rien noté concernant son physique ?

— Faites le tour de mon bureau, venez voir vous-même.

Wagner ne se fit pas prier et Dennison s'écarta pour permettre

232

au policier d'avoir accès à l'écran. Quelques secondes plus tard, Wagner regarda Allegro puis le psychiatre.

— C'est tout ce que vous avez ?

— Elle se livrait peu. Je n'ai pas pu en tirer grand-chose.

— Vous êtes sûr que des éléments d'information n'auraient pas été effacés par accident ?

— S'il y avait eu un accident, pourquoi la totalité du fichier n'aurait-elle pas été effacée ? fit Dennison. Je n'ai rien à cacher. Qu'est-ce qui vous prend ? Vous voulez me coller une amende pour prise de notes insuffisante ?

— Peut-être pouvez-vous nous dire pourquoi vous nous avez caché que vous aviez soigné la première victime de Romeo, renvoya Wagner sans s'émouvoir.

— Je ne l'ai pas soignée ; je lui ai fait passer un bilan de cinquante minutes.

Allegro se mit de la partie. Attrapant un bras du fauteuil de Dennison, il se pencha.

— Et lorsque vous avez vu sa photo à la télévision et à la une de tous les journaux, après le meurtre, vous ne vous êtes pas souvenu d'elle ? Ça n'a pas fait tilt, dans votre mémoire ? Je parle des photos d'avant, bien sûr. Avant que Romeo ne fasse d'elle un monstre de fête foraine. Comme les autres. Comme votre belle Melanie. L'amour de votre vie. Celle qui devait vous épouser de nouveau.

— Salaud de flic, marmonna Dennison dont le teint vira au vert.

— Pointu, le diagnostic ! l'asticota Allegro.

— Très bien, messieurs, dit Wagner. Revenons en arrière.

Allegro se redressa, s'éloigna de quelques pas du psychiatre blanc comme un linge.

— Nous sommes tous trois bouleversés par le meurtre du Dr Rosen, dit Wagner. Mais vous pouvez nous aider, docteur Dennison. En nous fournissant un complément d'informations concernant Miss Corbett. Y a-t-il des éléments que vous n'auriez pas mentionnés dans vos notes et dont vous avez parlé pendant l'entretien ?

— Non, rien, fit Dennison, lissant ses cheveux et s'efforçant de retrouver son sang-froid.

— Lui avez-vous posé des questions sur sa vie sexuelle ? demanda Allegro.

— Est-ce que ça ne fait pas partie des choses qu'on est amené à évoquer avec un éventuel patient lors d'un bilan psychiatrique ? énonça Wagner.

— Il me semble qu'elle a fait état de problèmes sexuels, avoua Dennison.

— Vous a-t-elle donné des précisions ? On ne sait jamais, cela pourrait nous fournir une piste. (Wagner avait pris un ton respectueux. Avec Allegro, jouer au bon et au méchant flic faisait partie de la routine.)

— Voyons voir, fit Dennison, pinçant les lèvres en homme qui fait travailler ses méninges. Il me *semble* l'avoir entendue dire que ce sujet la mettait mal à l'aise. J'aurais dû le noter. J'ai peut-être été un peu négligent. Mais c'est parce que j'ai eu la nette impression qu'elle ne reviendrait pas.

— Pourquoi ? s'enquit Wagner.

— A la fin de l'entretien, elle m'a confié qu'elle serait sans doute plus à l'aise si elle était suivie par une femme. Il me semble lui avoir donné le nom d'une consœur. Nous en sommes restés là. Elle ne m'a jamais rappelé.

— Lui auriez-vous recommandé votre ex-femme ?

Dennison retrouva sa prudence de praticien.

— Lorsque je communique à des patients des noms de correspondants, je leur en donne toujours trois ; et je leur conseille de les voir avant de prendre une décision.

— Le Dr Rosen figurait parmi les trois ? insista Allegro.

— Oui, répondit Dennison, méfiant. Pourquoi n'aurais-je pas indiqué son nom ?

— Avez-vous également recommandé à Emma Margolis de consulter votre ex-femme après qu'elle eut décidé de cesser de vous voir ? questionna Wagner.

— Comment savez-vous...

— Que Miss Margolis était en thérapie avec vous ? Parce qu'elle nous l'a dit. Elle nous a pas mal parlé, vous savez, ajouta Allegro.

— J'ignore ce qu'elle vous a raconté ; mais comme Miss Margolis est bien vivante, je n'ai nullement l'intention de discuter de son cas, fit Dennison en bondissant sur ses pieds. Maintenant, si vous voulez bien m'excuser, je dois voir un patient.

— Avez-vous soigné ou vu pour un bilan l'une des autres victimes de Romeo, docteur ? fit Allegro sans faire mine de bouger. Dennison le fixa avec des yeux ronds.

— Je n'ai jamais été en contact avec elles, dit-il d'un ton méprisant.

— Votre ex-femme exceptée, bien entendu.

— C'est tout ? fit Dennison en jetant à Allegro un regard noir.

— Oh non, ce n'est qu'un début, docteur. Maintenant j'aimerais savoir où vous étiez la nuit dernière. (Allegro avait traversé la pièce et faisait mine d'examiner l'une des estampes japonaises.)

— Qu'est-ce que ça signifie ? Sarah m'a posé la même question ce matin à l'Institut. Que diable s'est-il passé hier soir ?

— Vous ne répondez pas à notre question ?

— Je suis resté chez moi presque toute la soirée. Je me suis absenté une demi-heure après dîner pour promener mon chien. (Dennison eut l'air soulagé en entendant sonner.) C'est mon patient, dit-il, leur signifiant ainsi qu'ils pouvaient disposer.

Sarah se pointa à KFRN à deux heures moins cinq. Emma eut l'air gêné en l'apercevant à la réception.

— Je suis contente de vous voir, Sarah ; mais je m'apprête à enregistrer l'émission de ce soir...

— Moi aussi, coupa Sarah avec un enthousiasme de commande.

— Comment ? Vous voulez repasser dans mon émission ?

— Emma, pensez à l'audimat.

— C'est à vous que je pense.

— Désolée, je sais, fit Sarah d'un air contrit. Il faut que vous me laissiez participer à *Cutting Edge* une nouvelle fois. Car je suis certaine d'être sa prochaine cible. C'est le seul moyen pour moi de lui parler...

— Inutile de vous rappeler que ce maniaque a essayé de s'introduire chez vous par effraction hier. Jouer au chat et à la souris comme vous le faites, c'est de la démence.

— Ne parlons pas de chats.

— Qu'est-ce que vous dites ?

— Rien. Une mauvaise plaisanterie.

— Ce n'est pas le moment de plaisanter, Sarah.

— Deux minutes, Emma, c'est tout ce que je vous demande.

Une fois devant la caméra dont le téléprompteur était vierge, Sarah eut l'impression d'être face à face avec Romeo. Il lui semblait voir sur l'écran le visage de Romeo. Indéchiffrable, mystérieux, insondable.

Et pourtant il y avait comme un lien entre eux. Et elle devait accepter cet état de choses afin de le retourner à son avantage. Sinon elle était condamnée. Dès qu'on lui fit signe, elle s'adressa à Romeo. Comme s'il l'écoutait à cet instant même alors que l'émission ne serait diffusée que le soir à dix heures.

— Ma sœur croyait que les meurtres vous donnaient le sentiment d'être invincible. Mais elle se trompait. En fait, la peur vous gagne, Romeo. Je sens l'odeur de la peur sur vous. Vous essayez de l'ignorer. Mais je ne suis pas dupe. Hier soir, par exemple. Pas un instant vous n'avez eu l'intention de pénétrer dans mon appartement. C'était encore un de vos tours. Une façon de me dire : « Je suis là, Sarah. » J'ai cru que vous auriez le culot de vous pointer, flics ou pas. Mais au fond vous pétez de trouille, vous avez peur qu'on découvre votre moi véritable. Je connais vos mensonges. Votre façon de vous déguiser, d'adopter successivement telle ou telle personnalité. Vous avez beau essayer de les colmater, les fissures commencent à se voir. Je vais les découvrir, faites-moi confiance. Vous avez peut-être réussi à berner les autres, mais moi, vous ne m'aurez pas.

Une fois la séquence dans la boîte, Emma serra Sarah dans ses bras.

Sarah eut un pâle sourire ; elle se sentait vidée.

— On dîne dehors ou à la maison ? s'enquit Emma. Si vous voulez m'attendre, j'en ai encore pour une petite heure…

— Je vais m'installer chez un copain.

— Un copain ? fit Emma, les yeux écarquillés.

— Un ami, oui. On bosse ensemble.

— Le canapé-lit est si mauvais que ça ?

— Non. Et vous êtes formidable, Emma. C'est seulement que je ne sais plus où j'en suis. Je vous appellerai demain.

— Faites attention. Ne prenez pas de risques inutiles, Sarah. Ce que vous avez dit à la télé est juste, vous savez : Romeo a la frousse. Qui sait de quoi il est capable s'il perd vraiment les pédales…

Bonne question. Et Sarah ignorait la réponse.

Gina, la réceptionniste de KFRN, interpella Sarah alors que son garde du corps et elle se dirigeaient vers la porte.

— Miss Rosen ! Un paquet pour vous.

Sarah consulta Corrigan du regard. De la main, il lui fit signe de ne pas bouger.

— Je le prends, dit Corky à la jeune fille. (Avant de lui remettre le paquet enveloppé dans un papier blanc brillant semé de petits cœurs, Gina regarda Sarah, qui hocha la tête en signe d'assentiment.)

— Qui l'a livré ? s'enquit Corky tout en enfilant des gants de latex avant de s'emparer du colis. (Précaution inutile, les empreintes de Gina devaient recouvrir la boîte.)

— Un gamin. Il travaille chez le fleuriste du coin.

Corky déposa la boîte sur le comptoir, défit le ruban blanc, retira le papier, souleva le couvercle.

— Qu'est-ce que c'est ? souffla Sarah d'une voix sourde.

Corky rabattit le papier de soie rouge.

— Une couronne. En forme de cœur.

Sarah se fit violence pour l'examiner. C'est alors qu'elle aperçut la carte, tendit le bras. Corky la devança. De sa main gantée, il saisit le bristol. Quatre mots.

Cœur de mon cœur.

Dans l'esprit de Romeo, le sexe et le meurtre sont imbriqués. Ils sont synonymes de pouvoir, de vengeance. Éprouve-t-il du remords ? Oui. Mais pas pour ses victimes. Pour lui-même. Car chasser ses démons secrets ne lui suffit pas.

Dr Melanie Rosen, *Cutting Edge*

Chapitre 17

Wagner se mit en quête de liens possibles — professionnels ou autres — entre le Dr William Dennison et l'une ou l'autre des victimes de Romeo. Allegro cassa la croûte et prit le chemin de l'Institut pour son rendez-vous de trois heures avec le Dr Stanley Feldman.

Feldman fouillait dans ses papiers lorsque Allegro prit un siège en face de lui et sortit son magnétophone.

— Pas d'objection à ce que j'enregistre notre entretien, docteur ?

Feldman parut hésiter.

— La prise de notes n'est pas mon fort. Plutôt celui de mon coéquipier, expliqua Allegro.

— Allez-y, fit Feldman, peu convaincu.

— Si j'ai bien compris, c'est à vous que le Dr Rosen demandait conseil pour les cas difficiles, commença Allegro, tout sucre.

Le psychiatre hocha la tête en signe d'assentiment.

— Vous vous êtes vus souvent au cours de l'année écoulée ?

— Disons une, deux fois par mois. Cela dépendait.

— De quoi ?

— Des contraintes de nos emplois du temps. De l'urgence des problèmes.

— Les problèmes des patients ?

— Oui, rétorqua Feldman, glacial.

— Le Dr Rosen ne vous parlait pas systématiquement de tous ses malades ?

— D'une poignée seulement. Les cas délicats. Ils n'étaient

guère nombreux, d'ailleurs. Melanie était une excellente thérapeute.

— Est-ce que Robert Perry faisait partie des patients à problèmes ? (Allegro ne put s'empêcher de penser à sa femme. Entrait-elle dans la catégorie ? Melanie avait-elle parlé à Feldman de Grace Allegro ?)

— Robert Perry ? Non.

— Elle n'a jamais mentionné son nom ? s'étonna Allegro.

— A vrai dire, Melanie me parlait peu de ses patients hommes. C'était surtout les femmes qui lui donnaient du fil à retordre.

— Perry, vous le savez, a découvert son corps.

— C'est ce que j'ai appris aux infos.

— Il prétend avoir eu une liaison avec le Dr Rosen.

— C'est un thème qui revient souvent dans le discours des patients. Cela relève d'un phénomène qu'on appelle le transfert. Le malade s'imagine avoir des relations intimes avec son thérapeute.

— Vous ne croyez pas que Perry et le Dr Rosen aient pu coucher ensemble ?

— Ce que je crois, c'est qu'il en est persuadé.

— Peut-être était-ce une forme de thérapie sexuelle ?

— Si vous attendez de moi que j'apporte de l'eau à votre moulin pour salir la réputation du Dr Rosen...

Allegro se pencha, menaçant :

— Écoutez-moi bien, Feldman. Je cherche une piste susceptible de me conduire au malade qui a déjà assassiné cinq femmes. Et qui va en tuer une sixième si nous ne le coinçons pas rapidement. Pour cela, je suis prêt à vous poser toutes les questions qui me passeront par la tête. Et vous ferez bien d'y répondre. Est-ce clair ?

— Parce que vous vous figurez que je n'ai pas envie que vous l'appréhendiez ? J'aimais Melanie. C'était une fille adorable et une psychiatre exceptionnelle. Sa mort est une tragédie.

— Vous étiez plus pour elle qu'un confrère, avouez-le.

— Qu'insinuez-vous, inspecteur ?

— Melanie n'a jamais été votre patiente, je présume.

— Jamais.

— Donc vous auriez fort bien pu sortir ensemble, non ?

— C'est Sarah, je parie. Elle vous a raconté que j'avais une liaison avec sa sœur. C'est pour ça que vous me posez ces questions idiotes ? Eh bien, Sarah se trompe.

— Son imagination serait trop fertile ? Comme celle de Perry.

— Ne vous moquez pas du pouvoir de l'imagination, inspecteur, glissa Feldman, cinglant. C'est souvent le seul refuge d'une personne qui souffre atrocement.

— Et selon vous, Sarah souffre atrocement ?

— Cela me semble évident. Sa sœur a été assassinée de façon horrible il y a une semaine. Sa mère s'est suicidée alors qu'elle était toute petite. Son père qui a un Alzheimer la reconnaît à peine.

— Sa mère s'est suicidée ?

— Cheryl Rosen s'est pendue dans le grenier pendant que ses filles étaient en classe, et Simon ici même à l'Institut. (Le psychiatre parlait d'une voix atone.) Le choc a été terrible pour Sarah qui était très proche de sa mère.

— Pourquoi Mrs. Rosen a-t-elle mis fin à ses jours ?

— Des problèmes émotionnels graves sur lesquels je ne peux m'étendre davantage.

— A moins que vous ne refusiez tout bonnement de parler.

Le psychiatre ne broncha pas.

— Vous craignez que Sarah ne suive les traces de sa mère ?

— Elle a déjà plusieurs tentatives à son actif, fit Feldman, fixant le mur. Après le décès de sa mère. Et en fac. Consécutives à une dépression. Si je vous en parle, inspecteur, c'est parce que je sais que la police — et Sarah — redoutent qu'elle ne soit la prochaine cible du psychopathe.

— D'où tenez-vous ça ?

— De Sarah. Elle est venue me voir ce matin même.

— Elle a fait état des extraits du journal de Melanie ?

Sans répondre, Feldman poussa un long soupir.

— Qu'en pensez-vous, docteur ?

— Pas un instant je n'ai soupçonné que Melanie pût être aussi gravement perturbée. Elle cachait bien son jeu. Je n'y ai vu que du feu.

— Vous ne vous êtes jamais douté de quoi que ce soit ?

— Je n'ai vu Melanie décompenser… qu'une fois. Et cela n'a duré que quelques minutes.

— Quand ça ?

— Sarah avait entrepris une thérapie une fois rentrée chez elle après s'être tailladé les poignets à la fac. Melanie est venue consulter à propos de ses relations avec Sarah.

— Qu'est-ce qui la préoccupait ?

— L'hostilité de Sarah. Melanie s'efforçait d'aller vers Sarah mais celle-ci la repoussait régulièrement.

— Pourquoi cela ?

— Sarah en voulait à Melanie dont elle pensait qu'elle était le chouchou de leur père.

— Son ressentiment était fondé ?

— Melanie et son père se ressemblaient énormément.

— Autrement dit, Sarah avait raison : Melanie était la prunelle des yeux de papa.

— On peut présenter les choses comme ça, oui.

— Très bien. Donc Melanie est venue vous parler de ses difficultés avec Sarah. Et elle a craqué ?

— Oui. Nous discutions. Melanie était dans le fauteuil que vous occupez. Nous nous efforcions d'analyser le pourquoi de l'agressivité de Sarah. Et tout d'un coup, Melanie s'est recroquevillée en position fœtale. J'ai été estomaqué. C'était une réaction tout à fait atypique.

— Qu'avez-vous fait ?

— Je me suis précipité, agenouillé près d'elle et lui ai mis la main sur l'épaule. « Dites-moi ce qui ne va pas, Melanie. »

— Elle vous a répondu ?

— Elle a fait non de la tête, le visage dans ses mains. Je lui ai dit que rien ne l'obligeait à être aussi forte. Je croyais que notre discussion avait déclenché une réaction à retardement au suicide de sa mère. « N'inhibez pas. »

— Qu'a-t-elle dit ?

Feldman leva les mains, paumes en l'air en signe d'impuissance.

— Elle s'est mise à marmonner des paroles incohérentes.

— Et ensuite ?

— Un instant plus tard, elle s'était ressaisie, poursuivit Feldman avec un haussement d'épaules. Elle a souri tristement et s'est levée pour partir.

— Que lui avez-vous dit ?

— Rien. Impossible de trouver les mots. (Feldman détourna les yeux.) Je la revois encore devant moi, s'efforçant de se reprendre. Mais elle semblait si vulnérable que ça m'a remué. Sans réfléchir, j'ai tendu les mains vers elle. Au lieu de les serrer, elle s'est jetée dans mes bras. J'étais sidéré. Croyez-le ou non, c'est le seul contact que nous ayons eu. Melanie était comme son père, vous savez. Quelqu'un d'assez distant. Le contact physique la mettait mal à l'aise.

— Est-ce que les extraits de son journal intime infirment cette impression ?

— Ils la confirment, au contraire, fit Feldman avec un soupir.

— Je ne vous suis pas, dit Allegro.

— Son journal révèle que c'était une jeune femme profondément perturbée, inspecteur. Ce qu'elle cherchait, ce n'étaient pas les rapports intimes. Mais l'autodestruction, précisa Feldman sans prendre de gants.

— Et Sarah ? Deux tentatives de suicide à son actif. Elle suit le même chemin ?

— Le meurtre de Melanie a conduit Sarah à un tournant capital, inspecteur. Elle lutte pour ne pas sombrer dans la dépression. Elle combat son sentiment d'impuissance. De toutes ses forces. Et ce faisant, elle s'aperçoit qu'elle a beaucoup plus de ressort qu'elle ne le soupçonnait.

— Vous l'avez vue dans *Cutting Edge*, l'autre soir ?

— Oui. Sa prestation m'a sidéré.

— Sa prestation ? Elle jouait la comédie ?

— Nous devons tous plus ou moins jouer la comédie pour survivre, n'est-ce pas votre avis, inspecteur ?

— C'est vous le psy.

— Sarah m'aurait fait exactement la même réponse, dit Feldman avec un sourire énigmatique.

— Elle vous soupçonne d'être le psychopathe qui l'attend au tournant.

Le sourire du psychiatre s'évanouit.

— Elle vous a dit ça ?

— Pas si crûment, nuança Allegro. Qu'en dites-vous ? Vous pourriez nous faire gagner un temps précieux…

— Tout ce que j'en dis, c'est qu'il ne vous faut négliger aucune piste, inspecteur. Je vais donc vous éviter de perdre votre temps. Je ne suis pas Romeo.

— J'aimerais pouvoir vous croire, fit Allegro, haussant les épaules. J'y parviendrai peut-être. Mais nous n'en sommes pas encore là. Alors commençons par la première victime de Romeo.

Diane Corbett. (Il ouvrit son bloc, se mit à lire.) Pourriez-vous me dire où vous vous trouviez entre...

Emma Margolis entendit le téléphone sonner alors qu'elle ouvrait la porte de son appartement à quatre heures de l'après-midi. Elle se précipita, décrocha. « Allô ? » Pas de réponse.

— Allô ? répéta-t-elle, agacée. (Puis, pensant que c'était peut-être Sarah, elle se dépêcha de changer de ton.) Désolée pour ce ton brusque.

— J'appelle peut-être au mauvais moment ? fit une voix d'homme inconnue.

Emma se sentit glacée. Qui avait bien pu réussir à se procurer son numéro, lequel était sur liste rouge ?

— Qui est à l'appareil ?

Toujours pas de réponse.

— Non, dit-elle en s'efforçant d'endiguer un mouvement de panique peut-être injustifié. Vous ne me dérangez pas. Puis-je savoir qui est au bout du fil ?

— Vous m'avez donné votre carte aux obsèques de Melanie en me disant que je pouvais vous appeler. Vous avez été vraiment très sympa avec moi. En fait, je crois bien que vous avez été la seule à comprendre ce par quoi je passais.

— Robert Perry ? fit Emma en se raidissant. (Peut-être aurait-elle dû dire « Romeo »...)

— Ah, je vois que la mémoire vous revient, dit Perry d'une voix plus assurée.

— Vous paraissiez si mal en point.

— Ça ne s'arrange pas. Les flics ne cessent de me harceler. Savez-vous qu'ils sont allés interroger Cindy ?

— Cindy ?

— Ma femme. Nous sommes séparés, mais je suis toujours amoureux d'elle. Cindy a refusé de m'accompagner chez le Dr Dennison mais j'essaye de la convaincre de prendre un rendez-vous. S'il pouvait lui expliquer...

Silence abrupt au bout de la ligne. La journaliste aurait bien voulu foncer mais elle comprit que ce n'était pas la meilleure façon de se concilier les bonnes grâces de Perry.

— J'imagine que vous traversez une période difficile.

243

— Vous me comprenez, vous, répéta Perry.

— Elle me manque à moi aussi.

— Est-ce qu'on pourrait se voir pour prendre un pot ? questionna-t-il avec des sanglots dans la voix.

— Quand ?

— N'importe quand. Je ne travaille pas : j'ai été licencié.

— Où ? questionna prudemment Emma.

— Eh bien, en fait, je ne suis pas très loin de chez vous.

Comment savait-il où elle habitait ? Sa carte portait son numéro de téléphone mais pas son adresse.

— Je m'apprêtais à sortir, mentit-elle. (Pas question d'avoir un tête-à-tête avec lui chez elle.) Donnez-moi… Quinze minutes. Je connais un petit salon de thé dans California près de Laurel. L'*Upper Crust*.

— Parfait. Vous viendrez, n'est-ce pas ?

— Bien sûr, le rassura Emma en consultant sa montre. Je serai là-bas à quatre heures et quart.

— Miss Margolis ?

— Oui ?

— Je peux vous appeler Emma ?

— Oui.

— Vous venez en amie, n'est-ce pas ? Pas pour la télé ? Je sais que vous faites cette émission et tout ça ; mais notre conversation restera confidentielle, okay ?

— Si vous le souhaitez, Robert, d'accord.

— J'ai besoin de me confier à quelqu'un. Peut-être que vous aussi, ajouta-t-il.

— Qu'est-ce qui vous fait penser ça ? fit-elle sentant son pouls battre à ses tempes.

— La façon dont nous nous sommes parlé au cimetière. J'ai senti que nous étions très proches. Vous souffrez également. Et je ne crois pas que quiconque puisse vous comprendre.

La communication fut coupée.

Sarah avait empilé sur la table des ouvrages sur les crimes sexuels et les tueurs en série, bien décidée à essayer de savoir comment fonctionnait un être comme Romeo. Bien qu'il fût quatre heures passées et qu'elle fût dans la bibliothèque du Civic Center depuis plus d'une heure, elle n'avait lu que deux chapitres de l'un des livres qu'elle avait choisis.

Elle se concentra sur sa page. L'esprit d'un tueur en série : sexe, mensonges et obsessions.

Elle lut quelques paragraphes et dut s'interrompre. Les mots se brouillaient devant sa vue. A la table voisine, Corky lui jeta un coup d'œil puis se replongea dans la revue de voile qu'il feuilletait depuis qu'ils étaient installés là. Elle lui avait demandé si on ne lui donnait jamais une journée de congé. Il lui avait répondu qu'il s'était porté volontaire pour faire des heures supplémentaires. Qu'il prenait un intérêt tout particulier à cette affaire. Elle se demanda si par hasard il ne s'ennuyait pas ferme.

Regarde les choses en face, Sarah. Tu déçois tous les hommes au bout du compte.

— *Qu'est-ce que tu fabriques, à fouiner par ici, comme ça, Sarah ? (Le visage de son père semble sculpté dans le granit. Il la domine de toute sa taille.)*

— *J'ai entendu maman gémir en haut. J'ai cru qu'elle était malade. Que tu voudrais que je te prévienne.*

— *Ta mère n'est pas malade, Sarah. Elle est ivre, dit-il d'une voix acerbe. (Elle sent les larmes monter à ses yeux. Mais elle sait qu'elle ne doit pas pleurer.) C'est Melanie qui est malade. C'est pour ça qu'elle est descendue me voir. Ta mère n'est pas en état de s'occuper d'un enfant souffrant.*

— *Melanie est malade ?*

— *Ne me regarde pas avec cette tête-là !*

Quelle tête ? Que peut-il bien lire sur son visage ?

Il l'attrape rudement par les bras, la secoue comme un prunier ; ses dents s'entrechoquent.

— *Pas question que tu joues les voyeurs, Sarah. Tu comprends ?*

Il la relâche d'une main. Sauvée. C'est alors qu'elle voit son autre main qui se lève, prête à...

Sarah faillit pousser un hurlement en sentant une main se poser sur son épaule.

— Relax. Ce n'est que moi.

Sarah pivota et tomba nez à nez avec John Allegro.

— Qu'est-ce que vous fichez ici ?

— Du café, ça vous dit ? fit-il gentiment en ignorant la question abrupte. Ou quelque chose de plus fort. Ça vous requinquerait.

— Vous m'avez flanqué une sacrée frousse.

— Désolé. La prochaine fois, je m'annoncerai en laissant tomber un livre par terre. Ou sur mon pied, si vous préférez.

— Votre humour me laisse de marbre, Allegro.

— Ce doit être l'atmosphère.

Elle le vit adresser un signe de tête à Corky qui reposa sa revue, et se dirigea vers la sortie. Puis, sans commentaires, Allegro ferma l'ouvrage qu'elle consultait.

— Vous n'allez pas me faire un sermon.

— Un sermon ?

— A propos de la séquence que j'ai enregistrée pour la télé.

— Non. Je gaspillerais ma salive.

— Exact. Est-ce que vous êtes au courant concernant la couronne de fleurs ? (Un flic était passé la prendre au studio et l'avait envoyée au labo pour qu'elle y soit analysée.)

Allegro fit oui de la tête.

— Elle vient du fleuriste du coin. Comment a-t-il... réussi son coup ?

— Le fleuriste prétend avoir trouvé une enveloppe sur le comptoir avec un billet de cinquante dollars et la commande d'une couronne en forme de cœur qui devait vous être livrée à deux heures à KFRN. Avec un petit mot disant...

D'un geste, Sarah l'empêcha de continuer.

— Et le fleuriste n'a vu personne se glisser dans son magasin ? Il n'a pas vu le client ?

— Non. Ce salopard a réussi à entrer et sortir sans se faire repérer.

— Une couronne. C'est pour les obsèques, normalement, les couronnes. (Elle fixa le livre fermé.) Il croit vraiment que je peux trouver ses cadeaux romantiques ? Ou est-ce qu'il essaye de me rendre cinglée avant de m'achever ?

— Sarah, il faut absolument que vous fassiez un break sinon vous allez devenir cinglée. J'ai une idée. Allons faire un tour en voiture le long de la côte. Ça nous fera du bien à tous les deux.

— C'est que… J'avais déjà projeté de voir quelqu'un.

— Je croyais que vous n'aviez pas de petit ami.

— Hein ?

— Quelqu'un, ça ne peut être qu'un homme.

— Je n'ai jamais dit que je n'avais pas de petit ami. Quelle mouche vous pique, Allegro ? Pourquoi toutes ces questions ? Et puis zut, je peux bien vous le dire : c'est de Bernie qu'il s'agit.

— Votre collègue ? Le gars dans le fauteuil roulant ?

— Il est sympa. Je vais m'installer chez lui quelques jours.

— Pourquoi quitter l'appartement d'Emma ?

— Le lit était plein de trous.

— Venez, sortons. (La main d'Allegro se posa sur son bras, il l'aida à se lever. Ce contact déclencha un mouvement de panique chez Sarah qui heurta la table, faisant tomber le livre sur les crimes sexuels.)

Allegro se pencha pour le ramasser, jeta un bref coup d'œil au titre avant de le remettre en place.

— Est-ce qu'il ne vaudrait pas mieux oublier tout ça quelque temps ? (Elle ne demandait que cela.) Allez, allons-y, fit Allegro.

— Et Bernie ? Il va s'inquiéter.

— Passez-lui un coup de fil, dites-lui que je vous déposerai à son domicile dans la soirée. Je connais un excellent petit restaurant français à Tiburon. Ça va vous plaire.

— Vous connaissez mes goûts ?

— Le coq au vin, vous êtes contre ?

Sarah ne put s'empêcher de sourire. John Allegro ne s'en sortait pas trop mal : il arrivait à la dérider. Pourtant elle ne se départait pas de sa méfiance. Lui aussi avait des secrets et se donnait beaucoup de mal pour les cacher. Tout comme elle. Était-ce ça qui les rapprochait ?

— Je vais vous dire un truc, fit Allegro avec un coup d'œil juvénile. Si ça peut vous soulager, c'est vous qui paierez l'addition, cette fois.

Les sourcils de Robert Perry se froncèrent.

— Vous n'aimez pas le Darjeeling ?

Emma porta immédiatement la tasse de porcelaine bleue à ses lèvres.

247

— Si, si.

— Vous ne voulez pas de pâtisserie ?

— Non, ça va, je vous assure.

Perry remplit sa tasse puis examina de nouveau le minuscule salon de thé. Deux femmes, la quarantaine, étaient assises près de la fenêtre, et une jeune maman remorquant sa petite fille achetait du thé et des scones au comptoir.

— Elle est mignonne, n'est-ce pas ? dit Perry en examinant la fillette.

— Oui.

— Cindy voulait des enfants. Elle venait d'une famille nombreuse. Six filles et deux garçons.

— Et vous ?

— Des enfants ? J'ai toujours dit à Cindy que je n'étais pas prêt à en avoir. Pour une bonne raison : j'ai l'impression d'être encore un gosse. Je n'ai que vingt-sept ans. J'ai une sœur cadette. Anna. Complètement tarée. Mauvaises fréquentations au lycée. Elle s'est mise à se droguer et à picoler. Ma mère l'a flanquée dehors quand elle l'a surprise en train de voler dans son porte-monnaie.

— Et votre père ?

— Quoi, mon père ?

— Il était d'accord avec votre mère concernant votre sœur ?

— Ils n'étaient d'accord sur rien, fit Perry avec un rire amer. Il battait maman.

— Votre sœur ?

— Elle aussi, il la battait. Pourquoi toutes ces questions ? Ne me dites pas que vous travaillez avec les flics ? Je sais qu'ils me surveillent. Si ça se trouve, ils ont des jumelles braquées sur nous en ce moment. Et peut-être que vous portez un micro.

— J'essayais seulement de mieux vous situer, Robert. Vous disiez que nous pourrions être amis.

— J'ignore tout de vous. Enfin, ça n'est pas tout à fait exact.

— Que voulez-vous dire ? questionna Emma, mal à l'aise.

— Je sais que vous avez bon cœur.

Le thé déborda de la tasse qu'Emma tenait, tachant la nappe de dentelle blanche.

Allegro et Sarah étaient coincés dans les embouteillages sur Golden Gate Bridge. Les vitres étaient baissées et elle contemplait la baie, observant les sloops.

— C'est pas mieux ? questionna-t-il.

— Mieux que quoi ?

— Mieux que de rester assise dans une bibliothèque poussiéreuse, fit-il avec un sourire.

Elle alluma la radio. Elle prit en marche le bulletin d'informations de cinq heures. « ... *demain pour le point sur le scandale Whitewater. Et maintenant les nouvelles locales. Lawrence Gillette, district attorney de San Francisco, a fait une déclaration annonçant que la police accumule les pistes qui risquent de lui permettre d'identifier le tueur en série connu sous le nom de Romeo. Le meurtrier qui a déjà cinq meurtres à son actif, dont celui de la psychiatre Melanie Rosen... »*

Allegro éteignit la radio.

Une voiture fit une queue de poisson à Allegro qui donna un coup de klaxon rageur. Sarah lui jeta un coup d'œil de biais.

— Vous êtes en colère parce que j'ai enregistré cette séquence pour l'émission de ce soir.

Allegro tripota sa cravate.

— Il y a un tas de choses qui me mettent en colère.

— Moi aussi.

— Et qui vous font peur ?

— Oui.

— A moi aussi.

— Vous n'êtes pas censé l'avouer, dit-elle.

Il sourit, gagnant la file de gauche où la circulation semblait plus fluide.

— Si je vous avais dit que je n'avais pas peur, vous m'auriez cru ?

— Non, fit-elle en lui rendant son sourire.

— Vous êtes mignonne quand vous souriez.

— Est-ce que vous seriez en train de flirter avec moi, Allegro ?

— Je vous fais un compliment, Rosen. Ça vous pose un problème ?

— Si je dis non, vous me croirez ?

Emma Margolis franchit à pied les cent mètres séparant le salon de thé de son immeuble. Lorsqu'elle tourna le coin de sa rue, elle eut la surprise de voir William Dennison appuyé contre sa voiture. Elle s'arrêta net tandis que le psychiatre tournait la tête vers elle et se dirigeait de son côté. Bras croisés, Emma l'attendit de pied ferme.

— Qu'est-ce que vous faites ici, Bill ?

— La police est revenue me voir aujourd'hui. Vous leur avez dit que vous aviez été en thérapie avec moi.

— Et alors ? C'est vous qui êtes tenu au secret professionnel. Pas moi.

— Et vous leur avez également dit que je suivais votre amie Diane. Les policiers ont fait des insinuations extrêmement désagréables. Ils voulaient savoir si j'avais soigné d'autres victimes de Romeo.

— Écoutez, Bill, j'ai eu une journée épouvantable...

— Parce que vous croyez que je me suis amusé, peut-être ? fit-il en lui barrant la route.

— Je vous demanderais bien de monter prendre un verre, dit Emma, mais la dernière fois que je vous l'ai proposé...

— La dernière fois, vous étiez ma patiente.

— Et je suis quoi, maintenant ?

Il y avait de l'ambiguïté dans l'air. Sans un mot, Emma se dirigea vers son immeuble, flanquée de Bill Dennison.

Lorraine Austin était une femme plutôt ronde âgée d'une bonne cinquantaine d'années, aux yeux bleus éteints et tristes.

— Pour autant que je sache, Karen n'a jamais été en thérapie, dit-elle à Wagner. (Bien qu'il ne fût même pas cinq heures et demie, elle avait accroché la carte *Fermé* à la porte du magasin et, comme elle était seule ce jour-là, ils étaient parfaitement tranquilles.) Évidemment, les filles ne disent pas tout à leur mère. Même quand elles sont très proches.

Elle appuya son index contre ses lèvres tremblantes, s'efforçant de refouler ses larmes.

— Je me demande quand j'arrêterai de pleurer. Perdre un enfant, c'est ce qu'il y a de pire.

Karen Austin avait été la troisième victime de Romeo. Conseiller financier d'un groupe bancaire européen dont les bureaux étaient situés à deux pas d'Union Square, Karen avait travaillé à quelque cent mètres de la bijouterie chic où sa mère était vendeuse. Lorsque Wagner et Allegro avaient interrogé Lorraine Austin peu après le meurtre de Karen, ils lui avaient posé des questions sur les hommes avec lesquels sa fille était sortie. D'après elle, le seul homme qui eût vraiment compté pour Karen était un type qu'elle avait rencontré à l'université du Colorado à Boulder à la fin des années quatre-vingt. Les policiers avaient retrouvé la trace de ce garçon. La nuit où Karen avait été tuée, il était à l'hôpital de Boise dans l'Idaho, où il filmait la naissance de son second enfant. Mrs. Austin leur avait également appris lors de ce second entretien que sa fille et elle déjeunaient ensemble une fois par semaine. Lorsqu'on lui avait posé la question, elle avait répondu qu'avec Karen elles parlaient boulot, cinéma, mode et problèmes de femmes seules. Karen ne s'était jamais mariée et Lauren avait divorcé lorsque sa fille avait sept ans.

— Vous avez une nouvelle piste, inspecteur ? questionna Mrs. Austin.

— Je ne suis pas en mesure de discuter des détails de l'enquête. Mais je peux vous dire que nous avançons.

Mrs. Austin fronça les sourcils.

— Ces journaux à sensation sont ignobles. Je ne peux pas croire que ma fille ait encouragé ce cinglé à l'humilier. Elle n'était pas comme ça. C'était une forte personnalité. Très indépendante. Il l'a piégée, j'en suis sûre. Tout ce qu'elle voulait, c'était qu'on l'aime. Est-ce un crime ?

— Bien sûr que non, dit vivement Wagner.

— Vous devriez contrôler ce que racontent les médias. Et je ne parle pas seulement de la presse à sensation. Mais des infos. De la télé. La psychiatre qui a été assassinée. Je l'ai vue à la télévision. Je l'ai entendue dire que les victimes s'adonnaient à des pratiques... dégoûtantes. Pas Karen. C'était une fille bien.

— J'en suis certain, fit Wagner d'un ton rassurant. Et maintenant, pour en revenir à William Dennison...

— Jamais Karen n'a mentionné son nom devant moi.

— Et Robert Perry ? Le Dr Stanley Feldman ? (Wagner sortit de sa poche les photos des trois suspects.) Si vous pouviez jeter un coup d'œil...

Les yeux de Lauren Austin s'emplirent de larmes.

— Quand on apprend ce qui est arrivé aux autres, on ne peut s'empêcher de mettre son enfant en garde. J'avais dit à Karen d'être prudente. Mais jamais je n'aurais pensé que pareil malheur pût lui arriver.

— C'est vrai, Mrs. Austin. On ne pense pas que ces choses arrivent à quelqu'un qu'on aime.

— Et les hommes à propos desquels vous me questionnez...

Il lui tendit les photos. Elle jeta un coup d'œil à celle de Feldman, à celle de Perry puis à celle de Dennison, qu'elle étudia d'un peu plus près.

— Lui c'est William Dennison, précisa Wagner. Bill, pour bon nombre de gens. Dont Karen. Dr Dennison, pour ses malades.

— Il a l'air triste, fit Mrs. Austin.

— La photo a été prise à l'occasion d'un enterrement.

— Pas celui de Karen ? fit Mrs. Austin en relevant brusquement la tête.

— Non.

— C'est un psychiatre, dites-vous ?

— Effectivement.

— Vous pensez que Romeo pourrait être psychiatre ?

— Ce sont des questions de routine. Tout ce que je vous demande, c'est si votre fille connaissait Bill Dennison. Pas forcément en tant que médecin. Peut-être était-ce un de ses amis. Ou un homme avec qui elle sortait.

— Karen n'a jamais prononcé son nom. Les autres non plus d'ailleurs, fit Lorraine Austin en examinant les autres clichés.

— Et aucun ne vous est familier ? Vous n'en avez vu aucun avec Karen ?

— Ce sont tous des thérapeutes ?

— Deux d'entre eux, oui.

— Si elle avait suivi une thérapie, je suis sûre qu'elle m'en aurait parlé. Je ne dis pas qu'il ne lui arrivait pas d'avoir des moments de cafard.

— Provoqué par quoi ?

— Pas par le sexe.

— Je sais que ça doit être horrible, dit Wagner d'une voix douce. Croyez-moi, Mrs. Austin, nous n'avons que de la compassion pour les femmes que ce psychopathe a assassinées. Et pour leurs proches qui les pleurent.

Mrs. Austin attrapa la main de Wagner et la serra très fort.

— Je me sens si seule. Elle me manque tellement. C'était une fille adorable. Elle vous aurait plu.

— J'en suis sûr, dit Wagner avec un sourire compréhensif.

De nouveau, elle examina les photos.

— Karen aurait pu sortir avec n'importe lequel d'entre eux. Les filles ne disent pas tout à leur mère, répéta-t-elle avec une profonde tristesse.

Allegro quitta la 101, trop encombrée, et bifurqua vers l'est en direction de Sausalito où ils devaient prendre le ferry pour gagner Tiburon. Le trafic était encore dense mais au moins on ne roulait plus au pas.

— Vous savez, le livre que je lisais à la bibliothèque, sur les meurtres sexuels, dit Sarah.

— Ouais ?

— L'auteur est un psychologue qui travaille avec ce genre de criminel.

Allegro jeta un regard de biais à Sarah. Elle parlait du livre qu'il avait ramassé à la bibliothèque. Melanie y avait fait allusion devant lui.

— Ce type d'individu n'a pas toujours été un tueur, poursuivit Sarah. (Les mains sur les genoux, elle était assise, le buste raide.) Il le devient. Dans son enfance, il subit des mauvais traitements, connaît la souffrance, la solitude. La colère surtout. Ces sentiments qu'il refoule s'accumulent. Et un jour, ça explose. Un événement le met en rogne, lui cause une angoisse insurmontable, le plonge dans la dépression. Ce peut être une petite amie qui le plaque, sa femme qui l'abandonne. Ou alors le stress est lié à sa vie professionnelle. Licenciement, par exemple.

— Deux points correspondent à Robert Perry, commenta Allegro. Sa femme l'a plaqué au moment où les meurtres ont commencé. Et un peu avant, il s'est fait virer de sa boîte.

— Vous avez l'air convaincu que c'est Perry.

Allegro s'engagea dans Bridgeway, rue principale de Sausalito menant au terminal des ferries.

— C'est très possible. Pas vous ?

— Moi, j'ai tendance à penser que tous les hommes que je connais — y compris Wagner et vous — peuvent être Romeo. Tous sauf Bernie. Et seulement parce qu'il est gay et qu'il est dans un fauteuil roulant.

— Vous êtes méfiante.

Sarah aperçut du coin de l'œil un couple qui s'embrassait devant une galerie d'art. Une bouffée d'envie s'empara d'elle, les larmes lui montèrent aux yeux. Puis la colère. Pourquoi la douleur revenait-elle sans cesse dans sa vie comme un leitmotiv ? Que ne donnerait-elle pour être à la place de cette jeune femme insouciante. *Oh Sarah, entendait-elle Melanie lui dire avec un soupir, tu t'imagines que le sort des autres est plus enviable que le tien. La réalité est tout autre : chacun d'entre nous a sa croix à porter.*

Quelques semaines plus tôt Sarah se serait moquée du côté « donneur de leçons » de Melanie. Plus maintenant.

— Alors, fit Allegro. On parle de quoi ?

— De choses légères.

— Ça va être dur, fit Allegro avec une grimace.

La grimace fit rire Sarah.

Finalement, ils se turent pendant un bon moment, ce que Sarah trouva fort bien. C'était rare de tomber sur un homme qui savait se taire. A son grand étonnement, elle se détendit, profitant de la brise, de cette balade, et même de la compagnie.

Ah, c'est agréable. Vous voyez, Feldman. Vous avez tort. Le passé avec tout ce qu'il comporte d'angoisse, de chagrin et de peur n'a pas complètement étouffé la joie chez moi.

Sur le ferry qui les emmenait à Tiburon, ils s'appuyèrent au bastingage, leurs épaules se touchant presque, contemplant la baie parsemée de voiliers. Sarah repensa au couple qui s'embrassait devant la galerie. Puis elle pensa à ce qu'elle avait éprouvé la veille lorsqu'elle s'était cramponnée à John dans son appartement. Agréable. Dans d'autres circonstances…

Est-ce qu'il la trouvait vraiment jolie ?

Mes doigts se referment autour de toi et je vois la lumière s'éteindre dans tes yeux. J'éprouve un désespoir si intense que je crois m'abîmer dedans. Tu es mon angoisse, mon mystère, ma vie.

M.R., *Journal*

Chapitre 18

Sarah était assise sur une balancelle près de John Allegro sous le porche de l'auberge où ils avaient fait un merveilleux dîner aux chandelles. Premier repas digne de ce nom qu'elle avalait depuis des jours. Et c'était lui qui avait réglé l'addition finalement.

Elle lui jeta un coup d'œil, éprouvant un inexplicable sentiment de contentement. Elle aurait été incapable de dire quels étaient ses sentiments pour John Allegro mais ça lui faisait plaisir de se croire amoureuse de lui.

Évidemment, elle ne pouvait s'empêcher d'entendre les avertissements de Feldman. *Encore une façon de refuser la réalité, Sarah. Cette manie d'essayer de trouver la sécurité alors que vous vous sentez vulnérable au plus haut point. Ça ne marchera pas. On ne peut pas indéfiniment réduire sa terreur au silence. C'est même de plus en plus difficile. Vos secrets commencent à remonter à la surface...*

— Dommage qu'on ne puisse rester ici indéfiniment.

— Indéfiniment, je ne sais pas. Mais on pourrait... (Allegro hésita.)

— Quoi donc ? le relança Sarah.

— On pourrait passer la nuit ici. Il y a des chambres à l'étage, dit Allegro en croisant résolument son regard.

— Des chambres ?

— Ce n'était qu'une idée. J'avais complètement oublié votre ami. Gary, non ?

— Bernie.

— C'est ça, Bernie.

— Je pourrais le rappeler.

255

— Vous le voulez vraiment ?

— Quoi ?

— Le rappeler ? Passer la nuit ici ?

— Dites-moi, inspecteur, vous n'allez pas piquer un fard.

— Ne vous faites pas d'idées, Sarah. Je n'essaye pas de vous draguer. J'ai parlé de chambres au pluriel. Je pensais simplement...

— Qu'est-ce que vous pensiez ?

— Vous ne voulez quand même pas savoir tout ce que je pense ?

— Si tel était le cas, vous me le diriez ?

— Non, fit-il avec un sourire.

Impulsivement, Sarah se pencha vers lui ; son visage était à quelques centimètres du sien.

— Aucune importance, John.

— Bon Dieu, chuchota-t-il, sa bouche sur la sienne.

Bien que désirant ce baiser, Sarah éprouva un moment de panique et recula.

Allegro s'excusa aussitôt.

— J'ai eu un geste idiot. Écoutez, Sarah, je sais à quoi vous pensez...

— Non, Allegro. Je crois pas.

— On va rentrer. Je vous déposerai chez Bernie.

— C'est vraiment ce que vous avez envie de faire ?

— Je fais ce que vous avez envie de faire, vous.

— Et si je ne suis pas fixée ?

— J'ai l'impression que si.

Sarah garda le silence quelques instants puis elle chuchota :

— Je ne ressemble absolument pas à Melanie.

— Je sais.

— Vous aviez envie d'elle. Vous étiez attiré par elle.

— Oui, avoua Allegro. (Inutile de nier ce qu'il avait déjà admis.)

— Dans ce cas, pourquoi ne pas avoir couché avec elle ? Elle vous a envoyé promener ?

— Non.

— Alors pourquoi ?

— Je ne sais comment vous expliquer ça.

— Essayez.

Il se laissa aller contre le dossier de la balancelle, les mains entre ses cuisses.

— C'est en partie à cause de Grace.

— Votre femme ?

— Oui, Grace avait l'air tellement aux abois. Certains jours quand je partais travailler et qu'elle m'accompagnait jusqu'à la porte, elle s'attardait sur le seuil à me regarder m'éloigner dans le couloir. Et je me disais : « Elle va rester comme ça, pétrifiée, jusqu'à mon retour. »

— Et vous éprouviez la même chose pour Melanie ? questionna Sarah, sidérée. Car quels que pussent être les défauts de sa sœur, Sarah ne voyait pas le rapport entre Melanie, débrouillarde et indépendante, et l'épouse d'Allegro — incapable de fonctionner seule.

— Bizarrement, oui. Plus je voyais votre sœur, plus j'avais l'impression qu'il existait deux Melanie. L'une qui traversait la vie sans problème comme en pilotage automatique. Et l'autre.

— Pétrifiée, vous voulez dire ? Attendant que vous la remettiez en marche ?

— Attendant quelqu'un, expliqua Allegro en regardant Sarah bien en face.

Sarah se détourna, fixant l'obscurité. *Oui, attendant désespérément quelqu'un, c'était vrai. L'inconnu dont elle parlait dans son journal intime. A qui elle disait « tu ».*

— Je savais que j'étais incapable de donner à Melanie ce qu'elle cherchait, poursuivait Allegro.

Sarah se tourna de nouveau vers lui d'un air accusateur.

— Vous ne pouviez pas ou vous ne vouliez pas ? *C'est ça, accuse-le. Fais-lui porter le chapeau. A lui et aux autres. Aucun d'eux n'a été à la hauteur. Melanie s'est retrouvée seule. Et c'est exactement ce qui finira par t'arriver.*

— C'est ça qui me plaît, en vous, Sarah. Vous ne vous embarrassez pas de circonlocutions. Peut-être que vous avez vu juste. Je déteste avoir l'impression d'être manipulé. Et plus encore celle de ne pas être à la hauteur. J'aurais pu baiser avec votre sœur, dit-il crûment. Mais nous aurions été déçus l'un et l'autre. Je me serais trouvé embarqué dans une situation inextricable. Moi qui ai déjà une vie compliquée...

— Est-ce que je vous complique l'existence ?

— Je l'ignore. En tout cas, une chose est sûre : nous avons tous deux un sacré baluchon à trimbaler. Mais…

— Mais quoi ?

— Je commence à m'intéresser à vous, Sarah, chuchota-t-il. Il tendit la main, lui caressa imperceptiblement la joue. Sous la caresse, ses muscles se détendirent et se crispèrent tour à tour. Lorsque leurs lèvres se joignirent, elle ne fit rien pour se dégager. L'espace de quelques secondes, elle se laissa même aller complètement. Éprouvant l'euphorie d'être désirée par un homme. Le temps coulait. L'instant emplissait son univers…

Elle grimpe sur ses genoux. A califourchon. Elle le désire. Le désire à en mourir. Elle s'empale sur lui.

— Oui, oui… (Il halète à son oreille.)

Panique. Ombres mortelles sur les murs.

— Je sais pas. Je sais pas.

— Ne t'inquiète pas, baby. Je te promets… Je te promets… (Il l'embrasse. Partout. Maintenant c'est lui qui prend le contrôle de la situation. Il lui encercle la taille de ses mains. La soulève et la fait redescendre. Elle est sans défense. Elle doit se soumettre.)

— Oui, oui. (Sa voix à elle maintenant. Sans culpabilité. Sans peur. Sans démons. Si seulement cela pouvait durer.)

Mais le sentiment familier s'emparait d'elle. *Il faut que j'arrête. Que j'arrête avant qu'il ne soit trop tard. Avant qu'il ne me dévore. Car n'est-ce pas ce qu'ils font tous ? Vous détruire ? Vous arracher le cœur ?*

Avec un hoquet, Sarah s'arracha à l'étreinte d'Allegro.

Il tendit brusquement la main, l'attrapant par le bras.

— Sarah, du calme, ce n'était qu'un baiser.

C'est alors seulement qu'elle s'aperçut qu'elle était à deux doigts de lui taper dessus. Elle s'arrêta net, n'en revenant pas de constater qu'ils étaient toujours sur la balancelle, vêtus de pied en cap. Un baiser. Ce n'était qu'un baiser. Et chaste encore. Le reste n'était qu'une illusion. Un fantasme. Quelle idiote ! Et elle s'était crue capable de faire l'amour ?

Pourtant elle avait eu un tel sentiment de réalité. Était-ce encore une projection ? L'image de sa sœur et de Feldman enlacés lui traversa l'esprit. Soudain un nouveau visage prit forme et substance. Celui de son père. Mais peut-être n'était-ce qu'un fantasme ? Peut-être se mettait-elle à dérailler ?

Allegro la tenait toujours par le bras. Elle n'avait qu'une envie : se sauver. Pourtant elle se força à sourire.

— Oublions ça. Disons que la synchronisation n'était pas bonne, fit Allegro, enfonçant les mains dans ses poches pour bien lui montrer qu'il n'allait pas se jeter sur elle une seconde fois.

— Je crois qu'on ferait mieux de rentrer, fit Sarah en se mettant debout. Bernie va se faire du mauvais sang.

— Parfait, dit Allegro, résigné, en descendant le perron à sa suite.

— J'ai laissé le ragoût sur le feu, dit Bernie lorsqu'elle débarqua chez lui à dix heures moins le quart.

— Si ça se trouve, je vais vomir.

— Inutile de te demander si tu as passé une bonne soirée avec ton rendez-vous.

— Ce n'était pas un rendez-vous, fit-elle d'un ton sec.

— Je plaisantais. Que se passe-t-il, Sarah ? Viens t'asseoir, raconte à ton vieux Bernie. (Il manœuvra son fauteuil roulant au milieu d'un séjour digne des *Derniers jours de Pompéi*, vestige d'une brève liaison avec un décorateur fou de péplums. Il se positionna près d'une bergère en velours, tapotant le coussin rembourré. Sarah se laissa tomber dans le fauteuil et se prit la tête entre les mains.)

— Je te donne de l'aspirine ? Du lait chaud avec du miel ? proposa Bernie aux petits soins.

— Ou je deviens dingue ou j'ai des souvenirs qui ne correspondent à rien de ce que j'ai vécu.

— Comment ça, des souvenirs qui ne correspondent à rien ? Tu veux dire que tu te rappelles un incident que tu aurais vécu enfant, mais que cet incident tu l'as inventé de toutes pièces ?

Sarah fit oui de la tête.

— Comment être sûr de l'authenticité d'un souvenir ? Comment savoir si l'on n'est pas le jouet de son imagination ?

— Il faudrait que la personne qui a causé le traumatisme le reconnaisse.

— Il… C'est impossible.

— Et les témoins ?

L'estomac de Sarah se tordit. *Pourquoi m'as-tu frappée ? Je n'ai rien fait de mal. Rien.*

Bernie s'approcha, prit la main de Sarah ; leurs genoux se touchaient presque.

— Que se passe-t-il, petit ? Tu peux me parler.

Sarah laissa sa tête reposer contre le dossier. Elle contempla les moulures du plafond.

— Et si je te disais que je suis le seul témoin ?

— Seul témoin de quoi ?

— Je crois bien les avoir vus. Melanie et…

— Tu as vu Melanie et Romeo ? C'est ça ? Tu penses savoir qui a fait le coup ?

Oui, songea-t-elle. D'une certaine façon, c'était exact. Parce que Romeo ne marquait pas le début de la triste saga de Melanie mais simplement sa fin tragique.

— Ce n'est pas de Romeo que je parle.

— De qui alors ?

— J'ai eu des… visions qui m'ont bouleversée. Ça a commencé après le meurtre de Melanie. Exactement après que Romeo eut commencé à me contacter. Ça a déclenché des flashes épouvantables. Et c'est de pire en pire. Ce matin chez Feldman, j'ai vu une image particulièrement cauchemardesque…

— Feldman ?

— Ça n'avait pas vraiment de rapport avec lui. Bien que d'une certaine façon il ait servi de catalyseur.

— Qu'as-tu vu ?

— Des scènes de mon passé. J'avais treize ans. C'était peu de temps avant la mort de ma mère. *Le suicide, plutôt. Elle s'est pendue à l'aide d'une corde à linge dans le grenier. Mais le mot « mort » est beaucoup plus innocent.*

— Continue, ma grande, insista Bernie.

— Je ne suis pas sûre que tout ça soit réel, Bernie. C'est sans doute un cauchemar que j'ai refoulé pendant des années. Ou alors peut-être n'est-ce que partiellement vrai …

— Parle-moi de ces événements passés. Réels ou non.

— Tu aurais fait un bon psy, Bernie, dit-elle en lui souriant.

— Je me contente d'être un bon ami.

— Si tu n'étais pas homo…

— Ouais, c'est ça. Cesse de tourner autour du pot.

Elle se mit à lui parler de la nuit où elle avait treize ans. Elle était descendue dans le bureau de son père le prévenir que sa mère était souffrante. Ça l'avait mis en rage. Il avait déclaré que c'était Melanie qui était malade.

— Ça me revient maintenant, poursuivit Sarah. Mes parents avaient eu une engueulade monstre à propos des leçons de claquettes. J'avais supplié maman de me laisser abandonner les claquettes. Je détestais ça. Elle avait fini par dire d'accord et prévenu le prof. Puis de retour à la maison, elle avait annoncé la nouvelle à mon père. Ça l'avait mis dans une colère noire. C'est bien la seule fois où j'ai vu ma mère lui tenir tête. Me défendre. Se battre pour moi. Trois jours plus tard, elle se pendait.

— A cause de cet accrochage avec ton père ?

— Je l'ignore.

— Très bien, continue. Tu disais donc que tu étais descendue le prévenir…

— Et si tout ça n'était qu'une illusion ? Peut-être que je suis en train de craquer, Bernie. Peut-être que Feldman a raison. Je devrais reprendre du Prozac. Ou un autre produit. Romeo me déstabilise. Comme si j'avais besoin de ça.

— Que s'est-il passé quand tu es arrivée devant le bureau, Sarah ?

Elle garda les yeux fermés. Elle n'était plus chez Bernie. Mais dans le couloir de la vieille maison de Mill Valley. Elle portait son pyjama rouge. Rouge comme une voiture de pompiers.

— Lorsque je suis arrivée devant la porte, j'avais peur. Il allait être furieux si je le réveillais. J'ai entrebâillé pour voir s'il dormait. J'ai vu… (Elle s'arrêta brutalement, haletant.)

— Qu'as-tu vu, Sarah ?

— Je les ai vus. Oh, mon Dieu. Je les ai vus. Papa et Melanie. (Sa voix était maintenant celle d'une petite fille apeurée. Les larmes commencèrent à couler le long de ses joues mais elle continua à parler tel un automate. Comme si elle se trouvait de nouveau là-bas.) Melanie me tourne le dos. Elle est sur les genoux de papa, face à lui. Sur le grand canapé-lit. Elle est toute nue. Mellie est

261

toute nue. Je vois sa chemise de nuit par terre. Coton blanc avec de la dentelle aux poignets.

Elle distinguait son visage maintenant. Le visage de son père. Mais méconnaissable. Le cou renversé en arrière, les veines saillantes. La bouche ouverte tel un four. Les yeux roulant dans les orbites. Ses mains puissantes emprisonnant la taille étroite de Melanie. La soulevant et la faisant descendre. La soulevant et la faisant descendre. Elle ferma les yeux mais l'image abominable resta imprimée sur sa rétine. Elle appuya ses poings sur ses paupières. Mais l'image ne voulait pas s'effacer.

— Laisse-moi aller te chercher un peu d'eau, proposa Bernie. Mais Sarah se cramponnait à lui maintenant.

— C'est vrai, ce que je te raconte Bernie. C'est réellement arrivé.

— Oui, Sarah. Oui. (Ce oui fut pour elle une bénédiction et une malédiction.)

— Tout d'un coup, il m'a vue. Devant la porte. C'était horrible. J'avais l'impression qu'il me transperçait du regard.

Regard de dégoût. Non, de révulsion. De haine, même.

— Je le revois encore. Me dominant de toute sa taille. Dans sa robe de chambre de flanelle grise. Nouant la ceinture autour de sa taille. Et cette drôle d'odeur sur lui. (Elle entrouvrit les yeux.) Il était tellement furieux qu'il m'a frappée. Au ventre. De toutes ses forces.

Se tenant l'estomac à deux mains, Sarah glissa du fauteuil sur le sol, sanglotant, posant la tête sur les jambes sans vie de Bernie.

— Oh, Bernie, Melanie avait seize ans. Si ça se trouve, ce n'était pas la première fois. Peut-être que dans le bureau de la maison de Mill Valley… Les nuits où maman était ivre morte. J'avais horreur qu'elle boive. Parce que ces jours-là, il dormait en bas. Et Melanie…

D'autres images, d'autres bruits vinrent la hanter. Des souvenirs se bousculaient dans sa tête. Elle eut du mal à respirer.

— Et ça ne s'est pas arrêté là, Bernie. Après la mort de maman et le déménagement, ça a continué. Je me souviens maintenant des bruits qu'ils faisaient, la nuit. Des bruits affreux. Cris. Gémissements. Je me cachais la tête sous mon oreiller. Je ne suis jamais sortie de mon lit pour aller aux nouvelles. J'avais trop peur que mon père me surprenne. Mais je les entendais. Je les entendais lorsqu'ils couchaient ensemble.

Elle se mit à trembler de tout son corps. Bernie eut peur qu'elle n'ait une sorte d'attaque. Si elle ne s'était cramponnée aussi farouchement à lui, il se serait dirigé vers le téléphone et aurait fait venir une ambulance. Il dut se contenter de lui caresser le dos, essayant de trouver les mots qui lui mettraient un peu de baume au cœur.

— C'est horrible, ton histoire, Sarah. Mais c'est bien que tu te souviennes de tout ça. On dit que la vérité libère. J'en suis persuadé.

Peu à peu les convulsions s'espacèrent. Les sanglots aussi.

— Si je suis dans cet état, c'est à cause de Romeo. C'est lui qui a ouvert la boîte de Pandore. S'il ne m'avait pas envoyé ces extraits du journal intime de Melanie, j'aurais continué de nier la réalité. Jusqu'à ma mort.

— Quels fragments ? Tu m'as dit qu'il t'écrivait, qu'il t'envoyait des cadeaux bizarres. Mais tu ne m'as jamais parlé du journal de Melanie.

— J'avais peur de les montrer. Et surtout j'avais honte de ce qu'elle avait écrit. Maintenant, j'ai honte de ma réaction. Honte de ne pas avoir compris.

— Tu ne savais pas, Sarah. Tu avais fait un blocage. Il n'est pas difficile de comprendre pourquoi.

— C'était ça, l'objectif de Romeo : m'obliger à me souvenir. M'en faire baver. Il connaît la vérité. Melanie a parlé de moi dans son journal. *Je suis le gardien de ma sœur tout comme elle est le mien.*

« Feldman a eu l'air choqué lorsque je lui ai parlé du journal intime de Melanie. Ou alors c'est un sacré comédien.

— Pourquoi jouerait-il la comédie… Tu ne penses tout de même pas que Feldman…

— Qui mieux qu'un psy peut inventer des jeux aussi pervers ? fit Sarah. Bien sûr, il y avait un autre psychiatre dans la vie de Melanie. Bill. Si Bill avait su ce qui s'était passé entre Melanie et mon père, il en serait devenu fou. Voire même pire.

— Bill Dennison ? Un psychopathe et un tueur en série ?

— Toutes les nuits, je m'endormais en larmes, priant pour qu'il me donne l'impression — ne serait-ce qu'une fois — de m'aimer.

263

— Dennison ? (Sans connaître les détails, Bernie était au courant de la brève liaison de Sarah avec l'ex-mari de Melanie.)

— Non, dit-elle. Mon père.

— Est-ce que ton père a jamais…

— Qu'est-ce que tu racontes ? s'écria-t-elle d'une voix rauque.

— Rien, Sarah. Je posais une question, c'est tout. C'est pas la peine d'en discuter.

Elle se dégagea, furieuse.

— Mon père ne m'a jamais touchée. Jamais. Pas de cette façon. Jamais. Je le dégoûtais. Comparée à Melanie, qu'est-ce que j'étais à ses yeux ? Tu crois que je voulais être à la place de ma sœur ? Faire l'amour avec mon père ? (Son visage était livide de colère et elle serrait les poings.)

— Écoute, si ça doit t'aider, vas-y. Flanque-moi un coup de poing. N'hésite pas.

— T'es fou, Bernie ? fit-elle en s'arrêtant net.

— Ce que j'essaye de te dire, Sarah, c'est que je suis ton ami. Et je n'ai jamais dit que ton père avait abusé de toi.

Elle se laissa retomber sur les coussins de la bergère.

— Je parie que c'est ce que Romeo croit. Que Melanie et moi, toutes les deux, on a été… (Elle ouvrit la bouche, écarquilla les yeux.)

— Sarah, qu'y a-t-il ?

— Et si c'était ça, la clé de l'énigme ? Si Romeo s'imaginait que nous avons *toutes* été victimes d'un père incestueux ? Victimes, non, disons des pécheresses, responsables en partie de ce qui leur est arrivé. Et qu'il s'imaginait être notre rédempteur ?

— Bon sang, Sarah, c'est pas con, comme idée ; si ça se trouve, tu as mis le doigt dessus. Faut absolument que tu appelles ce flic. Allegro.

— Pour lui raconter que mon père a abusé sexuellement de ma sœur ? Pour lui demander de vérifier si les pères des autres victimes avaient eu une relation incestueuse avec leur fille ?

— Dis-lui seulement que Romeo semble le penser. Pas que c'est vrai, Sarah, argumenta Bernie.

— Je ne vois pas en quoi ça aidera la police, s'entêta-t-elle.

— Au contraire, ça pourrait leur être très utile. Ça leur fournirait une autre facette de la personnalité de Romeo. Peut-être que, lui aussi, a subi des sévices sexuels quand il était gamin. D'où son

264

ambivalence à l'égard de ses victimes, auxquelles il s'identifie et qu'il hait dans le même temps. Et ça m'étonnerait pas qu'il se haïsse.

— Je ne sais pas, Bernie. (Mais tandis qu'elle protestait elle se souvenait de ce qu'elle avait lu à la bibliothèque.)

J'avais sept ans quand mon père a commencé à abuser de moi. Lorsque je l'ai menacé de le dénoncer, il m'a battue au point que j'ai failli y laisser la peau...

Après le départ de mon père, ma mère m'a obligé à coucher avec elle. On a eu des rapports tout le temps que j'ai été au lycée...

Mon frère aîné m'a violé quand j'avais onze ans et après il s'est mis à me traiter de tapette...

Bernie avait peut-être raison. De nombreux psychopathes avaient été élevés dans des familles où violence et sévices sexuels étaient monnaie courante.

— Que sais-tu de l'enfance de Dennison ?

— Peu de chose, fit Sarah avec un haussement d'épaules. Je n'ai rencontré ses parents qu'une fois. Au mariage. Ils habitent Manhattan. Son père est médecin, je crois. Quant à sa mère, je ne la connais pour ainsi dire pas.

— Et Feldman ? Que sais-tu de lui ?

— Rien. Si ce n'est qu'il a été marié. Et que sa femme est morte jeune. Dans un accident de voiture me semble-t-il.

— Et ses parents ?

— Il a grandi en Hongrie. C'est tout ce que je sais. Peut-être que je devrais l'appeler et lui poser la question. Dites donc, Feldman, est-ce que votre père jouait à touche-pipi avec vous ? Est-ce que vous avez couché avec votre mère ?

— Merde. A propos de coup de fil. J'ai failli oublier. Emma Margolis a essayé de te joindre à deux reprises. Elle aimerait que tu la rappelles.

— Elle doit s'inquiéter, fit Sarah en fronçant les sourcils. J'étais plutôt secouée après l'enregistrement aujourd'hui.

Elle consulta sa montre. Onze heures et quelques minutes. Elle avait raté la diffusion de l'émission d'Emma.

— Et ton copain, Allegro ? Tu vas l'appeler pour lui soumettre ta théorie ? fit Bernie pendant que Sarah fouillait dans son sac pour retrouver le bout de papier sur lequel elle avait noté le numéro d'Emma, lequel était sur la liste rouge.

— Oui, je vais le contacter. Mais je ne peux pas lui expliquer ça au téléphone.

— Va falloir que tu le revoies, alors, fit Bernie, moqueur.

Sarah lui agita le poing sous le nez mais elle avait l'air détendue cette fois. Très bien, elle avait envie de revoir John. Bizarrement, malgré tout ce qui s'était passé, elle éprouvait une lueur d'espoir.

Elle commença par appeler Emma mais tomba sur son répondeur. Après le signal sonore, elle laissa un bref message indiquant qu'elle était en parfaite santé, que tout allait bien et qu'elle essaierait de nouveau de rappeler dans la matinée. Après quoi elle téléphona à John à son domicile — dont il lui avait donné le numéro la veille. Là encore, elle fit chou blanc.

La satisfaction est de courte durée. Le sentiment de frustration refait inévitablement surface, s'intensifie. Parce qu'il n'arrive jamais à un scénario parfait. Il n'arrive jamais à atteindre la rage, la souffrance originelles.

Dr Melanie Rosen, *Cutting Edge*

Chapitre 19

Romeo se tapote les lèvres du bout des doigts tout en regardant Sarah à la télévision. « Avec moi, ça ne prend pas, Romeo. Je ne suis pas dupe. »

« Quelle intensité. Comme c'est beau. Terriblement émouvant. Et si vrai. Je n'arrive pas à me duper moi-même. Pas plus que je ne réussis à te duper. Car au fond, tu connais mon véritable moi. Et le tien. Tu attends que je fasse tomber le masque, n'est-ce pas, Emma ?

— S'il vous plaît, supplie Emma Margolis, le visage défiguré par la terreur.

— S'il vous plaît, quoi ?

— Détachez-moi, gémit Emma. (Les liens de soie mordent dans sa chair bien qu'elle ait cessé de se débattre après s'être rendu compte que cela ne faisait que les resserrer.)

Les yeux de Romeo restent braqués sur l'écran. Sa concentration est totale. « *Je suis là, Sarah.* » (C'est presque l'orgasme.) Oui, je suis là. Si près, Sarah. Si près.

Il est assis sur le canapé-lit de la chambre d'amis d'Emma. Il plaque contre son visage l'oreiller sur lequel Sarah a posé sa tête, respirant son odeur. Le prédateur renifle sa proie. « *Les fissures commencent à apparaître. Je vais bientôt les distinguer. Tu peux peut-être les cacher aux autres...* (Il sourit.) *Tu essaies, baby, mais ça ne suffit pas. Ou alors peut-être que tu n'es pas encore prête. Mais ça va venir, Sarah.* »

Il s'étire tandis que la séquence qu'il a enregistrée sur le magnétoscope d'Emma une heure plus tôt prend fin. Il jette un regard discret à Emma. Elle est étendue complètement nue à ses pieds, ligo-

267

tée dans une position aussi inconfortable que vulnérable. Lui est toujours habillé mais sa braguette est défaite et il se caresse machinalement tout en prenant la télécommande, rembobinant la bande avant d'appuyer sur la touche *marche*.

« *Ma sœur était persuadée qu'avec chaque meurtre vous deveniez plus puissant, plus fort mais je crois qu'elle se trompait. Moi je pense que vous avez peur. Et parfois j'ai l'impression de détecteur l'odeur de votre peur.* »

Il appuie sur la touche *arrêt* et lance un sourire sarcastique à Emma.

— Tu sens ma peur ?

Il rappuie sur la touche *marche*, recommence à se branler. Tout en fixant l'écran. Buvant ses paroles. S'imprégnant de sa voix. De son image.

« *Il me semble parfois que j'arrive même à détecter l'odeur de votre peur. Vous essayez de la combattre, de l'ignorer. Mais je ne suis pas dupe.* »

— Sarah a raison sur un point, Emma. Je commence à en avoir assez de cette comédie. Romeo est ma véritable identité. Mon moi authentique. Le reste n'est que mensonge. Nous avons tous besoin d'être vraiment nous-mêmes. Certains ont besoin d'aide pour retrouver leur moi véritable. J'ai aidé Melanie et les autres à se retrouver. Et ce soir, Emma, je vais t'aider. A te débarrasser des mensonges. A devenir enfin ce que tu es. Une allumeuse. Une putain. Une sorcière. N'est-ce pas que j'ai raison, sale conne ?

— Oui, gémit-elle, tremblant de peur.

— Menteuse, sourit-il. Tu dirais n'importe quoi. Tu ferais n'importe quoi pour t'en tirer. (Avec un sourire obscène, il lui tend son pied nu.) Eh bien, vas-y, lèche-le. Lèche-le consciencieusement. Applique-toi, baby. Fais pas semblant.

Emma se met à pleurer tout en prenant entre ses lèvres à vif le gros orteil de Romeo.

Il la regarde s'activer d'un air détaché. Finalement tout cela n'est qu'une diversion. De meilleure qualité que la petite pute du club. Celle-là n'était absolument pas digne qu'on lui donne l'absolution. Il l'a compris avant même de lui arracher le cœur.

Il fronce les sourcils. C'est Melanie qui jusqu'à présent lui a donné le plus de satisfaction. Il a bien cru qu'elle serait la dernière. Qu'elle serait sa rédemption. Qu'il réussirait à conserver son cœur miraculeusement intact. Pur. Mais à la fin il a constaté que son cœur n'était pas meilleur que celui des autres. En y réfléchissant il se dit que Melanie n'était pas capable de donner. Seulement de prendre.

Les choses avancent beaucoup plus vite qu'il ne l'avait prévu. Sa frustration augmente. Bientôt il ne pourra plus la contrôler. Sarah a raison. Les fissures commencent à apparaître.

Il sait qu'avec Sarah ce sera délicieux. Il n'en peut plus d'attendre. Il a hâte que le fantasme devienne réalité. Le stress est terrible. Et ses interventions télévisées sont pour lui une telle incitation à passer à l'acte qu'il a du mal à se contenir.

Un instant il avait espéré qu'Emma réussirait à apaiser sa soif grandissante. Mais Emma le déçoit. Comme toutes les autres. Pourtant il doit aller au bout de ce qu'il a commencé. Ne serait-ce que pour le bien d'Emma.

Tout en se branlant, il pense à Sarah. Emma appartient déjà au passé. Il pense à la dernière soirée qu'ils passeront ensemble. Sarah est unique. Ça, c'est clair. Il baisse le son de la télé et la voix de Sarah n'est plus qu'un murmure. On entend la *Rhapsody in Blue* en provenance du séjour. Le morceau qu'*elle* préférait. C'est un hommage qu'il rend à la seule femme qui l'ait jamais compris et totalement adoré. Pour lui faire savoir qu'elle fait toujours partie de lui. Que tout ce qu'il fait, c'est pour elle qu'il l'accomplit.

Tu me fends le cœur, baby.

Romeo ferme les yeux tandis que le cri familier résonne dans sa tête, noyant la voix de Sarah et la musique. *Je suis désolé. Je ne voulais pas te briser le cœur. Mais tu n'aurais pas dû briser le mien.*

Le chagrin se mêle à la colère comme d'habitude. Pourquoi a-t-il fallu que cela se passe de cette façon. Si seulement elle avait dit la vérité. Si seulement elle n'avait pas proféré ces énormités le dernier jour. *Pourquoi l'a-t-elle blessé de cette façon ? Alors qu'il tendait le bras vers elle, pourquoi son visage a-t-il exprimé pareil mépris ? Ce merveilleux visage. Comme il est devenu hideux soudain.*

Sa bouche tressaille. *Tu ne m'as jamais vraiment aimé. Tu t'es bornée à me le dire. Tu t'es servie de moi.*

La haine l'emplit. *Tu m'as bien baisé. Tu as eu ce que tu méritais, salope, putain, sale conne.*

269

D'un geste, il chasse les larmes qui lui montent aux yeux. *Non, c'est faux. Je t'aime. Je t'aimerai toujours. Et j'essaie de me réconcilier avec toi. Je fais tout ce que je peux pour que tu me pardonnes. Que tu m'aimes.*

Arrêt sur image. L'image de Sarah se fige sur l'écran. Et cette image l'emplit d'espoir. D'amour.

Il se sent maître de soi. Tout baigne.

Il se laisse glisser par terre près de sa prisonnière, l'empoigne par ses épais cheveux noirs. La salive, le sang coulent de sa bouche. Son visage est si meurtri, tuméfié que c'est à peine si on la reconnaît.

— Veux-tu un autre verre de champagne, Emma ? Pour te montrer que je ne t'en veux pas.

Il tend la main vers la bouteille de Perrier-Jouët, remplit leurs deux verres. Près de la bouteille repose un couteau qu'il a pris dans la cuisine d'Emma, et dont la lame parfaitement aiguisée renvoie la lueur tremblotante des chandelles.

Le téléphone sonne.

Tu es comme mort. Je pleure et me réjouis tout à la fois.

M.R., *Journal*

Chapitre 20

— Comment te sens-tu ? questionna Bernie lorsque Sarah, vêtue d'un de ses hauts de pyjama, pénétra dans sa cuisine le lendemain matin.

— Quelle tête j'ai ? fit-elle en se versant une tasse de café.

— Une sale tête.

— Ça m'étonne pas.

— Mais c'est bien que la mémoire te soit revenue, finalement, Sarah.

— Tu sais ce que je ressens maintenant ? fit-elle, sourcils froncés. De la colère. Contre mon père. Contre Romeo. Contre John.

— John ?

— Allegro. Contre Wagner aussi, et contre les policiers.

— Ils font le maximum, Sarah…

— Ça n'est pas suffisant. Il doit y avoir encore mieux à faire. Et c'est à moi de m'en charger. Il faut que je le titille jusqu'à ce que billets doux, bonbons et médaillons ne lui suffisent plus. Il faut que je le pousse à bout, que je l'oblige à se découvrir. Je vais repasser dans l'émission d'Emma, lundi. Et le lendemain également. Et je vais mettre la pression jusqu'à ce qu'il réagisse. Entre nous, c'est la guerre. (Elle avait tant d'autres combats à mener. Et maintenant en tête de liste à côté de Romeo se trouvait un autre nom : Simon Rosen.)

Trente minutes plus tard, Sarah repéra Corky appuyé contre sa voiture banalisée, qui fumait une cigarette devant l'immeuble de Bernie. A peine l'eut-il aperçue qu'il l'éteignit.

— Bonjour.

Sarah balaya la rue du regard.

271

— Ne vous inquiétez pas, fit Corky. Tout est calme. La presse n'a pas réussi à retrouver votre trace.

— Vous pourriez me déposer quelque part, Corky ?

— Où donc ?

— A Berkeley. Au Bellevista. Il faut que j'aille voir mon père.

Lorsqu'ils arrivèrent vingt minutes plus tard devant la maison de repos, Corky lui demanda si elle voulait qu'il l'accompagne.

— Inutile. Leur système de sécurité est parfaitement étanche. Vous ne voudriez pas que les pensionnaires s'échappent.

— Très bien, je vais donc rester dehors.

Charlotte Harris, la surveillante générale, lança un regard surpris à Sarah en la voyant s'engouffrer dans le hall et se diriger vers l'escalier.

— Désolée, Miss Rosen, les visites ne commencent qu'à onze heures…

— Je dois parler à mon père immédiatement, déclara Sarah d'un ton tranchant en évitant la surveillante qui s'était précipitée.

Harris lui emboîta le pas.

— Vous semblez bouleversée. Vous ne voulez pas mettre votre père dans un état indésirable…

— Certainement pas !

— Miss Rosen, voyons… Revenez plus tard.

— Je veux voir mon père tout de suite.

— Mais c'est impossible.

Sarah était à mi-chemin du palier de l'étage où se trouvait la suite de son père.

— J'insiste, Miss Rosen. Votre père est très malade.

— Sans blague !

La réflexion brutale de Sarah laissa la surveillante bouche bée.

— Je vais être obligée de prendre des mesures, Miss Rosen. Je ne peux pas vous laisser le déranger comme ça…

— Si je fais une scène, c'est toute la maison que je vais déranger.

Pinçant les lèvres, la surveillante finit par capituler.

— Si jamais il y a un problème, vous serez responsable.

— Ne sommes-nous pas tous responsables de nos actes ?

En pénétrant dans le séjour de la suite de son père, Sarah le trouva assis dans son fauteuil de prédilection près de la fenêtre et lisant le journal. Il portait un costume foncé, une chemise blanche avec des boutons de manchettes en or, une cravate à motifs cachemire et des chaussures impeccablement cirées. Le voyant vêtu comme pour aller travailler, Sarah eut l'impression de faire un retour dans le passé.

— Je te dérange ?

— Est-ce qu'elle est arrivée ? fit-il, levant les yeux vers elle.

— Qui ça ?

— Ma première patiente. (Il consulta sa Rolex.) Elle a sept minutes de retard.

— Non, ta patiente n'est pas arrivée, papa. Je suis venue te parler.

— On se connaît ?

— Je suis Sarah. Ta fille.

— Pourquoi es-tu debout si tôt, baby ? Il y a quelque chose qui ne va pas ? Raconte à papa. Tu es malade ?

Sarah refoula ses larmes tout en faisant non de la tête.

Il lui sourit, se tapota le genou.

— Tu ne dois pas me déranger quand je travaille, Mellie. Mais j'ai toujours du temps pour faire un câlin. Viens t'asseoir sur mes genoux quelques minutes.

— C'est pas Mellie, papa. C'est Sarah. Mellie est morte.

Il ne parut pas entendre. Il se tapotait toujours la cuisse. Lentement Sarah s'approcha et s'agenouilla devant lui.

— Papa, pourquoi ? Pourquoi ?

Son père ferma les yeux, posa la main sur sa joue. Il se mit à caresser ses cheveux hérissés sans critiquer sa coiffure.

— Tout va bien, baby, murmura-t-il.

Sarah ferma les yeux à son tour, tourmentée par ses souvenirs. La peur courait dans ses veines tel un flot de lave tandis qu'une autre image refaisait surface dans son esprit.

Elle est assise sur la dernière marche de l'escalier quelques heures après l'accrochage au sujet des leçons de danse.

La porte s'ouvre. Melanie se précipite, son sac de classe à l'épaule. Papa l'accueille dans l'entrée. Étreinte chaleureuse.

Étreinte père-fille. Innocente, aimante. Sarah sent la morsure de l'envie.

— *Quoi ? On ne m'embrasse pas ?* fait-il tandis que Melanie *tente de se libérer.*

Melanie lui pique un baiser sur la joue.

— *C'est tout ? Tu peux faire mieux.*

— *Si je te fais un gros bisou, tu me laisses aller dîner chez Jenny ? Sa mère m'a invitée. Avec Jenny, on a un dossier de physique à préparer.*

— *Oh, je vois, tes baisers sont désintéressés...*

Sarah voit Melanie passer les bras autour du cou de son père et l'embrasser sur la bouche. Elle l'entend rire lorsqu'il la lâche.

— *Jenny m'attend dans la voiture.*

— *Un instant, Mellie. Ta mère n'est pas bien. Je dirais même pas bien du tout. Il va falloir que je campe dans mon bureau, cette nuit.*

Le visage de Melanie s'assombrit trente secondes puis une autre Melanie lui succède : c'est une séduisante femme-enfant qui sourit d'un air radieux, et que Sarah ne reconnaît pas.

— *Je rentrerai à dix heures. J'irai te border.*

— *Promis ?*

— *Promis, dit Melanie, scellant sa promesse avec un autre baiser de cinéma.*

— C'est inadmissible.

Son père la toisait d'un air consterné. La piégeant entre passé et présent. Sarah eut honte.

— Désolée. (A peine eut-elle prononcé ce mot qu'un sentiment de rage la saisit. Pourquoi était-ce elle qui s'excusait ? N'était-elle pas venue dans l'espoir d'entendre des paroles d'excuse sortir de la bouche de son père ? Sa visite n'avait-elle pas pour but de l'obliger à reconnaître ses torts envers Melanie ? A reconnaître qu'il avait abusé sexuellement de sa propre fille ?)

— Tu ne t'en tireras pas avec des excuses, ma petite.

Sarah se remit debout. Maintenant c'était elle qui toisait son père :

— C'est trop tard pour les excuses, en effet.

— J'exige de voir la diététicienne. Je sais qu'elle m'a autorisé à manger deux œufs par semaine. Or voilà dix jours que je n'en ai pas eu un seul. J'ai compté.

Sarah jeta un coup d'œil au plateau du petit déjeuner sur la table. Des restes d'œufs brouillés traînaient sur l'assiette par ailleurs vide. Un sentiment d'impuissance s'empara d'elle. Elle s'approcha de la fenêtre et contempla les somptueuses pelouses. Derrière elle, un froissement de journal : son père avait repris sa lecture. Elle se sentait frustrée, écœurée, malade.

— Qu'est-ce que voulez, monsieur ? Ce n'est pas l'heure du déjeuner ?

En entendant son père, Sarah pivota. Elle s'était attendue à tomber nez à nez avec un infirmier mais, à sa grande surprise, elle constata que c'était John Allegro qui se trouvait dans l'encadrement de la porte. En voyant l'inspecteur, son teint terreux, ses vêtements encore plus froissés que d'habitude, elle comprit que quelque chose d'horrible s'était produit.

— Qu'est-ce que…

Il lui fit signe de sortir.

— Allons dehors.

Une fois dans le couloir, elle se tourna vers Allegro.

— Qu'est-ce qui s'est passé ?

Sans répondre, il lui prit le bras, l'entraîna vers l'escalier, passa tête haute devant Charlotte Harris et franchit la porte d'entrée. Corky était parti. La vieille MG d'Allegro était l'unique voiture garée dans le parking des visiteurs.

Elle se dégagea et s'arrêta brutalement sur le sentier gravillonné.

— Dites-moi ce qui se passe, bon sang. (Elle avait la certitude qu'il s'agissait d'une mauvaise nouvelle. Encore une.) Elle avait l'impression d'être tiraillée par les fantômes de son passé et de son présent.

— Il s'agit d'Emma Margolis.

Sarah le dévisagea sans comprendre.

— Eh bien quoi, Emma ?

— Sa femme de ménage l'a découverte ce matin.

— Découverte ?

Allegro tendit le bras vers Sarah, qui recula.

— Non. Non. Non.

— Elle est morte, Sarah. Assassinée.

Emma. Il s'était attaqué à Emma. L'une des rares personnes en

275

qui elle avait eu confiance. Qui s'était occupée d'elle. *Ça t'apprendra, Sarah.*

Son poing s'abattit sur le capot de la voiture d'Allegro.

— Et vous n'avez rien pu faire pour empêcher ça…

— Sarah…

— Alors il peut s'attaquer à n'importe qui ! Vous n'êtes qu'un ramassis d'abrutis, d'incompétents.

— Sarah, je sais ce que vous ressentez.

— Mais non ! fit-elle, tremblant de tous ses membres.

— On va le coincer, je vous le jure.

— La ferme. Vos mensonges, ça commence à bien faire. Il a tué Emma. Il a tué ma sœur. Il va me tuer, moi. Et vous voulez que je vous dise ? Ce sera un soulagement. L'enfer que je vis sera enfin fini.

— Ne parlez pas comme ça ! On va forcément trouver une piste. Tous nos hommes sont sur le pont. On va le coincer, ce salaud.

— Arrêtez de dire des conneries, John. Vous ne l'aurez jamais. Pauvre Emma. J'aurais dû deviner. Surtout après avoir bavardé avec Bernie.

— Deviner quoi ?

— Où étiez-vous la nuit dernière ? Je vous ai appelé. Après avoir tenté de joindre Emma.

— Nous avons trouvé votre message sur son répondeur.

— Où étiez-vous ?

— Je suis allé boire un verre après vous avoir déposée chez Bernie.

— Un verre ?

— Deux, trois. Peut-être davantage. Enfin, j'ai pris une cuite. Ça m'arrive de temps en temps.

— Ça ne me regarde pas, marmonna-t-elle.

— Désolé. C'est pas facile, cette histoire. Alors pourquoi m'avez-vous appelé ?

Elle jeta un coup d'œil à la maison de repos et aperçut son père à la fenêtre qui la fixait. Comme la fameuse nuit des années auparavant, leurs regards se croisèrent de nouveau. Cette nuit-là, ils avaient conclu un pacte. Et maintenant elle allait devoir trouver la force de le rompre.

— Il l'a violée, dit-elle, les yeux rivés sur le visage de son père. Mon père a violé Melanie. Elle croyait que c'était de l'amour. Mais

276

non. C'était un viol. Il en a fait son esclave. Et il n'a pas eu besoin d'écharpes de soie pour la ligoter. Il était beaucoup trop malin. Il a procédé avec beaucoup plus de subtilité. Melanie n'avait aucune chance de lui échapper.

Allegro leva la tête et fixa le Dr Simon Rosen sans prononcer une parole.

— Je l'ai pris sur le fait. Et j'ai soigneusement gommé ce souvenir de ma mémoire jusqu'à… J'aurais dû réagir. Faire quelque chose. *Maintenant tu vas payer. Ça t'apprendra.*

— Sarah, vous n'étiez qu'une enfant. Qu'auriez-vous pu faire ? (Il tendit le bras mais elle recula, incapable de supporter qu'on la touche.) *Je ne mérite pas qu'on me réconforte. Je ne mérite ni tendresse ni pitié.*

Les larmes se mirent à couler sur son visage. Larmes pour Melanie. Pour Emma.

— Si le viol est un enfer, John, comment appeler ce qui suit ?

— Le purgatoire ? suggéra Allegro.

— Non. La mort. Partons, décida-t-elle, sachant qu'elle mettait les pieds à Bellevista pour la dernière fois. Qu'elle ne reverrait jamais plus son père.

Assis dans la MG dans le parking, ils continuèrent à parler. Sarah avait appuyé la tête contre la vitre.

— Si j'avais passé la nuit chez Emma peut-être que…

— Ne recommencez pas, Sarah.

Mais dans sa tête, la voix continuait. *Tout ça, c'est ta faute, Sarah. Si tu t'étais occupée de tes affaires au lieu de te mêler de…*

— Emma était une femme formidable. Bien que perturbée.

— Comment ça, perturbée ?

— Oui, son truc, c'était le sadomasochisme, fit Sarah après une hésitation.

— Comment le savez-vous ?

— Elle m'en a parlé l'autre nuit.

— Sarah, ça pourrait être une piste. Il faut absolument que vous me racontiez.

Allegro avait raison : elle aurait dû tout lui dire dès le départ. Peut-être qu'Emma serait encore en vie à l'heure actuelle. *Tout ça, c'est ta faute.*

— Elle fréquentait un sex club branché sadomaso.

— Mike l'a emmenée dans un sex club de ce style préparer un reportage. Mais c'est pas pour autant…

— Elle y était déjà allée auparavant. Avec Diane Corbett. A Richmond. Deux fois.

— Bon Dieu, marmonna Allegro. Le nom de ce club ?

— Elle ne me l'a pas précisé.

— On s'arrangera pour le découvrir. Félicitations, Sarah.

Elle fit part à Allegro de sa théorie selon laquelle Romeo était persuadé que toutes les femmes qu'il assassinait avaient été victimes d'inceste.

— Emma vous a-t-elle dit avoir été maltraitée sexuellement lorsqu'elle était petite ?

— Non, mais ça pourrait expliquer son goût pour le sadomasochisme. Les enfants victimes de sévices sexuels sont conduits à faire un lien entre sexualité, honte, culpabilité et soumission. Devenus adultes, ils passent leur temps à retrouver ce qu'ils ont connu : douleur, humiliation, soumission. Parce que c'est à cela que se borne leur expérience de la sexualité.

Allegro ne souffla mot.

— John, si Romeo est à mes trousses, c'est parce qu'il est persuadé que j'ai été maltraitée sexuellement, moi aussi. Que mon truc, c'est d'être dominée et punie.

— Peut-être qu'il y avait quelque chose dans le journal de Melanie…

Elle lui lança un regard acéré.

— Ma sœur aurait écrit dans son journal que j'ai été victime d'un pédophile étant petite fille, c'est ça ?

— Peut-être a-t-elle simplement mentionné le fait que vous les avez surpris, votre père et elle…

— Qu'est-ce qui vous fait penser que Melanie savait que je les avais surpris ?

— Je suis policier, Sarah. Je fais des déductions. Si vous l'avez vue, il y a des chances qu'elle vous ait vue aussi.

— C'est impossible, mais elle a dû entendre mon père m'engueuler dans le couloir, me traiter de sale fouineuse. A tort. Parce que je ne les espionnais pas.

— J'en suis sûr, Sarah.

278

— J'ai l'impression que Romeo a lui aussi été victime de sévices sexuels lorsqu'il était enfant.

— Melanie partageait votre point de vue, fit Allegro avec un soupir. Nos hommes examinent les antécédents de tous les suspects. Au cas où il y aurait eu quelque chose dans ce goût-là dans leur enfance.

Sarah regarda par la vitre. Ça lui faisait drôle de voir les gens vaquer à leurs occupations comme si de rien n'était. Elle ferma les yeux afin de ne plus les voir.

— J'étais tellement sûre que j'allais être sa prochaine cible.

— Ouais, moi aussi.

— Les événements se précipitent. Melanie, la semaine dernière. Et huit jours plus tard, Emma. Il est de plus en plus assoiffé de sang, John. Il est aux abois. Par ma faute.

— Ne recommencez pas à culpabiliser.

— Et moi qui croyais qu'en participant à cette émission… En lui lançant un défi… Oh, mon Dieu, fit-elle en sanglotant. Et le cœur de Melanie ? Il l'a laissé chez Emma ?

Allegro hocha la tête en signe d'assentiment. Le visage de Sarah était un masque de souffrance. Elle avait été tellement persuadée que Romeo lui destinait le cœur de Melanie… *Parce que tu croyais que tu arriverais à être plus maligne que ce monstre ? Espèce d'idiote.*

Allegro tendit la main et lui toucha le bras. Elle prit cette main et dans un élan qui trahissait sa vulnérabilité, elle l'appuya contre sa joue.

— J'aimais beaucoup Emma. Vous aussi et Mike également, je crois.

— Oui, mais il ne s'agit pas seulement de cela. Ce qui nous démolit, c'est notre sentiment d'impuissance. La police tout entière se sent impuissante dans cette affaire.

L'impuissance, Sarah connaissait. Elle aurait pu écrire un livre sur le sujet. *Non, c'est Melanie qui l'a écrit, ce livre.*

— Écoutez, Sarah, ça ne me plaît pas du tout de vous laisser mais il va falloir que je retourne chez Emma. J'ai expédié Corky chez votre ami Bernie pour qu'il veille sur vous. J'aurais préféré monter la garde moi-même, mais c'est une véritable course contre la montre. Et je veux absolument exploiter la piste que vous m'avez fournie concernant le sex club de Richmond.

— Merci d'être venu jusque-là m'annoncer la nouvelle. (Elle aurait voulu lui dire qu'elle était touchée par sa démarche. Qu'elle aurait souhaité qu'ils passent la nuit dans l'auberge romantique où ils avaient dîné la veille. Mais elle s'en sentit incapable.)

— Je me doutais bien que vous seriez bouleversée, j'ai pensé que c'était à moi de vous prévenir, grommela-t-il.

— Désolée de vous avoir traité d'abruti et d'incompétent.

— J'ai entendu pire.

— Je voudrais venir avec vous, John.

— Sarah…

— Ne dites pas non.

Autour de l'immeuble d'Emma Margolis, c'était de la folie. Flics en civil, flics en tenue, reporters, photographes, cameramen, badauds se bousculaient sur le trottoir et la chaussée. Allegro ne parvint même pas à s'approcher de l'immeuble. La rue était encombrée par une demi-douzaine de voitures de patrouille, la fourgonnette du médecin légiste et des vans de la presse.

— Couchez-vous, dit Allegro à Sarah tandis qu'il se garait en double file à cinquante mètres de l'entrée, sinon ça va être la curée.

Sarah s'accroupit de son mieux dans la MG. Wagner, qui était plongé dans un conciliabule avec deux policiers en uniforme, repéra la voiture de sport et fit signe à Allegro de ne pas bouger. Quelques secondes plus tard, abandonnant les policiers, Wagner se dirigea vers eux. Il eut l'air sidéré de voir Sarah recroquevillée sur le siège du passager.

— Qu'est-ce qu'elle fiche…

— T'inquiète pas. Elle ne montera pas.

Se penchant, Wagner fixa Sarah, radouci.

— Vous tenez le choc ?

— Et vous ?

— Ouais, fit-il d'un ton brusque.

— On tient un embryon de piste, Mike. Grâce à Sarah.

Sans laisser à Allegro le temps de lui parler du club de Richmond, Wagner enchaîna :

— Dans ce cas, on en tient peut-être deux. Une voisine d'Emma, Margaret Baldwin, a aperçu Emma en fin d'après-midi hier dans un salon de thé à quelque trois cents mètres d'ici.

L'*Upper Crust*. Emma était en compagnie d'un homme. Nous avons montré des photos à Mrs. Baldwin. Elle n'a pas hésité un instant quand elle a eu sous les yeux la photo de Perry. Elle l'a reconnu comme étant le gars qui accompagnait Emma. Mais c'est pas tout. Lorsque Emma est sortie, Margaret Baldwin — assise à une table en terrasse — a remarqué qu'après avoir pris congé d'elle, Perry l'avait laissée s'éloigner avant de se décider à lui emboîter le pas.

— Cette fois, on va le cueillir, dit Allegro.

— C'est comme si c'était fait. Et ce coup-ci on a un mandat de perquisition.

— D'autres témoins ?

Wagner désigna du doigt un immeuble de stuc rose de l'autre côté de la rue.

— Une dame d'un certain âge qui habite au rez-de-chaussée, Mrs. Rumney, dit avoir vu un couple pénétrer dans l'immeuble vers cinq heures. Sa vue n'est pas très bonne mais elle est pratiquement sûre qu'il s'agissait d'Emma parce qu'il n'y a pas d'autres Noirs qui habitent ici. Sur le type, elle n'a pas pu nous dire grand-chose.

— Ce qu'il portait ? Sa taille ? La couleur de ses cheveux ? Bon Dieu, Mike, elle a vu quelque chose !

— D'après elle, fit Wagner en allumant une cigarette, il était grand. Blanc. Il portait une veste de sport mais elle n'a pas été fichue de nous dire de quelle couleur. Bref son témoignage est plu-tôt flou.

— Sauf en ce qui concerne l'heure, souligna Sarah.

— Oui, mais c'est parce qu'elle venait de prendre le médica-ment qu'elle doit avaler à cinq heures, dit Wagner.

— Vous croyez que c'était Perry ? questionna Sarah.

— Il y a de fortes chances que oui, dit Allegro.

Sarah n'était pas convaincue.

— Pourquoi l'aurait-elle invité à monter ? Il l'avait suivie : ça aurait dû éveiller sa méfiance, non ?

— Emma était une fille qui n'hésitait pas à prendre des risques. Surtout si elle sentait qu'il y avait un scoop à la clé.

— Elle n'était pas obsédée par l'audimat, répliqua Sarah, se hérissant.

— Je sais. C'est pas ce que je voulais dire.

— Pourquoi ne pas interroger Perry ?

— Précisément, j'y allais, dit Wagner. Rodriguez et Johnson sont sur place avec le mandat.

— On te suit, dit Allegro avec un coup d'œil à Sarah.

Wagner n'eut pas l'air de penser que c'était une idée de génie d'emmener Sarah mais il ne souffla mot. Il leur demanda ce qu'ils avaient découvert de leur côté. Allegro lui parla du sex club de Richmond.

— Connais pas, fit Wagner. Mais je vais mettre quelqu'un sur le coup immédiatement.

Ils eurent beau frapper, nul ne vint leur ouvrir.

— On a un mandat ! Si vous ne nous laissez pas entrer, Perry, nous serons obligés de recourir à la force, cria Wagner.

— Peut-être qu'il est sorti, suggéra Rodriguez.

— Je ne crois pas, fit Sarah qui avait un mauvais pressentiment. Enfoncez la porte, John.

Sortant son revolver de son étui d'épaule, Allegro adressa un signe de tête à Wagner et Rodriguez.

— Entrons. Johnson, vous resterez dehors avec Sarah.

Petit, trapu, Johnson ne parut pas spécialement content d'être promu baby-sitter.

Tandis que Wagner et Rodriguez pesaient de tout leur poids contre le battant, plusieurs voisins passèrent la tête dans le couloir. Allegro agita son badge. Les portes se refermèrent aussitôt.

A la quatrième tentative, la porte céda. Les policiers armés s'engouffrèrent dans l'appartement. Lorsque Rodriguez revint telle une flèche quelques secondes plus tard, Sarah vit ses craintes confirmées.

— Il est mort ? questionna Johnson.

— Son pouls battait encore quand on l'a décroché. On l'a trouvé pendu dans sa salle de bains. Allegro appelle une ambulance.

— Pendu ? chuchota Sarah d'une voix rauque. Elle eut l'impression de toucher un fil électrique dénudé et reçut comme une décharge. *Une autre pendaison. Un autre suicide.*

— On dirait qu'on tient notre homme, fit Johnson en rangeant son revolver. Il a préféré se supprimer plutôt que de payer l'addition.

— Au fait, ajouta Rodriguez, on a retrouvé dans sa salle de bains une platine laser portable. Devinez ce qu'il écoutait ?

— La *Rhapsody in Blue* ? suggéra Johnson.

— Dans le mille. Et vous savez avec quoi il s'est pendu ? Une écharpe de soie blanche.

Sarah les bouscula. Par une porte ouverte, elle aperçut Perry allongé sur la moquette. Wagner lui faisait du bouche à bouche.

Allegro la rejoignit.

— Vous saviez qu'il allait faire une tentative de ce genre.

— Je m'en doutais, dit-elle, impassible.

— Comment ça ?

— L'intuition. Est-ce qu'il va s'en tirer ? questionna Sarah.

— C'est probable. Mais à mon avis, il va le regretter.

Sarah vit qu'Allegro tenait dans sa main gantée de latex deux enveloppes à mise sous scellés. Dans l'une, une écharpe de soie blanche. Dans l'autre, un CD.

Johnson apparut, sortant de la chambre. Lui aussi tenait une enveloppe en plastique.

— Une cassette vidéo. De *Cutting Edge*.

Sarah ne put s'empêcher de tressaillir.

— Ça va, Sarah ? questionna Allegro.

— Alors il n'y a pas de doute ? C'est bien lui ? Perry *est* Romeo ?

— On dirait, oui. J'ai trouvé autre chose près de son lit.

— Quoi donc ? questionna Sarah avec l'impression de suffoquer. L'album de classe de Melanie ? Son journal intime ?

— Un cahier garni de coupures de presse concernant les victimes.

— Rien… d'autre ?

— Pas encore. Une fois qu'on aura embarqué Perry, les techniciens retourneront l'appartement de fond en comble.

— John, promettez-moi une chose, fit Sarah.

— Si le journal de Melanie venait à être retrouvé, dit John, je ferais en sorte que personne ne le feuillette.

— Cette fois, il est bleu ! s'écria Wagner de la chambre. Où sont ces putains d'ambulanciers ?

Tout en se disant excitées sexuellement par les sévices et les humiliations, les victimes éprouvent toutes un sentiment de honte, d'indignité. Il en va de même pour Romeo. Infligée ou subie, la douleur est le lien qui les unit.

Dr Melanie Rosen, *Cutting Edge*

Chapitre 21

Robert Perry était dans le coma au service de réanimation du San Francisco Memorial. Dans l'espoir d'obtenir une déposition au plus vite, Allegro et Wagner restèrent sur place en compagnie de Sarah, qui tenait à entendre elle-même sa confession, et s'installèrent dans la salle d'attente.

Il n'était pas loin de dix-huit heures lorsque Rodriguez arriva en trombe du commissariat. Les yeux exorbités, il invita d'un geste Allegro et Wagner à le rejoindre dans le couloir.

Angoissée, Sarah interrogea les deux inspecteurs du regard.

— Je vais aux nouvelles, John, fit Wagner en se levant. Reste avec Sarah.

Une minute plus tard, il était de retour.

— Alors ? questionna impatiemment Allegro.

Manifestement, Wagner n'avait aucune envie de parler devant la jeune femme, qui attaqua sans ménagement :

— Ils ont trouvé le journal intime de Melanie ?

— Non. Et ils n'ont pas trouvé... son cœur non plus.

N'en croyant pas ses oreilles, Sarah fixa Wagner.

— Quoi ? lança Allegro, sourcils froncés.

— Les gars du labo viennent de finir les examens préliminaires du cœur trouvé sur Emma. Ça ne peut pas être celui de Melanie. Le groupe sanguin ne colle pas.

Une chape de glace s'abattit sur Sarah.

— Mais alors, à qui il est, ce putain de cœur ?

— Aucune idée, répondit piteusement Wagner.

A dix-huit heures trente, Mike Wagner reconduisit Sarah dehors, empruntant une discrète entrée de service. La jeune femme qui avait espéré se faire raccompagner par Allegro en fut pour ses frais. L'inspecteur avait en effet reçu de son chef l'ordre de monter la garde auprès de Perry toujours inconscient et de faire une déclaration aux médias, sans mentionner le cœur non identifié retrouvé dans le thorax d'Emma Margolis — détail qui devait être tenu secret tant qu'on ignorerait la provenance de l'organe.

Sarah avait pourtant tenté de convaincre Allegro de la garder près de lui, mais en vain. Ce dernier lui avait sèchement ordonné de partir, impatient de la voir vider les lieux avant que les questions ne commencent à fuser. Plus tard la presse lui tomberait sur le poil, mieux cela vaudrait pour elle.

— Je vous emmène manger un morceau, dit Wagner, allumant une cigarette. Pas question de vous laisser rentrer le ventre creux.

De l'hôpital, Sarah avait appelé Bernie pour lui annoncer qu'elle rentrait chez elle, Perry ayant été appréhendé. Bien que toujours rongée par le doute, elle ne demandait qu'à croire qu'il s'agissait bien de Romeo. Que le cauchemar était fini.

— Qu'est-ce qui vous tenterait ? s'enquit Wagner.

— Je n'ai pas faim.

— Moi, j'ai une faim de loup, fit-il en lui ouvrant la portière de sa voiture. Vous me tiendrez compagnie.

Un quart d'heure plus tard, ils entraient au *Salt & Pepper*, une gargote décorée dans le style années cinquante et située dans Geary Street, et s'installaient dans un box tapissé de vinyle vert. Wagner commanda un sandwich aux œufs, un milk shake au chocolat et une portion de frites.

— Manifestement, vous n'avez pas de problème de cholestérol, lança Sarah.

— Le milk shake est pour vous.

— Si j'avais eu envie d'un milk shake, je l'aurais commandé, répliqua-t-elle sèchement. Je suis une grande fille.

— On fait la difficile ?

Cette fois, la jeune femme se hérissa littéralement.

— Je plaisantais, s'excusa l'inspecteur. Histoire de vous dérider un peu. Je sais bien qu'il n'y a pas de quoi rigoler en ce moment.

— Vous croyez qu'il va s'en sortir, Mike ?

— Le toubib a l'air optimiste.

— Et dire qu'il y en a une autre que nous ne connaissons même pas...

— N'y pensez pas, Sarah. Ça n'avance à rien.

Un client mit une pièce dans le juke-box d'où jaillit une chanson d'amour. Sarah, elle, n'était toujours pas parvenue à s'extirper la *Rhapsody in Blue* de la tête.

Au moment où Wagner s'apprêtait à prendre une cigarette, une serveuse qui passait lui montra du doigt le panneau « Interdit de fumer ». Grommelant, il tenta de remettre la cigarette dans le paquet d'un geste maladroit et ne réussit qu'à la casser.

— Pour vous aussi, ç'a été un cauchemar, commenta Sarah.

— J'espère que c'est fini, maintenant.

— « J'espère » ? Qu'est-ce que vous voulez dire ?

— Rien de plus que ce que j'ai dit.

— Parce que vous n'êtes pas sûr que c'est Perry ?

— Nous en savons assez pour le garder pour le moment. Mais dans ce que nous avons trouvé chez lui, il n'y a pas suffisamment de pièces à conviction pour l'inculper et encore moins le faire condamner. Bien sûr, si les empreintes génétiques collent, on le tient. Mais ça va prendre des semaines, peut-être plus. A moins que Perry ne nous facilite les choses en se mettant à table.

— Comment arrivez-vous à encaisser tout ça, Mike ? Je veux dire ce boulot ?

— Il faut bien que quelqu'un s'en charge.

— Sérieusement, vous avez toujours voulu être flic ?

— Pas toujours.

— Qu'est-ce que vous aviez en vue, alors ?

— Vous allez rire.

— Parce que j'ai une tête à rigoler, en ce moment ?

— Non. Mais presque personne n'est au courant, pas même John. Alors, gardez ça pour vous.

— Vous pouvez compter sur moi. Parole de scout.

— D'accord. Quand j'étais jeune — à la fac, surtout — j'ai envisagé de devenir chanteur.

— Chanteur ? Parce que vous chantez ?

— Vous voyez, j'en étais sûr.

— Excusez-moi, je ne voulais pas vous vexer. D'ailleurs, pourquoi pas ? Et qu'est-ce que vous vouliez chanter ? De l'opéra ? De la pop ?

Il haussa les épaules.

— Ça vous intéresse vraiment, ces bêtises ?

— A l'heure qu'il est, il n'y a que les bêtises qui puissent m'intéresser, Mike. Alors ?

Leurs yeux se croisèrent. Ils étaient sur la même longueur d'ondes.

— Au début, j'ai fait partie d'un groupe à Sacramento State. J'ai même décroché le rôle principal dans deux ou trois comédies musicales. Ensuite, je suis sorti avec une fille dont le père était propriétaire d'un petit night-club en ville. Elle m'y a fait engager le week-end. Un jour, un impresario qui faisait la tournée des boîtes est passé. Après m'avoir entendu, il m'a proposé de s'occuper de moi en me faisant miroiter un contrat à Las Vegas.

— Ça a marché ? s'enquit Sarah qui aurait plutôt vu Mike Wagner en avocat qu'en chanteur de cabaret.

— Non. C'est ma mère qui n'a pas voulu. Elle tenait à ce que je passe ma licence avant tout. Mais ça ne m'a pas empêché de continuer à chanter dans les clubs du coin jusqu'à la fin de mes études.

— Comment êtes-vous passé de la chanson à la police ?

Machinalement, il sortit une autre cigarette de son paquet et l'alluma. A peine avait-il tiré deux bouffées que la serveuse qui revenait avec sa commande lui demanda de l'éteindre. Il s'exécuta en la plongeant dans son verre d'eau.

Lorsque la serveuse eut disparu avec le verre, il poussa le milk shake devant Sarah et les frites au milieu de la table.

— Mon beau-père était flic. Alors, quand j'ai passé ma licence à Sacramento State, il m'a poussé à entrer à l'école de police. Comme je ne savais pas quoi faire, j'ai suivi son conseil.

— Et votre mère ? Comment a-t-elle réagi ?

— Elle m'a trouvé chouette en uniforme. Non, sérieusement, comme elle était très malade à l'époque, j'ai surtout saisi l'occasion pour rester dans la région. Mais c'est marrant, des fois, la façon dont les choses se goupillent. J'ai eu un coup de foudre pour mes nouvelles études et suis sorti premier de l'école de police.

— Vos parents ont dû être drôlement fiers de vous.

Wagner fixa le sandwich aux œufs qu'il n'avait pas encore touché.

— Maman est morte un mois avant les derniers examens. Et

mon beau-père était temporairement suspendu pour ivresse dans l'exercice de ses fonctions. On lui a donné le choix entre les Alcooliques anonymes et rendre son insigne. Il a tenu le coup quelques mois, mais la gnôle a fini par l'avoir. (Il jeta un regard furtif vers la jeune femme.) Ça doit être pour ça que je me fais du souci pour John.

— Mais John ne boit jamais en service, non ? fit-elle d'un ton faussement décontracté.

— Plus maintenant. Mais ç'a été dur. La perte de son fils a dû être un coup terrible pour lui. A l'époque, je ne le connaissais pas. Mais d'après ce que j'ai entendu dire quand je suis entré à la Criminelle, c'est après la disparition de son gosse qu'il s'est vraiment mis à la bouteille. Quand nous avons fait équipe, il n'était pas encore sorti de l'auberge. Le fait que j'aie déjà vécu ça par beau-père interposé a dû drôlement lui taper sur les nerfs. N'empêche que John est le meilleur équipier que j'aie jamais eu.

Sarah fixa machinalement le milk shake.

— J'ignorais qu'il avait eu un gosse.

— Un garçon. Mort de méningite cérébro-spinale à dix ou onze ans.

— Ça fait combien de temps ?

— Environ six ans. Il ne m'en a parlé qu'une fois, un jour où il était bourré comme un coing. Après, plus un mot. De toute façon, John n'est pas du genre bavard.

— En effet, il n'est pas très expansif.

Wagner prit une bouchée de sandwich qu'il fit passer avec l'eau de Sarah, car la serveuse ne lui avait toujours pas rapporté son verre.

— Comment ça se passe, entre vous deux ?

Sarah qui était sur le point de goûter au milk shake se pétrifia.

— Qui ça, nous deux ? John et moi ? Parce que vous vous êtes mis dans la tête qu'il se passait quelque chose ?

Wagner tendit la main vers la bouteille de ketchup posée à côté du distributeur de serviettes en papier.

— Je peux ? demanda-t-il, indiquant les frites.

— De toute façon, ce ne sont pas vos affaires, se défendit-elle. (John avait-il été raconter des histoires à son équipier ? Ça ne lui ressemblait pas. Comme Wagner venait de le souligner, John n'était pas bavard.)

288

— Si ça ne vous ennuie pas, je vais mettre du ketchup sur la moitié des frites et…

— Wagner, si vous avez quelque chose à dire, accouchez.

Renversant le flacon, il en tapota le fond jusqu'à ce que la sauce tomate se décide à couler.

— D'après mes renseignements, fit-il en lançant un regard oblique à Sarah, John n'est pas beaucoup sorti depuis que sa femme…

— Je suis au courant. Elle s'est suicidée. (C'était peut-être idiot, mais elle eut l'impression d'avoir marqué un point. Ça lui apprendrait à ne pas lui avoir parlé de la mort de son fils.)

L'inspecteur reposa le flacon sur la table, en essuya le goulot et revissa soigneusement le couvercle blanc.

— Il vous a dit qu'elle avait porté plainte contre lui ?

— Porté plainte ?

— Oui, deux ou trois mois après que John et moi avons commencé à faire équipe. Ils vivaient toujours ensemble à l'époque, mais ça n'avait plus de mariage que le nom. John se cherchait un appartement. Il m'est même arrivé de l'accompagner lors de ses visites en dehors des heures de service.

— Quel genre de plainte ?

— Elle a prétendu qu'il la battait.

— Je n'en crois rien. D'après John, elle était plutôt instable. (Ce que Sarah comprenait parfaitement, maintenant qu'elle était au courant de la mort de leur fils.) Elle a dû se douter qu'il avait l'intention de la quitter, alors elle a perdu la tête.

— Je l'ai vue, Sarah. Quand elle est venue porter plainte au commissariat le lendemain, elle avait un œil au beurre noir et la mâchoire tuméfiée. Quand elle est partie, John lui a emboîté le pas. Ils ont dû avoir une discussion, parce que le lendemain, elle est revenue pour retirer sa plainte.

— John a-t-il reconnu l'avoir battue ? (Il devait y avoir une autre explication. C'était sa parole contre celle de sa femme.)

— Je ne lui ai jamais posé la question, dit Wagner. Les autres non plus.

A sa façon de dire ça, Sarah comprit qu'il lui conseillait de faire comme tout le monde et de s'abstenir de poser la question à John.

Lorsque, peu après vingt heures, Wagner déposa Sarah devant chez elle, un homme en civil montait toujours la garde. Comme la police n'avait pas grand-chose de solide contre Perry, les ordres étaient toujours de ne pas lâcher la jeune femme d'un pouce jusqu'à ce que les flics aient la preuve qu'il s'agissait bien du tueur.

Debout devant la porte de son appartement, Sarah allait introduire sa clé dans la serrure, lorsque la porte de l'immeuble s'ouvrit et qu'un grand et très bel homme aux cheveux noirs vêtu d'un élégant costume gris pénétra dans l'entrée. D'abord étonnée, elle fut prise de panique lorsque l'étranger se dirigea vers elle. Wagner n'était pas le seul à ne pas être persuadé que la police tenait le vrai coupable. Pourtant, le policier de garde avait bien dû vérifier l'identité de l'inconnu.

— Sarah ! s'exclama celui-ci, j'ai appris la bonne nouvelle à la radio. Vous devez être drôlement soulagée qu'ils aient arrêté ce malade ! Mais il va falloir tout me dire, maintenant. C'est vrai que vous étiez sur place lors de l'arrestation et que vous lui avez tenu la main ? Il va vraiment s'en sortir ? Il paraît qu'il est en coma dépassé.

Bien que l'allure de l'homme lui fût parfaitement étrangère, Sarah finit néanmoins par reconnaître sa voix.

— Vickie ! s'exclama-t-elle, laissant tomber sa clé par terre de surprise.

Tout rougissant, celui-ci s'empressa de la ramasser.

— Ah, ces fringues ! protesta-t-il. Je suis allé dîner avec ma petite mère ce soir. Ce qui l'embête, ça n'est pas tellement que je sois un travelo, mais que je porte la toilette mieux qu'elle.

Stupéfaite, Sarah ne parvint pas à articuler un mot.

— Le temps de passer quelque chose de plus seyant et je vous rapporte à manger, d'accord ? Ça vous fera du bien. J'ai un pâté en croûte formidable. Je vais vous faire un bon petit sandwich.

Toujours aussi silencieuse, Sarah contempla longuement son voisin. Qu'il était beau ! Et viril, en plus. Exactement comme sur la photo qu'elle avait découverte dans son placard.

— Qu'est-ce que vous en dites ? Si vous n'aimez pas le pâté, j'ai une pizza surgelée. Le temps de la passer au micro-ondes…

— Non, merci, parvint à dire Sarah d'une voix étranglée. J'ai déjà mangé à l'hôpital, mentit-elle.

— A l'hôpital ! Quelle horreur ! s'exclama Vickie avec une grimace de dégoût. Bon. Dans ce cas, je vais vous apporter de quoi vous remettre d'aplomb.

— Merci, mais je suis vraiment trop crevée, répliqua la jeune femme déconcertée par l'insistance de Vickie. Je n'ai qu'une envie, c'est de me fourrer au lit. Ça fait des semaines que je n'ai pas eu une vraie nuit de sommeil.

— Vous devez être drôlement soulagée que ça soit fini, lança Vickie d'une voix aiguë qui forma un contraste surprenant avec son allure virile.

— Perry n'est pas encore inculpé.

— Pas étonnant. Pour qu'on puisse lui lire ses droits et le flanquer en taule, il faut qu'il commence par reprendre connaissance. D'après le flash que j'ai entendu en rentrant, il s'est pendu avec une écharpe de soie blanche. La même que celle qu'il utilisait pour ligoter ses victimes. Quel symbole !

— Je n'ai vraiment pas envie de parler de ça maintenant, dit Sarah tout en tournant sa clé dans la serrure.

— Que je suis bête ! Je vous enquiquine. Comme ces abrutis de journalistes.

— Rien à déclarer, fit-elle avec un sourire las.

— Vous avez raison.

— Excusez-moi, Vickie, mais je suis épuisée. Il faut vraiment que je dorme.

Avant qu'elle ait eu le temps de pénétrer dans son appartement, Vickie parvint à lui effleurer la joue de la main.

— Bon, eh bien j'espère que vous n'aurez plus de cauchemars. Faites de beaux rêves, mon petit.

La caresse inattendue du travesti et son ultime remarque laissèrent Sarah rêveuse. Elle s'appuya contre sa porte enfin fermée. Son appartement était dans un état de désordre indescriptible. De plus, une puanteur insupportable émanait de la cuisine. Les ordures. Ça faisait plusieurs jours qu'elles macéraient dans la poubelle. Avec une grimace de dégoût, la jeune femme ferma le sac avec son cordon en nylon. Il ne fallait surtout pas qu'elle oublie de le jeter demain. Peut-être même ferait-elle un peu de ménage. Elle se dirigea vers sa chambre. « *Tu ne pourras jamais faire le ménage dans ta vie tant que tu n'auras pas fait le ménage dans ta tête* », lui avait dit Melanie lors de leur ultime conversation.

Après avoir pris une douche chaude, Sarah retapa un peu son lit et secoua la couverture, provoquant un léger nuage de miettes et de poussière. En se glissant entre les draps, elle repensa à Robert Perry qui gisait dans le coma à l'hôpital. Si seulement c'était lui, Romeo. Si seulement elle parvenait à chasser de son esprit le cœur disparu de Melanie. Et celui d'Emma, qui avait subi le même sort. Deux cœurs manquants. Pourquoi ? Pourquoi ce changement dans son rituel ?

Puis, songeant à sa rencontre avec Vickie dans l'entrée, elle se mit à envisager une nouvelle possibilité. Et si par hasard l'absence de témoins oculaires tenait à ce que ça n'était pas un *homme* qui était entré dans les immeubles des victimes, mais une *femme* ? Ou quelqu'un qui parvenait à se faire prendre pour tel ? Ça collait parfaitement. Aucun problème en tout cas pour une drag queen comme Vickie, à qui un petit changement de costume suffisait pour se transformer en un *Vic* très séduisant.

En outre, Vickie connaissait probablement la faune des sex clubs underground. N'avait-il pas dit qu'il s'était *produit* en banlieue ? Pourquoi pas au club où s'était rendue Emma ? Peut-être se bornait-il à y traîner. Pas en travesti. Pour draguer des filles. Parce qu'il était drôlement beau, *Vic*. Emma, Diane Corbett, les autres victimes, sa sœur même, auraient fort bien pu le trouver à leur goût.

Malgré tout, Perry collait beaucoup mieux avec le personnage de Romeo. C'était un déséquilibré, certes, et qui souffrait probablement d'un syndrome de personnalité multiple. Mais il ne s'était jamais présenté à Melanie en période de crise violente. C'est-à-dire aux moments où il devenait Romeo.

Elle éteignit la lumière, tira les couvertures et resta allongée à essayer d'oublier Romeo, Emma, son père et Melanie, John et sa femme, John et son fils, John tout seul. Que n'aurait-elle donné pour sombrer dans un sommeil sans rêves.

Lorsque Allegro entra dans la salle des inspecteurs à neuf heures quarante ce soir-là, Wagner abandonna le rapport qu'il était en train de lire et redressa la tête.

— On a un autre problème, partenaire, lança Wagner.

Après avoir enlevé sa veste et l'avoir jetée sur un dossier de chaise, Allegro posa les mains bien à plat sur le bureau.

— C'est vraiment nécessaire de me mettre au courant, Mike ?

— Y a un type avec sa nana dans le couloir… (Wagner fit une pause pour retrouver les noms sur le document.) Fred Gruber et Linda Chambers. Ils buvaient un verre dans leur bar habituel lorsqu'ils ont vu la photo de Perry sur CNN. Apparemment, ils sont prêts à jurer que Perry était assis juste devant eux dans un cinéma de North Beach le soir où Melanie Rosen a été assassinée.

— Ah, encore des ivrognes.

— Non, j'ai vérifié, fit Wagner, secouant la tête. La fille a même parlé de la prise de bec que Perry a eue avec une Asiatique au bar du ciné. Ils soutiennent que Perry a regagné son siège et regardé le second film jusqu'à la fin. Gruber s'en souvient parce que Perry n'a pas arrêté de gigoter sur son siège.

— Et merde !

— Tu en veux d'autres, des bonnes nouvelles ?

— Non, siffla Allegro, fusillant son collègue du regard.

— Au salon de thé l'autre jour, avec Emma, Perry ne portait pas de veste. (Wagner compulsa de nouveau le document posé sur son bureau.) C'est noté dans le rapport de Rodriguez, le collègue qui a pris la déposition de Margaret Baldwin, la voisine qui les a vus à l'*Upper Crust*. D'après elle, Perry portait un pull irlandais blanc cassé. Alors j'ai appelé Mrs. Rumney, la vieille dame qui habite l'immeuble d'en face. Elle maintient sa version : le type qui est entré avec Emma portait une veste de sport. Mais maintenant, elle pense que la veste était peut-être marron. Ou grise. Pour couronner le tout, elle croit que le type qu'elle a vu est plus grand que Perry.

— Bordel, mais comment est-ce qu'elle peut connaître la taille de Perry ?

— Je lui ai montré une photo de lui à l'enterrement de Melanie, où il figurait à côté d'Emma. Alors elle a dit qu'elle n'avait pas fait attention à sa taille ce matin, mais que la photo lui avait rafraîchi la mémoire et que Perry et Emma étaient pratiquement de la même taille. Et elle a raison. Elle insiste, même : le type qu'elle a vu entrer avec Emma faisait au moins dix centimètres de plus qu'elle.

— Et tu dis qu'elle a mauvaise mémoire ?

— Ça va, John. Tu croyais quand même pas que ç'allait être aussi facile que ça, non ?

293

— Facile ?

— Tu vois très bien ce que je veux dire.

Le téléphone sonna. Allegro décrocha.

— Oui ? (Il écouta un moment.) D'accord, on arrive.

— Qu'est-ce qui se passe ? s'enquit Wagner en voyant Allegro remettre sa veste.

— Perry a repris connaissance. Il est d'accord pour faire une déposition.

Une femme, le visage dans l'ombre, est assise sur le bord de son lit. Ses longs cheveux blonds luisent dans l'obscurité. Elle porte un peignoir jaune pâle en chenille dont les manches effleurent à peine ses poignets délicats. Elle pose doucement ses longues mains sur le dos de l'enfant. « Là, là », répète-t-elle d'une voix apaisante. « Là, là. »

La fillette sanglote, le visage dans son oreiller. Elle se dit qu'elle va étouffer si elle ne tourne pas la tête. Mais elle ne la tourne pas. Elle veut étouffer.

« Là, là. » La femme aux cheveux d'or réconforte l'enfant de sa voix douce. Elle ne se rend pas compte que l'enfant suffoque. Qu'elle va mourir.

Sarah se réveilla en sursaut. En larmes, le visage enfoui dans l'oreiller, elle suffoquait. Relevant la tête, elle inspira goulûment une bouffée d'air.

Ainsi donc, elle était loin de s'être débarrassée de ses tendances suicidaires.

— Non, je ne veux pas mourir ! hurla-t-elle dans la chambre silencieuse, rejetant rageusement les couvertures.

Maintenant qu'elle avait survécu à cette souffrance et à toutes ces épreuves, elle n'allait pas renoncer à la vie aussi facilement. Comme sa chemise de nuit était trempée, elle l'enleva et s'assit nue sur le bord du lit, bras croisés contre la poitrine. *Mon Dieu, ça n'est pas encore fini.* L'obscurité enveloppait la chambre comme un linceul. La terreur et le désespoir lui collaient toujours à la peau. Le fait d'avoir laissé remonter à la surface le souvenir des violences sexuelles infligées par son père à Melanie n'avait pas fait disparaître ses angoisses pour autant.

Se penchant en avant, elle posa son front sur ses genoux, écrasant ses petits seins contre ses cuisses. Pourquoi avait-elle si peur ? Quels souvenirs horribles pouvaient encore se cacher dans les replis de son inconscient ? Pourquoi était-elle incapable d'assumer la réalité dans son intégralité ? Pourquoi essayait-elle de soulever le couvercle d'une main tout en appuyant dessus de toutes ses forces de l'autre ?

Elle regarda son réveil. Onze heures un quart. Elle n'avait même pas dormi vingt minutes et était maintenant parfaitement éveillée. L'évaporation de la transpiration sur sa peau nue la fit frissonner.

Se levant, elle se dirigea vers sa commode avec l'intention de prendre une chemise de nuit propre, mais se ravisa et enfila sa robe de chambre en coton. Un bol de lait chaud l'aiderait peut-être à se rendormir. Alors qu'elle enfilait sa robe de chambre, celle de la femme blonde de son rêve lui revint à l'esprit. Jaune pâle en chenille.

Se souvenant soudain parfaitement du vêtement, Sarah sursauta. C'était un cadeau. Offert à sa mère pour ses trente-huit ans. Son dernier anniversaire. Sarah la revit ouvrant la boîte et cherchant la carte. Il n'y en avait pas. Seulement un petit bristol de la boutique, avec *Pour Cheryl, Joyeux anniversaire, De la part de Simon* écrit dessus d'une écriture qui n'était pas celle de son père. Pas même *Je t'embrasse*. Sa mère avait sorti le cadeau sans l'ombre d'une émotion. Elle n'avait porté la robe de chambre jaune pâle en chenille qu'en une seule occasion. Cela revint à Sarah. Elle mettait toujours son peignoir blanc à fleurs roses en seersucker.

On frappa à la porte. La chaîne des souvenirs si difficilement reconstituée se brisa. Nouant la ceinture de sa robe de chambre, Sarah passa dans le living.

— Qui est là ? demanda-t-elle.

— C'est moi, Vickie. Vous êtes debout ?

La jeune femme leva les yeux au ciel.

— Non.

— Je vous en prie, Sarah. C'est peut-être important.

— Ça ne peut pas attendre demain ? Je dormais comme un bébé, mentit-elle.

— Il y a un paquet devant la porte, avec votre nom dessus.

Sarah hoqueta et porta les mains à sa poitrine. Son cœur battait à tout rompre. Elle hésita.

— Sarah ?

Et s'il s'agissait d'une ruse pour entrer ?

— Sarah, ça va ?

— Je ne suis pas habillée, Vickie. Vous n'avez qu'à le laisser là où il est. Je le prendrai plus tard.

D'où pouvait-il venir, ce paquet ? Comment le porteur avait-il pu échapper au policier en faction dehors ? A moins que son voisin de palier...

— Très bien, lâcha Vickie, déçu.

A pas de loup, Sarah alla coller une oreille contre sa porte. Les pas de Vickie s'éloignèrent dans l'entrée et la porte claqua.

Précautionneusement, la jeune femme entrouvrit et jeta un coup d'œil furtif à l'extérieur. Personne en vue. Enveloppé dans un papier cadeau blanc et brillant, un paquet de la taille d'une grande boîte de chocolats était posé par terre. Elle ouvrit la porte pour pouvoir le ramasser.

— Je me fais beaucoup de souci pour vous.

Sarah poussa un cri aigu en entendant la voix de Vickie.

— Et ne me faites pas de scène, mon chou. Vous avez réagi de façon si bizarre que j'ai voulu m'assurer que tout allait bien. J'ai cru un instant que quelqu'un vous collait un pistolet sous le nez ou un couteau sur la gorge. Alors je me suis demandé : « Et si Perry n'est pas Romeo ? S'il s'est échappé de l'hôpital ? Peut-être qu'il est dans son appartement. » Je vous assure, j'ai failli appeler la police.

Affolée, Sarah fixa Vickie qui était de nouveau travesti. Pantalon de torero en lamé or lui moulant les cuisses, boléro de cuir, chemise rouge sang collante, fausse poitrine, immenses talons hauts dorés. Il se baissa pour ramasser le paquet.

— Vous allez vous demander pourquoi je suis sur mon trente et un à pareille heure, minauda-t-il. C'est parce que j'allais sortir. Une amie m'a passé un coup de fil. Elle fait l'ouverture au *Vanguard* ce soir. Trac des premières. Alors je lui ai dit que j'arrivais pour lui tenir la main. C'est en passant devant votre porte que j'ai vu ça...

Sarah fixa le paquet-cadeau.

— Vous ne l'ouvrez pas ? Vous voulez que je le...

La jeune femme lui arracha le paquet des mains.

— Non. Non, merci. Allez-y. Votre… votre amie vous attend.

— Qu'elle aille se faire foutre ! Elle est sûrement moins patraque que vous. Dites-moi ce que je peux faire. Vous êtes blanche comme un linge.

— Vickie, s'il vous plaît. Tout va bien, je vous assure.

Elle pensa au flic dehors. Il avait dû piquer un roupillon. Elle aurait eu cent fois le temps de mourir avant qu'il s'aperçoive de quoi que ce soit.

— Eh bien moi, je vous dis que vous n'avez pas l'air dans votre assiette, insista Vickie. Laissez-moi entrer, juste le temps de vous faire une tasse de thé avant de partir.

— Non. Je veux rester seule. Si vous ne partez pas…

Une expression de surprise mêlée d'indignation se dessina sur le visage du travesti.

— Inutile d'en faire un plat, mon petit. Tout ce que je voulais, c'était vous rendre service.

Sur ces mots, Vickie redressa sa tête emperruquée, pivota sur ses talons et traversa le hall d'un pas décidé.

Cette fois, Sarah le regarda sortir. Puis elle rentra chez elle, claqua la porte, donna un tour de clé. Se laissant glisser au sol, elle replia ses jambes contre sa poitrine. Aurait-elle seulement la force de défaire le papier ?

Quel ignoble cadeau lui avait-il envoyé cette fois ? Un second médaillon en forme de cœur ? Des chocolats ? Une couronne mortuaire ? Non. Romeo aimerait innover. C'était un autre gage de son affection. Sûrement une ignominie.

Finalement, incapable de résister, elle déchira le papier. Une boîte en carton gaufré apparut. D'une main tremblante, elle souleva doucement le couvercle.

Un coffret habillé de velours rouge émergea du paquet. Un coffret en forme de cœur, maintenu par un ruban de satin blanc. Et sous le ruban, une feuille blanche pliée en deux. S'agissait-il encore d'un extrait du journal de Melanie ? Ou d'une autre *lettre d'amour* du monstre ?

L'estomac de Sarah se noua. Faisant glisser la feuille de sous le ruban, elle la déplia. S'armant de courage, elle commença à lire :

Très chère Sarah,

Comme moi, vous vous battez avec vos désirs, votre vide intérieur. Nous sommes les deux parties d'un tout, Sarah. Nous savons tous les deux combien ténue est la frontière qui sépare souffrance et extase. Les autres (même Melanie) ont été incapables de combler le vide affreux qui est en moi. Quant à Emma, je savais parfaitement, alors que j'avais son cœur encore palpitant dans la main, qu'elle ne me satisferait pas. Ne pleurez pas sur son sort. Je lui ai donné mon cœur pendant quelque temps. En gage de ma dévotion absolue, je vous offre le sien.

A bientôt, mon amour,
Romeo.

Soudain prise de fureur, Sarah souleva le couvercle. Là, sur un lit de velours blanc imbibé de sang, reposait un cœur humain à demi congelé.

La jeune femme émit un son étranglé. Puis elle se mit à vomir de la bile, se tordant sous les spasmes. Trop épuisée pour bouger, elle resta assise dans son vomi, la tête posée sur les genoux, laissant sa conscience remonter loin en arrière.

— *Là, là.*
— *Je le hais. Je le hais, maman.*
— *Là, là.*
— *C'est un monstre. Il fait des choses dégoûtantes.*
— *Là, là.*
Elle agrippe la manche d'une robe de chambre jaune pâle — le cadeau d'anniversaire qu'elle n'a jamais vu sa mère porter auparavant.
— *Ne m'abandonne pas, maman. Je n'ai que toi. Tu es la seule à m'aimer.*
— *Là, là, doucement, mon bébé.*

On cogna à la porte derrière sa tête. D'abord éberluée, elle finit par émerger. Vickie, encore ? Prêt à frapper, maintenant qu'elle avait lu sa dernière lettre ?

298

Le flic, dehors. *Lève-toi. Ouvre la fenêtre. Hurle.*

— Sarah ? Bon sang, Sarah, vous êtes là ? C'est moi, John.

— John ? (Une odeur nauséabonde lui leva le cœur. Son propre vomi. Elle éclata en sanglots.)

— Sarah ? Doucement, baby. Tout va bien. Mais ouvrez cette putain de porte.

— Non, non. Ça ne va pas bien.

La vision d'une femme à l'œil au beurre noir et à la mâchoire tuméfiée lui vint à l'esprit.

— Ouvrez immédiatement, Sarah.

Le ton était si sec qu'elle céda. Se remettant debout à grand-peine, elle approcha la main du verrou.

Dans sa hâte, Allegro poussa la porte au moment où il entendit le verrou tourner, renversant ainsi la jeune femme.

— Nom de Dieu, articula-t-il en l'apercevant.

— Non, non, cria-t-elle, hagarde. Ne m'approchez pas. J'ai eu… un accident. J'ai honte. Ne criez pas, je vous en supplie, fit-elle d'une voix de petite fille terrorisée qui semblait jaillir d'un lointain passé.

— Vous avez vomi, Sarah, dit Allegro d'une voix rassurante. Il n'y a pas de quoi avoir honte, et je ne suis pas en colère. Je vais vous aider à faire un brin de toilette.

— Mais je pue, je suis dégueulasse ! hurla-t-elle, tombant à genoux et se cachant le visage dans ses mains.

— Sarah, murmura l'inspecteur en s'agenouillant devant elle, vous avez été malade et vous avez rendu, c'est tout. Quand vous aurez enlevé votre robe de chambre et pris une douche bien chaude, vous sentirez aussi bon qu'avant.

Ses paroles, comme un baume, la firent doucement sortir des terreurs du passé et la ramenèrent aux angoisses du présent.

— Je ne crois pas que… Je n'y arriverai pas, John.

— Je vais vous aider, Sarah. N'ayez pas peur.

Se remettant debout, il tenta de la faire se relever. Elle secoua la tête.

— Allons, Sarah, un effort.

— Attendez. D'abord… Il faut que je vous dise.

— Que vous me disiez quoi ?

Suivant le regard de Sarah, Allegro se retourna et poussa un cri.

— Seigneur Dieu !

299

Plongeant vers lui, la jeune femme s'accrocha si brutalement à sa jambe qu'il en perdit l'équilibre et tomba à genoux. Sarah tenait une feuille froissée — la lettre de Romeo — qu'elle lâcha. L'inspecteur la ramassa, sans pour autant quitter du regard le coffret de velours rouge. Et son contenu.

— C'est celui d'Emma, hoqueta-t-elle dans un gémissement immédiatement suivi d'une nouvelle série de haut-le-cœur.

Soulevant Sarah, Allegro la porta jusqu'à la salle de bains. La conscience de la jeune femme était comme fragmentée en mille morceaux que se disputaient la peur, l'angoisse, le dégoût, chacune de ces émotions s'efforçant tels des figurants ambitieux d'occuper le devant de la scène.

Abaissant le couvercle des toilettes, il y assit la jeune femme.

— Je vais faire couler de l'eau, annonça-t-il. (Pas question de douche : Sarah ne tenait pas debout.) Pendant que vous prendrez votre bain, je mettrai un peu d'ordre.

Elle resta assise comme une chiffe molle.

— Vous n'auriez pas quelque chose pour les brûlures d'estomac ? demanda-t-il.

Elle se ratatina sur elle-même. Vickie avait proposé de lui apporter un médicament pour l'estomac. Vickie. Il fallait qu'elle mette John au courant. Plus tard. Quand elle serait capable d'aligner deux idées cohérentes.

Fouillant dans l'armoire à pharmacie, Allegro y dénicha une boîte de pastilles anti-acide.

— Tenez, sucez-moi ça, fit-il, lui en tendant deux.

— Peux pas, marmonna-t-elle, la simple idée d'avaler quoi que ce soit lui redonnant des nausées.

Allegro prit alors les pastilles pour lui et se pencha au-dessus de la baignoire où il versa la moitié d'un flacon de bain moussant.

— Ça va vous requinquer. Bon, écoutez maintenant, commença-t-il posément. Je vais vous aider à enlever votre robe de chambre et à monter dans la baignoire. Je peux, Sarah ?

Il la regarda attentivement, guettant la moindre réaction. N'était-ce pas un minuscule hochement de tête qu'elle venait de faire ? Comment en être sûr ? Ce qu'il voulait avant tout, c'était éviter toute réaction de panique. Car dans l'état actuel des choses, elle était pratiquement catatonique.

— Je vais d'abord dénouer la ceinture de votre peignoir.

Prenant bien garde de ne pas entrer en contact direct avec son corps, il s'exécuta.

— Doucement.

La robe de chambre s'ouvrit. Elle était nue dessous. Surpris, il allait refermer le vêtement, lorsqu'il comprit qu'elle ne s'était rendu compte de rien. Il l'aida à se mettre debout.

— Bon, doucement. Vous allez voir, ça va vous faire du bien, Sarah. (Elle n'esquissa pas un geste de résistance quand il la déshabilla, essayant — sans vraiment y parvenir — de ne pas regarder son corps nu.) Vous pouvez monter dans la baignoire ?

Les yeux vides de Sarah se rivèrent sur les siens.

— Autrefois, je rêvais que j'étais engloutie. C'était affreux.

Il la prit dans ses bras. Légère comme une plume. Pas maigre, mais presque. Quand son corps toucha l'eau chaude, elle émit un ronronnement — ou un râle.

— Trop chaud ?

Malgré son absence de réponse, il comprit que tout allait bien. En la déposant dans la baignoire, il trempa les bras de sa chemise et de sa veste qui étaient déjà maculés de vomi. Ne lâchant pas la jeune femme de l'œil de peur qu'elle ne glisse et ne se noie, il ôta veste et chemise. Son pantalon n'avait pas trop souffert. Prenant un gant de toilette sur le porte-serviette, il le plongea dans l'eau du bain et frotta les taches sur son pantalon.

Il ne lui restait plus qu'à nettoyer et ranger dans l'entrée et le séjour. Ah, oui. Le coffret et la lettre. Il allait falloir qu'il s'occupe de ça également.

— Ça fait du bien ? demanda-t-il doucement.

Elle ne répondit pas. Son visage cependant reprenait quelque couleur.

— Ça va aller, Sarah, dit-il, lui caressant la joue.

Elle posa sa main savonneuse sur celle du policier qu'elle maintint contre son visage.

— Ne... Ne me laissez pas tomber, John.

— Non, Sarah.

Fermant les yeux, elle garda sa main contre sa joue.

— Je rêvais de ma mère et... et Vickie a sonné. (S'arrêtant brus-

301

quement, elle rouvrit les yeux.) Perry ne peut pas avoir envoyé la lettre et le… (Impossible de parler du cœur d'Emma.) A moins qu'il ne se soit échappé de l'hôpital. Ça n'est pas le cas, hein ? Ça n'est pas pour ça que vous êtes venu, n'est-ce pas ? Pourquoi êtes-vous venu, John ?

En proie à un nouvel accès de paranoïa, elle cria :

— Pourquoi êtes-vous ici, John ?

— Je vous le dirai plus tard. Pour le moment, détendez-vous et essayez d'oublier. Vous n'avez rien à craindre, Sarah. Je ne bouge pas.

Allegro prit dans le creux de sa main un peu d'eau mousseuse qu'il lui fit couler sur les épaules.

— Il faisait ça, lui aussi.

— Qui ça ? fit l'inspecteur, avec un mouvement de recul.

— Mon père. Il nous donnait le bain, quand nous étions petites, moi et Melanie. Il nous mettait dans la grande baignoire, nous lavait et s'amusait à nous éclabousser. (Encore un lambeau de passé qu'elle venait de déterrer. Elle se fit l'effet d'être un violeur de sépulture, à ceci près que c'était sa propre tombe qu'elle pillait.)

— Mais une fois, je l'ai éclaboussé, moi aussi, et il avait oublié d'enlever sa montre, une montre en or qui n'était pas étanche. Inutile de dire que la montre a été fichue. Il a piqué une colère et m'a fait sortir du bain. Il m'a laissée là, toute mouillée sur le carreau froid. Sans même me donner une serviette. Comme si je n'existais plus. Après ça, il n'y avait plus que Melanie dans le bain avec papa.

— Avec papa ? répéta Allegro.

— Quoi ?

Lapsus ? Non, c'était la vérité. Son père avait pris des bains avec Melanie. C'était Melanie elle-même qui le lui avait dit. « C'est un secret, Sarah. Il ne faut rien dire à personne, sinon papa se mettra en colère et il t'enverra en maison de correction. » Elle était trop jeune pour savoir ce qu'était une maison de correction, mais au ton de Melanie, elle avait compris qu'il devait s'agir d'un endroit sombre et affreux. Elle n'avait jamais rien dit à personne.

Allegro constata qu'elle se remettait à écarquiller les yeux.

— N'y pensez plus, Sarah. J'ai dû comprendre de travers.

— De travers ? (Sa tête se mit à tourner. Qu'est-ce qu'elle fai-

sait, nue dans sa baignoire, avec un homme lui-même torse nu ?)
Où sont vos vêtements ? Pourquoi vous êtes-vous déshabillé ?

— Vous m'avez vomi dessus.

— Oh, mon Dieu, fit-elle, portant la main à sa bouche.
Comment ai-je pu oublier ? Vous allez appeler les hommes en
blanc pour qu'ils m'embarquent ?

— Non, fit-il, souriant. Pourquoi ? Vous avez envie qu'on vous
embarque ?

— Pas vraiment, répondit-elle, esquissant elle aussi un sourire.
Mais j'aimerais bien être un peu seule.

— Vous êtes sûre que ça va aller ?

— Oui. Le plus dur est passé, pas vrai ?

Incapable de croiser son regard, Allegro fit oui de la tête. Elle
n'était pas encore en état de supporter la vérité. Il se redressa.

— Votre chemise de nuit est accrochée contre la porte. Voulez-vous que je vous apporte une autre robe de chambre ?

— Je n'en ai qu'une, fit Sarah, d'une voix plus ferme. La chemise de nuit suffira. En fouillant dans ma commode, vous devriez
pouvoir vous dénicher un T-shirt.

— Merci.

— John ?

— Oui ?

— Vous n'allez pas partir ? fit-elle d'une voix étranglée.

— N'ayez crainte, Sarah, je reste, fit-il avec un sourire apaisant.
J'attends que vous ayez fini de prendre votre bain.

Il ouvrait la porte de la salle de bains lorsqu'elle le rappela.

— John… Il y a une bouteille de scotch non entamée sur le
frigo.

Il hésita, fit un petit signe de tête et sortit.

Sarah ne put s'empêcher de se demander s'il était ivre le soir où
il était censé avoir frappé sa femme.

Bien qu'Allegro eût nettoyé et ouvert les fenêtres, une légère
odeur de vomi flottait encore dans le séjour quand Sarah émergea
de la salle de bains.

Le policier était assis sur le canapé, coudes sur les genoux, tête
entre les mains. Sur la table basse, la bouteille de scotch. L'espace

d'un instant, elle se demanda s'il n'était pas déjà sous l'emprise de l'alcool.

— Où... est la boîte ? s'enquit-elle, cherchant du regard le dernier paquet de Romeo. *Si seulement tout cela avait été le produit de son imagination. Si seulement elle avait eu un accès de démence.*

Au son de sa voix, Allegro sursauta et tourna la tête dans sa direction. Dans ce peignoir rose, on eût dit une enfant abandonnée.

— Pollock a emporté le tout au labo de criminalistique.

— Pollock ?

— Oui, le flic qui montait la garde à l'entrée.

— Comment... Romeo s'y est-il pris pour entrer ?

— Pollock dit avoir entendu du bruit dans la ruelle derrière chez vous et être allé jeter un œil il y a une heure. En fait, il s'agissait d'un chat qui avait renversé un couvercle de poubelle. Il en a profité pour inspecter les environs, ce qui a laissé à notre dingue assez de temps pour « forcer » le verrou de la porte d'entrée avec une carte de crédit, déposer son macabre colis et disparaître.

En imagination, Sarah revit le chat contre la fenêtre de sa cuisine dans l'obscurité, l'horrible médaillon en forme de cœur accroché à son collier blanc. La scène se transforma en vision de cauchemar. Le cou de l'animal avait été tranché et, de la blessure béante, du sang gouttait sur le cœur doré, barbouillant de rouge sa photo et celle de Mellie.

Remarquant la soudaine pâleur de Sarah, Allegro prit la bouteille de scotch.

— Asseyez-vous et buvez un verre.

Refusant d'un mouvement de tête, elle se dirigea vers le canapé. Quand elle arriva en face de lui, elle éclata de rire.

— Qu'est-ce qui se passe ?

— Le T-shirt.

Sur la poitrine, on lisait l'inscription : *Aie confiance en Allah mais attache quand même ton chameau.*

— Oui, fit-il en se tapotant le torse, pas idiot, hein ?

— C'est un client qui me l'a donné, dit-elle en s'asseyant à côté de lui. Hector Sanchez. Un peintre qui a perdu la vue dans un accident de moto.

— Est-ce que ça n'est pas lui qui...

— Qui quoi ? demanda Sarah, sur la défensive.

— Qui a trouvé un des paquets de Romeo devant son atelier ? La boîte de chocolats. Et les lettres.

La jeune femme le considéra d'un œil soupçonneux.

— Mais John... Je ne vous ai jamais dit... comment je les avais reçus. Ni où. Tout ce que j'ai dit, c'est que Romeo me les avait envoyés.

— Ne me regardez pas comme ça. C'est Mike qui m'a mis au courant. Il a parlé à Sanchez.

La brise qui entrait par les fenêtres ouvertes lui glaça l'échine.

— Mike a parlé à Hector Sanchez ?

— Exactement.

Il mentait. Elle l'avait coincé. Elle n'avait jamais parlé d'Hector à Wagner non plus.

Elle s'éloigna de lui.

— Sarah, qu'est-ce que vous avez ?

— Comment Mike pourrait-il lui avoir parlé ? Comment a-t-il appris l'existence de Sanchez ? Je n'ai jamais fait allusion à Sanchez. Pas plus devant vous que devant Mike.

— C'est Sanchez qui a téléphoné à Mike. Plus exactement, il a appelé la Criminelle, pour demander la personne qui s'occupait du dossier Romeo. C'est Mike qui a pris la communication. Et Sanchez lui a raconté l'histoire du paquet.

Ç'avait l'air vrai. Connaissant Hector, elle n'eut aucun mal à l'imaginer contactant la police et racontant l'histoire à Wagner. A la façon dont elle avait réagi, il avait dû déduire que le paquet émanait de Romeo.

— Comme Sanchez se faisait du souci, Mike l'a rassuré en lui disant qu'on s'occupait de vous. Si vous voulez mon avis, il a un faible pour vous. Et ça ne m'étonne pas !

— Pourquoi êtes-vous venu ici à pareille heure, John ? demanda-t-elle, sourcils froncés. S'agit-il d'une visite professionnelle, ou personnelle ?

La question ne sembla pas plaire à l'inspecteur. Ça lui apprendrait à se laisser attendrir.

— Ça n'est pas Perry, Sarah. Perry ne peut pas être Romeo. Quelqu'un lui a fourni un alibi en béton pour la nuit où votre sœur a été assassinée.

Étant donné la nature du dernier colis de Romeo, elle s'en doutait. Néanmoins, c'était la dernière chose dont elle avait envie d'entendre parler.

— Dans ce cas, pourquoi a-t-il tenté de se suicider ?

— Je ne dis pas qu'il n'est pas fêlé. Je dis simplement qu'il n'est pas Romeo.

— Bravo, commenta-t-elle sèchement. Retour à la case départ.

— Je sais que ça ne vous consolera pas, fit-il en lui effleurant la cuisse, mais quand Perry a repris connaissance, il a déclaré qu'il avait tout inventé et qu'il n'avait jamais eu de rapports avec Melanie. J'ai pensé que vous seriez contente de savoir que Melanie n'avait pas... couché avec lui.

— Ça, c'est sa dernière version. Peut-être qu'il est rongé de remords et qu'il veut rejeter en bloc toute cette horreur.

— D'après Dennison, Perry présente tous les symptômes...

— Dennison ? Vous avez parlé à Bill Dennison ?

— Il se trouvait à l'hôpital quand Mike et moi y sommes arrivés. C'est quand même lui, le psy de Perry. Même si ce dernier a refusé de le voir.

— Il était encore là-bas quand vous êtes partis ?

— Dennison ? s'étonna Allegro. Non. Il a décidé de laisser à Perry un jour ou deux pour se remettre et lui a prescrit des anti-dépresseurs. Mais nous n'avons pas parlé à Dennison de l'alibi de Perry. Pour l'instant, nous gardons ça pour nous.

Sarah n'écoutait qu'à moitié.

— A quelle heure a-t-il quitté l'hôpital ?

— Un peu avant dix heures et demie. Je l'ai vu se diriger vers l'ascenseur au moment où nous entrions chez Perry.

— Alors, ça peut être lui, fit Sarah d'une voix tendue. Bill peut fort bien m'avoir apporté ce... ce paquet.

— Mais des tas d'autres gens aussi, Sarah. Presque tout le monde. Excepté Perry. Une fois de plus, les suspects abondent. Vous pouvez me dire exactement à quelle heure ce colis a été déposé devant votre porte ?

— Il n'y était pas quand je suis rentrée vers huit heures.

— Huit heures ? Mais lorsque vous avez quitté l'hôpital avec Mike, il était six heures et demie !

— Nous sommes allés manger un morceau avant qu'il ne me ramène. (Peu désireuse qu'Allegro lui demande de quoi Wagner et elle avaient discuté, elle se hâta de continuer :) En tout cas, à dix heures et demie, j'étais au lit. Un cauchemar m'a réveillée à onze heures et quart. C'est alors que mon voisin a frappé. Elle... il a vu le paquet en sortant de chez lui — du moins c'est ce qu'il m'a dit.

— Vickie Voltaire ? fit l'inspecteur, avec un sourire narquois. Un canon, d'après Mike.

Sarah se renfrogna.

— Rassurez-vous, c'est pas mon genre, plaisanta Allegro, tentant en vain de lui arracher un sourire.

— C'est peut-être lui qui l'a déposé.

Elle le mit au courant de leur première rencontre à la porte, lui expliqua que Vickie avait fait semblant de partir avant d'essayer de la convaincre de le laisser entrer pour s'occuper d'elle. Elle lui fit même part de l'idée qui lui avait traversé l'esprit : à savoir que Vickie aurait pu pénétrer en travesti dans les immeubles des victimes.

— Il faut absolument que nous ayons une explication avec votre voisin.

— Vous pensez que mon hypothèse est un peu tirée par les cheveux, hein ?

— Non. Je pense que vous êtes intelligente. C'est une qualité que j'apprécie chez une femme.

Il y eut un silence gêné. En pareille circonstance, Sarah ne savait jamais comment réagir.

— Si ça n'est pas Vickie, je pencherais assez pour Bill. (Allegro se souvenait-il de lui avoir entendu dire qu'elle avait eu une liaison éclair avec son ex-beau-frère ?) Il avait les clés de l'immeuble et celle de mon appartement. Je les lui avais confiées il y a huit mois. Et réclamées un mois plus tard, s'empressa-t-elle d'ajouter.

— Il a refusé de vous les restituer ?

— Non. Il m'a rendu la clé de l'appartement mais prétendu avoir perdu l'autre. Il n'aurait même pas eu besoin d'une carte de crédit pour s'introduire dans l'immeuble.

— Nous ferons changer les serrures dès demain, grogna Allegro.

— C'était une erreur, John. Cette liaison avec Bill.

— Pourtant, continua l'inspecteur comme s'il n'avait pas entendu, s'il possède un exemplaire de votre clé, qu'est-ce qui l'empêchait de tenter le coup et de déposer le paquet chez vous au lieu de le laisser devant la porte. A supposer que ce soit Dennison qui soit venu livrer le colis.

— Pensez-vous ! Ce petit jeu l'amuse trop.

— Drôle de jeu.

— Oui. Il commence par me rendre marteau avant de passer aux choses sérieuses.

Le regard d'Allegro tomba sur la bouteille. Peut-être qu'un petit coup...

— A quelle heure Bill a-t-il quitté l'hôpital, déjà ? demanda Sarah.

— Aux environs de dix heures et demie.

— Ça lui laisse quarante-cinq minutes avant que Vickie ne frappe à ma porte pour me signaler le paquet. Il aurait même pu stocker le... le cœur dans un congélateur à l'hôpital.

Et le cœur de Melanie ? Y était-il encore ?

Voyant Sarah pâlir de nouveau, l'inspecteur se leva.

— Bon, pour aujourd'hui, basta. Vous allez vous mettre au lit, je vais vous border et nous reparlerons de tout ça demain matin.

— Ça colle, John, fit-elle en lui agrippant le bras. Rappelez-vous l'autre nuit, quand il a essayé de s'introduire ici par effraction. J'ai appelé Bill, eh bien il n'était pas chez lui.

— Nous l'avons interrogé. Il était sorti promener son chien.

— Quelqu'un l'a vu ?

— Écoutez, Dennison est sur la liste des suspects. Nous tâcherons de savoir où il est allé en sortant de l'hôpital.

— A-t-il un alibi pour hier soir ? Lorsque Emma...

— Nous lui poserons aussi cette question. Mais comme nous n'avons rien de concret pour le moment, nous ne pouvons pas lui tomber dessus à pareille heure et le passer à tabac. (Il consulta sa montre.) Il est une heure passée. Il faut que vous dormiez. Je vais faire envoyer quelqu'un pour surveiller la maison de Dennison et il subira un interrogatoire en règle demain. Ça vous va ?

Elle lui adressa un regard désespéré.

— Il est là, John. Romeo est là et il attend la première occasion pour m'arracher le cœur...

— Je commence à l'aimer, ce cœur-là, fit-il en lui passant le bras autour des épaules. Pas question que quiconque y touche.

— Je ne sais pas si vous pourrez faire grand-chose. J'ai l'impression que personne n'y peut rien.

— Il y a trois hommes à l'extérieur et une voiture de patrouille qui passe toutes les demi-heures. Quant à moi, je vais m'installer sur votre canapé. Je vous promets de ne pas fermer l'œil, okay ? Et vous savez que j'ai l'ouïe très fine. Ce salaud ne risque pas de vous approcher. Vous avez ma parole.

Elle lui rappela que Vickie n'était pas loin. Quand il serait rentré.

— D'accord, mais moi, je suis là. (Le regard d'Allegro se porta sur la bouteille de scotch non entamée.) Ça vous ennuierait qu'on fasse disparaître cette bouteille ? Pour monter la garde, c'est pas très indiqué.

Elle contempla le flacon. Son problème avec l'alcool était-il grave au point qu'il ne pouvait même pas en supporter la vue ?

— Comme vous voudrez, fit-elle tranquillement.

— Ça n'est pas aussi grave que vous le pensez, Sarah.

— Vous lisez dans mes pensées ?

— Je les imagine. Pas la peine de se rendre la vie encore plus difficile. Oui, l'alcool est toujours une tentation pour moi, je ne le nie pas. Mais ces derniers temps, j'ai dû lutter contre des tentations autrement difficiles à surmonter.

Était-ce à elle qu'il faisait allusion ? Représentait-elle vraiment une tentation pour lui ? N'éprouvait-il pas plutôt de la pitié à son égard ? Quand elle croisa son regard, elle n'y lut que de la tendresse. Mais pourrait-elle jamais connaître ses sentiments ? Les seuls dont elle était sûre, c'étaient les siens. Du moins commençait-elle à le penser.

Elle amorça une phrase, mais s'interrompit.

— Pardon ? fit-il d'un ton pressant.

— J'allais dire une bêtise à propos de mon canapé, bafouilla-t-elle en rougissant. Il est tout défoncé. (Elle se sentit complètement idiote.)

— Eh bien…, commença l'inspecteur en souriant. En effet, il a l'air un peu bosselé. Mais comme ça, je ne risque pas de m'endormir.

— Je ne veux pas que vous passiez la nuit sur le canapé, s'entendit-elle décréter, sidérée par son audace. Je veux que vous la passiez dans mon lit, avec moi. Ne vous sentez pas obligé d'accepter, continua-t-elle en hâte. Je suis affreuse et je me suis comportée comme une dingue aujourd'hui. Je vous ai même pratiquement accusé d'être Romeo. Je suis complètement jetée, John. Bien plus que vous ne croyez.

Lui passant la main derrière le cou, il attira son visage vers le sien jusqu'à ce que leurs lèvres se frôlent. Quand il parla, elle sentit son haleine contre sa bouche.

— On est aussi jetés l'un que l'autre, Sarah. Mais ça m'est égal, si ça t'est égal, à toi aussi.

Je cherche désespérément l'équilibre entre l'ombre et la lumière. Je vois qu'il en va de même pour toi. Nos désirs s'interpénètrent dans le cauchemar que nous partageons.

M.R., *Journal*

Chapitre 22

Immobile, Sarah était allongée sur le côté droit du lit, mains croisées sur la poitrine, dans une position rappelant celle d'un cadavre dans son cercueil. Paralysée de honte, elle était incapable de bouger. C'était elle qui avait fait des avances à Allegro et, maintenant qu'il était à côté d'elle, toutes ses vieilles frayeurs l'avaient rejointe. Pour couronner le tout, elle était complètement nue. Dans un bref moment d'abandon, elle s'était débarrassée de sa chemise de nuit en entrant dans la chambre, geste qu'elle avait presque immédiatement regretté.

— Sarah ?

Devait-elle faire semblant de dormir afin de s'éviter une humiliation supplémentaire ?

— Désolée, John. (Elle avait tant désiré faire l'amour avec lui, elle le désirait toujours, mais ne parvenait pas à se laisser aller.)

Roulant sur le côté pour lui faire face, il cala son coude dans l'oreiller et posa la tête sur sa main.

— Tu préfères que je retourne dans l'autre pièce ?

Elle se tourna vers lui. Les phares d'une voiture qui passait traversèrent la chambre, illuminant le visage de l'inspecteur un court instant. Ça n'était pas un visage commode. Ni serein. Tristesse, angoisse, amertume y avaient creusé d'irrémédiables sillons. Pourtant, c'était un visage qui parlait à son cœur. Qu'elle sentait battre dans sa poitrine. Elle attendit que la lumière des phares eût disparu et que les ténèbres eussent repris possession de la chambre.

— Qu'est-ce que tu peux bien voir en moi ?

— Ce que tu n'as pas vu toute seule.

Elle posa la main sur sa poitrine nue. Il avait enlevé le T-shirt, mais gardé son pantalon.

— Le mauvais comme le bon ?

— Tout dépend de ce que tu entends par mauvais.

— Je n'ai pas de définition. J'essaie simplement de l'éviter au maximum.

— Et tu y arrives ?

— Oui. C'est tout un art, tu sais.

— Conneries.

— Tu as raison, fit-elle, retirant sa main. C'est une réaction de défense. Demande à Feldman, il se fera un plaisir de te donner des détails. A moins que ce ne soit déjà fait.

— Laisse Feldman tranquille.

— Je ne peux pas. Il est avec nous, dans ce lit. L'ombre de mon ombre.

— Je t'aime, Sarah.

Cette déclaration lui tira un rire gêné.

— Quand t'en es-tu aperçu ? fit-elle, se demandant si Allegro se servait souvent de ce vieux truc.

— Quand exactement ? (Il roula sur le dos en souriant.) Quand tu m'as vomi dessus.

— Tu te fiches de moi. Ou alors, tu as des goûts drôlement bizarres. De toute façon, c'est plutôt décevant, comme réponse. *Comme si elles n'étaient pas toutes condamnées à l'être.*

— La vie, ça n'est pas tout noir ou tout blanc, Sarah.

— Ah bon ? Alors c'est comment ?

Il resta silencieux un long moment. Au début, elle pensa qu'il cherchait une échappatoire pour se tirer de l'impasse où il s'était fourré tout seul. Puis, au bout d'une minute ou deux, elle comprit qu'il ne répondrait pas. Ce fut justement le moment qu'il choisit pour reprendre la parole.

— Une fois, j'étais seul à la maison avec mon fils, Danny. Il est mort, il y a sept ans. Je t'avais pas dit que j'avais un fils ?

Elle secoua la tête. Non. C'était Wagner qui l'avait mise au courant.

— Il était malade. Ça faisait deux semaines que ça durait. Bronchite, d'après le docteur. C'était censé s'améliorer. Mais ça ne s'améliorait pas. Grace n'en pouvait plus. Elle se faisait un sang d'encre. Elle m'avait demandé de prendre ma journée pour m'occuper de Danny.

— Alors, tu es resté à son chevet ?

Il fit oui de la tête.

— Je lui ai dit de s'aérer, d'aller acheter un truc. N'importe quoi. Parce qu'elle nous rendait marteaux, Danny et moi. J'étais dans la cuisine occupé à lui préparer une soupe pour le déjeuner lorsqu'il m'a appelé. Je me suis précipité dans sa chambre et l'ai trouvé penché au bord du lit qui dégueulait tripes et boyaux. Tout ce que j'ai pu faire, ç'a été de lui tenir la tête. Et pendant tout ce temps, pendant qu'il me vomissait dessus, la seule chose qui m'est venue à l'esprit, c'est que je l'aimais. Ça fait drôlement mal.

Sarah perçut la douleur dans sa voix. C'était palpable, la souffrance. Un lien de plus entre eux.

— Quand Grace s'est repointée, Danny dormait. J'étais assis à côté du lit et lui caressais les cheveux en pleurant sans même m'en rendre compte. Elle m'en a fait la remarque : « Je ne t'avais jamais vu pleurer, John. » Et elle avait raison.

Doucement, il se retourna vers Sarah. Malgré l'obscurité, elle sentit son regard sur elle.

— Tout à l'heure, quand tu as été malade et que je me suis occupé de toi, j'ai ressenti la même chose qu'avec Danny. J'en ai eu les larmes aux yeux. Alors, je me suis dit que je t'aimais. Ça fait drôlement mal.

Bien que toujours parfaitement immobile, Sarah n'en réagit pas moins intérieurement. *Savait-il à l'époque que son fils allait mourir ? Était-ce pour cette raison qu'il avait pleuré ? Et aujourd'hui, est-ce aussi parce qu'il sait que je vais mourir qu'il a les larmes aux yeux ?*

Sarah dormait, la joue contre l'épaule d'Allegro. Bien que son bras commençât à s'engourdir, celui-ci ne bougea pas d'un pouce.

Les lèvres de la jeune femme bougèrent. Il se demanda si elle parlait en dormant, mais n'entendit qu'un sanglot. Quand une voiture passa, illuminant la chambre de la lumière de ses phares, il vit une larme lui couler sur la joue. Avant qu'elle n'eût atteint la lèvre supérieure, il l'arrêta du bout de la langue. Douce et salée en même temps. Émouvant.

Dans son sommeil, Sarah se mit l'avant-bras sur le front. Un bruit sourd et inquiétant lui résonnait dans les oreilles, lui faisant vibrer la tête. Elle s'éveilla, tentant de comprendre d'où venait le bruit.

Elle voit des yeux noisette écarquillés de terreur. Ses yeux. Elle tente de crier, mais le son est étouffé. Parce qu'une grande main lui bâillonne la bouche.

Le souvenir se précisa. Sarah se reconnut, nue, maintenue sur un lit. Petite fille.

— *Je savais bien que je ne pouvais pas compter sur toi. Même quand tu fais un effort, tu me déçois.*
Elle sanglote. Ça fait mal.
— *Vous faites la paire, ta mère et toi. Chialeuses, minables, frigides. (Chacun de ses mots claque comme un coup de fouet.) Monte te coucher. Je ne veux plus te voir.*
En descendant du canapé convertible, elle se cogne le tibia contre l'armature métallique du matelas et pousse un cri.
Son père l'attrape par les cheveux et lui lance un regard menaçant. Il n'en a pas fini avec elle.
— *Il ne s'est rien passé. Si tu dis un mot, un seul, tu le regretteras pendant le restant de tes jours. Parce que tout le monde apprendra que tu es venue me trouver pour me forcer à te faire des vilaines choses. Tout le monde saura que tu es une méchante petite fille.*

Sarah laissa échapper un long gémissement.
Allegro alluma la lampe de chevet. Elle se mit les mains devant le visage à cause de la lumière mais surtout pour éviter son regard trop curieux.
— S'il te plaît, John, éteins.
Bien loin de s'exécuter, il lui prit les poignets et lui enleva les mains de devant le visage. La panique la submergea.

314

— Raconte-moi, Sarah. Vas-y, crache le morceau.

— J'ai menti, fit-elle, les yeux fermés. Je me suis menti à moi-même, j'ai menti à Bernie... à tout le monde.

— A propos de quoi ?

— Ça n'était pas seulement Melanie. Mon père... m'a violée moi aussi. Je... l'ai laissé faire. Le pire... c'est que je voulais qu'il le fasse. Je voulais qu'il... me désire. Qu'il m'aime comme il aimait... Melanie. Mais ça n'a pas marché avec moi. Je criais quand ça faisait mal. (Elle s'enfouit le visage dans les mains.) J'ai pensé que si je racontais à maman... que je l'avais laissé me... faire ça... elle me détesterait, elle aussi. Que plus personne ne m'aimerait.

— Tout va bien, baby, fit Allegro en la serrant dans ses bras. Je t'aime, Sarah.

Engluée dans un océan de culpabilité, elle n'entendit pas.

— Mais j'étais jalouse. Je pensais même pas à... Melanie, ni à ma mère. A ce qu'elle... endurait. J'étais une sale gosse rancunière.

— Pas du tout, contra-t-il. Tu n'étais qu'une pauvre petite fille malheureuse et perdue.

— C'est monstrueux, ce que j'ai fait. J'aurais pas dû le laisser faire. Mon Dieu, c'est répugnant.

— C'est pour ça que tu as pris les comprimés ? (Puis lui prenant les poignets et effleurant ses cicatrices.) C'est pour ça que tu as essayé de t'ouvrir les veines ?

Sarah laissa sa tête retomber sur l'oreiller. Les couvertures lui glissèrent jusqu'à la taille, découvrant sa poitrine. Allegro les remonta. Elle lui adressa un pâle sourire et s'entortilla dans le drap.

— Je... suppose. Mais à l'époque, je ne m'en suis pas rendu compte. J'ai fait un blocage. Feldman a cru que je faisais une dépression réactionnelle consécutive à la mort de ma mère. Il n'a rien compris au film. Mais moi non plus. C'est seulement maintenant que je réalise. Et puis je refusais de voir les choses en face, malgré les efforts de Feldman pour me débloquer. Je n'ai pas été une bonne patiente.

— Peut-être que c'était un mauvais psy, suggéra Allegro.

— Certainement pas. (Ils se regardèrent, puis les yeux de Sarah tombèrent sur ses poignets.) J'ai fait ça deux ou trois mois après mon entrée à la fac. A cause d'un étudiant de licence qui m'avait

315

plaquée. Il draguait tout ce qui passait. Alors je me suis accrochée à lui comme une malade jusqu'au jour où je l'ai surpris au lit avec ma camarade de chambre.

Allegro ne fit pas de commentaires.

— Ça devait arriver, lança-t-elle avec un petit rire acide.

— Tu comptes continuer tes tentatives de suicide jusqu'à ce que ça finisse par marcher ? dit-il d'une voix douce.

— Et couper l'herbe sous le pied de Romeo ?

— Ne parle pas comme ça.

— Comment faut-il que je parle, John ?

Il lui reprit les poignets, tendrement, et les porta à ses lèvres. Ce geste provoqua chez Sarah une nouvelle poussée de désir mêlé de désespoir. Quand il la lâcha, elle lui caressa doucement les lèvres de la main.

— Ne me laisse pas mourir, John, chuchota-t-elle avant de l'embrasser.

Il lui rendit son baiser, sans la toucher néanmoins. Même lorsque les couvertures lui retombèrent à la taille, découvrant de nouveau sa poitrine. Elle tendit le bras pour éteindre, mais Allegro l'en empêcha.

— Je veux te voir, dit-il, la gorge serrée.

Elle se raidit, mais ne protesta pas lorsqu'il se leva et la dénuda complètement. Immobile, elle garda les yeux fermés pour ne pas le voir l'observer.

— Ouvre les yeux.

— C'est dur, John.

— Tu me désires ?

— Oui... mais j'ai très peur.

— Tu peux m'arrêter quand tu veux. Dès que tu me le demandes, je m'arrête. Promis. Tu me crois ?

— Je ne sais pas.

— Prends le risque, Sarah. Tes démons sont derrière toi.

— Pas tous. Il y a encore Romeo.

— Si tu laisses Romeo t'empêcher de faire ce que tu veux, alors il a gagné.

— Tu trouves toujours les mots justes, John.

— Parce que nos actes sont justes. Nos sentiments aussi.

Comme il était à genoux par terre appuyé sur le rebord du lit,

316

tous les muscles de Sarah se raidirent en un réflexe dans l'attente d'un assaut.

Mais l'assaut ne vint pas. Allegro ne la toucha même pas. Allongée nue en pleine lumière, elle eut la surprise de sentir les bouts de ses seins se raidir. Poussée de désir et d'optimisme à la fois.

Elle s'autorisait à désirer quelqu'un. Non par jalousie, désespoir ou esprit de vengeance — mais peut-être parce qu'elle avait bien mérité cela. Elle avait tellement payé pour ses turpitudes qu'elle méritait vraiment de connaître enfin le plaisir et l'abandon.

— Oui, souffla-t-elle.

Elle le regarda ôter maladroitement son pantalon, son slip et monter dans le lit. Pressant le mouvement pour ne pas être tentée de faire machine arrière, elle l'attrapa par le cou et l'attira contre elle. Le pénis dressé se pressa contre sa cuisse.

Il la caressa avec une infinie tendresse. Doigts courant avec légèreté sur sa poitrine, bout de la langue lui taquinant un mamelon, main explorant le haut de ses cuisses, lèvres descendant jusqu'à son ventre frémissant.

Les préliminaires étaient délicats et subtils, elle voulait se laisser aller, mais alors même qu'elle s'efforçait de se détendre, ses bras se croisèrent sur sa poitrine et elle serra si fort les poings que ses ongles lui entrèrent dans les paumes.

— Je crois que je ne peux pas…

— Si, tu peux, Sarah. Aie confiance. Laisse-moi t'aimer.

Elle essaya et resta immobile lorsque, après s'être glissé au pied du lit, il lui écarta doucement les jambes. Mais quand le bout de sa langue effleura son clitoris, elle poussa tout de même un petit cri, serrant les jambes en un mouvement de protection instinctif qui n'eut pour résultat que de mieux ancrer Allegro dans sa position.

Quelques minutes plus tard, elle roulait la tête de droite à gauche sur l'oreiller, alors qu'il continuait inlassablement — et plus seulement du bout de la langue — ses caresses longues, précises, délicieuses. Se tordant comme un serpent, elle commença à l'accompagner d'un mouvement de hanches, comme si son corps se libérait enfin de la dictature de son esprit.

Descendant plus bas, il se mit à lui mordiller délicatement les grandes lèvres.

La sensation fut si forte qu'elle provoqua le retour de l'abominable cauchemar qu'elle avait fait tout de suite après le meurtre de Melanie.

L'homme sans visage approche la tête de ses seins, prend un téton entre ses lèvres chaudes et humides. Le mamelon se dresse. Soudain, douleur fulgurante. Il lui a sectionné le bout du sein. Et il ne s'arrête pas là. Il lui déchire la poitrine à grands coups de dents, il dénude les os. De plus en plus près du cœur...

— Non ! hurla-t-elle de toutes ses forces, ruant de toutes ses forces et frappant du poing la tête du démon qui la dévorait vivante. *Pas mon cœur. Pas mon cœur !*

Redressant brusquement la tête, Allegro reçut un coup de genou dans la mâchoire. Avec un cri, il tenta de lui immobiliser les jambes, mais en vain.

Se débattant comme un diable vendant chèrement sa peau, Sarah lui asséna une pluie de coups — pied, poing, genou — dans la poitrine et l'estomac. Jurant comme un charretier, il ne parvint pas à la maîtriser malgré tous ses efforts.

Le bruit de la porte d'entrée qu'on venait d'enfoncer mit un terme à leurs ébats. Sautant du lit, Allegro ramassa son pantalon au moment même où Wagner, Rodriguez et Corky faisaient irruption dans la chambre, l'arme au poing.

Un silence de mort s'abattit sur la pièce. Avec un hoquet, Sarah tira le drap pour se couvrir. Allegro enfila son pantalon. Bruit ridicule de la fermeture Éclair de la braguette qu'on remonte.

Une consternation gênée se lisait sur le visage de Wagner dont le regard passa de Sarah à Allegro. Celui-ci, après avoir enfilé le T-shirt de la jeune femme, marcha vers son coéquipier comme pour lui coller son poing dans la figure. Enveloppée dans le drap et s'attendant au pire, Sarah se raidit. Mais John évita Wagner sans un mot. Ce qui restait de la porte d'entrée claqua bruyamment.

Rodriguez et Corky échangèrent un coup d'œil.

Bien qu'évitant toujours le regard de Sarah, Wagner sembla se détendre et se tourna vers les deux policiers.

— Très bien, les gars, essayez d'arranger un peu cette porte et retournez à vos postes, fit-il d'un ton neutre tout en remettant son arme dans son étui. Il va de soi que personne n'a rien vu.

— Très bien, firent-ils d'une seule voix, aussi pressés de disparaître que Wagner l'était de se débarrasser d'eux.

La porte claqua de nouveau.

Debout au beau milieu de la chambre, Wagner finit par demander après un long moment :

— Vous allez bien ?

Sarah, qui ne savait où se mettre, fit oui de la tête tout en priant Dieu que l'inspecteur ne lui pose pas de questions. Car à ce moment précis, elle n'était plus très sûre de ce qui venait de se passer.

— J'étais inquiet. Pollock m'a mis au courant de la dernière… livraison.

— Sait-on si c'est vraiment le… celui d'Emma ?

— Apparemment, il y a des chances que oui.

La jeune femme ne put réprimer une grimace mais ne fit aucun commentaire.

— J'étais passé par acquit de conscience, histoire de m'assurer que vous alliez bien. Mais quand nous avons entendu des cris…

— Ça n'est pas ce que vous croyez.

— Écoutez, ça ne me regarde pas, mais…

— Exactement, dit-elle sèchement.

— Il vous… Il vous a fait mal, Sarah ?

— Non, fit-elle en détournant les yeux. Non, il ne m'a pas fait mal. Ce… Ce serait plutôt le contraire.

— Je ne comprends pas.

Cette fois, elle riva son regard dans celui de l'inspecteur.

— J'ai paniqué, Mike. Pendant un moment, j'ai même cru… (Elle s'interrompit brutalement.)

— Cru quoi ? insista-t-il.

— Rien. C'est insensé.

La voyant jeter un regard sur sa chemise de nuit qu'elle avait jetée par terre, Wagner la ramassa, la lui tendit et se retourna pour lui permettre de l'enfiler.

— Si vous preniez une tasse de thé ? suggéra-t-elle.

— Je vais mettre l'eau à chauffer.

— Mike ?

— Oui ?

— Pourquoi ne m'avez-vous pas dit que vous aviez parlé avec Hector Sanchez l'autre jour ?

— Avec qui ? fit-il, étonné.

— Hector Sanchez. Mon client. Il vous a bien téléphoné jeudi, n'est-ce pas ?

319

— Qu'est-ce qui vous fait dire ça ?

— Il ne vous a pas téléphoné ?

— Non. Sanchez ? Jamais entendu ce nom-là. Il vous a dit qu'il m'avait parlé ?

La jeune femme se glaça. Qu'est-ce que c'était que cette histoire ?

— Peut-être qu'il a eu John, suggéra Wagner.

— Oui. Peut-être.

— Parlez-moi de la femme de John.

Wagner regarda Sarah par-dessus sa tasse. Ils étaient tous les deux assis à la table de la cuisine, à presque deux heures du matin. Il posa lentement la tasse sur sa soucoupe.

— Que voulez-vous savoir ?

Sarah serra les mains sur ses genoux. Elle n'avait toujours pas touché à son thé.

— John m'a dit qu'elle s'était jetée du huitième étage.

L'inspecteur confirma de la tête.

— Il ne s'agissait donc pas d'un appel au secours, ou d'une tentative pour attirer l'attention. Elle savait qu'elle ne survivrait pas à pareille chute.

— Je n'avais jamais envisagé la chose sous cet angle.

— Pourquoi s'est-elle suicidée ? Est-ce à cause de la mort de leur fils ?

— En partie, je suppose, fit Wagner.

— En partie seulement ?

— Sarah, où voulez-vous en venir ? Seriez-vous amoureuse de John par hasard ?

— Vous avez dit qu'il la battait.

— Une fois. C'est arrivé une fois. Mais si ça se trouve, ça n'était pas lui. Peut-être qu'elle s'était esquintée toute seule. Vous, en tout cas, vous n'avez pas cru que c'était lui.

— Et vous, si.

— Écoutez, fit-il, gêné, John buvait comme un trou. Peut-être que tout a commencé par une prise de bec et qu'il ne s'est pas rendu compte de ce qu'il faisait. Quoi qu'il en soit, à ma connaissance, ça ne s'est pas reproduit.

— Il boit toujours ?

— Pas autant qu'autrefois. Et plus dans le travail. Écoutez, John est le meilleur équipier que j'aie jamais eu. Il ne m'a pas laissé tomber une seule fois. Comme tout le monde, il a eu des problèmes. Mais ça n'est pas moi qui lui jetterai la pierre.

— Et vous pensez que je ne devrais pas la lui jeter non plus ?

— Je crois surtout que vous devriez dormir.

Sarah approuva de la tête, tout en sachant parfaitement qu'elle serait incapable de fermer l'œil cette nuit. Les autres non plus, d'ailleurs.

Allegro l'appela le dimanche en fin de matinée. Elle avait mis son répondeur pour pouvoir filtrer les appels, car elle était harcelée par la presse depuis l'annonce de la mort d'Emma.

— Sarah, je sais que tu es là. Décroche, s'il te plaît.

Elle resta près du téléphone, les poings serrés.

— Il faut qu'on parle, Sarah. J'ai mal à la tête. Et ma mâchoire ne va guère mieux. Tout ça, c'est de ma faute. J'ai été beaucoup trop brutal.

Il fit une longue pause. Sarah attendit, pétrifiée. Allait-il raccrocher ? Était-ce ce qu'elle désirait vraiment ?

— Sarah, la seconde raison de mon coup de téléphone, c'est Dennison. Nous avons eu une longue conversation au petit déjeuner. Il dit qu'il est rentré directement de l'hôpital hier soir et qu'il est arrivé chez lui vers onze heures moins le quart. Le problème, c'est qu'un de ses voisins qui faisait son jogging a déclaré l'avoir vu arriver en voiture vers onze heures et demie. Donc, il ment. Ce qui fait que ta théorie tient la route. Il peut très bien être passé chez toi avant de rentrer. Et il y a pire.

Nouvelle pause.

— Sarah, tu m'écoutes ?

D'une main moite, elle souleva le combiné pour le porter à son oreille.

— Désolé, Sarah. Tu ne peux pas savoir combien je regrette.

— Qu'est-ce qu'il y a encore ? fit-elle d'une voix sèche.

— Perry est très agité depuis qu'il est sorti du coma. Quand l'interne de service lui a annoncé qu'il allait appeler son psy, il n'a rien voulu savoir et a déclaré qu'il ne voulait plus voir Dennison. Il veut quelqu'un d'autre. N'importe qui, mais pas Dennison.

— Il a expliqué pourquoi ?

— Pas tout de suite. D'après le toubib, Perry est littéralement entré en transe quand il lui a posé la question. Il n'arrêtait pas de répéter que ce serait dangereux pour sa femme. Qu'elle serait peut-être la suivante.

— Comment peut-il être si sûr qu'il s'agit de Dennison ? articula Sarah, les mâchoires serrées.

— L'après-midi où Perry et Emma ont quitté le salon de thé, Perry l'a suivie. Et il dit qu'il les a vus tous les deux entrer chez elle. Qu'ils avaient l'air très copains. Que Dennison la tenait même par l'épaule.

Sarah se laissa tomber sur une chaise de cuisine.

— Sarah, tu es toujours là ?

— Qu'est-ce que tu vas faire, maintenant ?

— Je vais retourner dans le quartier d'Emma avec une photo de Dennison, la montrer à la vieille femme qui habite l'immeuble en face. Et aux commerçants du coin. Des fois qu'il y aurait un témoin pour confirmer la version de Perry. Et on ne va pas lâcher Dennison. On va vérifier ses faits et gestes lors des nuits où les crimes ont été commis jusqu'à ce qu'on déniche quelque chose. Ton intuition était bonne depuis le début. J'aurais mieux fait de t'écouter… Sarah… En ce qui concerne hier soir…

— Rien d'autre du labo ?

— Quoi ? Ah, si, pour le cœur, ça colle. Ils examinent… le reste. Nous en saurons davantage dans la journée.

— Emma avait-elle de la famille ? Elle a un ex-mari, je sais ; mais elle n'a pas parlé de parents. Ni de frères et sœurs. *Emma avait-elle une sœur ?*

— Sa mère a été prévenue. Une veuve, du Michigan. Elle veut qu'Emma y soit enterrée dès que l'autopsie sera terminée. Il y a aussi un frère cadet qui viendra mardi s'occuper des formalités.

Silence embarrassé.

— Et l'autre femme, reprit Sarah, vous l'avez retrouvée ? Celle dont le cœur…

— Non. Pas encore.

Sarah sentit les larmes lui monter aux yeux. Qui est-ce qui allait découvrir la mystérieuse victime de Romeo cette fois-ci ? Un mari ? Un amant ?

— Sarah, si on parlait ?

— C'est ce qu'on fait, fit-elle, essuyant d'un revers de main les larmes qui roulaient sur sa joue.

— Non, je veux dire… Si on se voyait ?

— J'ai besoin d'une journée pour récupérer, John. Appelle-moi demain au bureau.

— Tu es en état de retourner bosser ?

— Il faut que je travaille. Sinon, je vais devenir folle.

— Très bien. Je t'appellerai demain matin. Vers dix heures.

— D'accord.

— Sarah ?

— Oui.

— J'ai jamais eu l'intention de te faire du mal. Ni de te faire peur.

— Je sais, fit-elle, et elle raccrocha.

Elle le croyait. Mais aurait-ce été le cas s'il ne lui avait pas parlé de Dennison ? Si son ex-beau-frère n'était pas le suspect tout désigné ? Si les événements n'avaient pas un peu calmé sa peur qu'Allegro soit le tueur ?

Pourquoi avait-il prétendu que Wagner avait eu Hector Sanchez au bout du fil ? Peut-être Wagner, débordé, avait-il oublié cette conversation téléphonique, après tout. Il y avait une façon très simple de vérifier. Appeler Hector. Lui demander s'il avait téléphoné à Wagner.

Elle composa le numéro de Sanchez. Sorti. Elle laissa un message. Cinq minutes plus tard, le téléphone sonnait. Elle décrocha, pensant avoir Sanchez.

Mais ça n'était pas lui.

C'était de la musique. *Rhapsody in Blue*.

Le lundi matin à neuf heures vingt, Wagner et Allegro se trouvaient au commissariat en compagnie des dix autres inspecteurs chargés de l'affaire Romeo. Debout au tableau, Allegro aboyait des ordres. Il était allé faire un tour dans le quartier d'Emma Margolis et avait mis dans le mille. Car dans l'immeuble d'Emma, il avait déniché deux personnes — qui étaient rentrées de week-end — pour corroborer les dires de Perry selon lesquels Emma était entrée dans son immeuble le vendredi après-midi en compagnie d'un homme dont le signalement répondait à celui du Dr William Dennison.

Appelé pour une urgence, un électricien du nom de Frank Jacobs, qui occupait l'appartement 3B, avait en partant croisé Emma et Dennison dans le hall. Et Dora Cheswick, qui habitait au 5A en face de chez Emma, sortait de chez elle pour aller rendre visite à sa mère malade lorsqu'elle avait vu le couple entrer chez Emma. Quand Allegro leur avait présenté une douzaine de photos, les deux témoins avaient désigné celle de Dennison sans l'ombre d'une hésitation. Et ils avaient tous les deux accepté de venir au commissariat pour l'identifier à l'occasion d'une représentation.

L'apparition de ce nouveau suspect avait rendu tonus et optimisme aux policiers. Allegro répartit ses hommes par équipes de deux, chacune devant s'occuper d'une victime de Romeo. Rodriguez et Johnson allaient se consacrer à Emma Margolis, tandis qu'Allegro et Wagner restaient en charge du dossier Melanie Rosen. Tous les renseignements recueillis seraient examinés à la loupe, les témoins réinterrogés, la photo de Dennison présentée à toutes les personnes connaissant les victimes. Quant à Pollock, il éplucherait le fichier des personnes disparues afin d'essayer d'identifier le « propriétaire » du cœur décomposé que Romeo avait mis à la place de celui d'Emma.

— Très bien, les gars, au boulot, conclut Allegro.

Wagner regarda les hommes se disperser.

— Et maintenant, John ? On le fait venir tout de suite ?

— Je vais aller le chercher. Pendant ce temps, tu n'auras qu'à contacter quelques-uns de nos vieux amis des Mœurs. Comme l'expute qui a ouvert une boîte à SoMa. Fais circuler la photo de Dennison, on sait jamais. Il faut absolument se rencarder au maximum sur ce salopard.

— D'accord, fit Wagner, se collant une cigarette entre les lèvres en se levant.

— Oh, et le club SM de Richmond ? Celui qu'Emma et Diane Corbett fréquentaient, d'après Sarah ? Où ça en est ?

— Toujours pas trouvé, répondit Wagner en allumant sa cigarette.

— Corky, va falloir refaire la tournée de tous les sex clubs.

Le policier sortit sans demander son reste. Les deux hommes étaient sur le point de partir à leur tour lorsque le téléphone sonna.

— Je prends, fit Wagner.

Allegro attendit. Et si c'était important. Sarah, peut-être ?

— Brigade criminelle, inspecteur Wagner.

Brève hésitation au bout de la ligne.

— Oh, bonjour, inspecteur, je ne sais pas si vous vous souvenez de moi, fit une voix de femme vaguement familière. Lauren Austin. La mère de Karen. Nous nous sommes rencontrés, l'autre jour. Dans ma bijouterie de Kearny Street. Enfin, dans la bijouterie où je travaille.

— Bien sûr que je me souviens de vous. Comment allez-vous, Mrs. Austin ?

— Très bien, merci. Aussi bien que possible, en tout cas.

— Oui, je comprends, fit Wagner, roulant des yeux en direction d'Allegro.

— Désolée de vous déranger, inspecteur, mais ce matin, une vieille amie de lycée de Karen est venue avec son fiancé choisir une bague de fiançailles. J'ignorais qu'elle s'était installée à San Francisco, Karen ne m'avait pas mise au courant. Or, il se trouve qu'Ericka — c'est son nom — a eu une conversation téléphonique avec ma fille quelques jours avant… avant sa mort. (Elle étouffa un sanglot.)

« Vous m'aviez demandé si Karen avait été en relation avec un psychiatre, et je n'avais pas pu vous aider. Quant à Ericka, je ne pensais pas qu'elle serait au courant de la vie personnelle de Karen. Après tout, elles ne s'étaient parlé qu'une seule fois au téléphone. (Elle fit une seconde pause.) Une fille ne dit pas tout à sa mère, énonça-t-elle calmement, comme elle l'avait déjà fait dans sa première déposition.

— Karen a-t-elle parlé du Dr Dennison à Ericka ? demanda Wagner, alors qu'Allegro attendait à la porte de la salle, n'en perdant pas une miette.

— Non. (Wagner regarda Allegro avec une mimique de regret.) Mais elle lui a dit qu'elle avait un nouveau soupirant. Quelqu'un qui lui plaisait beaucoup.

— Ah bon ?

— Oui, un flic. Un officier de police.

Le regard de Wagner se riva sur Allegro.

— Qu'est-ce qui se passe ? souffla ce dernier.

— C'est tout, Mrs. Austin ? demanda Wagner, les yeux toujours braqués sur son coéquipier. C'est tout ?

— Karen n'a pas donné de nom à Ericka. Mais elle a précisé qu'il était très différent des hommes avec qui elle était sortie auparavant.

— Rien d'autre ?

— Non. Désolée, c'est tout.

Allegro fronça les sourcils.

— Merci, Mrs. Austin, fit Wagner. Nous allons creuser la question. (Il raccrocha.)

— C'était la mère de Karen Austin ? demanda Allegro.

Wagner fit oui de la tête.

— Qu'est-ce qu'elle t'a raconté ?

— Rien, répondit Wagner en fouillant dans des papiers sur son bureau. Des histoires de mère en deuil.

— De quoi lui as-tu dit qu'on allait s'occuper ?

— Pas grand-chose. Elle croit que sa fille sortait avec un collègue. Elle ne sait même pas son nom.

— Ça va, toi ? fit Allegro

— Ça va. Des fois, c'est dur de parler aux parents des victimes.

— Tu fais une drôle de tête, Mike. Ça carbure, là-dedans. Qu'est-ce qui se passe ?

— Mais rien ! Tu deviens parano, ou quoi ?

— Si c'est à propos de l'autre nuit, quand vous nous êtes tombés dessus, chez Sarah, dans la chambre...

— Écoute, ça me regarde pas, John. (Il marqua une pause.) Mais honnêtement...

— C'est ça, vas-y. Parle-moi honnêtement, Mike.

— Après ce qu'elle a vécu, c'est peut-être pas le meilleur moment pour... Elle est fragile, alors...

— Alors quoi ? continua Allegro d'un ton de plus en plus agressif.

— Alors rien, répondit Wagner de plus en plus prudent. C'est pas mes oignons, d'accord ?

— D'accord, ça va. (Allegro montra la porte du doigt.) Tu viens ?

— Dans deux minutes. Le temps de noter l'appel de sa mère dans le dossier de Karen.

— Parfait.

Les yeux d'Allegro tombèrent sur le téléphone. Fallait-il qu'il appelle Sarah ? Elle était probablement déjà au boulot. Avait-elle pris une décision le concernant ? Tout s'était tellement mal passé, l'autre nuit. Il voulait remettre les pendules à l'heure. Plutôt téléphoner d'une cabine, à l'extérieur. Il serait plus tranquille.

— A tout à l'heure ! lança-t-il en sortant.

Dès que son collègue eut disparu, Wagner se dirigea vers l'autre bout de la pièce où des caissons pleins de dossiers suspendus étaient entassés contre le mur. Ouvrant un tiroir, il chercha un instant. Quand il eut trouvé le dossier qu'il voulait, il le prit, l'ouvrit, et en sortit la première feuille. Le rapport d'autopsie de Grace Allegro. Puis, après avoir plié le document et l'avoir mis dans sa poche intérieure, il regagna son bureau, feuilleta l'annuaire et composa un numéro.

— Bijouterie Lawry.

— Mrs. Austin ?

— Oui.

— Inspecteur Wagner. Désolé de vous importuner.

— Mais vous ne me dérangez pas, inspecteur. Nous n'avons pas de clients. C'est une journée calme.

— J'ai oublié de prendre les coordonnées de l'amie de votre fille.

— Bien sûr, inspecteur. Son fiancé et elle ont versé un acompte pour une superbe bague, un diamant d'un carat et demi. Alors, vous pensez si j'ai noté leurs coordonnées. Je devrais avoir ça dans mon fichier. Oui, voilà. Ericka Foster. Future Mrs. Dawkins. Elle va prendre le nom de son mari. J'ai trouvé ça bien. Vous savez, de nos jours… Karen aurait fait pareil. Du moins, je crois.

— Je suis moi-même partisan de cette coutume. Non que je sois marié, mais si je devais… Enfin, si je pouvais contacter cette jeune femme…

Mrs. Austin s'empressa de lui donner l'adresse et le numéro de téléphone, ajoutant :

— Je regrette de ne pouvoir vous aider davantage, inspecteur. Ils n'ont pas dit, aux nouvelles, si le type qui est à l'hôpital allait être inculpé. C'est pour ça que je vous ai parlé du policier. On ne sait jamais.

— Merci, Mrs. Austin. Vaut toujours mieux tout vérifier.

327

(Wagner jeta un coup d'œil au fauteuil vide d'Allegro.) Vous avez raison, on sait jamais.

— C'est pas que ça me ramènera ma fille, mais j'aimerais que vous l'attrapiez, ce monstre. Pour qu'il ne puisse plus faire de mal aux autres. Vous savez, inspecteur, c'est terrible pour une mère de survivre à sa fille.

Wagner eut la surprise de constater qu'il avait la larme à l'œil.

— Oui, Mrs. Austin. Je comprends.

Tandis que le public voit en lui un être barbare, inhumain, pervers, Romeo est absolument persuadé qu'il est un romantique incompris.

Dr Melanie Rosen, *Cutting Edge*

Chapitre 23

Le lundi matin à neuf heures trente, une voiture de patrouille déposa Sarah à l'entrée des fournisseurs, sur la façade arrière de l'immeuble où elle travaillait. Au moment où la jeune femme arrivait devant l'ascenseur de service, les portes s'ouvrirent et un employé du ménage sortit, poussant devant lui un chariot. S'engouffrant dans la cabine vide, elle appuya sur le bouton du huitième.

Au quatrième, l'ascenseur s'arrêta pour charger un homme grand au visage en partie masqué par la visière de sa casquette. Reconnaissant soudain le nouvel arrivant, Sarah poussa un petit cri et tenta de se ruer dehors avant que les portes ne coulissent. Peine perdue. L'homme n'eut aucun mal à lui barrer le chemin.

L'ascenseur repartit, puis stoppa brutalement. Bill Dennison venait d'appuyer sur le bouton d'arrêt d'urgence.

— N'aie pas peur, Sarah. Tout ce que je veux, c'est te parler.

La jeune femme se força à lui faire face.

— Comment as-tu...

— Hier, quand ton copain Allegro s'est vu contraint de me relâcher, je suis passé devant chez toi en voiture. Comme l'endroit grouillait de flics et de journalistes, j'ai essayé de prendre par derrière, mais ces salopards avaient bouclé le périmètre.

— C'est pour ça que tu m'as téléphoné ? Pour m'offrir un interlude musical ?

— Ne sois pas stupide. Je suis repassé ce matin et t'ai suivie. Il ne m'a pas fallu longtemps pour comprendre où tu te rendais. Alors, j'ai mis la gomme pour arriver avant toi et t'ai attendue. Quand je t'ai vue emprunter la porte de derrière, j'ai monté l'escalier quatre à quatre. Et j'ai réussi à devancer l'ascenseur. Je cours encore pas mal, hein ?

L'odeur d'ammoniaque laissée après le passage du chariot mêlée à celle de l'after-shave et de la transpiration de Dennison donnèrent un haut-le-cœur à la jeune femme.

— Pourquoi as-tu fait ça, Bill ?

— Je veux te parler.

— Ça n'est pas ce que je voulais dire.

— Je ne suis pas Romeo, martela-t-il. Je n'ai rien d'un tueur sadique.

Sarah sursauta.

— Nom de Dieu, siffla-t-il. Elle t'a mise au courant !

Ne voyant pas à quoi il faisait allusion, Sarah secoua lamentablement la tête.

— Si j'ai fait ça à ta sœur, c'est à sa demande, continua-t-il, se rapprochant. Parce qu'elle me suppliait. Tu dois savoir qu'elle n'arrivait pas à jouir si... je ne la frappais pas d'abord, non ? C'est Melanie qui était détraquée, Sarah, pas moi. Mais je ne lui en ai jamais tenu rigueur, tu sais. Ça n'a rien changé à mon amour pour elle.

Le sang battait furieusement aux tempes de Sarah. *Du calme. Il ne va pas me tuer ici. Il ne peut pas modifier le rituel. Il est obligé de procéder à chaque fois de la même manière. N'était-ce pas ce que Melanie avait dit ?*

Dennison, hagard, n'était plus qu'à quelques centimètres.

— Évidemment, tu t'es empressée de déballer ces histoires aux flics, hein ? Sur Melanie et moi. Sur nous deux.

— Non, Bill, je n'ai...

Agrippant Sarah par le bras, il la fixa d'un air venimeux.

— Les flics ne croient pas à la culpabilité de Perry, avoue. Les médias montent ça en épingle, mais c'est une ruse, pas vrai ? Parce que le suspect, pour eux, c'est moi. C'est pour ça qu'Allegro m'a cuisiné pendant une heure hier. Parce que tu as été leur raconter...

— Bill, je te jure...

— Parce que j'ai soigné deux des victimes et que j'ai été marié à une troisième, ça la fiche mal pour moi ! Pourtant, il ne s'agit que de coïncidences. Si quelqu'un sait combien j'aimais Melanie, c'est toi, Sarah. Et elle m'aimait, elle aussi. Mais elle faisait une putain de fixation sur ton père. C'était son dieu. Quoi que je dise ou fasse,

330

je ne lui arrivais pas à la cheville. C'est pour ça que j'ai fini par aller voir ailleurs. C'est ça qui m'a poussé vers toi, Sarah. Toi au moins, tu ne faisais pas de fixation débile sur ton père. Tu ne balançais pas son image idéalisée à la gueule de tes amants.

Ses doigts s'enfoncèrent dans les bras de Sarah. Non, il ne la tuerait pas dans la cabine, mais il pouvait l'amocher. Sa bouche se tordit en un vilain rictus.

— Quelle blague ! Le Dr Simon Rosen, ce modèle de perfection, le seul être au monde à avoir prétendument compris Melanie, n'a jamais su qui elle était vraiment ! Dire que j'ai cru qu'elle finirait par se défaire de son obsession et que nous aurions une seconde chance...

— Bill, si tu es innocent, cours voir les flics...

— Merci pour le conseil, Sarah. Moi qui ai cru un moment être amoureux de toi !

Cette fois, la colère et le bon sens de Sarah eurent raison de sa peur.

— Et Emma ? Elle aussi, tu l'as aimée ?

— Qu'est-ce que tu sais de mes relations avec Emma ? siffla-t-il en la secouant.

— Tu étais avec elle la nuit où elle a été assassinée.

Elle s'abstint d'ajouter que c'était Perry qui avait craché le morceau. Car elle se disait que le meurtrier n'hésiterait pas à s'en prendre à la femme de Perry pour se venger. A moins que ce ne soit déjà fait ? Et que le cœur non identifié soit celui de Cindy Perry ?

Stupéfait, Dennison resta bouche bée. Chancelant, il lâcha Sarah pour s'appuyer contre la paroi de l'ascenseur.

— Nous avons bu un verre ensemble, c'est tout.

— Du champagne ? ironisa Sarah.

— Du cognac, répondit-il avec un regard noir. Bon, d'accord, on se plaisait. C'est pourquoi je n'ai pas voulu continuer à la suivre. Ces dernières semaines ont été très difficiles pour moi. Je sais que c'est bête, mais j'avais besoin de... d'un peu de tendresse, d'affection.

Tout en écoutant Dennison et sans le lâcher des yeux, Sarah glissa imperceptiblement vers la droite. *Encore quelques centimètres et elle pourrait atteindre le gros bouton rouge en bas de la plaque. Si seulement elle arrivait à reprendre le contrôle de ses jambes...*

331

Elle tendit la main. Mais sans lui laisser le temps d'atteindre l'alarme, Dennison lui saisit le poignet et la repoussa brutalement contre la cloison opposée.

— Oh, merde, fit-il, la dévisageant comme s'il ne l'avait jamais vue auparavant. Je t'ai fait mal ? Excuse-moi, j'ai perdu la tête. Mais c'est parce que je suis innocent, Sarah, et que si mon nom est mêlé de près ou de loin à cette affaire, c'en est fini de ma réputation. Je peux dire adieu à ma clientèle. La ruine, quoi. Je ne suis peut-être pas un foudre de guerre dans ma profession mais je dépanne quand même pas mal de gens. (Se penchant, il la plaqua contre la paroi.) Je te jure que je ne suis resté qu'une heure chez Emma. On n'a même pas baisé. Elle s'en sentait incapable. Tu comprends ? En plus, elle a dit que... (Il s'arrêta brutalement.)

— Qu'a-t-elle dit, Bill ?

— Bon Dieu, fit Dennison en écarquillant les yeux. Elle a dit qu'elle attendait un ami.

— Un ami ?

— J'ai cru qu'elle essayait de se débarrasser de moi. Mais ça devait être vrai. Elle avait rendez-vous avec Romeo. Et il est venu.

Comme il était venu à tous les autres rendez-vous.

— Il faut absolument que tu préviennes la police, fit Sarah. Viens à mon bureau. Nous allons appeler Allegro.

Il recula d'un pas. L'espace d'un instant, elle pensa l'avoir convaincu. Mais sa bouche se tordit en un rictus.

— Tu ne me crois pas. Et ton copain Allegro ne me croira pas non plus. Mais comme j'ai barre sur lui, on pourrait peut-être s'arranger.

— Comment peux-tu tenir John ?

— *John*, hein ? Je me doutais bien qu'il y avait quelque chose entre vous. En général, les psychiatres ont de l'intuition, tu sais, même ceux qui n'arrivent pas à la cheville du Dr Simon Rosen. Hier, pendant l'interrogatoire, Allegro n'a pas cessé de t'appeler Sarah. Et à sa façon de prononcer ton nom...

— Nos relations ne te regardent pas, Bill.

— Il t'a dit qu'il la voyait ?

— Qu'il voyait qui ?

— Melanie.

— Ils travaillaient ensemble. Elle était leur expert dans l'affaire...

— Non, je veux dire en tant que thérapeute. Lui et sa femme. Celle qui s'est suicidée.

— Mais qu'est-ce que tu racontes ?

— Melanie m'a parlé des Allegro. C'est elle qui les soignait. Comme elle avait réussi à décider sa femme, ils suivaient un traitement. Mais tu sais comment ça se passe. Le fichier les concernant n'est pas dans son ordinateur. Ni dans ses dossiers manuscrits. Alors, comment crois-tu que ces documents ont pu disparaître, Sarah ?

— Je ne te crois pas.

— Ils allaient bien ensemble. Je veux dire, Melanie et John. Parce qu'il la baisait. Exactement le genre de mec qu'il fallait à ta sœur. Fruste, brutal, grossier. Je parie qu'il la faisait jouir comme une malade...

Un déclic se produisit dans l'esprit de Sarah. Renonçant à tenter de se calmer, elle éclata soudain d'une colère glaciale.

— Menteur ! Pervers ! Lâche ! hurla-t-elle, lui martelant la poitrine de coups de poing.

Mais elle ne faisait pas le poids. Après un court instant de surprise, il n'eut aucun mal à lui attraper les poignets et à les lui ramener derrière le dos.

— Tu es folle, Sarah ! Tu as besoin d'aide, et drôlement !

— Ho ! Y a quelqu'un ? lança une voix semblant venir d'en haut. L'ascenseur est coincé ?

Sans laisser à Sarah le temps d'articuler un mot, Dennison lui colla une main sur la bouche, l'immobilisant en lui passant l'autre bras autour de la taille. Il la traîna ainsi de l'autre côté de la cabine, appuya sur le bouton *marche*, puis sur *S/S*. L'ascenseur repartit.

Le cœur battant, Sarah fit travailler ses méninges. Une fois qu'ils seraient arrivés au sous-sol, parviendrait-elle à se dégager et atteindre la sortie ? A hurler à pleins poumons dans l'espoir d'attirer l'attention et d'être secourue ?

La cabine s'arrêta et les portes s'ouvrirent sur un endroit sombre et humide, baigné d'une faible clarté jaunâtre.

— Pas de bêtises, gronda-t-il. Tu n'as aucune chance.

Au moment même où les portes commençaient à se fermer, elle repoussa violemment Dennison qui, surpris, fut propulsé à l'extérieur et, perdant l'équilibre, se retrouva par terre.

— Sarah… Sarah… Je t'en supplie…

Les portes coulissèrent.

C'est un Andrew Buchanon complètement démonté qui se précipita vers Wagner quand celui-ci pénétra dans la réception du centre de réinsertion.

— Où est-elle ? demanda sèchement l'inspecteur.

— Elle était complètement hystérique à son arrivée. Heureusement, l'un des quatre autres psys a réussi à la calmer. Elle affirme ne pas avoir subi de sévices physiques, mais à mon avis, on devrait l'hospitaliser un jour ou deux. Elle est complètement à côté de ses pompes. Je la comprends, remarquez, mais avec les clients qui se présentent ici sans arrêt, je…

— La ferme, aboya Wagner.

Buchanon se pétrifia.

— Où est-elle ? demanda le policier, pointant avec vigueur sur Buchanon un index aussi dangereux qu'un canon de revolver.

— Dans le bureau de Mr. Grossman. Écoutez, inspecteur, on est tous consternés. Si on peut faire quelque chose.

— Je vous l'ai déjà dit, ce que vous pouviez faire, bordel !

Bernie, qui avait roulé son fauteuil à côté de Sarah, avait glissé un bras derrière le dos de la jeune femme. Ils redressèrent tous deux la tête lorsque la porte s'ouvrit. Wagner se dirigea droit sur Sarah.

— Il vous a fait mal ? Vous voulez voir un médecin ?

— Non, fit-elle, pâle mais le regard clair.

— Qu'est-ce qui s'est passé ?

— Cette ordure de Dennison l'a coincée dans l'ascenseur de service, gronda Bernie. Comment ça se fait qu'il n'y avait pas de flic avec elle ?

Ignorant son intervention, Wagner dévisagea Sarah.

— John attend Dennison chez lui. Et nous avons envoyé des hommes à son cabinet au cas où il s'y rendrait. Pour l'instant, vous allez faire une déposition, Sarah. Mais pas ici.

— Vous n'allez pas l'emmener au commissariat ! s'indigna Bernie.

— J'habite dans Laguna Street, continua Wagner, à moins de dix minutes d'ici en voiture. Allons-y, nous bavarderons autour d'une tasse de thé. (Il jeta un coup d'œil à Bernie.) Vous êtes le bienvenu, si ça vous tente.

— Tout ira bien, Bernie. Ne t'en fais pas.

— Tu veux passer la nuit chez moi ? proposa Bernie.

— La situation étant ce qu'elle est, intervint l'inspecteur, je crois qu'il serait plus sage d'installer Sarah à l'hôtel sous la protection de la police. Rassurez-vous, nous allons veiller sur elle comme des mères poules.

Sarah pensa immédiatement à Allegro. Lui aussi, avait juré de la protéger.

Au sortir de la voiture qui s'était immobilisée devant un petit immeuble de Laguna Street, Sarah jeta un regard inquiet aux nuages lourds qui menaçaient de leur déverser des torrents d'eau sur la tête.

— C'est amusant, remarqua-t-elle, nous avons eu un temps radieux jusqu'à la mort de Melanie. Depuis, il n'a pas cessé de pleuvoir.

— Vous voulez que je vous chante *Hello, le soleil brille* ?

— Vous êtes gentil, Wagner, fit-elle avec un sourire.

— Mouais.

Il la conduisit à son appartement, au premier.

— Comme c'est joli, fit Sarah, entrant dans le séjour aux murs blanc cassé et au sol couvert d'une moquette de tweed gris. Par la fenêtre dont les stores en pin naturel étaient relevés, on apercevait Lafayette Park. Quelle différence avec le désordre qui régnait chez elle ! Elle se fit l'effet d'être un souillon. Malgré la légère odeur de tabac qui régnait dans la pièce, le cendrier de verre était impeccable. Les meubles — canapé en futon, table basse laquée noir, fauteuils en rotin garnis de coussins imprimés — donnaient à la pièce un petit air asiatique. Wagner avait dû acheter tout ça dans le quartier japonais, à deux pas de là. Rien au mur, sinon un grand miroir rectangulaire au cadre argenté au-dessus de la cheminée, qui donnait l'impression de n'avoir jamais servi.

— Ça fait longtemps que vous habitez ici ? commença-t-elle,

335

peu désireuse de parler de Dennison et de ses allusions inquiétantes à John.

— Environ six mois. Comme je n'ai pas encore eu le temps de m'installer vraiment, je ne me suis occupé que du strict nécessaire. Une touche féminine serait la bienvenue, vous ne trouvez pas ?

— C'est impeccable.

— Parce que je ne suis jamais là, fit Wagner avec un sourire embarrassé. Bon, détendez-vous, le temps que je fasse du thé. Quand vous serez prête, nous parlerons de ce qui s'est passé avec Dennison. (De la voiture, il avait passé un message radio à Allegro. Évidemment, celui-ci n'avait trouvé le psychiatre ni chez lui, ni à son cabinet. Un avis de recherche avait été lancé.)

Il alla mettre la bouilloire à chauffer dans la cuisine.

— Vous vivez seul ?

— Oui. Quand j'étais à Berkeley, je vivais avec une copine. Mais ça n'a duré que quelques mois. Elle n'a pas supporté de partager la vie d'un flic.

— Désolée, fit-elle.

— Il n'y a pas de quoi. De toute façon, nous n'étions pas faits l'un pour l'autre.

Quelques minutes plus tard, il regagna le salon, une tasse fumante dans chaque main. Sarah était assise dans l'un des fauteuils en rotin. Après avoir posé les tasses sur la table basse, Wagner s'installa dans le fauteuil voisin et sortit un magnétophone miniature de sa poche.

— Si on se débarrassait des formalités tout de suite ? suggéra-t-il doucement.

Sarah s'exécuta, non sans difficulté. Il lui fut particulièrement pénible de répéter à Wagner ce que Dennison lui avait confié concernant la vie sexuelle de sa sœur. Mais elle n'avait aucune raison de lui cacher quoi que ce soit, puisqu'il avait lu des passages du journal intime de Melanie.

— Il jure qu'il est innocent, continua-t-elle. Qu'il n'est resté qu'une heure avec Emma parce qu'elle attendait quelqu'un d'autre. Romeo, semble-t-il.

— Évidemment, fit Wagner, sarcastique.

— Peut-être que c'est vrai, je ne sais pas. Il semblait préoccupé avant tout par sa réputation. Ce qui ne colle pas avec l'idée que je me fais de Romeo.

— Pourquoi ?

— Parce que la seule chose qui compte pour Romeo, c'est son obsession. Ses conquêtes. Tout le reste n'existe pas.

— Romeo est aussi un grand comédien. Bon, vous m'avez tout dit ?

Tout, sauf la bombe que Dennison avait lâchée à propos de John, sa femme et Melanie. Elle resta assise, les mains croisées sur les genoux.

— Qu'est-ce qui se passe, Sarah ? demanda l'inspecteur en se penchant vers elle.

— Rien. Mais… si vous vous trompiez, cette fois encore ? Si ça n'était pas Bill ?

— Il a été en contact étroit avec trois des victimes : il en soignait deux, et a été le mari de… votre sœur. De plus, des témoins l'ont vu entrer chez Emma le soir de l'assassinat. Nom d'un chien, Sarah, il a failli vous régler votre compte dans ce putain d'ascenseur !

La jeune femme blêmit.

— Excusez-moi, fit-il, se rendant compte de ce qu'il venait de dire. Je me comporte comme un imbécile.

— Mais non, Mike. Je dirais même que vous êtes plutôt intelligent et sensible. De plus, vous avez raison, Bill est sans doute…

— Non, attendez. C'est vous qui avez raison, Sarah. Impossible de tirer des conclusions tant qu'on n'a pas pris Dennison sur le fait. D'ailleurs, nous enquêtons également sur votre voisin, la drag queen. John m'a dit que vous aviez des soupçons.

Sarah planta son regard dans celui de Wagner.

— Saviez-vous que John et sa femme se faisaient soigner par Melanie ?

— Quoi ? Où est-ce que vous avez été chercher ça ? Et quel rapport avec Dennison et la drag queen ?

— Il y en a un, articula-t-elle, hésitante. Avec Dennison, en tout cas.

— Je ne vous suis pas.

— Mike, répondez à ma question. Vous étiez au courant, oui ou non ?

— Eh bien…

— Donc, vous saviez, conclut-elle, le cœur serré.

— Elle m'avait tout dit, soupira-t-il. Mais quel rapport avec…

337

— Melanie vous a tout dit ?

— Non, bien sûr que non. Grace, la femme de John.

— Vous la connaissiez ?

— Pas bien. La première fois que nous avons vraiment parlé, ç'a été un jour ou deux après le retrait de sa plainte. Elle m'a appelé. Pour me demander si je voulais prendre un café avec elle.

— Pourquoi voulait-elle vous voir ?

— Je ne sais pas. Parce que j'étais l'équipier de son mari, je suppose.

— Que voulez-vous dire ?

— Elle était bouleversée parce que John était parti. Et qu'il voulait le divorce.

— Et puis ? dit Sarah, qui se fit l'effet de lui arracher les mots de la bouche.

— Elle pensait que je pourrais lui parler. J'ai suggéré de suivre une thérapie de couple. C'est alors que Grace m'a dit qu'elle voyait déjà un psy, mais que John ne voulait pas en entendre parler. Un autre type, dont je ne me rappelle pas le nom. Pas Dennison, en tout cas.

— John m'a dit qu'ils étaient séparés quand elle s'est suicidée. Mais il ne m'a pas dit qu'il voulait divorcer. A-t-il regagné le domicile conjugal ?

Wagner fit non de la tête.

— Environ un mois plus tard, elle a failli se foutre en l'air en prenant une overdose de tranquillisants. John ne m'en a jamais soufflé mot.

— C'est Grace qui vous a mis au courant ?

— Elle m'a appelé deux ou trois semaines après. Sans doute parce qu'elle me considérait comme son dernier lien avec John. C'est là qu'elle m'a dit qu'ils consultaient tous les deux votre sœur. Je crois que Grace perdait un peu la boule.

— Qu'est-ce que vous voulez dire ?

— Oh, elle racontait toutes sortes d'histoires dingues. Vous savez...

— Non, justement, je ne sais pas, répliqua-t-elle, piquée au vif par les réponses de plus en plus évasives de Wagner.

— Je ne me souviens pas très bien.

— Pensait-elle que ma sœur plaisait à John ?

338

L'inspecteur haussa les épaules. Puis, avisant le magnétophone qui tournait, il l'arrêta.

— Grace était folle, Sarah.

— Melanie lui plaisait, insista celle-ci. Et vice versa. Il me l'a dit lui-même.

— Très bien. Mais dans ce cas, pourquoi me poser toutes ces questions ?

— Parce que je ne sais pas si ça a commencé avant le suicide de Grace. Ni jusqu'où ça a été.

— A votre avis ?

— Moi, je n'en sais rien. C'est Bill qui…

— Quoi ? Dennison vous a dit que John et votre sœur avaient une liaison ? Il déraille.

— Ce qui ne signifie pas qu'il a menti, répliqua-t-elle, avec néanmoins le sentiment désagréable qu'un écran s'interposait entre elle et ce qu'elle voyait.

— Sarah, écoutez-moi. Vous irez beaucoup mieux quand nous aurons appréhendé Dennison et que les preuves commenceront à arriver. Nous avons une douzaine d'hommes qui y travaillent. Par ailleurs, deux de nos hommes font la tournée des sex clubs en ce moment même. Quelqu'un finira bien par reconnaître Dennison, et toutes les pièces du puzzle se mettront en place. Vous verrez.

Pourquoi se donnait-il tant de mal pour la convaincre ?

Wagner se leva et inspira une longue bouffée. Lorsqu'il enleva son blouson, un papier s'échappa de sa poche et vint tomber aux pieds de Sarah qui le ramassa. Elle allait le tendre au policier lorsque, y lisant le nom d'Allegro, elle l'examina de plus près. Un rapport d'autopsie. Celui de Grace Allegro.

— Qu'est-ce que c'est que ça ? lança-t-elle, regardant le policier.

— Rien, fit ce dernier, lui prenant le papier des mains. Dites donc, votre thé est froid. Je vais aller en refaire, ajouta-t-il, écrasant sa cigarette dans le cendrier impeccable.

Sarah le suivit jusque dans la cuisine, où il ralluma le gaz sous la bouilloire.

— Pourquoi avez-vous pris ce rapport, Mike ?

— Une bouilloire qu'on regarde ne bout jamais, fit l'inspecteur en fixant le récipient. Ma mère disait ça, autrefois.

— Bon sang, Mike, si vous savez quelque chose, pourquoi me le cacher ?

— Sarah, vous êtes vraiment amoureuse de John ?

— Mon Dieu, alors, vous savez quelque chose !

Avant qu'il ait eu le temps de répondre, son beeper sonna, ce qui les fit sursauter tous les deux.

— Il faut que je rappelle, dit-il sèchement, se dirigeant vers l'autre extrémité de la cuisine où se trouvait le téléphone mural.

Alors qu'il tournait le dos à la jeune femme, la bouilloire se mit à siffler, couvrant ses paroles. A peine Sarah avait-elle eu le temps de mettre le récipient sur un autre brûleur et d'éteindre le premier, qu'il avait raccroché. Il resta tourné vers le mur, immobile. Bien que ne distinguant toujours pas son visage, elle vit ses épaules s'affaisser.

— Qu'est-ce qui se passe ?

— Dennison est hors de cause, articula-t-il d'une voix étranglée dans un effort pour cacher sa frustration et sa colère.

— Quoi ? Comment ça se fait ?

— C'était Rodriguez. Il m'appelait de Mercy Hospital.

— Qui donc est à Mercy Hospital ?

Dennison avait-il essayé de se tuer, lui aussi ? Il semblait assez mal en point pour cela. Ou pire, Romeo avait-il frappé de nouveau ? Était-elle encore une fois plus ou moins responsable d'un acte de violence ?

— Ne me demandez pas qui, mais quoi.

— Je ne comprends pas.

— Rodriguez a interrogé un collègue de Dennison qui partage sa suite de bureaux, expliqua Wagner en s'asseyant à la table de la cuisine.

— Carl Thorpe ? demanda Sarah, s'asseyant en face de lui.

— Ouais. Thorpe lui a chanté les louanges de Dennison. Il a même ajouté que celui-ci s'était porté volontaire il y a un an pour donner sa moelle osseuse au fils de Thorpe qui souffrait d'un cancer.

— Alors, Bill a eu une analyse de sang à Mercy Hospital ?

— Oui. C'est comme ça que Rodriguez a trouvé sa formule sanguine. Dans un premier temps, il a cru qu'il avait mis dans le mille, parce que c'était le même groupe sanguin que Romeo, « A » positif. Ajouté aux autres éléments, c'était suffisant pour arrêter Den-

340

nison, lui faire une prise de sang et comparer les empreintes génétiques.

— Mais il y a eu un problème ?

— L'informateur de Rodriguez lui a fait remarquer un autre chiffre dans les résultats de Dennison. Son HLA. Une histoire d'histocompatibilité. En tout cas, il a téléphoné ça au labo, et il semble que les HLA de Romeo et de Dennison ne soient pas identiques.

— Ce qui met Dennison hors course ?

— Apparemment. Le toubib va examiner ça de plus près, mais...

— Il n'y a guère d'espoir, conclut Sarah, découragée.

— Vous pouvez quand même porter plainte pour brutalité.

La jeune femme ne réagit même pas. Le silence s'abattit sur la cuisine où l'on n'entendit plus que le sifflement de la bouilloire. Wagner alluma une autre cigarette, inspira une bouffée, exhala.

— Il reste encore votre voisin Vickie, non ? Ce qu'il nous faut, c'est une photo de lui en homme.

— Pas de problème, répondit-elle.

— Ah bon ?

— Il en a une. Je l'ai vue.

Oui, concentrez-vous sur Vickie. Elle avait plus que des soupçons sur la drag queen. Si par hasard quelqu'un dans un club se souvenait l'avoir vue... Avec l'une des victimes, pourquoi pas...

— Qu'avez vous ? s'enquit-elle devant le trouble du policier.

— Rien.

— Vous ne pensez pas que Vickie soit le coupable. Alors... qui ?

— Je n'ai pas dit que ça n'était pas Vickie, répliqua Wagner en ramenant nerveusement ses cheveux en arrière.

— Nom de Dieu, Mike ! tonna Sarah en tapant des deux mains sur la table. Arrêtez de tourner autour du pot ! Pourquoi avez-vous sorti le rapport d'autopsie de Grace Allegro ? Pourquoi avez-vous évité l'histoire de la liaison entre John et Melanie ? Nous avons tous les deux la même idée en tête. Nous nous disons que nous sommes malades, mais...

Le téléphone sonna.

— Merde, jura Wagner à mi-voix. Quoi, encore ? (Il décrocha.) Ne quitte pas. (Il tendit le combiné à Sarah.) C'est lui.

341

Sans lâcher Wagner du regard, elle prit l'appareil d'une main glacée.

— John ?

— Bernie m'a dit que Mike t'avait emmenée chez lui. Tu vas bien ?

— Oui.

— Tu veux porter plainte pour voies de fait contre Dennison ? Malheureusement, c'est tout ce qu'on peut faire. Pour le reste, il est clean. L'un de nos hommes a...

— Mike a déjà parlé à Rodriguez, fit-elle d'une voix dénuée d'expression.

— Encore un suspect en or qui nous claque entre les doigts. On s'en arrache les cheveux, à la brigade. Rodriguez est tellement furieux qu'il veut engager un médium. Quand je pense à ce salopard qui se fout de notre gueule et nous fait tourner en bourrique !

Sarah quitta des yeux le visage tendu de Wagner pour regarder par la fenêtre. Une lourde pluie s'était mise à tomber.

— Écoute, j'en ai ras le bol pour aujourd'hui, continua John. Si je passais chez Mike et que...

— Non, coupa Sarah, d'une voix vibrante d'angoisse.

— Je m'étais dit qu'on pourrait dîner ensemble. S'il te plaît, Sarah, je sais par quoi tu es passée. Ça me fend le cœur pour toi.

Elle sentit les larmes lui monter aux yeux. Impossible de les contenir. *Comprends-tu enfin que je t'adore et suis à ta dévotion ?... Que je vais t'initier aux plaisirs infinis que je suis le seul à pouvoir te procurer ? Je sais combien tu souffres. Je sais ce dont tu as besoin... car je suis le seul à comprendre...*

Devant son regard implorant, Wagner lui retira le téléphone des mains.

— John, elle en a pris un sacré coup. Dennison n'est peut-être pas notre homme, mais il lui a fichu une trouille du diable.

— Repasse-la-moi, Mike.

Wagner jeta un regard interrogateur à Sarah, qui fit non de la tête.

— Donne-lui un peu de temps pour souffler, John.

— Passe-la-moi, nom de Dieu !

Masquant le micro de la main, Wagner insista :

— Parlez-lui, Sarah.

A contrecœur, celle-ci prit le combiné et se força à articuler :

— C'est moi.

— Sarah, je sais que tu es morte de frousse. Alors, je vais passer te prendre et t'installer dans un hôtel sous un faux nom. Corky veillera sur toi. Je ne te quitterai pas d'une semelle non plus. Si ça peut te rassurer, je resterai à la porte. Tu n'auras qu'à la fermer à clé, la bloquer avec un meuble, n'importe quoi, pourvu que tu te sentes en sécurité. Je ne le laisserai pas t'approcher. Quand je t'ai dit ça, la dernière fois, tu m'as cru. Tu me fais toujours confiance, hein ?

— Oui, je te crois, répondit-elle dans un effort désespéré. (Laissant tomber le bras, elle lâcha le combiné. Wagner le rattrapa au vol.)

— Écoute, John. Sarah n'a pas l'air bien du tout. A mon avis, elle devrait voir quelqu'un. Peut-être prendre un calmant.

— Feldman, articula-t-elle d'une voix rauque en s'appuyant contre le mur.

— Elle veut voir le Dr Feldman. Je peux l'emmener à l'Institut d'un coup de voiture. Veux-tu que je t'appelle de là-bas pour te donner de ses nouvelles ?

Allegro resta un instant silencieux avant de répondre :

— D'accord. Mais téléphone-moi dès qu'il l'aura vue. Et puis…

— Oui ?

— Dis-lui…

— Oui ?

— Non. Je le lui dirai moi-même quand je la verrai.

Wagner raccrocha.

— Voulez-vous que j'appelle Feldman pour le prévenir ? demanda-t-il.

Le visage rouge, les lèvres serrées, elle n'écoutait pas. Elle qui avait cru être amoureuse de John se demandait sérieusement maintenant s'il n'était pas Romeo. Mais alors, pourquoi ses soupçons grandissants — ainsi que ceux de Wagner — n'étouffaient-ils pas dans l'œuf les sentiments qu'il lui inspirait ?

Est-ce que ça s'était passé ainsi avec Melanie ? Avec Emma ? Avec les autres ? Est-ce que Romeo — John — les avait toutes hypnotisées comme elle ? Étaient-elles également tombées amoureuses de lui ? Même quand elles avaient compris la vérité ? La rédemption qu'il avait offerte aux autres, la désirait-elle également ? Pour les fautes qu'elle avait commises ? Qu'elle lui avait même confessées. Mon Dieu, dire qu'il lui avait fait la cour…

— Sarah ?

— Dites-moi ce qui vous a amené à le soupçonner, demanda-t-elle d'une voix sans timbre.

— Je ne le soupçonne pas.

— C'était quoi ? insista-t-elle. Le fait qu'il buvait ? Qu'il avait une liaison avec ma sœur alors que sa femme était en traitement avec elle ? Grace vous avait-elle mis au courant après avoir tout deviné ?

— Sarah, je vous en supplie. L'homme avec qui je travaille depuis près d'un an et que j'apprécie infiniment ne peut pas être un tueur à ses moments perdus. Vous ne me ferez pas avaler ça.

— Parce que vous croyez que j'ai envie de le croire ? Alors que cette seule idée me donne la nausée ?

— Et moi, vous ne pensez pas que ça me rend malade aussi ?

— Alors, pourquoi avoir sorti le rapport d'autopsie de sa femme ? (Pas de réponse. Pire, il détourna les yeux.) Vous soupçonniez quelque chose, non ? s'entêta-t-elle, haletante. Vous croyez que c'est lui qui a tué Grace.

— Le légiste a conclu au suicide.

Sarah, qui étouffait dans la petite cuisine, regagna le séjour où elle se mit à marcher de long en large. Au bout d'une minute, elle se laissa tomber dans un fauteuil.

— Quand Grace est-elle… morte ?

— Il y a sept mois, répondit Wagner en s'asseyant en face d'elle sur le futon.

— Et… Diane Corbett ?

— Sarah, vous ne trouvez pas que vous allez un peu loin ?

— Ça suffit, Mike, pas plus loin que vous, s'indigna-t-elle d'une voix brisée. *S'il vous plaît. Pas John. N'importe qui, mais pas John.*

— Les meurtres ont commencé quelques semaines après la mort de Grace, finit par lâcher Wagner dans un soupir. Et alors ? D'accord, Grace a bien dit qu'il était un peu dur avec elle quand il était saoul, mais entre bousculer sa femme quand on a un coup dans le nez et les traitements que Romeo inflige à ses victimes, il y a un monde.

— Vous avez pensé au meurtre tout de suite ? s'enquit-elle d'un ton étonnamment calme.

— Non, bien sûr que non. Je n'y pense d'ailleurs toujours pas.

344

Quand John est arrivé ce matin-là et que je l'ai mis au courant du coup de téléphone à propos de Grace, il a eu l'air effondré.

— Avait-il l'air d'un type qui a la gueule de bois ?

— Comme toujours, à l'époque.

— Vous avez bien eu une impression, sur le moment. Ça se lit sur votre visage, Mike.

— A quoi voulez-vous en venir, Sarah ?

— Racontez-moi. *Plus de zones d'ombre. Plus de secrets. Tant pis si c'est affreux.*

— Je sais pas, fit-il, pâle comme un mort. Peut-être que vous avez raison. Il n'habitait qu'à cinq minutes de chez elle. Elle n'a pas laissé le moindre mot pour expliquer son geste et elle avait un billet d'avion dans sa poche. Ce matin-là, il est arrivé en retard.

— Si elle partait, pourquoi aurait-il dû… se débarrasser d'elle ?

Wagner leva les yeux au ciel.

— Elle m'avait téléphoné deux ou trois nuits avant pour me dire qu'elle allait essayer de convaincre John de refaire une tentative de vie commune à son retour d'Hawaii. Quand elle serait bronzée, en forme — présentable, appétissante quoi.

— Vous pensez qu'il l'a poussée par la fenêtre ? balbutia Sarah, prise de vertige.

— On est en train de se monter le bourrichon. Et je le prouverai. Donnez-moi seulement deux ou trois jours et…

— Je veux tout savoir, Mike. Nom de Dieu, il faut que je sache. Alors, crachez le morceau.

— Très bien, soupira-t-il, résigné. Ça date d'aujourd'hui. J'ai reçu un coup de fil qui m'a… retourné. Ça ne prouve rien, mais…

— Continuez.

— Karen Austin, la troisième victime de Romeo, sortait avec un flic. Elle l'a confié à une amie. Je l'ai appris aujourd'hui et j'en ai pas encore informé John. (Il la regarda, l'air complètement perdu.) Et puis il y avait vous, Sarah. La façon dont John vous a fait des avances.

— Comme il en a fait à Melanie ?

— J'ignore s'ils avaient une liaison, Sarah, fit-il, détournant les yeux. Mais quand elle a commencé à travailler avec nous en tant qu'expert, j'ai bien senti qu'il y avait quelque chose entre eux. Même à moi, elle me plaisait. Elle savait allumer les… (Il se prit le visage entre les mains.) Bon Dieu, c'est pas ce que je voulais dire. (Elle lui enleva les mains du visage et les garda entre les siennes. Soulagé, il lui adressa un bref sourire.) Et puis, il y a eu samedi soir. Vos hurlements. Notre intrusion dans votre chambre…

— Non, protesta-t-elle. C'est moi qui ai perdu les pédales. Il ne m'a pas agressée. J'ai eu un flashback, j'ai revu des scènes de mon enfance et j'ai paniqué. Des souvenirs affreux. J'ai disjoncté.

D'une main douce, Wagner remonta les cheveux qui étaient tombés sur le front trempé de sueur de la jeune femme.

— Ça va aller, Sarah. Je vous le promets.

— Attendez, lança-t-elle, s'accrochant à son bras dans une lueur d'espoir. Et la nuit où Romeo a essayé de s'introduire chez moi par effraction ? John était avec moi. Il ne pouvait donc pas être dans deux endroits à la fois.

— Non, vous avez raison, fit Wagner.

Faisant un effort sur elle-même, elle tenta de repasser le film de cette soirée pluvieuse — ils étaient sortis dîner, étaient revenus chez elle, elle était allée dans la cuisine pendant que John emportait sa veste dans la salle de bains… Elle eut un hoquet.

— Qu'est-ce qui se passe ?

— Mais alors, il peut l'avoir fait…

— Qu'est-ce que vous racontez ?

— Je n'ai entendu personne essayer de forcer la fenêtre de ma salle de bains. C'est John qui a entendu du bruit. Qu'est-ce qui me dit qu'il ne l'avait pas ouverte avant ? Quand nous sommes rentrés la première fois, il s'est rendu à la salle de bains. Ça peut très bien avoir été une mise en scène et un alibi destinés à lui permettre de quitter l'appartement pour poursuivre Romeo. Et c'est pendant qu'il était dehors qu'une autre lettre a été glissée sous ma porte. Mon Dieu, ç'aurait été si facile.

— Un instant, intervint Wagner. Et Vickie, la drag queen, dans tout ça ? Il lui aurait été tout aussi facile de forcer la fenêtre et de glisser la lettre sous votre porte. On pourrait tout aussi facilement l'inculper. Quand on tiendra un maillon, la chaîne tout entière suivra et on se trouvera bien bêtes d'avoir soupçonné John.

Sarah était tout aussi désireuse que Wagner — sinon plus — de trouver un autre suspect. C'était d'ailleurs elle qui avait la première soupçonné Vickie. Le téléphone sonna de nouveau. L'inspecteur décrocha.

— Qu'est-ce que tu fais encore là-bas ? (Regardant Sarah, il articula : « John » en silence. La jeune femme blêmit.) Elle a été malade, continua-t-il, elle est allée s'allonger. Je m'apprêtais à appeler Feldman, pour voir s'il ne pouvait pas venir. A ton avis, ils font des visites à domicile, les psys ?

— Je l'ai déjà contacté, dit Allegro, je croyais qu'elle se rendait chez lui directement. Passe-la-moi, Mike.

Wagner tendit le combiné à Sarah, qui secoua frénétiquement la tête.

— Elle dort. C'est pas le moment de la réveiller.

— Écoute, j'ai un indice. Il faut que j'aille vérifier un truc. Mais dis-lui que Feldman est d'accord pour la faire admettre à l'hôpital deux ou trois jours en observation. Si elle refuse, mets-la à l'hôtel Royale dans Bush Street sous le nom de Wilson. Susan Wilson. Même topo si elle va à l'hôpital. Je vous envoie Corky. Il sera là dans vingt minutes.

— Qu'est-ce que c'est, ton indice ?

— Une bricole qui ne mènera sans doute nulle part. Je t'en parlerai si jamais ça débouche sur quelque chose. Quand elle se réveillera, dis-lui que je pense à elle, d'accord ?

— Bien sûr, tu peux compter sur moi.

Une heure plus tard, Sarah se trouvait dans le cabinet de Stanley Feldman qui avait annulé deux rendez-vous pour la recevoir.

La situation lui semblait étrange, voire surréaliste. Quelle tranquillité dans ce bureau cocon qui la protégeait des folies du monde extérieur. Comme d'habitude, Feldman était assis à sa table de travail — les mains posées l'une sur l'autre sur son sous-main vert à côté de son bloc —, arborant cette expression bienveillante qui ne le quittait jamais, quelle que fût l'humeur de sa patiente — calme, colère, écœurement, tendresse ou autre.

Elle faillit s'allonger sur le fauteuil incliné en cuir noir muni d'une têtière blanche tant elle se sentait fatiguée, mais préféra s'asseoir devant le bureau, en face de lui. Malgré son désir de rester calme, elle se mit à se tordre les mains.

— Je ne sais pas pourquoi je suis venue.

Hochement de tête de Feldman.

— Autrefois, je parvenais à contrôler mes pensées, mais maintenant, elles partent dans tous les sens. Vous trouvez peut-être que c'est un progrès mais moi, ça me fout en l'air.

Le psychiatre tiqua imperceptiblement, mais la considéra d'un regard amène.

— Votre souffrance psychique vous ronge de l'intérieur et Romeo vous menace de l'extérieur. Chacune de ces deux forces doit être mise à plat et désamorcée pour que vous puissiez vous sentir en sécurité.

— Je ne suis pas encore prête à parler de tout, fit-elle après une hésitation. Même si je sais parfaitement qu'il faudra en passer par là. Si j'en ai le temps.

— Vous avez peur de ne pas avoir le temps ?

— Romeo m'a séduite intellectuellement, et maintenant… (Elle se força à continuer d'une voix tremblante.) Il a peut-être entrepris de me séduire physiquement. Il a dit que c'était pour lui que je me réservais, que lui seul pourrait me mettre le feu au ventre. Et c'est vrai.

— Qu'est-ce qui est vrai ?

Sarah dut prendre sur elle pour répondre.

— Que je suis amoureuse d'un homme qui projette peut-être de m'assassiner.

— John Allegro ?

— Vous aussi, vous croyez que c'est possible ?

— Tout ce que je sais, c'est que vous ne le laissez pas indifférent. Ça m'a sauté aux yeux quand il est venu me parler l'autre jour. Et quand il m'a téléphoné tout à l'heure…

— Nous avons beaucoup de choses en commun, John et moi, fit Sarah, les larmes aux yeux. Mais si c'est lui, Romeo, alors il m'a beaucoup mieux comprise — et dès le début — que je ne me comprends moi-même maintenant.

— Qu'est-ce qu'il a compris ?

— Que je dois être comme Melanie, fit-elle, se tordant les mains de plus belle. Comme les autres. Que, enfouie dans les profondeurs de mon être, une part de moi-même cherche à se faire maltraiter, violenter, torturer. Parce que je l'aime. Même si je suis consciente que c'est lui mon tortionnaire, mon assassin. J'ai le sentiment affreux que mon sort a été inéluctablement scellé il y a longtemps. Et Romeo sait mieux que moi que je ne pourrai pas y échapper. On paie toujours pour ses péchés.

— Parlez-moi de l'autre Sarah.

— Quelle autre Sarah ? fit-elle, démontée.

— Celle qui est tombée amoureuse.

— D'un fou, d'un tueur.

— N'allons pas trop vite en besogne et laissons cet aspect de côté pour l'instant, d'accord ? Ce ne sont encore que des suppositions.

— Oui. Les flics ont un autre suspect, mon voisin, dit-elle un soupçon d'espoir dans la voix.

— Parlez-moi de l'amour, de ce que vous ressentez, demanda Feldman en croisant calmement les doigts.

— Je m'en croyais incapable. D'aimer quelqu'un. Bien sûr, j'aime mon copain Bernie, mais ça n'est pas... (Elle hésita longuement, sans pouvoir trouver ses mots.)

— Vous voulez parler des rapports sexuels ?

— Oui, répondit-elle en rougissant jusqu'aux oreilles. Mais ça aussi, ça a foiré. Et par ma faute. J'ai toujours été plus douée pour tout foutre en l'air que pour m'envoyer en l'air.

— Dans ce cas précis, vous avez peut-être bien fait, si vous pensez qu'Allegro est Romeo.

— C'est pour ça que je suis amoureuse de lui, d'après vous ? Parce que je crois qu'il est Romeo ?

— Qu'en dites-vous ?

— J'étais sûre que vous alliez me renvoyer ma question à la figure.

— C'est ce que vous pensez qui compte, Sarah.

— Je m'accroche encore à l'espoir que c'est Vickie, mon voisin travelo. Ce qui est ignoble également et pas très correct politiquement. Mais je préfère que ça soit Vickie que John. N'importe qui sauf John.

— Vous venez de répondre à votre propre question.

— Laquelle ? J'en ai tellement.

Comme à son habitude, Feldman garda le silence afin de la laisser débrouiller toute seule l'écheveau, ce qui ne lui prit pas longtemps.

— Oh ! La question de savoir si j'aime John Allegro parce qu'il est Romeo ou bien parce qu'il ne l'est pas ?

Le psychiatre eut un petit sourire. La récompense de Sarah.

Oh, Sarah. Je vous entends encore tous les deux dans le couloir devant la porte du bureau cette nuit-là. Ton affolement, tes larmes. Sa fureur, ses éclats de voix, ses mensonges. Je sanglote sous les couvertures ; les draps encore tièdes portent l'empreinte de son corps, son sperme est encore tout chaud dans mon ventre. Je le hais. Je l'aime. Sarah, Sarah... pardonne-moi, Sarah.

M.R., *Journal*

Chapitre 24

— J'aimerais que vous changiez d'avis, Sarah, dit Wagner tandis qu'ils quittaient le cabinet de Feldman à l'Institut pour se diriger vers Mission. (La pluie avait cessé. Le soleil commençait à percer à travers le brouillard.)

— Pas question.

— Alors laissez-moi...

— Mon plan est plus astucieux.

— Peut-être mais aussi plus dangereux pour vous, rétorqua Wagner.

— Pas si vous jouez votre rôle correctement.

— Nous avons mis de bien grands espoirs en Vickie, Sarah. Mais ça va pas être de la tarte. A supposer qu'on reconnaisse votre voisin dans l'un de ces clubs sur cette photo qui date au moins de dix ans...

— Ce serait un commencement. Une piste, s'entêta-t-elle. Vous n'arrivez pas à vous débarrasser de vos soupçons concernant John, avouez-le. Vous voulez seulement me faire plaisir en suivant la piste Vickie. En fait, vous trouvez mon idée complètement farfelue.

— Pas du tout. Autrement vous croyez que je marcherais dans votre combine ?

— Mais... (Sarah savait qu'il y avait un *mais*.)

— Vous lisez en moi comme dans un livre, Sarah. Il va également falloir que je fasse circuler sa photo. (Il n'eut pas besoin de préciser qu'il s'agissait de celle de John.)

— Ça ne donnera aucun résultat, dit Sarah avec violence.

350

— Très bien. Je me planterai.

Ils durent s'arrêter à un feu rouge dans Market. Un gamin vendait des journaux qui faisaient leur une avec Romeo. Wagner jeta un coup d'œil à sa passagère puis reporta les yeux sur le feu.

— Elle avait des ecchymoses sur le visage. Grace. Le compte rendu de l'autopsie en faisait mention.

— Et alors ? fit Sarah. Elle est tombée du septième étage, non ?

— Elle a atterri à plat sur le dos.

— Qu'est-ce que vous dites ?

— Rien.

— Pourquoi dans ce cas a-t-on conclu au suicide ?

— Eh bien, c'est à la suite du bilan effectué par votre sœur et de l'avis émis par le psychiatre de l'établissement où Grace avait été hospitalisée. Les deux rapports concordants indiquent qu'elle était suicidaire et qu'elle avait déjà fait plusieurs tentatives infructueuses. Le médecin légiste a expliqué que les ecchymoses pouvaient être le résultat de blessures occasionnées par la chute. Il y avait un réverbère non loin de l'endroit où elle est tombée. Peut-être que son visage a heurté le pied du réverbère avant qu'elle ne s'écrase sur le trottoir.

— Mais vous n'êtes pas de cet avis. Vous pensez qu'elle s'est rendue chez John ou qu'elle a réussi à faire venir John chez elle ce matin-là, qu'elle l'a supplié de lui donner une seconde chance. Qu'il s'est mis en colère et l'a battue de nouveau. Ensuite elle l'a peut-être menacé de porter plainte. Alors il a paniqué. Ou bien il s'est foutu en rage et l'a jetée par la fenêtre. C'est ça ? cria-t-elle.

— Merde, Sarah. Faut pas vous en prendre à moi. Je ne suis que le messager.

— A supposer que les choses se soient passées comme ça, pourquoi est-ce que John se serait métamorphosé en tueur sadique ? Sa femme n'a été ni violée ni mutilée. On ne lui a pas arraché le cœur. Ça ne correspond pas au scénario habituel de Romeo.

— Je ne sais que vous dire. Peut-être que ç'a été le déclencheur. Melanie disait qu'il y avait généralement un événement déclenchant. Et un moment d'euphorie qui survient lorsque le meurtrier a réussi à s'en tirer. Cela lui donne une sensation de puissance. Melanie avait fait allusion à cela. Un acte de cette nature libère les fantasmes sexuels macabres que le criminel a réussi à refouler jus-

351

que-là. Une fois que la ligne est franchie et que le fantasme devient réalité, il n'y a plus moyen de revenir en arrière.

— Comment John a-t-il réagi lorsqu'elle vous a expliqué cela à tous les deux ?

— Il était d'accord avec elle. Persuadé que Romeo était incapable de s'arrêter même s'il le voulait. Que la seule façon de mettre un terme à tout ça, c'était que quelqu'un l'appréhende.

— Et ce quelqu'un ça va être vous ? fit Sarah.

— Bien sûr que je me souviens de vous, Mike, fit Vickie avec un sourire éblouissant. Ne me dites pas que vous êtes encore à la recherche de notre petite Sarah.

— Non, cette fois c'est vous que je cherche.

— Et pourquoi donc ?

— Quelques questions à vous poser. Vous voulez bien m'accompagner au commissariat ?

— Ce serait plus confortable ici.

— J'aimerais vous montrer des photos.

— Je me demande bien pourquoi. Je n'ai vu personne. Qui voulez-vous que je reconnaisse ?

— Nous savons que Romeo a traîné dans les parages. Peut-être en se faisant passer pour un vagabond, pour un livreur ou alors pour un client du porno shop. Vous ne vous souvenez peut-être pas de l'avoir vu mais lorsque vous jetterez un œil à ces photos de l'identité judiciaire il y en aura peut-être une qui vous dira quelque chose.

Vickie fit une moue.

— Les commissariats, moi, j'aime pas trop ça.

— Écoutez, Vickie, je vous traiterai comme une reine.

Vickie s'esclaffa, pivota sur ses talons hauts.

— Le temps de prendre mon sac et de me repoudrer le nez et je suis à vous.

Deux minutes plus tard, il était effectivement de retour, ses clés à la main.

— Laissez, je vais vous aider, proposa Wagner en s'emparant du trousseau de Vickie.

— Et moi qui croyais que la galanterie n'existait plus, s'extasia Vickie.

352

Se plantant devant le battant, Wagner glissa la clé dans la serrure, la fit tourner une fois à droite pour verrouiller puis, toussant un bon coup, il la fit tourner de nouveau, dans l'autre sens, cette fois. Dans le couloir, Vickie passa le bras sous celui de Wagner et lui décocha un sourire.

Dès que Sarah vit l'étrange « couple » se diriger vers la voiture de Wagner, elle se glissa hors du porno shop pour se précipiter dans son immeuble.

Ainsi que Wagner le lui avait promis, la porte de l'appartement de Vickie s'ouvrit sans problème lorsqu'elle tourna la poignée. Sans perdre une seconde, Sarah referma derrière elle et, traversant le studio, se rendit jusqu'à la penderie au bout du couloir. Le carton à chapeaux était à sa place habituelle. Elle le fit descendre de l'étagère en vitesse. Sur les papiers se trouvait la photo fanée de Vic et de sa mère à la plage. Le regard de Sarah se posa sur le jeune homme. La façon désinvolte et pourtant possessive dont son bras était passé autour des épaules de sa mère, le sourire de conspirateur qu'il avait en la regardant. Et sa mère, une magnifique rousse avec un pli cruel à la bouche. Est-ce qu'elle avait abusé de lui ? Était-ce elle qui avait fait naître chez lui cette haine insensée des femmes que Romeo devait avoir au cœur pour commettre ses crimes abominables ?

En hâte, elle glissa la photo dans son sac. Elle était pressée de filer car, dans la penderie, l'air empestait le renfermé et le parfum bon marché. Puis elle songea aux propos de Wagner. A supposer que Vic fréquente ces sex clubs : ça ne prouverait rien. Pour convaincre Mike qu'il se trompait au sujet d'Allegro, elle devait mettre la main sur quelque chose de plus substantiel.

Le journal intime de Melanie. Son album du lycée. Ça, ce serait une preuve.

Wagner réussirait à retenir Vickie une bonne heure au moins. Heureusement, l'appartement de Vickie était petit. Elle commencerait par la penderie et fouillerait systématiquement le reste du studio.

Au moment de monter dans la voiture de Wagner Vickie s'exclama soudain :

— Merde, une échelle. (Coup d'œil à sa minijupe noire et à son collant noir — également — qui était filé à la hauteur de la cuisse droite.) Une seconde, mon chou, je file me changer.

Wagner qui était déjà au volant jaillit de la voiture tandis que Vickie fermait la portière côté passager.

— Quelle importance ? On va pas danser !

— Il n'est pas question que je sorte avec un collant filé.

Wagner contourna la voiture et barra le passage à Vickie qui repartait en direction de son immeuble.

— Le temps presse. Un collant filé, ce n'est pas la fin du monde.

Vickie tapota la poitrine de Wagner d'un ongle étincelant.

— Mettez-vous en double file devant l'entrée, j'en ai pour trente secondes.

— C'est ça ! Trente secondes, avec les filles, on sait ce que ça veut dire. Vous allez changer de collant. Ensuite de jupe. De chemisier. Et pourquoi pas de boucles d'oreilles pendant que vous y êtes ?

— Économisez votre salive, ça nous fera gagner du temps, Mike. J'aurai plus vite fait de me changer que d'écouter votre speech.

— Allons, fit Wagner en empoignant Vic par le bras. Pourquoi ne pas penser d'abord aux choses sérieuses ? Vous aurez tout l'après-midi pour vous déguiser.

— Qu'est-ce qui vous prend ? fit Vickie d'une voix soudain mauvaise. Il y a le feu au lac, tout d'un coup ? Écoutez, je vous fais une fleur en vous suivant jusqu'au commissariat de mon plein gré. Je pourrais vous obliger à aller chercher un mandat, mon chou.

A contrecœur, Wagner s'écarta. Sarah devait avoir eu amplement le temps de subtiliser la photo et de réintégrer son propre appartement, histoire de préparer un petit sac avec ses affaires. La voiture de patrouille banalisée au volant de laquelle se trouvait Corky stationnait déjà devant l'immeuble, prête à conduire Sarah non à l'hôtel Royale dans Bush comme Allegro l'avait demandé, mais dans un motel de Lombard comme il lui en avait donné l'ordre. Corky, qui était un pote, n'avait pas moufté lorsque

Wagner lui avait ordonné de ne dévoiler à personne l'endroit où il emmènerait Sarah.

Wagner allait remonter dans son véhicule lorsqu'il se souvint de la porte de Vickie restée ouverte. Vickie avait déjà introduit sa clé dans la porte de l'immeuble lorsque Wagner le rattrapa. Vickie se passa le bout de la langue sur les lèvres.

— Vous venez me donner un coup de main, mon grand ?

Le sourire aguicheur de Vickie disparut lorsqu'il s'aperçut que sa porte n'était pas verrouillée.

— Merde, s'excusa Wagner. J'ai dû tourner la clé dans le mauvais sens.

— Ou alors on est entré chez moi par effraction, fit Vickie. Vous devriez passer le premier.

Sarah était encore dans le dressing de Vickie lorsqu'elle entendit la porte claquer. Puis les voix de Wagner et de Vickie. Aussitôt ses yeux se dirigèrent vers la porte restée ouverte du dressing. Elle se mit debout d'un bond, la ferma avec précaution.

— J'en ai pour une minute, s'écria Vickie.

— Je chronomètre, répondit Wagner.

Le cœur de Sarah se mit à cogner lorsqu'elle entendit Vickie dire :

— Et zut, c'était mon dernier collant. Je vais enfiler un caleçon. J'en ai un tout neuf, en cuir chocolat, une splendeur.

Le caleçon chocolat était à quelques pas de Sarah. En un éclair, Sarah se rua sur le carton, y remit les magazines et le glissa sous une tringle chargée de vêtements derrière lesquels elle se dissimula.

La porte du dressing s'ouvrit tandis qu'elle se faisait toute petite derrière les tenues froufroutantes de la drag queen.

Quelques secondes plus tard, elle entendit Vickie s'exclamer :

— Bon Dieu ! C'est pas possible !

— Un problème ? lança Wagner.

— Vous pouvez le dire. Venez voir.

Sarah se mit à transpirer. Est-ce qu'elle avait rangé le carton à chapeaux sur la mauvaise étagère ? Elle entendit les pas de Wagner se rapprocher.

— J'ai beau regarder, je vois rien, insista Wagner.

— Le caleçon. Cette garce de vendeuse m'a soutenu que c'était ma taille et je l'ai crue. D'autant que je n'avais pas le temps de l'essayer. Mais en fait c'est un trente-huit. Comment voulez-vous que je rentre dans un trente-huit.

Wagner décrocha de la tringle une combinaison de velours bleu nattier.

— Je préfère ça. La couleur fait ressortir vos yeux sexy.

— C'est vrai ? Ou c'est encore des salades ?

— J'ai l'air de mentir ?

— Vous aussi, vous avez des yeux sexy, baby, fit Vickie d'une voix sucrée. On pourrait passer un sacré moment ensemble ici au lieu de se traîner jusqu'à ce commissariat puant.

Et voilà, songea Sarah, Vickie n'était pas hétéro. A moins qu'il — Romeo — ne soit à voile et à vapeur.

— Si on remettait ça à plus tard ? dit Wagner. Il faut vraiment que je vous montre ces photos, Vickie.

— Bon, bon, d'accord. Mais vous pourriez au moins m'aider à retirer ces fringues. Tenez, commencez par les boutons.

Sarah se sentait de plus en plus mal à l'aise. Tandis que Wagner se débrouillait comme un chef.

— Pourquoi ici ? questionna Wagner devant l'entrée du séjour de Melanie Rosen à sept heures ce lundi soir. Onze jours après le meurtre de Melanie.

— Je ne sais pas, avoua Sarah. (Elle fixa les sillons dans le tapis à l'endroit où l'un des deux fauteuils en soie caramel se trouvait. Un carré du luxueux tapis taché de sang avait été découpé. La table basse en pin de style Shaker avait été embarquée au labo. Et toutes ces pièces à conviction étaient désormais entre les mains de la police qui allait les examiner sur toutes les coutures afin d'y trouver d'éventuels indices.

Le filet de lumière crépusculaire qui filtrait par les stores fermés jetait une lueur lugubre sur la pièce.

— La maison est à moi, maintenant, dit Sarah. Mon père l'avait léguée à Melanie, qui m'en a fait don dans son testament.

— Vous avez décidé de vous y installer ? fit Wagner d'un air incrédule.

— Momentanément. En ce qui concerne l'avenir, je n'ai pas fait de projets.

— Qu'est-ce qui n'allait pas, au motel ? C'est la vue qui ne vous plaisait pas ?

— Il faut que je sois là, Mike. Impossible de vous expliquer pourquoi. Mettons que c'est ma façon à moi de faire la paix avec Melanie. Avec moi-même. En outre qui songerait à venir me chercher ici ? Corky ignore où je suis. Je l'ai laissé garé devant ma chambre au motel, j'ai appelé un taxi, je suis passée par le patio et j'ai demandé au chauffeur de me prendre au restau en face du motel. J'ai appelé votre beeper en arrivant ici.

Se dirigeant vers son fourre-tout, elle en sortit la photo de Vic et de sa mère. C'était tout ce qu'elle avait déniché chez son voisin.

— On s'est donné beaucoup de mal pour cette malheureuse photo, grimaça Wagner. J'espère que ça va être payant.

— Qu'est-ce que vous raconterez à John lorsqu'il s'apercevra qu'il n'y a pas de Susan Wilson à l'hôtel Royale ? demanda-t-elle tandis que Wagner glissait la photo dans une enveloppe, laquelle contenait déjà un portrait d'Allegro.

— Je n'y ai pas encore pensé, reconnut-il. Ne vous inquiétez pas, je trouverai bien quelque chose. (Il prit une cigarette et allait l'allumer lorsqu'il s'interrompit pour lui demander si la fumée ne la gênait pas.)

— Non. Mais le tabac vous tuera. Au fait, est-ce que vous avez réussi à découvrir le sex club à Richmond ?

— Je vais passer dans deux ou trois clubs en ville, puis pousser jusqu'à Richmond.

— Vous m'appellerez demain matin si vous trouvez quelque chose ?

— Je passerai ce soir.

— Non, il sera tard Mike. Je vais me mettre au lit de bonne heure.

— Sarah, c'est de la folie. Vous ne pouvez pas rester seule ici.

— Je laisserai les lumières éteintes et les stores baissés. Je ne répondrai pas au téléphone. Ça ira, Mike.

— Mais moi, je vais me faire un sang d'encre.

— On dirait Bernie.

Wagner sourit. Sarah aussi.

A vingt et une heures, Sarah commençait à se demander pourquoi elle était revenue dans la maison de Scott Street remplie de souvenirs douloureux. Elle parcourut la maison silencieuse. D'abord le cabinet, au rez-de-chaussée. Puis elle fit le tour du premier étage, où se trouvait l'appartement qu'elle avait jadis partagé avec son père et sa sœur. Devant la maison, un réverbère jetait une lueur verdâtre sur les pièces, lui permettant tout juste de se guider.

Elle avait l'impression de marcher au milieu d'un peuple de fantômes.

Est-ce que tu es là Melanie ? Papa ? Romeo ?

Elle avait essayé pendant si longtemps de s'abstraire physiquement et émotionnellement des horreurs dont elle avait été témoin et qu'elle avait vécues étant enfant... Mais le meurtre de Melanie et les avances insidieuses de Romeo avaient ravivé ses souvenirs. Et maintenant elle était en proie à un tourbillon d'émotions toutes plus violentes les unes que les autres : peur, colère, frustration, chagrin, désir, amour. A Tiburon, avec John, elle avait même cru entrevoir le bonheur.

Arrivée dans la grande chambre, elle se dirigea vers la commode et y prit une des chemises de nuit de Melanie qu'elle approcha de son visage. Le vêtement était encore imprégné de son parfum. Sarah détestait le parfum et tout particulièrement celui-ci. Mais pour une fois, elle le trouva presque réconfortant. Dans la glace surmontant la commode elle aperçut le lit de cuivre de Melanie, dont il ne restait plus que le sommier. Lentement, elle traversa la pièce en proie à une tristesse immense. Tombant à genoux, elle posa la joue contre le bord du lit et resta ainsi un long moment.

Au début les notes assourdies de la mélodie se mêlèrent à sa respiration rauque. Mais tandis que son souffle reprenait un rythme plus normal, Sarah constata que loin de disparaître la mélodie était de plus en plus nette. *Rhapsody in Blue.*

Un frisson de terreur la parcourut. D'où venait cette musique ?

Du rez-de-chaussée. D'une des pièces du rez-de-chaussée.

Romeo. Il était là. Était-il passé par une fenêtre ? Non, Melanie avait dû lui donner une clé. Il avait été son amant. Un substitut de son père. Le seul autre homme capable de lui procurer ce qu'elle désirait...

Sarah se mit les mains sur les oreilles ; mais la musique, la peur, l'inquiétude résonnaient dans sa tête. Pas moyen de s'échapper.

Elle se précipita hors de la chambre. Sur la console du couloir, elle avisa un bougeoir en argent. L'attrapant au passage, elle le plaqua contre sa poitrine. Descendant silencieusement l'escalier, elle se dit que son seul espoir était de le surprendre. La musique jouait en sourdine alors qu'elle atteignait le bas de l'escalier. Au début, elle crut que cela venait de la salle d'attente de Melanie.

Puis elle se souvint des haut-parleurs. C'était du bureau de Melanie que provenait la musique car, dans ce bureau, il y avait une petite chaîne stéréo. C'était là qu'il s'était posté pour l'attendre. Son assassin. Son séducteur. Son amant ?

Empoignant le bougeoir à deux mains, Sarah entrebâilla les portes du cabinet de Melanie. La pièce était éclairée par la lune. Elle semblait vide. La musique flottait doucement dans l'air. Les yeux de Sarah tombèrent sur la porte fermée conduisant au bureau de sa sœur. Oui. Il était là-dedans. Il l'attendait. Il lui faisait signe. Romeo…

En pilotage automatique, elle traversa la pièce. Elle n'avait qu'une idée : lui tomber dessus la première. Alors qu'elle tournait la poignée, elle constata que la musique avait cessé. Mais quand avait-elle cessé ? L'entendait-elle encore lorsqu'elle était entrée dans le cabinet ? Les portes étaient juste assez ouvertes pour que le son lui parvienne de la salle d'attente. Peut-être avait-il coupé le son pour mieux l'entendre approcher. Sa main se figea sur la poignée. Mais qu'est-ce qu'elle fabriquait ? Ah oui, *il fallait qu'elle le prenne par surprise.*

Oui. C'était ça son plan. Elle n'avait pas d'autre solution.

Elle se précipita dans le bureau, agitant le bougeoir devant elle. *Allez viens, espèce de salaud, monstre…* Elle alluma la lampe sur la table de travail de Melanie. Brandissant toujours le bougeoir. Personne ne bondit. Elle s'approcha de la chaîne stéréo. Pas de CD de la *Rhapsody in Blue.* Pas de cassette. Avait-elle vraiment entendu une mélodie ?

Une soudaine bouffée de musique, assourdissante, lui arracha un hurlement. Elle se rendit compte que c'était du rock. Venant d'une voiture qui était passée à toute vitesse devant la fenêtre du bureau. Elle s'appuya contre le bord de la table de Melanie. *Ma pauvre*

Sarah cette fois tu perds les pédales. Tu te laisses emporter par ton imagination débordante.

Le lendemain matin Sarah se réveilla toute désorientée de se retrouver dans son ancienne chambre de Scott Street, souhaitant que tout cela ne fût qu'un cauchemar.

Ses yeux se posèrent sur le téléphone. Bernie. Lui savait comment lui remonter le moral.

Il décrocha à la première sonnerie.

— Bernie ? C'est moi. Sarah. Je vais bien, fit-elle en devançant la question.

— C'est toi qui vas devoir payer la note du pharmacien. Mon ulcère me travaille à un point...

— Tu n'as pas d'ulcère à l'estomac.

— Non, mais ça ne va pas tarder.

— Oh, Bernie, quelle histoire.

— Tu as entendu les infos ?

— Les infos ?

— On a retrouvé un autre corps privé de cœur la nuit dernière. Une prostituée. Dans un conteneur d'ordures près du Hall of Justice. Les flics n'ont pas encore fait de déclaration mais comme les putes ne sont pas la tasse de thé de Romeo, les journalistes ont l'air de dire que ce serait le travail d'un imitateur.

— Non, c'est lui, chuchota-t-elle. Il lui faut un autre cœur.

— Qu'est-ce que tu racontes ?

— Rien.

— Et puis d'abord où es-tu, Sarah ?

— C'est un secret.

— Depuis quand on a des secrets l'un pour l'autre ?

— Depuis toujours, j'en ai peur, dit-elle en sentant les larmes lui monter aux yeux.

— Sarah, tu pleures ?

— Pas encore.

— Tu as besoin d'une épaule ?

— Ça serait sympa. (Mais ce n'était pas à celle de Bernie qu'elle pensait. Plutôt à celle de John.)

— Tu n'as qu'un mot à dire, mon chou, je grimpe dans ma superbe auto et j'arrive.

— J'adore ton épaule. Je t'adore. Mais j'en ai assez de pleurer. Je t'ai appelé simplement pour te dire de ne pas te faire de mauvais sang.

— Tu parles !

— Je te rappellerai, Bernie.

— Attends, j'allais oublier. Hector Sanchez a appelé une douzaine de fois au bureau hier.

— Merde, moi aussi je voulais lui parler. Je vais lui passer un coup de fil. Merci.

— Sarah, tu me tiens au courant, d'accord ?

— Promis.

Dès qu'elle eut raccroché, elle composa le numéro des renseignements pour avoir le téléphone d'Hector Sanchez. Il décrocha à la quatrième sonnerie.

— Hector ? Sarah Rosen. Je vous réveille ?

— Non, j'étais en train de peindre. Je crois que l'enfant se présente bien. Il faut que vous veniez me donner votre avis. Quand vous vous sentirez d'attaque, évidemment.

— C'est pour ça que vous avez essayé de me joindre ?

— Non. C'est au sujet de votre dernier passage chez moi. Le jour où j'ai trouvé le paquet devant ma porte.

— Eh bien ?

— En fait, il ne s'agit pas du paquet mais du malade qui l'a apporté.

— Je vous écoute.

— Il a dû le déposer juste avant que je ne revienne en compagnie d'Arkin.

— Qu'est-ce qui vous fait dire ça ?

— L'odeur. Vous connaissez les aveugles, ils ont l'odorat très développé. Eh bien, l'odeur de ce tordu était encore dans le couloir. Très forte.

Sarah se rappela alors l'odeur de John — mélange de bonbon à la menthe et d'alcool.

Wagner appela un peu plus tard dans la matinée.

— Je ne vous réveille pas ?

— Non, vous avez trouvé quelque chose ?

— Rien de vraiment probant.

— Je suis au courant, pour la prostituée. La fille qu'on a retrouvée près du Hall of Justice. Pourquoi une prostituée ? Ça ne colle pas avec le schéma habituel.

— Vous aviez raison, Sarah. Je crois qu'il commence à perdre les pédales.

— Ouais.

— Je sais ce que vous vivez en ce moment, Sarah. Croyez-moi.

— Mike, j'ai échafaudé un autre plan.

— Sarah !

— Il faut que j'aie la certitude que ce n'est pas John. Sinon je vais devenir dingue. Et vous aussi, vous avez besoin de le savoir.

Elle l'entendait tirer sur sa cigarette tout en réfléchissant.

— Expliquez-moi votre plan. Mais je vous préviens, ce n'est pas pour autant que je vais le suivre.

— Je crois que si, Mike. Je crois que nous n'avons pas le choix.

Après avoir raccroché, Sarah téléphona à Allegro. Ils bavardèrent pendant vingt minutes. Se donnèrent rendez-vous pour le soir même. Il passerait la prendre chez Melanie à sept heures.

Peu après dix-sept heures, Sarah appela Bernie et tombant sur son répondeur, elle laissa un message.

— Bernie, j'aimerais tellement que tu sois là…

Un déclic puis un souffle rauque. Sarah s'arrêta net.

— Bernie ?

Pas de réponse.

Une petite veine se mit à battre sur la tempe de Sarah.

— Bernie, c'est toi ?

C'est alors qu'elle entendit, faiblement dans un premier temps puis de plus en plus fort, les premières mesures de la *Rhapsody in Blue*.

— Non, non, non ! s'écria-t-elle dans le micro.

Bernie rappela vingt minutes plus tard. Il était allé prendre un café avec son copain Tony. Les choses semblaient s'arranger entre eux. Elle ne lui parla pas de la musique. Elle était sûre maintenant que c'était une blague de ce tordu de Romeo. Si tout marchait comme elle le souhaitait, ce serait la dernière.

Chaque nouveau meurtre renforce la violence des fantasmes et intensifie désespoir et décompensation. Si personne ne l'arrête, il finira par se détruire. Mais nul ne peut dire quand cela se produira.

Dr Melanie Rosen, *Cutting Edge*

Chapitre 25

Flash. Romeo a un *flash*. Il se déshabille. Se douche. Se frotte la peau avec rage. Son cœur bat à cent à l'heure. Fourmille d'excitation. Les choses s'accélèrent. Mais c'est normal. Le rythme est bon. Il se sent bien.

Il s'allonge sur son lit. Tout va parfaitement se passer.

Avec Emma, ç'a été une répétition générale. Avec Sarah ce sera comme un soir de première à Broadway. Son pouls bat à ses tempes tel un crépitement d'applaudissements. Ovation d'une foule en délire, debout.

Regarde. Au premier rang. Toutes ces femmes. Qui tapent dans leurs mains. A l'exception de Melanie.

Où est Melanie ? Du regard, il balaye la foule. Elle est forcément là. Pour rien au monde elle ne manquerait cette représentation.

Ah, la voilà. Dans une loge, à l'écart. Applaudissant à tout rompre. Appréciant pleinement son art, ses qualités de metteur en scène. Ça ne le surprend pas. Oui, Melanie était un être à part. Elle lui a donné à elle seule plus que toutes les autres réunies. Son cœur mais aussi son journal intime, dont il a fait son livre de chevet. Il aime tout particulièrement les passages où il est question de lui. Et ceux qui concernent Sarah, bien sûr. Chaque fois qu'il les relit, il a une érection. Il lui arrive de se branler à ce moment-là, et son sperme barbouille la page. Cela lui rappelle la nuit où il s'est répandu en Melanie, sur elle. Il ne peut s'empêcher de penser à ce que ce sera avec Sarah. Cette perspective le titille, l'émoustille.

Il prend la télécommande, allume la télé. Le bulletin d'informations de cinq heures vient de commencer. Le visage adorable de Sarah occupe l'écran.

« … Romeo a réussi à se persuader que je suis sensible à son charme. Que, comme ses autres victimes, je finirai par le trouver irrésistible. Que j'ai autant besoin de lui que lui de moi. Mais il a tort. Je ne suis pas dupe de ses manœuvres. Qui plus est, je commence à distinguer des failles dans son comportement. Il commence à perdre le contrôle. Il s'en rend compte. Il n'est pas le seul. Moi aussi. »

Le visage de la présentatrice succède à celui de Sarah. « C'était un extrait de l'interview que Sarah Rosen a donnée à notre confrère Tom Lindsay. Miss Rosen, sœur de la psychiatre Melanie Rosen qui a été assassinée… »

Romeo éteint. Ferme les yeux. Imagine Sarah. Se repasse la séquence télévisée. La déclaration pathétique de Sarah l'excite. Qui croit-elle tromper ? *Tu crois que je suis dupe, baby ?*

Sarah l'absoudra de ses péchés. Sarah lui accordera le pardon. La reddition de Sarah contient en germe sa délivrance. Et la sienne.

Grondement dans sa tête. Applaudissements ? Non. Cacophonie. Bruit de moteur, sanglots, musique.

Soudain, elle se matérialise. Au volant de sa voiture de sport flambant neuve, comme d'habitude. Et comme d'habitude, il est assis près d'elle. Ils sont rangés sur le bas-côté d'une route de campagne déserte. Musique. C'est lui qui a envie d'écouter de la musique. Pas elle. Pourtant c'est son morceau préféré, la *Rhapsody in Blue* de Gershwin. Mais elle sanglote si fort qu'elle couvre la mélodie.

— Tu me brises le cœur.

Ce n'est pas elle qui parle. Mais lui. Lui qui prononce ces paroles. Il les lui crie au visage, les yeux pleins de haine, car elle l'a trahi. TU ME BRISES LE CŒUR. SALOPE. GARCE.

Il est si occupé à crier qu'il ne voit pas le couteau s'enfoncer dans sa poitrine, ne comprend pas que c'est sa main qui tient l'arme. Jusqu'au moment où le sang jaillit tel un geyser, lui éclaboussant le visage, l'aveuglant presque. Il n'en continue pas moins de frapper, plongeant le couteau en rythme tandis que retentissent les dernières mesures du concerto de Gershwin.

Et dire qu'elle prétendait qu'il n'avait pas d'oreille !

> Je veux me donner si complètement à lui que cette reddi-
> tion me libérera des chaînes qui m'ont ligotée à toi pendant
> toutes ces années.
>
> M.R., *Journal*

Chapitre 26

Sarah s'examine dans la grande glace de sa sœur. Elle a revêtu une tenue appartenant à Melanie. Robe débardeur. Mi-cuisse. Couleur raisin. En daim. Autour de la taille trop ample pour elle, une ceinture. De daim aussi. Mais noir.

Unique. Provocante. Exotique. Elle ne se reconnaît pas.

— Prête ? Il est presque sept heures.

Elle pivote, joues rouges. Elle ne l'a pas entendu entrer dans la chambre.

— Oui.

— Parfait. (Et la voyant triturer nerveusement la ceinture :) Il est encore temps de changer d'avis, dit Wagner. Quand il sonnera, je peux descendre lui dire...

— Quoi ? Que je me suis dégonflée ? Non, pas question.

— Je serai à portée de voix, ne l'oubliez pas.

— Je vais jeter un œil au rôti.

— Et surtout, fait-il en l'interceptant au passage. Faites en sorte qu'il pose son revolver. Et prudence.

— A vous entendre, on dirait que John est coupable. Ne prétendiez-vous pas que c'était impossible ?

— S'il ne se passe rien ici, ce soir, vous croirez à son innocence ?

— Il va sûrement se passer quelque chose.

On sonne à la porte d'entrée. Sarah s'étrangle. Le sol se dérobe sous ses pieds. Wagner lui pose un bref baiser sur les lèvres avant d'aller se planquer dans la cuisine.

Elle accueille Allegro sur le palier. Il est rasé de près, porte une

366

veste qui sort du teinturier. Il s'est même fait couper les cheveux. Il tient à la main un bouquet de fleurs.

En la voyant, il sursaute.

— Ça te plaît ? fait-elle, enfantine.

— Tu es sûre que tu es d'attaque ?

— Comment ça, d'attaque ?

— Pour un tête-à-tête avec moi.

— Allons nous asseoir dans le séjour. Le dîner va être bientôt prêt. On pourra prendre un verre.

— Géniale, ta robe, Sarah.

— Tu as plutôt fière allure, toi aussi.

Posant les fleurs, il la prend dans ses bras. L'embrasse, la laisse essoufflée, étourdie.

— Ton revolver, fait-elle en se dégageant. Il me rentre dans les côtes.

Il ôte sa veste, se débarrasse de son étui d'épaule, qu'il dépose sur la table basse.

Sarah a la gorge sèche. Elle regarde le revolver. A portée de main. *Ça ne marchera jamais. Je vais me planter.*

— Eh bien, Sarah ? J'ai déposé mon arme. Ce n'est pas ce que tu voulais ?

— Si, si.

— N'aie pas peur. (Du bout de la langue, il lui effleure les paupières, le cou, puis lui lèche doucement l'oreille.)

Sarah ferme les yeux. Il faut qu'elle trouve le courage d'agir. Personne ne pourra le faire à sa place. C'est la grande leçon qu'elle aura tirée de cette épreuve.

La flamme des bougies vacille. Mike aurait-il entrouvert la porte de la cuisine ?

— Je ne peux pas, dit-elle en s'éloignant. C'est impossible. Va-t'en, John. Je t'en prie.

Il fait signe qu'il renonce.

— Si c'est ce que tu veux, d'accord.

Avec un soupir, il tend la main vers son étui lorsque la porte de la cuisine s'ouvre à la volée.

— Touche pas à ça, John, lance Wagner, son arme au poing. (L'arme est équipée d'un silencieux. Il sourit à Sarah.) Tout va bien, maintenant, Sarah.

Elle a le cœur qui bat à cent à l'heure. *Bien ? Comment ça, bien ? Mais ça n'a rien à voir avec le plan qu'ils avaient mis au point.*

— Qu'est-ce que vous fabriquez, Mike ? Laissez-le partir. Je ne peux pas. (Elle se précipite. Allegro essaye de l'intercepter mais Wagner, plus rapide, lui passe son bras libre autour de la taille, sans cesser de tenir John en joue.)

Elle est paumée. Larguée.

— Mais Mike, ça n'est pas ce qu'on...

— Inutile, Sarah, coupe Allegro. Mike a tout pigé.

— Génial, votre plan, remarque Wagner. Sarah fait semblant d'avoir les jetons, elle te vire. Tu te mets en planque, tu me prends sur le fait, et tu me serres, John.

— Regarde les choses en face, Mike. Tu es cuit, dit Allegro.

— Non. Tu oublies le finale. Romeo va frapper un dernier coup. Et c'est Michael Wagner qui va le coincer. (Coup d'œil à Sarah.) Je vous avais dit que c'était pour bientôt, Sarah. Vous devriez être fière. J'ai gardé le meilleur pour la fin.

Sarah le fixe, médusée. Il dit des choses insensées mais semble en pleine possession de ses facultés. Elle a du mal à croire qu'il s'agit du malade sexuel qui a assassiné sa sœur, Emma et les autres.

Il appuie les lèvres contre ses cheveux.

— Mmmmm, le parfum de Melanie. (Il le respire.) Toute votre vie vous avez attendu l'homme qui allait vous libérer de votre passé. Cet homme, c'est moi. (Il glisse la main sous sa robe, lui emprisonne un sein.)

Elle se débat.

— C'est ça, baby, débats-toi. Ça m'excite.

Allegro tend le bras vers son holster.

— A ta place, j'y songerais même pas, John. (Wagner attrape l'arme, vide le chargeur, la jette à l'autre bout de la pièce. Puis il se tourne de nouveau vers Sarah.) Vous m'avez gâché une partie de mon plaisir, baby. J'aurais tellement voulu voir la tête que vous auriez faite en apprenant ma véritable identité. Ç'a été un des temps forts de ma soirée avec Melanie.

— Pas avec moi, jette Sarah. Vous avez fait une connerie, Mike. Hector a reniflé la fumée de votre cigarette sur le paquet que vous aviez déposé. Vous avez menti en disant qu'il avait appelé la Criminelle. Pour le reste, ç'a été facile.

— C'est votre sœur qui était facile. Après l'avoir aperçue au club, j'ai laissé passer une semaine avant de l'appeler. Elle n'en pouvait plus d'attendre. Elle a voulu me voir tout de suite. On a pris un verre dans un bar de Lombard. Elle est allée aux toilettes. La porte était restée entrebâillée. Comme elle n'en finissait pas, je suis allé jeter un œil. Elle était près du lavabo. Nue. Haletante. Mais je l'ai obligée à attendre. Jusqu'à ce qu'elle n'en puisse plus.

— Vous avez attendu que toutes vos victimes n'en puissent plus, Mike ?

— Toutes. Même Grace. (Coup d'œil à Allegro.) Parce qu'elle aimait ça, Grace. Plus elle dérouillait, plus elle bichait. Les coups, elle savait les encaisser. Et pour les pipes, chapeau ! Elle t'en faisait des pipes, à toi, John ?

Allegro fait mine de bondir mais s'arrête en voyant Wagner pointer son revolver sur la tempe de Sarah.

— C'est Grace qui a été le déclencheur. Tout est arrivé le jour où je suis allé la chercher pour l'emmener à l'aéroport. Elle voulait qu'on baise une dernière fois avant de partir. Mais elle a paniqué quand j'ai voulu l'attacher. Les liens, le bondage, c'était pas son truc. Elle s'est mise à crier. Ça m'a foutu en boule. Après l'avoir balancée par la fenêtre, je me suis branlé. J'ai dû éjaculer quelques secondes après son atterrissage sur le trottoir.

Les yeux de John s'emplissent de larmes. *Désolée, John*, se dit Sarah. Mais très vite il se ressaisit.

— Grace n'était pas la première, hein, Mike ?

— Oh, j'en ai oublié une ?

— Celle qui a vraiment tout déclenché, oui, fait John, l'air mauvais. Ta petite mère. C'est elle, que tu t'es fait en premier, pas vrai, Mike ? J'ai eu le dossier en main. Les flics de Ledi me l'ont faxé ce matin. Dix-neuf coups de couteau. Dans la poitrine. Deux pauvres couillons qui traînaient dans le coin ont écopé à ta place.

— Ta gueule. (Le front de Wagner se couvre de sueur. Faut pas toucher à maman. Sujet tabou.)

— Et j'ai taillé une bavette avec ton beau-père à Ledi aujourd'hui. Tu sais quoi ? C'était pas son anniversaire jeudi. Son anniversaire, ça tombe en mai. Et ça fait des mois qu'il t'a pas vu.

Paraît que t'aimais te fourrer dans le lit de ta mère. Avant son remariage, bien sûr. Elle lui a tout raconté en détail.

— La ferme, avec ma mère ! (Lueur cruelle dans la prunelle. Le visage de Wagner est méconnaissable. Le timbre même de sa voix a changé. Glacial, féroce, dément.)

Près de la causeuse. Il sort de sa veste une paire de menottes, ordonne à Sarah de les mettre à John. Elle refuse. Il lui fourre le silencieux dans la bouche. Elle va étouffer. Allegro tend les mains. Tandis qu'elle s'approche pour le menotter, John passe à l'action. Vif comme l'éclair, il plaque Sarah au sol, décoche un coup de poing à Wagner, le touchant à la mâchoire. Wagner gémit. Puis un *plop* retentit. Suivi du bruit sourd d'un corps qui s'affale.

Allongée face contre terre, elle est paralysée de peur. *Faites que ce ne soit pas John.* Un bras lui encercle la taille, on la soulève de terre.

— Ça va, Sarah. Tout va bien maintenant.

Son cœur se recroqueville. Romeo. Elle va se briser en mille morceaux. Son courage tout neuf se fait la malle.

Elle a un hoquet d'horreur en voyant Allegro étalé sur la moquette, le sang gouttant de sa tempe.

— T'inquiète pas, baby, dit Wagner. La blessure est superficielle. Faut pas que John rate le spectacle. Je salive rien que d'y penser. (Il lui pince le téton hargneusement à travers sa robe.)

— Je te tuerai, Mike, fait Allegro, chemise trempée de sueur, dents serrées.

— Mets-lui les menottes, Sarah, dit Wagner qui sourit. Vas-y ou je le plombe là où ça fait vraiment mal. (Il vise le bas-ventre d'Allegro.) Quand il en pourra plus de nous regarder, qu'il sera trop excité, je le laisserai se branler. Je lui dois bien une branlette. En souvenir de Grace.

— T'es qu'un pauvre type, dit Allegro. Dis-moi, Mike, tu t'astiquais chaque fois que ta mère et ton beau-père tringlaient ?

— Je peux vous descendre en un clin d'œil, Sarah et toi.

— Et ton rendez-vous d'amour avec elle ? Celui que tu attends si impatiemment ? Tu le foutrais en l'air ? T'es givré mais t'es pas con.

— C'est plus qu'un rendez-vous, John. Mais tu peux pas comprendre. Cette nuit est sacrée. Et je ne te laisserai pas la gâcher. (Il pousse Sarah vers Allegro.)

Elle referme les menottes autour de ses poignets.

— Prends celles qui sont dans sa poche et attache-lui les chevilles, ordonne Wagner.

Devant le combiné stéréo. Elle tremble. Elle a la bouche sèche.

— Choisis un disque, dit Wagner. Pour danser.

— Je ne sais pas danser.

— C'est fini, ce temps-là, Sarah.

— Qu'est-ce que…

— Les leçons de danse, Melanie en parle, dans son journal. Ta maladresse faisait le désespoir de ton père, paraît-il. Melanie avait l'œil, baby. Elle en perdait pas une. Elle a tout raconté par le menu. Sa vie. Mais aussi la tienne. Les somnifères. Les poignets tailladés. Je sais tout. (Il lui lèche la tempe. Pas comme un chiot qui veut faire plaisir à son maître. Comme un animal sauvage qui veut connaître la saveur de sa proie.) Je vais le choisir, moi, le CD.

Du reggae, à fond.

— Melanie en raffolait. Fallait la voir onduler. Ferme les yeux, Sarah.

Il glisse les mains sous sa robe, dans son soutien-gorge, lui emprisonnant les seins, taquinant leur pointe.

Elle est morte de honte. La honte, toujours. Elle est aussi désarmée que lorsqu'elle était petite fille. Contre sa volonté, un autre homme joue avec son corps. Soubresaut de rage salvatrice. *Ce n'est pas ma faute. Je n'y suis pour rien.*

— Si tu savais combien j'ai attendu cet instant, chuchote Wagner à son oreille. Avant même de lire le journal de Melanie. C'est toi que j'attendais, Sarah. Toute ta vie tu as essayé d'échapper à ta véritable nature, comme moi. Ce soir on va mettre un terme aux mensonges.

— Les vôtres, pas les miens.

371

— Je savais que tu serais plus coriace que les autres pétasses. C'est par la souffrance que tu atteindras la plénitude, mon amour. Et pour cela il faut te soumettre.

Allegro étouffe un rire rauque.

— Voyons voir si elle est à point, Johnny. (Il fourre sa main dans sa culotte.) Non, elle mouille pas encore. Je savais que tu me donnerais du fil à retordre, Sarah. C'est parfait. Je finirai bien par te faire découvrir la vérité.

Sarah fixe Allegro, puisant courage et force dans ses yeux. Puis elle croise d'un air de défi le regard de Wagner.

— Vous croyez me connaître, Mike, vous vous trompez. Jamais je ne verrai en vous un sauveur. Seulement un bourreau. Un assassin.

— C'est ça, baby, rue dans les brancards. Quand tu te rendras, ça n'en sera que meilleur.

— Je vous hais ! Je vous méprise !

Il lui arrache sa culotte. Fait un bruit obscène avec sa bouche. Il est complètement détraqué.

Elle est sur l'accoudoir de la causeuse, visage vers le sol. Il fait claquer sa ceinture de cuir noir et lui en administre un petit coup sur les fesses.

— Pour te mettre en appétit, explique-t-il avant de passer aux choses sérieuses. (Des sillons rouges apparaissent sur sa chair. De sa main libre, il lui enfonce la tête dans les coussins pour étouffer ses hurlements.)

— Alors, baby, on mouille cette fois ?

Allegro souffre le martyre à cause de sa blessure à la tempe. Il n'arrive pas à accommoder. Il voit double. Mais il n'a pas renoncé.

— Pourquoi tu me détaches pas, sale con ? Que je te montre ce que ça sait faire, un mec digne de ce nom.

Wagner rit. Le fouet claque. Sarah a l'impression de suffoquer. Comme dans son rêve.

Elle est nue, sur le dos, étalée sur les coussins de la causeuse. Et Wagner essuie ses joues pleines de larmes.

— Romeo sait que tu es une vilaine. Tu espionnes papa pendant qu'il fait joujou avec ta grande sœur. C'est ça, ton fantasme pré-féré, Sarah ? Baiser avec ton père. Tu veux jouer avec Romeo, ma petite princesse ? Tu veux vivre tes fantasmes avec ton père ?

— Comme vous viviez les vôtres avec votre mère ?

Le visage de Romeo change d'expression l'espace d'un instant. Puis redevient glacial, dur.

— Maman ne m'a jamais fait de mal. Aucune femme ne m'a jamais fait de mal. Vous vous croyez fortes, toutes autant que vous êtes. Mais vous êtes des minables, des moins que rien. Elle aussi, c'était une moins que rien. Elle avait son petit garçon adoré, et il a fallu qu'elle le plaque pour cet abruti. Tu imagines ce que je res-sentais quand je voyais la bite de ce pauvre plouc aller et venir dans le ventre de ma mère. Bien sûr que tu le sais, Sarah. Inutile que je te le dise. Entre voyeurs, on se comprend.

Dans la cuisine, à deux doigts de tourner de l'œil tant elle a mal et honte et peur. Il la maintient rudement, bras passé autour de sa cage thoracique. Impossible de respirer.

Il l'expédie sur une chaise drapée d'une blouse verte de chirur-gien. Sur laquelle sont disposés des gants de caoutchouc. Un flot de bile lui remonte dans la gorge.

Plusieurs objets sont alignés méticuleusement sur la table de la cuisine. L'écharpe de soie blanche, la bouteille de Perrier-Jouët, un carnet à couverture de cuir noir. Le journal intime de Melanie.

Sarah braque les yeux sur un objet posé un peu à l'écart. Boîte en velours rouge en forme de cœur. Les larmes roulent le long de ses joues. Elle détourne le regard, le voit s'emparer d'un couteau sur le plan de travail et le poser cérémonieusement sur le couvercle de la boîte écarlate.

— C'est son cœur. Tu l'as bien mérité, baby.

Dans le séjour. Wagner est en tenue de chirurgien. Il pose la bouteille de champagne et la boîte rouge sur la table basse. Met le couteau à découper sur le coussin de la causeuse. Pose son revolver par terre.

John est allongé sur le sol à quelques mètres de là. Chemise tachée de sang, visage d'une pâleur mortelle. Mais Sarah le voit soudain cligner des paupières, tourner les yeux vers le flingue de Wagner, refermer vivement les yeux.

Wagner rate la scène. Tout à la contemplation du corps dénudé de Sarah.

— Jolis, ces petits tétons qui pointent, et ce cul bien ferme...

Poignets attachés dans le dos avec l'écharpe, elle lui jette un regard noir.

— Et le cul de Vickie ? Il était ferme, lui aussi, non ? J'étais dans la penderie, Mike. Je vous ai entendu haleter...

— Vilaine fille. Tu sais ce qui leur arrive, aux petites fouineuses. Elles l'ont bien cherché. Romeo va te donner ce que tu mérites. Ce que tu désires. A genoux, bébé.

— Jamais. Allez vous faire foutre.

Il la gifle.

— Pauvre petit chat. T'aimes ça, souffrir, hein ?

— Ne recommencez pas, je vous en prie. Plus de gifles. (Tout en le suppliant, elle s'écarte de quelques centimètres.)

Il prend ça pour un jeu. La suit pas à pas. Balançant les hanches sur le reggae.

— Tu vois, on danse, baby.

Elle est presque au milieu de la pièce mais Wagner a envie de passer à autre chose, il s'ennuie.

— Suffit comme ça, Sarah. A genoux.

Soupir de soumission, elle obéit, lui lance un regard implorant.

— Bon, vous avez gagné. Vous voulez que je fasse vos quatre volontés ? (Pendant qu'elle distrait Wagner, Allegro se tortille sur la moquette tel un serpent.)

Wagner lui pose la main sur la tête. Bénédiction ?

— C'est pas mieux comme ça ? Laisse-toi aller. Laisse-moi prendre le contrôle des opérations.

— Oui.

— Oui, Romeo.

— Oui, Romeo, fait-elle docilement. *Oh, John, magne-toi.*

Wagner sourit, puis soudain grimace.

— Quoi...

Il lui décoche un regard ahuri, contemple sidéré son épaule. Tous deux fixent la rigole rouge qui coule le long de la manche de la blouse verte.

— Merde ! gronde-t-il en l'empoignant. (Il pivote vers Allegro, appuyé contre la causeuse, qui braque le silencieux vers lui.)

— Tu veux faire feu une deuxième fois ? se moque Wagner, qui tient Sarah contre lui tel un bouclier à mesure qu'il s'approche de John.

Allegro est livide. Le revolver lui échappe.

— Désolé, Sarah…

Rire dément de Wagner. Le sang dégouline de son bras mais il ne s'en soucie guère. Il lie les chevilles de Sarah, la jette sur le fauteuil, prend le pouls d'Allegro.

— Coriace, ce con. Je mets fin à ses souffrances, ma douce ?

— Non ! Je ferai ce que vous voudrez. Laissez-lui la vie sauve. Je vous en supplie.

Il la soulève des coussins, la remet à genoux.

— Parfait, Sarah. Mais ça n'a rien à voir avec ce tas de merde. Il faut que tu expies.

— Et vous, Mike ? Vous qui avez assassiné ces femmes. Et votre propre mère.

— Ça te va bien, de dire ça.

Il lui emprisonne le cou à deux mains, serre. Et serre.

— Arrêtez. Je peux plus… respirer.

Mais Wagner continue de lui enfoncer les pouces dans la trachée. Elle va mourir étranglée. Comme sa mère.

Oh mon Dieu…

— *Allons, là, dis à maman pourquoi tu pleures.*

— *Je le hais. C'est un monstre. Il me déteste. Il te déteste. Il n'aime que Melanie.*

— *C'est faux, Sarah.*

— *C'est pas moi, la vilaine. C'est Melanie. C'est elle qui lui fait faire des choses dégoûtantes. Pas moi. Jamais je le laisserais. Mais Melanie, si. Elle aime ça. Je le sais. Je les ai vus.*

A force de gifles, Wagner ressuscite le passé, lui rend la mémoire. Elle le dévisage, hébétée. Il sourit. Mais soudain ses traits deviennent flous. Ce n'est plus lui que Sarah voit. Mais sa mère. Pendue dans le grenier.

Papa lui avait dit de se taire, qu'elle le regretterait si elle parlait…

A genoux, coincée entre ses jambes dans la position de l'esclave aux pieds de son maître. Les lumières sont tamisées. La *Rhapsody* joue en sourdine.

Il sourit avec tendresse.

— Tu vois, Sarah, on est des âmes sœurs, toi et moi. On a tué nos mères.

— Comment le savez-vous ?

— Par le journal de Melanie.

— Mais c'est impossible. Elle ne...

— Elle t'a entendue pleurer. Entendu ta mère te consoler. Et elle t'a entendue cafter. Tu as brisé le cœur de ta mère, Sarah. Et celui de Melanie par la même occasion. Tu les as tuées toutes les deux.

— Oui, c'est vrai.

Il lui caresse la joue, le cou, les seins.

— C'est à toi que j'ai réservé le meilleur traitement, Sarah. Je t'ai couverte de cadeaux. Offert les meilleurs extraits du journal de Melanie. Pour t'amener pas à pas à la vérité. Là où j'ai dégusté, c'est quand j'ai compris que tu t'étais amourachée de John. Ça m'a démoli, de vous voir au lit ensemble. Tu comprends ça, non ?

Elle hoche la tête. Elle comprend. La fureur de Mike Wagner, sa culpabilité, son sentiment d'inutilité. Mais aussi sa souffrance d'avoir été abandonné. Et elle finit par entrevoir la vérité dans toute sa complexité.

D'une main, il saisit son sexe roide, triomphant ; de l'autre, il lui caresse les seins. Il a l'air hanté. Les dernières mesures de la rhapsodie retentissent.

— Je n'ai pas vraiment envie d'en finir, fait-il d'un ton triste.

— Un dernier toast ? propose-t-elle.

Il la fixe tout en attrapant la bouteille. Il a oublié les flûtes. Il fonce à la cuisine. Tout doit être parfait. Il remplit les deux flûtes.

— A quoi veux-tu trinquer ?

— Au pardon. Il est temps de déposer à terre souffrances, envie, méchanceté. Il est temps de leur pardonner. De nous pardonner.

Il porte le verre à ses lèvres.

— Je veux te l'entendre dire d'abord, Sarah. « Romeo, je te désire plus que tout au monde. »

Elle le fixe. Sa respiration est plus régulière. Sa voix calme, docile. Presque tendre.

— Je te désire plus que tout au monde, Romeo.

Il cligne des paupières. Il a le visage d'un ange.

— C'est parfait. Parfait. (Il incline la flûte de façon qu'elle puisse boire.) Au pardon, mon bel amour. (Il boit une longue gorgée, repose son verre, sourit.) C'est le moment, baby. Rédemption. Absolution. (Il braque les yeux vers les coussins.)

Ses lèvres s'entrouvrent mais aucun son n'en sort. Le film est resté coincé dans le projecteur. Tout s'arrête. Sauf Gershwin.

— Sarah, tu as tout gâché, salope. (Voix pleine de frustration, de fureur : le précieux rituel est détruit. Il lui hurle au visage :) Le couteau, conne. Où est ce putain de couteau ?

Elle lui crache son champagne dans les yeux. Aveuglé, il porte les mains à son visage pour se protéger.

Tempes battantes, son corps nu ruisselant de sueur, elle parvient enfin à trancher les liens de soie blanche qui lui emprisonnent les poignets.

La lame étincelante passe sous le nez de Wagner. Il pousse un cri guttural, un cri de damné.

Sarah plonge le couteau dans la poitrine du monstre.

C'est fini. Le cœur de Romeo ne battra plus.

Épilogue

Sarah s'installe dans le fauteuil désormais familier du plateau de *Cutting Edge*. John la rassure d'un geste de la tête, et avant de s'éloigner du champ chuchote :

— C'est la dernière fois, Sarah.

Le voyant rouge s'allume. Sarah a un papier avec ses notes, mais elle n'y touche pas.

— J'ai versé tant de larmes ces dernières semaines. J'ai pleuré Melanie, Emma et toutes celles que ce malade a souillées puis assassinées. Je me sens proche d'elles. Je suis l'une d'elles. Toutes nous avons été piégées par la culpabilité, la honte. Des sentiments contre lesquels je me bats tous les jours. Mais j'ai de la chance. Je suis encore en vie, moi ; je vais pouvoir lutter et connaître le bonheur que nous méritions toutes.

« Melanie, maman, j'aimerais pouvoir vous prendre par la main et vous entraîner loin de l'ombre, vers la lumière. Vous serez toujours présentes dans mon cœur, je vous le promets.

Achevé d'imprimer en janvier 1997
sur presse Cameron
*par **Bussière Camedan Imprimeries***
à Saint-Amand-Montrond (Cher)

N° d'Édit. : 3445. — N° d'Imp. : 1/98.
Dépôt légal : janvier 1997.
Imprimé en France